É Realizações
Editora

Copyright © João Cezar de Castro Rocha
Copyright da edição brasileira © 2017
É Realizações Editora

Editor
Edson Manoel de Oliveira Filho

Coordenador da Biblioteca René Girard
João Cezar de Castro Rocha

Produção editorial
É Realizações Editora

Preparação de texto
Liliana Cruz

Design Gráfico
Alexandre Wollner
Alexandra Viude
Janeiro/Fevereiro 2011

Imagem da sobrecapa
Foto do autor

Sobrecapa, diagramação e finalização
Nine Design | Mauricio Nisi Gonçalves

É Realizações Editora, Livraria e Distribuidora Ltda.
Rua França Pinto, 498 - 04016-002 - São Paulo, SP
Caixa Postal: 45321 - 04010-970 - Telefax: (5511) 5572 5363
e@erealizacoes.com.br
www.erealizacoes.com.br

Proibida toda e qualquer reprodução desta edição por qualquer meio ou forma, seja ela eletrônica ou mecânica, fotocópia, gravação ou qualquer outro meio de reprodução, sem permissão expressa do editor.

Este livro foi impresso pela Gráfica Mundial, em julho de 2017. Os tipos são da família Rotis Serif Std e Rotis Semi Sans Std. O papel do miolo Lux Cream 70 g, e o da capa, Ningbo Gloss 300 g.

CIP-Brasil. Catalogação-na-Publicação
Sindicato Nacional dos Editores de Livros, RJ

R576c

Rocha, João Cezar de Castro, 1965-
 Culturas Shakespearianas : teoria mimética e os desafios da mímesis em circunstâncias não hegemônicas / João Cezar de Castro Rocha. - 1. ed. - São Paulo : É Realizações, 2017.
 436 p. ; 23 cm. (Biblioteca René Girad)

 Inclui índice
 ISBN 978-85-8033-303-9

 1. Shakespeare, William, 1564-1616 - Crítica e interpretação. 2. Teatro - História e crítica. 3. Representação teatral I. Título. II. Série.

17-43012   CDD: 792.09
                 CDU: 792(81)

03/07/2017 05/07/2017

RENÉ GIRARD
DIÁLOGOS

culturas shakespearianas
teoria mimética e os desafios da mímesis em
circunstâncias não hegemônicas

João Cezar de Castro Rocha

É Realizações
Editora

Esta edição teve o apoio da Fundação Imitatio.

IMITATIO
INTEGRATING THE HUMAN SCIENCES

Imitatio foi concebida como uma força para levar adiante os resultados das interpretações mais pertinentes de René Girard sobre o comportamento humano e a cultura.

Eis nossos objetivos:

Promover a investigação e a fecundidade da Teoria Mimética nas ciências sociais e nas áreas críticas do comportamento humano.

Dar apoio técnico à educação e ao desenvolvimento das gerações futuras de estudiosos da Teoria Mimética.

Promover a divulgação, a tradução e a publicação de trabalhos fundamentais que dialoguem com a Teoria Mimética.

É preciso partir de um profundo ateísmo para se chegar à ideia de Deus.
>*Oswald de Andrade, Manifesto Antropófago*

Quero insistir que a análise mimética não é uma receita. Jamais deve ser reduzida a uma receita pronta, já que o mimético é a fluidez absoluta. O mimético é o antissistema por excelência na medida em que a própria realidade impõe constantemente novas formas de questionamento.
>*René Girard, A Teoria Mimética não se Limita à Crítica das Linguagens*

A forma mais extrema do mimetismo é o antimimetismo intransigente, pois, se não é preciso ser escravo da opinião dos outros, é impossível fechar-se a tudo o que vem dos outros. A imitação de bons modelos é inevitável e até indispensável para a criatividade. Rejeitando sistematicamente qualquer modelo exterior, corremos o risco de cair na esterilidade intelectual.
>*René Girard, Anorexia e Desejo Mimético*

Neste ponto o autor obriga-se a deixar de ser autor. [...] Pois o autor que renuncia à autoria é, certamente, um homem feliz!
>*Peter Sloterdijk, O Quinto "Evangelho" de Nietzsche*

sumário

11
agradecimentos

15
nota preliminar – um projeto em curso

27
introdução – um caminho de mão dupla

45
capítulo 1
teoria mimética: conceitos básicos

93
capítulo 2
história cultural latino-americana e teoria mimética

145
capítulo 3
ser *ab alio*

185
capítulo 4
poética da emulação

259
capítulo 5
violência e teoria mimética

303
capítulo 6
"com o rosto descoberto?"

367
conclusão – "o outro lhe deu a mão"

375
referências bibliográficas

401
índice analítico

417
índice onomástico

agradecimentos

Culturas Shakespearianas principiou a ser concebido em 1994. Nessa ocasião, Pierpaolo Antonello e eu tivemos o privilégio de assistir às últimas aulas de René Girard na Universidade Stanford. Posteriormente, publicamos um livro com o pensador, *Evolution and Conversion*: *Dialogues on the Origins of Culture*.

Em primeiro lugar, agradeço a René Girard pela generosidade com a qual discutiu os pressupostos de sua teoria.

Devo a Pierpaolo Antonello, o mais produtivo girardiano de minha geração, anos de leituras e reflexões compartilhadas acerca do autor de *Mentira Romântica e Verdade Romanesca*.

Edson Filho ocupa um lugar de destaque na elaboração deste livro. Coordenar a "Biblioteca René Girard" demanda a releitura de suas obras fundamentais, além de favorecer o estudo de especialistas em teoria mimética. Sem tal oportunidade, não teria desenvolvido as reflexões aqui apresentadas. Edson também organizou um curso de introdução à teoria mimética no Espaço Cultural da editora É Realizações. Tal experiência foi decisiva para a elaboração da síntese do pensamento girardiano exposta nos dois primeiros capítulos.

Em 2009, graças ao convite de Joan Ramon Resina e Marília Librandi Rocha, apresentei na Universidade Stanford uma formulação inicial de minha hipótese na palestra "Brazil, Argentina and Uruguay: Shakespearean Countries?". Devo a Joan Ramon uma provocação importante: por que caracterizar as culturas latino-americanas como *shakespearianas*? Ora, como ele observou, o fato de muitos autores do continente terem recorrido à peça *A Tempestade* para pensar a própria cultura não justifica a associação, já que o mesmo ocorreu em outros contextos.

Joan Ramon estava certo; neste livro, tento oferecer uma resposta a seu questionamento.

Em Stanford, tive a oportunidade de reencontrar Jean-Pierre Dupuy, o que me levou a redimensionar o projeto original.

Apresentei a hipótese da *poética da emulação* em 2010, no âmbito da Cátedra Machado de Assis da Universidad del Claustro de Sor Juana e da Embaixada do Brasil no México. Agradeço, pela interlocução, a Valquíria Wey, Sandra Lorenzano, Paolo Pagliai, e, de maneira muito especial, ao escritor e ensaísta Alberto Ruy-Sánchez.

A Fundação Imitatio colaborou para minha pesquisa. Menciono, portanto, o apoio de Lindy Fishburne, James Kaltreider e Trevor Cribben Merrill. Sou especialmente grato a William Johnsen pela confiança em meus projetos.

Foi fundamental o convite, recebido em 2011, para ministrar a Cátedra Eusebio Francisco Kino, do Sistema Universitário Jesuíta do México. Carlos Mendoza-Álvarez, Jesus Arturo Navarro Ramos e Mónica Morales Vázquez propiciaram condições ideais de trabalho.

No mesmo ano, um convite de José Rodorval Ramalho me permitiu oferecer um curso introdutório à teoria mimética na Universidade Federal de Sergipe, ocasião em que minhas hipóteses foram testadas.

Em 2012, Carlos Mendoza-Álvarez organizou, junto com Conrado Zepeda e Héctor Conde, e mais uma vez com o apoio da Fundação

Imitatio, o colóquio internacional "Caminos de Paz: Teoría Mimética y Construcción Social", na Cidade do México e em San Cristóbal de las Casas. O quinto capítulo deste livro foi aí discutido. Em Chiapas, encontrei Raymundo Sánchez Barraza, reitor da Universidad de la Tierra. Tê-lo escutado deu um sentido novo às ideias discutidas no último capítulo.

Ainda em 2012, a Universidade Católica de Pernambuco, com apoio da Fundação Imitatio e da É Realizações, organizou o "Simpósio Internacional René Girard". Ludovic Aubin foi um anfitrião perfeito e o diálogo com os participantes me obrigou a esclarecer o quadro teórico que aqui apresento.

Agradeço, por fim, às leitoras e aos leitores das inúmeras versões deste livro: Carlos Mendoza-Álvarez, Emiliano Mastache, Ivan Camilo Vargas, José Luís Jobim, Julia Tomasini, María Teresa Atrián Pineda, Mario Helio, Mario Roberto Solarte, Pedro Meira Monteiro, Pierpaolo Antonello e Victoria Saramago.

nota preliminar – um projeto em curso
João Cezar de Castro Rocha

Primeiros passos

Este livro foi concebido no contexto da Cátedra Eusebio Francisco Kino, uma prestigiosa instituição da Universidad Iberoamericana do México, que tive oportunidade de ocupar em 2011. Completamente reescrito, consideravelmente ampliado, e por isso mesmo um novo livro, *Culturas Shakespearianas* tem como ponto de partida o texto escrito em espanhol e publicado em 2014 na coleção que reúne os cursos realizados no âmbito daquela Cátedra.[1] Uma tradução para o inglês foi contratada pela Michigan State University Press com o título *Shakespearean Cultures. Mimetic Theory and the Challenges of Mimesis in Non Hegemonic Circumstances*, e virá à luz neste ano.

Culturas Shakespearianas supõe um projeto mais amplo, cujo primeiro passo foi a publicação de *Machado de Assis: Por uma Poética da Emulação* (2013).[2] Dois novos livros, em preparo, aprofundarão aspectos ali expostos: *Poética da Emulação* e *Desafio da Mímesis*. No primeiro, pretendo ampliar o estudo dos procedimentos definidores da *poética da emulação*, a fim de incorporar sistematicamente a

---

[1] João Cezar de Castro Rocha, *¿Culturas Shakespearianas? Teoría Mimética y América Latina*. Guadalajara, Universidad Iberoamericana/ITESO, 2014.
[2] Idem, *Machado de Assis: Por uma Poética da Emulação*. Rio de Janeiro, Civilização Brasileira, 2013. Publicado em inglês pela Michigan State University Press: *Machado de Assis. Toward a Poetics of Emulation* (2015); tradução de Flora Thomson-Deveaux.

experiência pictórica novo-hispana,[3] *locus* privilegiado para entender a sua elaboração. Em *Desafio da Mímesis* almejo resgatar a tradição dominante na formação das culturas não hegemônicas. Refiro-me a uma série constitutiva de reflexões sobre a mímesis e seus paradoxos. Desde as últimas décadas do século XVIII, tal dilema impôs-se como o eixo de articulação da circunstância das culturas latino-americanas.

Por favor, repare no emprego do plural: neste projeto não cabe uma perspectiva monolítica; pelo contrário, imagino uma escrita ensaística à altura da multiplicidade de pontos de vista estéticos e intelectuais, além da diversidade de opções políticas, traço definidor dos processos históricos e culturais.

(Um ensaísmo cubista.)

A força da circunstância não hegemônica vem à tona na imagem-ímã que você encontrou na capa deste livro. Isto é, principio por uma ambiciosa reconstrução das representações simbólicas da monarquia espanhola no período colonial: *La Monarquía Hispánica en el Arte,* exposição realizada no Museo Nacional de Arte, na Cidade do México, em 2015.

Ora, uma obsessão domina um conjunto de notáveis mostras montadas na última década, quase todas dedicadas ao mapeamento da iconografia recorrente e dos procedimentos comuns no espaço colonial ao longo de três ou quatro séculos. No entanto, tal iniciativa termina por constranger a associação inovadora de obras do universo hispano-americano à reiteração anacrônica tanto do ideal de autonomia política quanto do desejo de originalidade estética – duas faces do mesmo impasse.

A apresentação do catálogo da exposição esclarece o que tenciono evitar. Nela, explicita-se o compromisso com a singularidade

---

[3] Ao longo deste livro, assim traduzirei o español *novohispana*.

local, evocando o nacionalismo oitocentista. Tudo se passa como se a complexidade da condição colonial se resolvesse num simples gesto volitivo:

> [...] superar uma leitura, muito arraigada, segundo a qual nossos três séculos de Vice-Reinado não são mais do que trevas e submissão. Pelo contrário, com *La Monarquía Hispánica en el Arte*, o Museo Nacional de Arte traz a público infinitas possibilidades que durante muito tempo negligenciamos: interpretar o reino de Nueva España como um foco de relevantes contribuições econômicas, artísticas e simbólicas à cultura da Monarquia; reconhecer que os súditos deste lado do Atlântico também desenvolveram uma série de manifestações que lhes faziam sentir partícipes de um conjunto de reinos com direitos e características próprios.[4]

Não devo me precipitar.

Sem dúvida, é muito bem-vindo o cuidado com a descrição do dinamismo interno das colônias ibéricas. O pacto colonial impunha uma série de regras unidirecionais, assim como engendrava limites rígidos, que reduziam consideravelmente a capacidade de ação no vasto território colonial. Contudo, essa condição, qual seja, a vastidão dos domínios ibéricos e a distância física em relação às metrópoles, criava zonas de sombra, nas quais a palavra do Rei demorava muito a chegar. Portanto, de um ponto de vista estritamente histórico, é importante recordar que os súditos das coroas ibéricas (ampliemos o escopo da exposição para incluir o Brasil) elaboraram *uma série de manifestações que lhes faziam sentir partícipes*

---

[4] Rafael Tovar y de Teresa, "Presentación". In: *La Monarquía Hispánica en el Arte*. México D.F., Instituto Nacional de Bellas Artes y Literatura, 2015, p. 6.

de um conjunto de reinos com direitos e características próprios.[5] De um ponto de vista teórico, a contribuição de Fernando Ortiz, em *Contrapunteo Cubano del Tabaco y el Azúcar*, esclareceu que, nas relações de contato cultural, a condição não hegemônica desenvolve um princípio estratégico na adoção dos valores que, num primeiro momento, foram impostos,[6] mas que, num segundo instante, são transformados, segundo os contornos de seu lugar de assimilação – trata-se da *transculturación*, que discutirei no terceiro capítulo.

Vamos lá.

Rafael Tovar y de Teresa tem (alguma) razão, porém, ele cinge sua nota crítica à projeção anacrônica da ideia de nacionalidade; princípio que não orientou os esforços hispano-americanos na quadra colonial, especialmente no século XVII. A superação desse óbice torna possível identificar numa imagem-chave, inesperada síntese da mostra, um impasse decisivo, ainda hoje presente; sobretudo na vida artística e intelectual.

Eis a imagem, localizada no princípio da exposição (e na capa deste livro!): uma poltrona, luxuosamente adornada, como se fosse um trono vacante, ladeada por uma cortina de veludo ou de renda, e encimada por um retrato do monarca espanhol. A imagem compõe um dossel imponente e podia ser encontrada na casa das famílias mais abastadas da colônia; afinal, pelo menos teoricamente, o Rei sempre poderia dar o ar de sua graça. Nesse caso, era preciso estar bem preparado. O hábito principiou na Espanha e tornou-se onipresente na América Hispânica.

---

[5] No cenário brasileiro, um grupo de historiadores, inicialmente liderado por Ciro Flamarion Cardoso, buscou resgatar o dinamismo interno das colônias, apesar da rigidez imposta pelas metrópoles. A hipótese da "brecha camponesa" abriu novos caminhos de análise, alinhados com a preocupação de Rafael de Tovar y de Teresa. Ver, de Ciro Flamarion Cardoso, *Escravo ou Camponês? O Protocampesinato Negro nas Américas*. São Paulo, Editora Brasiliense, 1987.

[6] *Condição não hegemônica*, em lugar de periferia, é um dos conceitos que proponho para a avaliação da leitora.

Dossel, anônimo; e *Carlos II*, de Luca Giordano.

: todos à espera da autoridade máxima; por assim dizer, o Inspetor-Geral da miríade de pequenos inspetores que infestavam as colônias.

Claro: mesmo sabendo que o Rei nunca chegaria; afinal, ao contrário da experiência portuguesa em 1808, a Monarquia Hispânica não se deslocou para o México ou para o Peru.

(A imagem do dossel foi sintomaticamente suprimida do catálogo! John Cage, ensaísta, nada acrescentaria; aliás, dando razão a Wittgenstein.)

Os dois livros já publicados e que deram o pontapé inicial a meu projeto – *Machado de Assis* e *¿Culturas Shakespearianas?* – foram escritos simultaneamente. Como evitar a reiteração de certos argumentos, assim como a repetição de algumas fontes? Ora, como os públicos, e, sobretudo, os idiomas eram diferentes, a redundância não parecia indesejável. Pois agora, sim, seria; daí, a maior dificuldade na preparação deste livro foi evitar reduplicações deselegantes. Utilizei um critério meridiano: somente mantive fontes anteriormente discutidas quando acrescentei referências outras, em geral oriundas do universo hispano-americano. Desse modo, a repetição promete a diferença da ampliação do repertório, produzindo giros novos na análise. Apesar desse cuidado, aqui e ali, ocorre o retorno, inevitável, de argumentos e de citações.

(Você me dará o devido desconto?)

Em outubro de 2014, no lançamento mexicano de *¿Culturas Shakespearianas? Teoría Mimética y América Latina*, a Universidad Iberoamericana, graças à iniciativa de Carlos Mendoza-Álvarez, promoveu um colóquio internacional, "La Interdividualidad Colectiva: Sobre las Paradojas de la Invisibilización Social del Otro", a fim de discutir o quadro teórico que propus, com ênfase no conceito de interdividualidade coletiva, uma das contribuições que faço ao pensamento girardiano.[7] O livro que reúne as palestras então proferidas encontra-se publicado em espanhol e em português.[8] Incorporei as sugestões e inclusive as correções a meu raciocínio surgidas durante o encontro.

---

[7] O colóquio "La Interdividualidad Colectiva: Sobre las Paradojas de la Invisibilización Social del Otro" ocorreu na Cidade do México, na Universidad Iberoamericana, nos dias 9 e 10 de outubro de 2014.
[8] Carlos Mendoza-Álvarez, José Luís Jobim e Mariana Méndez-Gallardo (orgs.), *Mímesis e Invisibilização Social. A Interdividualidade Coletiva Latino-Americana*. São Paulo, É Realizações, 2016.

Não é tudo.

Em 2015, publiquei *Cultures Latino-Américaines et Poétique de l'Émulation*,[9] ensaio no qual levei adiante a reflexão apresentada tanto em *Machado de Assis* quanto em *¿Culturas Shakespearianas?*. No livro que ora você tem em mãos, estão presentes os desdobramentos esboçados no volume saído na França, que me permitiram aprofundar o quadro teórico que busco articular.

Um quadro teórico

Recorro a mais uma exposição de arte novo-hispana, cujo princípio de organização muito me ajudou a compreender melhor minha intuição inicial relativa ao *desafio da mímesis* no contexto de culturas não hegemônicas. Refiro-me à exibição *Identidades Compartidas. Pintura de los Reinos. Territorios del Mundo Hispánico, Siglos XVI-XVII*, que trouxe a público a pesquisa de Juana Gutiérrez Haces. Seu trabalho identificou o vocabulário pictórico comum ao império espanhol como um todo, sem negligenciar os procedimentos particulares que se plasmaram aqui e ali. Esse relevante estudo, realizado numa perspectiva multissecular, levou à identificação das formas e dos temas dominantes no universo hispânico, assim como favoreceu o mapeamento de sua circulação transnacional por meio de novos suportes técnicos, especialmente a gravura.

(Você tem razão: nas colônias ibéricas, tudo se passa como se a arte tivesse sido sempre *desauratizada*, pois seus primórdios expõem a ausência de uma origem estabilizadora. Necessitamos com urgência de um Walter Benjamin não hegemônico!)

---

[9] João Cezar de Castro Rocha, *Cultures Latino-Américaines et Poétique de l'Émulation. Littératures des Faubourgs du Monde?* Trad. François Weigel. Paris, Éditions Pétra, 2015. Agradeço aos colegas Pierre Rivas e Leyla Perrone-Moisés pela oportunidade de publicar este livro.

Recordo uma avaliação do método de Gutiérrez Haces:

> Também se torna claro que, uma vez formada e assimilada a primeira linguagem artística americana como um amálgama das diversas contribuições europeias, essa linguagem começou, aproximadamente na metade do século XVII, a diferenciar-se do modo espanhol e europeu, formando um dialeto próprio, subdividido em variedades nacionais, regionais e locais.[10]

A reunião de praticamente cem telas permitiu mapear a iconografia dominante na época, além de rastrear os momentos de afirmação de uma diferença propriamente novo-hispana. Num desses quadros, no canto direito inferior da tela, como se fosse um código sussurrado entre pares, o pintor inscreveu o termo-chave: *aemulatio*. Eis a assinatura mais sugestiva, precisamente porque sua grafia, oriunda de uma bem-vinda *imitatio* do mestre, se confunde com a apropriação do outro.

Atenção, muita atenção: *imitatio* pouco tem a ver com o sentido pós-romântico de imitação. *Imitar* demanda o estudo minucioso da *técnica* do modelo adotado como *autoridade*. Vale dizer, *copiar*, por exemplo, uma tela de Tiziano, exigia que o aprendiz recriasse uma paleta a mais próxima possível do universo cromático do líder da escola veneziana. Tarefa nada óbvia, pois até hoje não se conseguiu reproduzir o azul de suas telas. De igual modo, o aprendiz deveria experimentar inúmeras vezes até *apreender* sua pincelada característica, consagradora da centralidade do colorido em detrimento da ênfase no desenho, traço definidor de Rafaello e da escola romana.

---

[10] Alfonso Rodríguez G. de Ceballos, "Crónica". *Archivo Español de Arte*, LXXXIV, 333, enero-marzo 2011, p. 105. Disponível em: http://archivoespañoldearte.revistas.csic.es/index.php/aea/article/viewFile/460/456. Acesso em: 25 mai. 2015. Exposição inicialmente organizada em Madri no final de 2011, e depois levada à Cidade do México.

Ao fim e ao cabo, e para recordar a definição de Heinrich Wölfflin, Tiziano foi um dos criadores do "estilo pictórico", em oposição ao "estilo linear", aprimorado por Rafaello.

(Você tem razão: os arqueólogos recorrem a procedimento aparentado ao mimetizar as técnicas empregadas na fabricação de instrumentos pré-históricos.)

Imitar constituía passo indispensável na conquista da mestria *técnica* em qualquer ofício; por isso, não há paradoxo algum em afirmar que, somente *copiando*, um artista encontra a *própria voz*. E ainda há os que acreditam que, no universo da estética, a *imitatio* conduziu à domesticação do imaginário...

No contexto das culturas não hegemônicas é urgente e estratégico o resgate da potência associada à emulação, em lugar de insistir num hipotético império da imitação; é preciso entender que a *imitatio* só adquire pleno sentido como parte de uma dinâmica associada ao universo da *inventio*, como se fosse, por assim dizer, *figura* do gesto posterior da emulação. Entendimento explicitado na assinatura do pintor novo-hispano: *aemulatio*.

Daí a intuição central deste ensaio: a potência das *culturas shakespearianas* depende de uma operação estética e intelectual que supere a dicotomia *imitatio* versus *creatio*, e isso através da consideração de um terceiro termo: *aemulatio*. Esse movimento é inspirado pela antropologia literária de Wolfgang Iser, pois a atenção devotada pelo teórico ao *imaginário* permitiu driblar o binarismo implícito nos termos *ficção* e *realidade*. Aquela dicotomia, de anacrônico sabor romântico, torna invisíveis certos procedimentos característicos das *culturas shakespearianas*.

"*Culturas shakespearianas*? O que isso quer dizer?" Vamos lá, mato dois coelhos com uma só digressão. *Culturas shakespearianas* são aquelas cuja percepção se origina na mirada de um Outro; a expressão *culturas latino-americanas* não designa um valor essencial, porém um conjunto de estratégias desenvolvidas em condições não hegemônicas. Sigo os passos do ensaísta: "As conexões históricas entre mundos marcados por impérios europeus, pela escravidão, por complexas experiências de fronteira, e por migrações sucessivas, merecem uma consideração mais atenta".[11]

As colônias ibéricas desenvolveram formas de apropriação do repertório europeu, reciclando-o por meio de uma autêntica *ars combinatoria* de graus diversos de complexidade, numa composição estruturalmente heteróclita. Eis aí a mais completa tradução do *desafio da mímesis*. Como entender essa articulação de formas? É possível caracterizar procedimentos comuns, que, pela reiteração, constituam uma poética?

Se não vejo mal, a *poética da emulação* foi aprimorada no âmbito de *culturas shakespearianas*, hipersensíveis ao olhar de um Outro, modelo em tese absoluto: europeu até as primeiras décadas do século XX; norte-americano, especialmente após o término da Segunda Guerra Mundial.

O quadro teórico aqui proposto acrescenta o conceito de *culturas shakespearianas* à ideia de *poética da emulação*. Em ambos os casos, procuro desdobrar o *desafio da mímesis*, tornado ainda mais agudo pela emergência do sistema-mundo na modernidade.[12] *Culturas shakespearianas*, em geral, desenvolveram-se em ambientes não hegemônicos; por isso, a *poética da emulação* costuma ser aprimorada nessa circunstância. Busco compreender a visão do mundo daquelas e os procedimentos desta.

---

[11] Arcadio Díaz-Quiñones, *A Memória Rota. Ensaios de Cultura e Política*. Trad. Pedro Meira Monteiro. São Paulo, Companhia das Letras, 2016, p. 10.
[12] Immanuel Wallerstein, *World-Systems Analysis: An Introduction*. Durham, North Carolina, Duke University Press, 2004. De imediato, destaque-se somente que o sistema-mundo é definido por relações transnacionais sempre mais planetárias, e, sobretudo, sempre mais assimétricas.

Por fim, o diálogo com o pensamento de René Girard é muito importante para minha reflexão.[13] Você perceberá que meu raciocínio oscila constantemente da circunstância histórica latino-americana à teoria mimética – e *vice-versa*.

Este livro é um terceiro passo.

Apenas mais um – portanto.

Outros virão.

---

[13] Devo mencionar o trabalho notável de Luiz Costa Lima. Nas últimas décadas, o teórico desenvolveu um trabalho de reavaliação da mímesis na tradição ocidental. No entanto, a perspectiva de René Girard abre caminhos particularmente provocadores no contexto de culturas não hegemônicas, em função tanto da ênfase concedida à relação entre sujeito e modelo, quanto da centralidade da violência em seu entendimento dos paradoxos da mímesis. Além disso, minha reflexão destaca a potência da *aemulatio*, entendida como uma forma de *inventio*, em lugar de sublinhar reiteradamente o falso problema da redução da mímesis à *imitatio*, tema privilegiado por Costa Lima, e que, no fundo, ainda pressupõe o privilégio romântico da noção de *creatio*. Trata-se de falso problema porque, historicamente, a *imitatio* não constituía um valor autônomo, pois, antes de tudo, implicava uma técnica necessariamente associada ao momento posterior de *aemulatio*. A relevante obra de Costa Lima está sintetizada em seu livro *Mímesis: Desafio ao Pensamento*. Florianópolis, Editora da UFSC, 2015. Esta reedição contém novo prefácio do autor e um inteligente posfácio de Sérgio Alcides.

introdução – um caminho de mão dupla

Primeiros passos

Penso sempre na "introdução" de José Gaos a *Historia de Nuestra Idea del Mundo*, um de seus memoráveis cursos no Colegio de México. Segundo o filósofo espanhol,[1] é dupla a utilidade do prefácio. De um lado, permite ao ouvinte (ou ao leitor) interessado orientar-se. De outro, simplesmente autoriza aquele pouco ou nada envolvido com o assunto a escapar dos encontros (ou das páginas) seguintes.[2] Espero que não seja o resultado desta breve introdução, mas, em todo caso, preciso correr o risco, uma vez que devo esclarecer o propósito e o alcance das reflexões aqui propostas.

A liberdade, ensinou Immanuel Kant, é o domínio em que o sujeito estabelece seus próprios limites, que são assim intrínsecos e não impostos. Este ensaio dialoga especialmente com a teoria da literatura, a literatura comparada e a crítica cultural. Ademais, levo em conta

---

[1] Ainda que ele assim não se considerasse: "[...] estou muito seguro de ser professor de filosofia, mas muito pouco de ser filósofo. Para ser filósofo, parece que me falta – caramba, nada menos do que, precisamente, uma filosofia". José Gaos, *Confesiones Profesionales. Aforística*. In: *Obras Completas*. XVII. Ciudad de México, UNAM, 1982, p. 45.

[2] Nas palavras do filósofo: "A apresentação oferece uma possibilidade de pegar ou largar com maior conhecimento de causa do que aquele dado pelo título e pelo programa – ao menos para aqueles para quem o curso não seja 'obrigatório'". José Gaos, *Historia de Nuestra Idea del Mundo*. In: *Obras Completas*. XIV. Org. Andrés Lira. Ciudad de México, UNAM, 1994, p. 17.

a perspectiva aberta pela teoria mimética, tal como desenvolvida por René Girard.[3]

(A posição da literatura na teoria mimética ainda precisa ser mais bem definida – e este livro representa um esforço nesse sentido. Daí a importância dos trabalhos de William Johnsen,[4] Cesáreo Bandera[5] e Trevor Cribben Merrill,[6] em sua aposta na potência epistemológica da literatura, vale dizer, na produção de conhecimento sobre nós mesmos.)

Estabelecer meus próprios limites não implica que não vá transgredi-los ocasionalmente, já que os pressupostos da teoria mimética demandam uma interlocução constante com temas antropológicos, sociológicos, históricos, filosóficos e teológicos.

A trajetória de René Girard teve como base a interdisciplinaridade. Seu primeiro livro, *Mentira Romântica e Verdade Romanesca* (1961), é um brilhante ensaio de crítica literária e de literatura comparada. Em seu segundo título,[7] *A Violência e o Sagrado* (1972), ele se reinventou, ampliando suas áreas de interesse até abarcar a antropologia, os estudos da religião e a análise do mito. Por fim, com a publicação de *Coisas Ocultas desde a Fundação do Mundo* (1978), como sugere a alusão ao Evangelho de São Mateus,

---

[3] Uma introdução à vida e obra do pensador francês encontra-se em René Girard, João Cezar de Castro Rocha e Pierpaolo Antonello, *Evolução e Conversão*. Trad. Bluma Waddington Vilar e Pedro Sette-Câmara. São Paulo, É Realizações, 2011.
[4] William A. Johnsen, *Violência e Modernismo: Ibsen, Joyce e Woolf*. Trad. Pedro Sette-Câmara. São Paulo, É Realizações, 2011.
[5] Cesáreo Bandera, *"Despojada e Despida": A Humilde História de Dom Quixote. Reflexões sobre a Origem do Romance Moderno*. Trad. Carlos Nougué. São Paulo, É Realizações, 2011.
[6] Trevor Cribben Merrill, *O Livro da Imitação e do Desejo. Lendo Milan Kundera com René Girard*. Trad. Pedro Sette-Câmara. São Paulo, É Realizações, 2016.
[7] Em sentido rigoroso, o segundo livro de René Girard é *Dostoiévski: Do Duplo à Unidade* (trad. Roberto Mallet. São Paulo, É Realizações, 2011); ensaio escrito especialmente para a coleção "La Recherche de l'Absolu", da editora Plon, e publicado em 1963, com o título *Dostoïevski: du Double à l'Unité*. No entanto, o próprio pensador considerava *A Violência e o Sagrado* seu segundo livro – digamos, sua segunda grande obra.

Girard voltou a forjar uma nova identidade por meio de uma apropriação muito particular das Escrituras. A partir de então, a preocupação teológica e antropológica constituiu o eixo de sua teoria. O cruzamento das duas disciplinas não só levou à elaboração de uma antropologia propriamente mimética, como também favoreceu o esboço de uma teologia antropologicamente orientada. Mencione-se ainda uma abordagem que encontra na Bíblia a matriz mesma da noção de intertextualidade.[8] Nos dois casos, a força da obra girardiana reside na descoberta de relações inesperadas entre textos das mais distintas tradições. A formação de paleógrafo e de crítico literário deixou marcas permanentes em sua reflexão. Assim, mesmo quando suas preocupações intelectuais conheceram novos rumos, a leitura detetivesca de textos continuou a ser um dos traços mais originais de sua metodologia.[9]

De igual maneira, inspirado no método girardiano e, claro está, na medida de minhas possibilidades, este ensaio foi concebido como uma experiência transdisciplinar de pensamento.

Não tentarei "aplicar" a teoria mimética às circunstâncias latino-americanas, como se ela pudesse ser reduzida à monótona função de prover idênticas ferramentas para a compreensão de realidades muito distintas. É bem verdade que toda teoria deve possuir uma ambição "universal", ou seja, independentemente de latitudes, deve ser boa para pensar – como os mitos para Claude Lévi-Strauss.

(Para driblar o risco de inflar o ego com a teoria que se formula, basta não se levar muito a sério e concentrar-se no trabalho.)

---

[8] Em suas palavras: "A antropologia mimética dedica-se tanto ao reconhecimento da natureza mimética do desejo quanto ao desdobrar das consequências sociais desse conhecimento, à revelação da inocência da vítima e à compreensão de que a Bíblia e os Evangelhos fizeram isso por nós antes". René Girard et al., *Evolução e Conversão*, op. cit., p. 213.
[9] Recordemos como o próprio Girard se refere a *Eu Via Satanás Cair como um Relâmpago*: "creio que seria preciso abordar o livro como a um *thriller*". René Girard, *Aquele por Quem o Escândalo Vem*. Trad. Carlos Nougué. São Paulo, É Realizações, 2011, p. 102. Mais à frente, definiu da seguinte maneira o conjunto da teoria mimética: "um romance policial". Ibidem, p. 175.

Como você percebe, não defendo um relativismo absoluto, no qual o conhecimento fica reduzido às condições particulares da enunciação. Inclino-me a adotar a orientação da *hermenêutica analógica*, tal como desenvolvida por Mauricio Beuchot, evitando assim o caráter unidimensional das correntes "univocista" e "equivocista", no vocabulário do filósofo mexicano.[10] A possível vocação "universal" de uma teoria não consiste em oferecer uma chave que sempre reproduza seus resultados, mas na capacidade de esclarecer panoramas distintos por meio de um conjunto necessariamente limitado de perguntas-chave. As respostas serão tão diversas e múltiplas quanto sejam múltiplas e diversas as circunstâncias históricas, porém as perguntas compartilharão um princípio-matriz. Nas palavras do pensador francês: "O desejo mimético é uma coisa extremamente simples – e complexa apenas em suas consequências".[11] Uma teoria não oferece uma linha de montagem de soluções idênticas, mas permite propor perguntas novas, dando a ver ângulos antes ocultos. No caso do pensamento girardiano, trata-se do caráter mimético do desejo, assim como das consequências violentas derivadas de rivalidades engendradas mimeticamente – a redundância, como você logo perceberá, é intrínseca à teoria. As rivalidades, no entanto, assumem traços particulares segundo o contexto no qual se desenvolvem, realizando o trânsito fecundo da prática à teoria.

Não proporei estudos que "revelem" o caráter mimético deste ou daquele elemento das culturas latino-americanas. Não desejo converter autores e temas em matéria-prima para os produtos manufaturados das universidades europeias e norte-americanas; não

---

[10] No terceiro capítulo, voltarei a discutir a hermenêutica analógica de Mauricio Beuchot. De imediato, vale recordar seu juízo sobre essas posições extremas: "[...] de início vemos que postular uma única interpretação e assim pretender que definitivamente não existe interpretação vai contra as evidências, pois nisso mesmo se está dando uma certa interpretação, vai contra a não contradição, autorrefuta-se. O equivocismo também se autorrefuta, porque o relativismo absoluto ou extremo encerra uma contradição nos próprios termos que o compõem". Mauricio Beuchot, *Tratado de Hermenêutica Analógica. Hacia un Nuevo Modelo de Interpretación.* 4. ed. Ciudad de México, Editorial Ítaca/Facultad de Filosofía y Letras-UNAM, 2009, p. 35.
[11] René Girard, "Une Répétition à Variations: Shakespeare et le Désir Mimétique". In: Mark R. Anspach (org.), *Les Cahiers de l'Herne. René Girard.* Paris, Éditions de l'Herne, 2008, p. 204.

pretendo reduzi-los ao tímido papel de confirmadores das novidades teóricas do semestre passado.

(Ou da última semana – nos tempos céleres que correm.)

Pelo contrário, imagino um exercício duplo.

Por um lado, pensar mimeticamente os dilemas fundadores das culturas latino-americanas. Tal reflexão equivale ao exercício proposto por Immanuel Kant ao final da *Crítica da Razão Pura*: não é possível aprender (ou ensinar) filosofia, entendida como um conjunto de conteúdos; só se pode (talvez) aprender a filosofar, isto é, aprender a pensar de determinado modo.

Nas palavras de Kant:

> Dentre todas as ciências racionais (*a priori*), portanto, só é possível aprender matemática, mas jamais filosofia (a não ser historicamente); no que tange à razão, o máximo que se pode é aprender a *filosofar*.[12]

Pensar mimeticamente equivale a operar por meio de paradoxos. No primeiro capítulo, retornarei a esse traço do pensamento girardiano, que combina intuição mimética e estrutura de duplo vínculo (*double bind*), tal como teorizada por Gregory Bateson.[13] No capítulo seis, aliás, sugerirei que a história cultural latino-americana estruturou-se através de relações de duplo vínculo.

Por outro lado, busco pensar "latino-americanamente" a própria teoria mimética. Podemos ampliar os horizontes do

---

[12] Immanuel Kant, *Crítica da Razão Pura*. Trad. Valério Rohden e Udo Moosburger. São Paulo, Abril Cultural, 1983, p. 407.
[13] Ver especialmente os ensaios dedicados ao conceito de esquizofrenia em *Steps to an Ecology of Mind*. Chicago/London, The University of Chicago Press, 2000.

pensamento girardiano a partir de nossa residência na terra? Eis a pergunta-aposta na qual lanço meus dados: como formular uma contribuição propriamente não hegemônica à teoria mimética?[14]

Um conceito: culturas shakespearianas

A fim de apresentar o conceito de *culturas shakespearianas*, evoco o romance *The Mimic Men*, de V. S. Naipaul, cujo título já sugere uma leitura girardiana.[15] Refletindo sobre suas experiências, o narrador, Ralph Singh, oriundo de uma ilha caribenha e exilado em Londres, identifica uma afinidade decisiva com um "jovem estudante inglês". Esse aspecto é muito importante, pois esclarece que seu dilema não se refere à condição exótica de intelectual "periférico", tratando-se antes de uma circunstância que a todos afeta: "Ele era como eu: precisava do olhar do outro para se orientar".[16] Um pouco adiante, a natureza mimética do desejo é definida: "Convertemo-nos naquilo que vemos de nós mesmos nos olhos dos outros".[17]

Aqueles que são afetados por essa condição existencial vivem uma espécie de "vida pela metade", dependendo sempre da opinião dos demais – como os personagens de Shakespeare, segundo a aguda caracterização de Girard em *Teatro da Inveja*. O autor inglês chegou

---

[14] É cada vez maior o número de trabalhos que tentam compreender aspectos do cotidiano da América Latina por meio do pensamento girardiano. Ver o número especial da revista *Universitas Philosophica* (ano 27, n. 55, 2010), organizado por Mario Roberto Solarte Rodríguez, "René Girard: Mímesis e Identidades".

[15] Girard emprega a expressão com a mesma ironia implicada pelo título do romance: "En s'engouffrant dans la direction déjà choisie par les premiers, les *mimic men* se félicitent de leur esprit de décision et de liberté". René Girard, *Quand ces Choses Commenceront. Entretiens avec Michel Treguer*. Paris, Arléa, 1994, p. 211 (grifos do autor). Cito em francês para que se destaque o emprego do inglês no original.

[16] V. S. Naipaul, *Os Mímicos*. Trad. Paulo Henriques Britto. São Paulo, Companhia das Letras, 1987, p. 24.

[17] Ibidem, p. 25.

a desenvolver um campo semântico preciso para definir a centralidade do outro na determinação do desejo:

> Shakespeare pode ser tão explícito quanto alguns de nós em relação ao desejo mimético, possuindo um vocabulário próprio para ele, próximo o suficiente do nosso para ser reconhecido de imediato. Ele fala em "desejo sugerido", "sugestão", "desejo ciumento", "desejo emulador", etc. Mas o termo essencial é "inveja", sozinho ou combinado, como em "desejo invejoso" ou "emulação invejosa".[18]

O tema estrutura o teatro shakespeariano.

Em *Júlio César*, quando Cássio pretende envolver Brutus na conspiração para assassinar o Ditador da República Romana, ele propõe uma pergunta decisiva:

> CASSIUS: [...] Tell me, good Brutus, can you see your face?

A resposta de Brutus vale por todo um ensaio:

> No, Cassius, for the eye sees not itself
> But by reflection, by some other things.[19]

---

[18] René Girard, *Shakespeare: Teatro da Inveja*. Trad. Pedro Sette-Câmara. São Paulo, É Realizações, 2010, p. 43.

[19] William Shakespeare, *Julius Caesar*. Org. Marvin Spevack. Cambridge, Cambridge University Press, 2012, p. 81. Trata-se da segunda cena do primeiro ato. Girard comentou essa passagem decisiva: "Cássio usa o mesmo linguajar de especularidade que Ulisses usou com Aquiles, desejando, igualmente, agitar o espírito da rivalidade mimética num homem cuja ambição ficou insegura". René Girard, *Shakespeare: Teatro da Inveja*, op. cit., p. 358. Em português: CÁSSIO: [...] Bondoso Bruto, / Podeis acaso, ver vosso conspecto?". BRUTO: "Cássio, o olho a si mesmo não se enxerga, / senão pelo reflexo em outra coisa". William Shakespeare, *Júlio César*. In: *Teatro Completo. Tragédias*. Trad. Carlos Alberto Nunes. São

A fórmula é perfeita: o olho não pode ver-se a si mesmo,[20] pois faltaria o reflexo provido por uma superfície externa ao sujeito; aliás, dilema que o alferes machadiano conheceu como poucos! Naturalmente, Cássio se oferece como espelho do amigo, e, convencido de seu valor pelo olhar do outro, Brutus adere à conspiração.

No universo shakespeariano, passagens similares são legião.

Em *Rei Lear*, enlouquecido pela ingratidão das filhas, o rei encontra o Conde de Gloucester, que perdera a visão ao ser torturado por Regane e pelo Duque de Cornualha. Sua fala amplifica a noção apresentada em *Júlio César*:

> LEAR: What, art mad? A man may see how this world goes with no eyes. *Look with thine ears.*[21]

Olhar com as orelhas, isto é, fiar-se no alheio para identificar os "seus" desejos e determinar as "próprias" ideias. Eis aqui a força da visão de mundo do autor de *Macbeth*. *Olhar com as orelhas* implica subtrair ao sujeito moderno, no momento mesmo de seu surgimento, o sonho autotélico da autonomia absoluta.

(Você me acompanha: *culturas shakespearianas* vivenciam no plano coletivo o móvel mimético do desejo: elas necessitam de um modelo para finalmente olhar seu próprio rosto.)

A mesma estrutura se encontra nas comédias shakespearianas.

Paulo, Agir, 2008, p. 189. Esta é a tradução que uso para o teatro shakespeariano; por isso, nas referências seguintes, indicarei apenas o volume e o número de página citados.

[20] O poeta Haroldo de Campos apropriou-se da ideia no poema "De um Leão Zen": "o olho não pode ver-se / a si mesmo [...] // o olho vê-se / no avesso do olho...". Haroldo de Campos, *A Educação dos Cinco Sentidos*. São Paulo, Brasiliense, 1985, p. 26.

[21] William Shakespeare, *King Lear*. Org. R. A. Foakes. London, The Arden Shakespeare, 1993, p. 338 (grifos meus). Esta é a sexta cena do quarto ato. Em português: "Como! Estais louco! A gente pode ver sem olhos como vai o mundo. *Olha com as orelhas*...". *O Rei Lear*. In: *Teatro Completo. Tragédias*, op. cit., p. 708 (grifos meus).

Na terceira cena do primeiro ato de *Como Gostais*, Rosalinda e Célia quase se desentendem por causa do súbito encantamento da primeira por Orlando. Contudo, ela julga ter descoberto a fórmula perfeita para evitar o conflito:

> ROSALINDA: Let me love him for that, and you love him because I do. [...][22]

Desejar ou não desejar? Eis a questão girardiana – por excelência.

Querer alguém com base no interesse de outra pessoa, ou não fazê-lo exatamente pela mesma razão?

Desejar, por assim dizer, pela metade?

Half a Life é o título-metáfora de outro romance de Naipaul, no qual idêntico dilema é enfrentado por Chandran, personagem que casualmente se encontrou com o escritor inglês W. Somerset Maugham. Devido a uma série de reveladores mal-entendidos culturais, julgou o brâmane um homem sábio e sagrado; afinal, ele quase não falava ou apenas o fazia por meio de monossílabos. Impressionado, mencionou-o em um de seus romances. Isso bastou para que o brâmane ficasse "famoso, porque um estrangeiro havia escrito sobre ele", segundo o malicioso resumo da trama feito por J. M. Coetzee. Chandran começou a ser visitado por turistas, e não lhe restou outra alternativa a não ser encenar a história narrada pelo autor de *O Agente Britânico*. Apesar do incômodo provocado pela situação,

---

[22] William Shakespeare, *As You Like It*. Org. Michael Hattaway. Cambridge, Cambridge University Press, 2008, p. 93. Em português: "Deixai-me então amá-lo por esse motivo, e amai-o porque assim o faço". *Como Gostais. Comédias*, p. 356. Leiamos a interpretação girardiana: "A última fala é uma soberba definição do *double bind* característico da rivalidade mimética. Todos os desejos que se mostram como os de Rosalinda enviam ao ouvinte duas mensagens contraditórias: primeiro, *amai-o porque assim o faço*; segundo, *não o amai, porque assim o faço*". René Girard, *Shakespeare: Teatro da Inveja*, op. cit., p. 197 (grifos do autor).

a alquimia involuntária resultou numa conversão às avessas: "E em pouco tempo ele próprio acaba acreditando nas próprias mentiras".[23]

Não foi sem obstáculos que a fama chegou ao brâmane: "Ficou difícil para mim despojar-me desse papel".[24] Papel criado pelos olhos de outro, como o brâmane teve de aceitar: "Reconheci que era impossível sair e me acomodei para viver a estranha vida que o destino me concedera".[25] Aqui, destino tem nome próprio: o olhar alheio. E como o estrangeiro – o europeu no século XIX, ou o norte-americano no século seguinte – é considerado um modelo indiscutível, a ele se atribui autoridade para tudo definir. Adão inesperado, é sua a tarefa de nomear, reunindo finalmente as palavras e as coisas.

Vale a reiteração: *culturas shakespearianas* experimentam esse dilema no plano coletivo, circunstância que torna o problema ainda mais complexo. Uma pergunta se impõe: que tipo de estratégias desenvolver para lidar com esse desafio?

(O desafio da mímesis.)

Naturalmente, esse modelo de história cultural não se limita à América Latina, como fica demonstrado pelo recurso aos romances de Naipaul e à ensaística de Coetzee. Porém, para não incorrer no pecado estético de dar pernas longuíssimas a ideias que talvez sejam mesmo brevíssimas, reduzo o horizonte inicial de meu estudo.

Os países latino-americanos, sobretudo desde o romantismo oitocentista, foram definidos pelo olhar estrangeiro, como se tivessem sido objeto de uma exposição cujo curador fosse paradoxalmente o próprio espectador, ou seja, o viajante europeu, cuja autoridade

---

[23] J. M. Coetzee, "V. S. Naipaul: *Meia Vida*". In: *Mecanismos Internos*. Trad. Sergio Flajsman. São Paulo, Companhia das Letras, 2011, p. 328.
[24] V. S. Naipaul, *Meia Vida*. Trad. Isa Mara Lando. São Paulo, Companhia das Letras, 2002, p. 11.
[25] Ibidem.

derivava de sua especial latitude. Por isso, ele se transformou em *modelo a ser imitado*, e nunca questionado – *muito menos emulado*.

Tal mecanismo tautológico permanece vigente.

Colocá-lo em xeque é o propósito deste ensaio.

(Ao fim e ao cabo, uma história cultural shakespeariana supõe uma estratégia calibanesca.)

Um ponto de vista: culturas latino-americanas

Procuro resgatar afinidades estruturais subjacentes às culturas latino-americanas. Ou, para dizê-lo com ambição teórica, pretendo evidenciar elementos definidores de estratégias não hegemônicas – e isso, bem entendido, em qualquer geografia.[26]

Tal preocupação define o projeto de uma "poética da emulação", característica de culturas shakespearianas e articulada em situações assimétricas de poder. Essa estratégia reúne procedimentos empregados por intelectuais, escritores e artistas que se encontram no lado menos favorecido dos intercâmbios – sejam culturais, políticos ou econômicos. A poética da emulação é uma tentativa de fazer frente a uma situação política concreta, ou seja, a desigualdade objetiva daqueles que escrevem em português ou espanhol em relação a textos difundidos em inglês.[27] O francês ocupou esse posto até o término da Segunda Guerra Mundial; antes, o latim foi

---

[26] Reitero que, em lugar da noção de periferia, proponho o conceito de "não hegemônico" como o mais adequado para o entendimento da situação contemporânea. Retornarei a essa questão no capítulo quatro.
[27] Pascale Casanova tratou do tema em *La République Mondiale des Lettres*. Paris, Points Seuil, 2008.

a língua franca da intelectualidade europeia. Trata-se de fenômeno histórico e, por isso mesmo, cambiável. O que não parece mudar é a existência de um idioma dominante, porta-voz de forças políticas e econômicas. Antonio de Nebrija, no ano emblemático de 1492, ao dedicar aos Reis Católicos sua *Gramática de la Lengua Castellana*, sintetizou o fenômeno sem sutileza alguma: "que siempre la lengua fue compañera del imperio".[28]

O hábito era antigo, pois a noção de cultura sempre engendra seu oposto: a barbárie.

Retornemos a Homero.

No segundo canto da *Ilíada*, os cários, aliados dos troianos, são colocados à parte pelo emprego cuidadoso de um adjetivo, *barbaróphōnos*. Como os especialistas esclarecem, a palavra-navalha joga com a onomatopeia "bar bar", que, como nosso prosaico "blá blá", sugere um discurso vazio, ou, no limite, uma fala ininteligível. Trocando em miúdos: *barbaróphōnos* era todo aquele que não falava grego fluentemente. No fundo, todo aquele incapaz de se expressar no elegante ático ateniense. Esse recurso onomatopaico, aliás, já tinha socorrido a sumérios e babilônios que, antecipando o gesto homérico, denominavam o estrangeiro *barbaru*. Numa derivação metonímica, se o *bárbaros* tornou-se o corpo de uma ausência, a barbárie converteu-se na distância absoluta em relação à cultura.

(Você tem razão: essa digressão levou longe... Mas o tema é fascinante, não? Afinal, para o *Ulises Criollo*, de José Vasconcelos, barbárie mesmo é falar somente o próprio idioma.)

As vicissitudes latino-americanas não são únicas, tampouco unívocas, pois se relacionam com dilemas similares aos vividos em

---

[28] Nem sempre se encontra o livro com facilidade; para esta citação, ver: http://antoniodenebrija.org/prologo.html. Acesso em: 8 mar. 2016.

circunstâncias históricas distintas. Trato de reconstruir criticamente o processo mais amplo de globalização, dominante a partir de fins do século XV. O vocabulário ontológico, relativo a uma hipotética essência latino-americana, deve ser substituído pela identificação de estratégias que permitam enfrentar as crescentes assimetrias do sistema-mundo.

Um conjunto recente de títulos assinalou os impasses derivados do entendimento essencialista da noção de "cultura latino-americana", cujo emprego no singular revela o anacronismo do pressuposto.[29] Pelo contrário, almejo identificar traços estruturais historicamente determinados, em vez de confiar numa cômoda acepção meta-histórica.

Daí a forma deliberadamente plural da escrita: culturas latino-americanas.

Passo a passo

Explicitados o conceito e o ponto de vista, reitero que meu texto transita dos postulados da teoria mimética às circunstâncias latino-americanas – e *vice-versa*.

O vaivém como método – pois.

Vejamos.

No primeiro capítulo, apresento uma síntese da teoria mimética através do estudo de seus três primeiros livros. Não tenho a

---

[29] Destaco, entre outros, Walter D. Mignolo, *La Idea de América Latina. La Herida Colonial y la Opción Decolonial*. Barcelona, Editorial Gedisa, 2005; e Josefina Ludmer, *Aquí América latina. Una Especulación*. Buenos Aires, Eterna Cadencia, 2010.

ambição de descortinar aspectos novos do pensamento girardiano, antes procuro associá-lo intrinsecamente à circunstância da *nossa América* – para recordar a expressão de José Martí, insistindo em seu sentido estratégico e não essencialista.[30]

No segundo capítulo, além de aprofundar aspectos da teoria mimética, proponho um novo conceito para o seu arsenal. Refiro-me ao conceito de "interdividualidade coletiva", cujas consequências importam, e muito, para a história cultural do continente. A transposição do caráter mimético do desejo do plano interdividual[31] ao coletivo – ou, se pensarmos na mentalidade oitocentista, do universo do interdivíduo ao domínio do Estado-nação – foi obsessivamente tematizada pelos mais distintos pensadores latino-americanos dos séculos XIX e XX.

Se não me equivoco, o conceito de interdividualidade coletiva permite atar as pontas do pensamento girardiano, estabelecendo um fio de continuidade complexo, porém nítido, entre *Mentira Romântica e Verdade Romanesca* (1961) e *Rematar Clausewitz* (2007). Se, na primeira obra, a dimensão do desejo mimético provocava conflitos no nível interdividual, no segundo título, a escalada da violência, ocasionada pelo contágio transnacional da rivalidade mimética, envolveu duas grandes potências econômicas e militares: França e Alemanha. Essa rivalidade, diz Girard, levou o mundo ao predomínio quase exclusivo da mediação interna – momento histórico que analisarei no quinto capítulo. Um olhar propriamente latino-americano ilumina com particular força a afirmação girardiana, pois o ponto de chegada de sua reflexão foi o ponto de partida da arte e do pensamento latino-americanos.

---

[30] José Martí, "Nuestra América". In: *Política de Nuestra América*. Ciudad de México, Siglo XXI, 1977, p. 35-44. Recomendo especialmente o prólogo de Roberto Fernández Retamar, p. 9-34. Outra edição primorosa é aquela preparada por Cintio Vitier, *Nuestra América. Edición Crítica*. Havana, Centro de Estudios Martianos, 2011.

[31] Como veremos no primeiro capítulo, "interdividualidade" é o único neologismo proposto pela teoria mimética. Ele sublinha o caráter social da determinação da *inter*dividualidade, no lugar da *in*dividualidade.

Isto é: a interdividualidade coletiva.

A inesperada interseção entre pensamento girardiano e formação das culturas latino-americanas ainda não foi adequadamente tratada.

(Eis a aposta deste ensaio.)

No terceiro capítulo, discutirei a dimensão propriamente filosófica da noção de interdividualidade coletiva na obra de autores da importância de José Martí, Antonio Caso, Mário de Andrade, Samuel Ramos, Elsa Cecilia Frost, Edmundo O'Gorman, Sérgio Buarque de Holanda, Fernando Ortiz, Antonio Candido, Rosario Castellanos, Roberto Fernández Retamar, Pedro Henríquez Ureña, Clarice Lispector e Haroldo de Campos, entre outros.

A afinidade estrutural dessa verdadeira plêiade foi definida com elegância pelo historiador Edmundo O'Gorman: trata-se do dilema criado por uma determinação ontológica *ab alio*, como ele caracterizou a circunstância americana em *La Invención de América*. A contradição é clara, e pode transformar-se numa descoberta de grande alcance se a relacionarmos com a condição mimética do desejo, que também se nutre da necessária presença do alheio na definição do próprio.

Entenda-se: um outro tomado como modelo para a determinação do objeto de desejo.

No capítulo seguinte, continuarei abordando o problema da interdividualidade coletiva, mas numa perspectiva estético-literária. Os mais importantes inventores[32] latino-americanos souberam transformar em estímulo o dilema que muitas vezes deixou os filósofos paralisados, prisioneiros da noção de "inferioridade ontológica"

---

[32] No capítulo quatro, esclarecerei o sentido do conceito de *inventor*, oposto ao de *criador*. Em uma palavra: o *inventor* recicla elementos da tradição, enquanto o *criador* tem a ilusão de ser a fonte de sua arte.

ou de "impossibilidade civilizacional". O fato de necessariamente "depender" de outro(s), de não poder escapar de sua "influência" favoreceu o desenvolvimento da "poética da emulação", que substituiu a "*anxiety of influence*", teorizada por Harold Bloom,[33] pela certeza da "produtividade da influência", como imaginada por Oswald de Andrade. A célebre frase de Rimbaud, *Je est un autre*,[34] é a mais completa transcriação das realizações mais instigantes da arte latino-americana.

Ser outro: converter esse paradoxo em invenção: arte mimética – por excelência.

E, ao mesmo tempo, experiência latino-americana – por definição.

Espero que se desfrute da ironia do eterno retorno: definir o "propriamente" latino-americano com palavras de Rimbaud.

(Mais ou menos como identificar *culturas shakespearianas*. Ou rastrear a *poética da emulação*.)

No quinto capítulo, articularei uma reflexão sobre o tema da violência na obra girardiana. Cabe reconhecer, junto com o autor de *Rematar Clausewitz*, que "a violência está hoje presente em todo o planeta";[35] no entanto, privilegiarei os aspectos do fenômeno mais diretamente relacionados à situação latino-americana.

Valorizarei, assim, as mudanças na percepção girardiana da questão da violência e do sagrado: dois elementos intrinsecamente associados em sua obra. Os leitores de René Girard costumam negligenciar

---

[33] Refiro-me ao clássico de Harold Bloom, *The Anxiety of Influence: A Theory of Poetry*. Oxford, Oxford University Press, 1973.
[34] Rimbaud escreveu a frase, autêntico *ready-made* poético, numa carta enviada a Georges Izambard, seu professor de escola, em 13 de maio de 1871. Arthur Rimbaud, *Oeuvres Complètes*. Org. Antoine Adam. Paris, Gallimard, 1972, p. 248-49.
[35] René Girard, *Rematar Clausewitz: Além Da Guerra*. Trad. Pedro Sette-Câmara. São Paulo, É Realizações, 2011, p. 23.

importantes mudanças em sua forma de compreender a questão. Como assinalou Michael Kirwan: "qualquer pessoa que leia *Coisas Ocultas* para saber o que Girard pensa sobre o sacrifício será seriamente induzida a erro, devido à sua mudança de ênfase desde que o livro foi publicado, em 1978".[36]

No último capítulo, relacionarei essas mudanças à crise que países como Brasil, Colômbia e México experimentam em suas ágoras a cada dia mais agônicas. A estrutura profunda da violência implica a supressão radical da diferença. Violência e intolerância são duas caras da mesma moeda. A antropofagia, tal como foi proposta por Oswald de Andrade, antecipa elementos centrais da teoria mimética. Não se pense que se trata de uma aproximação artificial. René Girard dedicou um estudo ao canibalismo ritual dos tupinambás,[37] além de estabelecer um vínculo decisivo entre antropofagia e eucaristia.[38]

Advertência final

Uma leitura mimética da violência contemporânea não oferecerá "soluções" para o problema, cuja complexidade desautoriza a busca de panaceias ou a promoção de falsas guerras.[39] Estas somente

---

[36] Michael Kirwan, *Teoria Mimética. Conceitos Fundamentais*. Trad. Ana Lúcia Correia da Costa. São Paulo, É Realizações, 2015, p. 37. Uma das melhores introduções à obra de René Girard.
[37] René Girard, "A Unidade de Todos os Ritos". In: *A Violência e o Sagrado*. Trad. Martha Gambini. Rio de Janeiro, Paz e Terra, 1990, especialmente p. 343-49.
[38] "A verdadeira história do homem é sua história religiosa, que remonta até o primitivo canibalismo, este também um fenômeno religioso. E a Eucaristia o incorpora, pois recapitula aquela história de alfa a ômega." René Girard et al., *Evolução e Conversão*, op. cit., p. 236-37. Discutirei essa passagem no capítulo seis.
[39] Em 2006, Felipe Calderón assumiu a presidência do México, depois de eleições fraudulentas, nas quais o candidato da oposição, Andrés Manuel López Obrador, venceu nas urnas. Como uma forma de legitimar seu mandato, o novo presidente iniciou uma desastrosa guerra ao narcotráfico. Desastrosa pelos métodos equivocados, e ainda mais pelos resultados: aproximadamente 50 mil pessoas morreram em consequência da guerra. Sacrifício inútil, pois sua presidência terminou na mais profunda crise de legitimidade.

suscitam a escalada da violência, como se vivêssemos enredados numa ordem que já não sabe como legitimar-se, a não ser pela promessa de controlar a violência desencadeada pelo próprio sistema. Uma análise que leve em conta os pressupostos da teoria mimética ilumina novos ângulos, propiciando formas de enfrentar o problema sem meias-tintas.

(Não é outra a tarefa da teoria.)

capítulo 1
teoria mimética: conceitos básicos

Um porco-espinho (com asas)

Roberto Calasso propôs uma definição bem-humorada: René Girard seria um dos últimos porcos-espinhos da história do pensamento.[1]

O autor de *Ka* aludia à distinção entre a raposa e o porco-espinho: enquanto a raposa sabe um pouco de tudo, sem chegar a conhecer muito de coisa alguma, o porco-espinho domina apenas um elemento, mas sobre ele nada ignora. Na opinião do ensaísta italiano, o pensador francês compreendeu como ninguém o mecanismo do bode expiatório.[2] Essa observação espirituosa, correta à primeira vista, não resiste a um exame cuidadoso da obra do autor de *Mentira Romântica e Verdade Romanesca*, pois a obra girardiana não se limita a uma única intuição. A segunda "grande coisa" (na verdade, cronologicamente, a primeira) descoberta por Girard emerge na definição de Calasso. Ora, o italiano recorreu a Isaiah Berlin, que esclareceu a diferença entre a raposa e o porco-espinho num texto frequentemente mencionado.[3]

---

[1] Roberto Calasso, *La Rovina di Kash*. Milan, Adelphi, 1983, p. 205.
[2] Em muitos textos, René Girard reconheceu a centralidade da noção. Ele propôs relacioná-la à teoria da evolução, enfatizando sua importância no longo processo de hominização: "O mecanismo do bode expiatório pode ser pensado como uma fonte de boas mutações biológicas e culturais". René Girard, *Aquele por Quem o Escândalo Vem*, op. cit., p. 144.
[3] Isaiah Berlin, *The Hedgehog and the Fox: An Essay on Tolstoy's View of History*. London, Weidenfeld & Nicholson, 1953. O ensaio encontra-se disponível em português; ver, Isaiah

O filósofo, por sua vez, tomou emprestada a distinção do poeta grego Arquíloco de Paros. Talvez, e o círculo adequadamente se fecha – ou apenas recomeça, segundo o ponto de vista –, Arquíloco tenha se apropriado do motivo de algum outro vate, ou da tradição oral. Uma sutil corrente atravessa os séculos, viajando desde o século VII AEC até hoje. Na obra de Girard, essa corrente tem nome próprio: *desejo mimético*. Se o pensador francês é um porco-espinho, melhor seria imaginar um porco-espinho com asas, pois o alcance de sua teoria não depende de uma noção obsessiva. Ela se articula por meio de uma complexa inter-relação de diversos conceitos reunidos por uma intuição pioneira: a origem mimética do desejo, e, sobretudo, da violência.[4]

Prossigamos, contudo, passo a passo, a fim de apreender a arquitetura do pensamento girardiano. No juízo de um de seus mais importantes intérpretes: "A catedral de Girard é uma pirâmide apoiada em seu vértice, isto é, a hipótese mimética".[5] Na expressão de Giuseppe Fornari, esse sentido arquitetônico deu origem a um autêntico "sistema-Girard".[6]

Neste primeiro capítulo, dado seu caráter panorâmico, não aprofundarei aspectos específicos da teoria mimética. Trata-se de preparar o caminho para a reflexão que desenvolverei sobre a interdividualidade coletiva, traço definidor dos dilemas das culturas latino-americanas.

Berlin, *Pensadores Russos*. Trad. Carlos Eugênio Marcondes de Moura. São Paulo, Companhia das Letras, 1988.

[4] Numa definição sucinta: "a contaminação recíproca da imitação e dos apetites é o que eu chamo de desejo". René Girard, "Satan et le Scandale". In: Mark R. Anspach (org.), *Les Cahiers de l'Herne*. Paris, Éditions de l'Herne, 2008, p. 119.

[5] Jean-Pierre Dupuy, "Mimésis et Morphogénèse". In: Michel Deguy & Jean-Pierre Dupuy (orgs.), *René Girard et le Problème du Mal*. Paris, Grasset, 1982, p. 225.

[6] Giuseppe Fornari, "La Veritá della Violenza. Il Pensiero di René Girard e il Suo Rapporto con la Filosofia". In: *Ars Interpretandi*, Annuario di Ermeneutica Giuridica, vol. 4, 1999, p. 105.

Três intuições – três livros fundamentais

Começarei destacando as três intuições que estruturam o pensamento de René Girard. Num segundo momento, e para ser fiel à dinâmica do autor de *O Bode Expiatório*,[7] sublinharei o caráter paradoxal de sua reflexão. Discutirei as três noções que sustentam a teoria mimética, pois elas se associam por meio de uma sucessão de paradoxos desenvolvidos nos três primeiros livros do autor. Ademais, em cada título, ele estabeleceu um diálogo central tanto com uma determinada disciplina das ciências humanas, quanto com um pensador em particular.[8] Buscarei ainda relacionar as três principais intuições com o contexto da época em que os livros foram publicados. Por fim, mencionarei muito brevemente aspectos da biografia de René Girard, destacando somente os fatos relacionados à escrita de sua obra.

Este capítulo tem como base uma articulação de três elementos e suas variações.

Estamos em casa: se o desejo mimético possui uma estrutura triangular, por que não adotá-la como experiência de pensamento?

Uma definição inicial

Extraio a definição inicial do próprio René Girard: "A Teoria Mimética ou Imitativa é uma explicação do comportamento humano e da cultura humana".[9]

---

[7] René Girard, *Le Bouc Emissaire*. Paris, Grasset, 1982. Edição brasileira: *O Bode Expiatório*. Trad. Ivo Storniolo. São Paulo, Paulus, 2004.
[8] Foi esse o método seguido por Michael Kirwan em *Teoria Mimética. Conceitos Fundamentais*. São Paulo, É Realizações, 2015. Deixo clara, portanto, minha dívida com seu trabalho, uma introdução indispensável à teoria mimética.
[9] "Mimetic or Imitative theory is an explanation of human behavior and human culture." In: René Girard, *Account of Mimetic Theory*. Disponível em: www.imitatio.org/uploads/tx_rtgfiles/Account_of_Mimetic_Theory.pdf. Acesso em: 29 abr. 2015.

Como se trata de questão-chave, vale a pena desenvolvê-la.

A equivalência entre mímesis e imitação se encontra em outros textos; por exemplo, Girard já se referiu à "ideia de um desejo mimético, mediado ou imitado".[10] No entanto, é muito importante observar que existe uma diferença sutil entre os termos. Diferença essa que se encontra no cerne do mecanismo do bode expiatório, cujo funcionamento supõe o *desconhecimento* (*méconnaissance*) estrutural de sua motivação.

(O termo é novo, você tem razão; e é decisivo, eu acrescento. Um pouco de paciência: adiante, falaremos dele.)

Leiamos o autor:

> Uso os dois termos de maneira distinta. Há menos consciência no mimetismo, e mais na imitação. Não quero reduzir a mímesis ao desejo mimético em todas as suas formas. Essa atitude epistemológica é típica do século XX. O behaviorismo, por exemplo, é uma recusa total da imitação.[11]

A imitação se converte em desejo quando surge a disputa por um objeto determinado. O desejo é uma imitação de segundo nível, pois implica a adoção de um modelo. Em termos girardianos, *sem modelo, não há desejo*. O mimetismo não é consciente, e esse fator ajuda a entender o complexo fenômeno da *méconnaissance*, sem o qual o mecanismo do bode expiatório não seria possível.

Para o pensador francês, a teoria mimética é a *explicação* do comportamento humano, proporcionando uma narrativa integrada da emergência da cultura, vale dizer, da centralidade da violência

---

[10] René Girard, "Introduction". In: *To Double Business Bound. Essays on Literature, Mimesis and Anthropology*. Baltimore, The Johns Hopkins University Press, 1978 (Paperback Edition, 1988), p. viii.
[11] René Girard, et al., *Evolução e Conversão*. São Paulo, É Realizações, 2011, p. 83.

no processo de hominização. Um livro recente, *Mimesis and Science*,[12] representa um importante elo para o pleno desenvolvimento da teoria mimética, ao associar o pensamento girardiano a investigações contemporâneas, especialmente estudos dedicados aos neurônios-espelho.

Trata-se de questão delicada.

A retórica girardiana oscila entre uma grande confiança na força explicativa da teoria mimética e o reconhecimento de que não se conseguiu esgotar o tema. Sintomático do impasse é a seguinte declaração: "Seria preciso escrever um método mimético. [...] Eu seria incapaz de ir além disso, de pôr rótulos".[13] Penso numa autocrítica constante no que se refere à composição da própria obra. Eis como julgou um de seus livros: "Admito que este estudo não tem equilíbrio. [...] Espero que meus leitores sejam capazes de separar o joio do trigo e ter ao menos uma vaga ideia de onde uma realização mais perfeita desse projeto poderia ter chegado".[14] Não se trata de palavras protocolares, mas do desafio inerente a toda teoria que pretenda explicar a emergência da cultura.

Nada menos!

E o que dizer de Girard, leitor severo de *A Violência e o Sagrado*?

> Tentei elaborar um raciocínio muito cuidadoso, dando atenção a cada encadeamento lógico. Acho que o problema em si é circular, e que é preciso escolher um ponto de entrada nesse círculo descritivo, que não é autoevidente. O que é preciso demonstrar, o que ajuda na

---

[12] Scott R. Garrels (org.), *Mimesis and Science: Empirical Research on Imitation and the Mimetic Theory of Culture and Religion*. Michigan, Michigan State University Press, 2011.
[13] René Girard, *Aquele por Quem o Escândalo Vem*, op. cit., p. 196.
[14] René Girard, *Shakespeare: Teatro da Inveja*. São Paulo, É Realizações, 2010, p. 49.

demonstração, é muitas vezes um *continuum*. Ainda assim, devo admitir que não encontrei um modo absolutamente claro de formular a questão, porque minha teoria leva a uma quantidade imensa de mal-entendidos.[15]

Uma leitura cuidadosa do pensamento girardiano deve considerar estes três aspectos: confiança completa nos desdobramentos da intuição mimética, impossibilidade de exaurir esses mesmos desdobramentos, autocrítica incontornável em virtude dessa impossibilidade.

(Você se deu conta, não é? *O problema em si é circular.*)

Aproveito para propor um pacto inicial de leitura: aceitemos o poder explicativo da teoria mimética como primeira abordagem. O que não quer dizer que não se possa discordar aqui e ali, ou mesmo *terminar por recusar sua hipótese*. Contudo, para dialogar com o pensamento girardiano, é preciso compreender a plasticidade das variações do desejo mimético, assim como o sentido arquitetônico de sua elaboração.

Bem sei que, em aparência, esse pacto implica uma tautologia imperdoável, uma suspensão deselegante do olhar crítico. Mesmo assim, mantenho a proposta: antes de interromper a exposição da coerência interna da teoria mimética com dúvidas (plausíveis e legítimas), o leitor deve acompanhá-la em seus desdobramentos, logicamente encadeados. As objeções, após esse esforço de escuta, em lugar de produzir um mero ruído narcisista, darão idealmente lugar a uma conversa proveitosa.[16]

---

[15] René Girard et al., *Evolução e Conversão*, op. cit., p. 181.
[16] Não ignoro a crítica contundente de Eric Voegelin ao tipo de pacto de leitura que proponho: "Conversando com hegelianos, pude observar em várias ocasiões que, tão logo alguém tocasse nas premissas, o hegeliano se recusava a argumentar e assegurava que não se pode entender Hegel sem aceitar suas premissas". Eric Voegelin, *Reflexões Autobiográficas*. Trad. Maria Inês de Carvalho. São Paulo, É Realizações, 2007, p. 82. Mantenho,

A força explicativa referida por Girard tem como base a inter-relação de três intuições fundamentais. A teoria mimética produziu impacto efetivo na forma de entender, respectivamente, a crítica literária, a antropologia e os estudos bíblicos.

Impacto, deve-se reconhecer, muitas vezes, na forma de uma discordância categórica.

O desejo mimético

Chegamos à primeira intuição: o desejo é fundamentalmente mimético. O "eu"[17] não deseja a partir de uma subjetividade autoconcentrada, capaz de impor suas regras. O eu deseja a partir de um outro, tomado como modelo para a determinação do objeto de desejo. Tal *precariedade ontológica* relaciona-se precisamente à centralidade do outro na definição do eu. Nas palavras do pensador: "O que se chama desejo ou paixão não é mimético, imitativo acidentalmente ou apenas de vez em quando, mas o tempo todo. Longe de ser o que há de mais nosso, nosso desejo vem do outro. Ele é eminentemente social...".[18]

A primeira intuição girardiana sublinha o caráter mimético do desejo. O mimetismo aparece como alfa e ômega da condição humana: "A imitação é a inteligência humana no que ela tem de mais dinâmico, é o que ultrapassa a animalidade".[19]

Como se trata de conceito-chave, vale a pena reiterar: o desejo é aprendido de um modelo. Justamente a dimensão que deveria definir o

---

contudo, a proposta, pois a aceitação dos pressupostos girardianos é *apenas o primeiro passo*, que pode muito bem ser seguido por uma divergência radical.
[17] "Eu" entre aspas em virtude da dependência em relação a um modelo: a partir de agora, escreverei simplesmente eu, mas sempre tendo em conta a incontornável centralidade do outro em sua definição.
[18] René Girard, *Aquele por Quem o Escândalo Vem*, op. cit., p. 34.
[19] Ibidem.

sujeito moderno, torna-se índice de sua vulnerabilidade. Numa formulação concisa, Girard esclareceu: "Compreender o desejo é compreender que seu egocentrismo é indiscernível de seu alterocentrismo".[20]

(As *culturas shakespearianas* são formas particularmente agudas, porque coletivas, de *alterocentrismo*.)

Claro, você tem razão: a intuição relativa ao mimetismo não é nada original! Desde Platão e Aristóteles trata-se de tema central na tradição filosófica. Não me refiro, portanto, às definições modernas do desejo, mas ao caráter imitativo como fator indissociável do homem enquanto animal político. O ζῷον πολίτικον, na definição de Aristóteles,[21] associa-se intrinsecamente com o traço antropológico destacado na *Poética*. Ora, da imitação emerge não apenas a política, mas também a estética:

> O imitar é congênito no homem (e nisso difere dos outros viventes, pois, de todos, é ele o mais imitador, e, por imitação, aprende as primeiras noções), e os homens se comprazem no imitado.[22]

Contudo, já em seu primeiro livro, *Mentira Romântica e Verdade Romanesca*,[23] a noção de desejo mimético possui consequências que,

---

[20] René Girard, *Anorexia e Desejo Mimético*. Trad. Carlos Nougué. São Paulo, É Realizações, 2011, p. 51.
[21] A definição se encontra no "Livro I" de *Política*, 1253a. Manuela García Valdés esclarece o sentido do conceito: "Deparamo-nos com a famosa expressão aristotélica que define o homem: *politikón zôion*. A tradução será sempre pouco fiel. [...] Como traduzir a expressão grega? 'Animal cívico', 'animal político' ou 'animal social'?". Manuela García Valdés. "Introducción". In: Aristóteles. *Política*. Trad. e notas Manuela García Valdés. Madrid, Editorial Gredos, 1994, p. 50. Vejamos a opção da tradutora: "Por tudo isso é evidente que a cidade é uma das coisas naturais, e que o homem é por natureza um animal social".
[22] Aristóteles, *Poética*. Edição Bilíngue Grego-Português. 2. ed. Trad. Eudoro de Souza. São Paulo, Ars Poetica, 1993, p. 27 (1448b).
[23] René Girard, *Mensonge Romantique et Vérité Romanesque*. Paris, Grasset, 1961. Edição brasileira: *Mentira Romântica e Verdade Romanesca*. Trad. Lilia Ledon da Silva. São Paulo, É Realizações, 2008.

essas sim, são singulares, e cujo desenvolvimento permite vislumbrar a catedral mencionada por Jean-Pierre Dupuy.

O projeto girardiano começou com um propósito em aparência modesto, limitado ao campo da literatura comparada: "O que eu queria era escrever uma história do desejo através da leitura de grandes obras literárias".[24] Todavia, intuição-chave propiciou a ampliação do horizonte de suas preocupações: o desejo mimético é a causa primordial da violência.

Girard assinalou a singularidade dessa perspectiva:

> Os grandes filósofos gregos, em particular Platão e Aristóteles, reconheceram a importância primordial da imitação nos comportamentos humanos, mas desconheceram a rivalidade mimética. [...] O próprio Aristóteles tampouco pressente na imitação a causa da violência.[25]

Eis a contribuição propriamente girardiana ao entendimento da mímesis – e o elo estabelecido entre mimetismo, adoção de modelos e violência oriunda desse processo é fundamental para a reflexão que desenvolvo acerca da circunstância não hegemônica. A leitura girardiana de Platão é ainda mais intensa, tal como revelou numa entrevista à revista *Diacritics* por ocasião do número especial dedicado ao lançamento da edição norte-americana de *La Violence et le Sacré*:

> A problemática de Platão não menciona o domínio em que a imitação é inevitavelmente conflitiva: a apropriação. Ninguém jamais percebeu essa lacuna. Como resultado dessa curiosa negligência, nunca foi devidamente

---

[24] René Girard et al., *Evolução e Conversão*, op. cit., p. 77.
[25] René Girard, *Aquele por Quem o Escândalo Vem*, op. cit., p. 35-36.

avaliada a realidade da ameaça apresentada pela imitação à harmonia e até à sobrevivência das comunidades humanas.[26]

A violência surge como variante não calculada do caráter mimético do desejo. Desse modo, supera-se um mal-entendido frequente: "Para mim, o ponto de partida não é a violência, mas a *imitação*".[27]

Vejamos.

Melhor: envolvamo-nos na reflexão. Esse é o compromisso do pensamento girardiano: na descrição das consequências do desejo mimético, o estudioso deve reconhecer-se no comportamento dos demais.

A começar pelo pensador:

> Meu caso era ainda mais grave, porque eu era alérgico a qualquer leitura sugerida por qualquer outro. A forma mais extrema do mimetismo é o antimimetismo intransigente, pois, se não é preciso ser escravo da opinião dos outros, é impossível fechar-se a tudo o que vem dos outros.[28]

Daí o sentido principalmente ético da conversão mimética; noção que aparece em *Mentira Romântica e Verdade Romanesca*, e que costuma provocar curto-circuitos interpretativos.[29]

---

[26] René Girard, "An Interview with René Girard". In: *To Double Business Bound*, op. cit., p. 201. Entrevista publicada em *Diacritics* 8, 1978, p. 31-54.
[27] René Girard, "Réponse à Jacques Goodbout sur le Jugement de Salomon". In: Mark R. Anspach (org.), *Les Cahiers de l'Herne*, op. cit., p. 158 (grifo do autor).
[28] René Girard, *Anorexia e Desejo Mimético*, op. cit., p. 83. No terceiro capítulo, retomarei esta citação, ampliando-a.
[29] "Sem dúvida, o modelo de conversão ética proposto por João Cezar de Castro Rocha fornece uma nova chave para entendermos o problema da violência na América Latina, já que, alimentado por um fundo epistemológico, tal modelo supõe que nos reconheçamos

Atenção: sentido ético, não necessariamente religioso: "Raymund Schwager disse que minha teoria demanda uma conversão, porque o ponto mais importante dela é o entendimento de que sempre se é parte do mecanismo mimético".[30]

Ao adotar um modelo para a constituição do desejo, dele me aproximo, estabelecendo uma relação de mestre e discípulo. Porém, num segundo momento, o mesmo fenômeno tende a transformá-lo em futuro rival. Ora, se desejo de acordo com um modelo, terminaremos disputando o mesmo objeto – seja um objeto físico, cotidiano; seja um objeto mais complexo, um sentimento; seja um objeto metafísico, o desejo bovarista de ser exatamente como ele. Não importa: se desejamos o mesmo objeto, encontramo-nos numa zona sombria, contígua à violência, derivada da "mímesis de apropriação", conceito que assinala a singularidade da teoria mimética.

Eis o pulo do gato da contribuição girardiana.

A mímesis possui potencialmente um caráter de apropriação: "Se um indivíduo imita outro quando este último se apropria de algum objeto, o resultado inevitavelmente será a rivalidade ou o conflito".[31] Desse caráter aquisitivo emerge a violência das relações humanas, pois a mímesis não é uma transmissão anódina de códigos e valores, mas, pelo contrário, a origem do conflito.

Se o desejo mimético explica a causa primordial da violência, também esclarece a primeira forma por ela adotada: vingança, quando o objeto do desejo é tomado por outro; ressentimento, quando não sou capaz de apropriar-me dele.

---

profundamente envolvidos no mimetismo que antes só idenficávamos nos outros". Mariana Méndez-Gallardo, "Teoria Mimética na América Latina? Uma Reflexão sobre a Leitura Shakespeariana das Culturas". In: Mendoza-Álvarez, Carlos; Jobim, José Luís; Méndez-Gallardo, Mariana (orgs.). *Mímesis e Invisibilização Social. A Interdividualidade Coletiva Latino-americana*. Trad. Simone Campos. São Paulo, É Realizações, 2016, p. 54.
[30] René Girard et al., *Evolução e Conversão*, op. cit., p. 49.
[31] René Girard, "Introduction". In: *To Double Business Bound*, op. cit., p. vii.

É essa a primeira grande intuição girardiana: *o caráter mimético do desejo*. A vingança e o ressentimento não constituem apenas um traço psicológico, mas também um dado estrutural.

Não se trata ainda de institucionalização na figura do Estado organizado; não se trata nem mesmo de um rito formalizado, desdobramento que caberá às religiões. A vingança e o ressentimento são instituições propriamente humanas porque supõem um conjunto de práticas e de códigos que podem ser repetidos e adotados por todo um grupo.[32]

O mecanismo do bode expiatório

A segunda intuição básica do pensamento girardiano corresponde à radiografia do mecanismo do bode expiatório.

Tal mecanismo explicita o caráter coletivo do desejo. O ponto é decisivo: para efeitos didáticos, geralmente se define o desejo mimético como a relação do sujeito com seu modelo, enfatizando-se o traço individual. No entanto, o desejo mimético é sempre *inter*dividual, envolvendo um número considerável de atores, ainda que não ocupem o centro da cena. Em boa medida, o conceito que proponho de *interdividualidade coletiva* radicaliza esse entendimento.

Hora de esclarecer o conceito.

Interdividualidade é o único neologismo proposto por Girard na formulação da teoria mimética. A individualidade não é definida de maneira autônoma, antes depende da interação com outros, sendo por definição *inter*subjetiva. Por isso, em lugar de "individualidade",

---

[32] De fato, "a civilização e a cultura são impossíveis sem repetição regrada". René Girard e Michel Treguer, *Quando Começarem a Acontecer Essas Coisas*. Trad. Lilian Ledon da Silva. São Paulo, É Realizações, 2011, p. 128.

emerge a noção de "*inter*dividualidade".³³ Girard ofereceu uma definição precisa num diálogo com psicanalistas: "o ponto de vista mimético suprime o ponto de vista subjetivo. Sempre se trata, a meu ver, de um ponto de partida intersubjetivo (*intersubjectif*)".³⁴

(Ou seja: *inter*dividual. Daí, a precariedade ontológica: noção que, adiante, permitirá reunir a antropofagia de Oswald de Andrade e a teoria mimética de René Girard – e, se você não me considerar irresponsável, a leitura antropológica de Eduardo Viveiros de Castro da contribuição oswaldiana. Adiante, eu disse: peço que você aguarde um pouco. Mais precisamente: até o último capítulo deste livro.)

Com base em estudos realizados no povoado de Tepelaoxtoc, o antropólogo Roger Maganize encontrou um elo instigante com meu projeto: "[...] entre os povos mesoamericanos, a ação e o desejo de agir *devem* ser produzidos por alguma outra pessoa. Chamei a isso interdependência [...]. A semelhança com o conceito de interdividualidade coletiva de Castro Rocha não é por acaso".³⁵ De fato, a interdividualidade evidencia o caráter coletivo do desejo. Se, em princípio, a rivalidade afeta o sujeito ou seu modelo, isto é, se a relação limita-se a um círculo restrito, no segundo momento essas relações começam a disseminar-se, porque o desejo mimético é, em si mesmo, mimético – e aqui se impõe a redundância, numa variação do *feedback* positivo estudado por Gregory Bateson.³⁶ A violência termina por dominar o grupo, já que, por contágio, o sistema reforça o mimetismo inicial.

---

[33] O Livro III de *Coisas Ocultas desde a Fundação do Mundo*, "Psicologia Interdividual", é dedicado ao desenvolvimento desse conceito como base para uma psicologia mimética. René Girard. Trad. Martha Gambini. Rio de Janeiro, Paz e Terra, 2009.
[34] René Girard, "La Reciprocité dans le Désir et la Violence". In: Mark R. Anspach (org.), *Les Cahiers de l'Herne*, op. cit., p. 184.
[35] Roger Magazine, "A Interdependência das Culturas Indígenas Mesoamericanas como Verdade Romanesca". In: *Mímesis e Invisibilização Social*, op. cit., p. 155 (grifo do autor).
[36] Ver a discussão sobre *feedback* positivo no livro de Gregory Bateson, *Steps to an Ecology of Mind*. op. cit., p. 409-12.

Em virtude da proliferação de rivalidades e conflitos, a escalada da violência chega a ameaçar a sociedade de desintegração. Imaginemos que tais conflitos e rivalidades não conheçam ainda formas externas de controle. Na reconstrução girardiana, tal era a situação dos primeiros grupos de hominídeos. Portanto, o grupo social podia desagregar-se em meio à multiplicação de conflitos localizados. Os grupos de hominídeos que superaram a crise mimética, constituindo os primeiros núcleos de organização cultural, encontraram um mecanismo matriz: o mecanismo do bode expiatório. No sistema girardiano, essa hipótese proporcionou uma compreensão inovadora da emergência da cultura. Girard supõe que, como resposta possível à escalada da violência, teria surgido um mecanismo cuja descrição constitui a segunda intuição básica, apresentada em La Violence et le Sacré.[37] A relação com o primeiro livro foi explicitada pelo autor: "Meu primeiro livro era sobre o desejo mimético e a rivalidade na literatura moderna; o segundo era a extensão das teses sobre o desejo mimético para a religião arcaica".[38]

Vejamos as características do mecanismo do bode expiatório.

A cultura engendra meios externos de controle da violência, a fim de disciplinar conflitos endogâmicos. Caso contrário, a violência intestina disseminar-se-ia, desarticulando o grupo pela multiplicação desordenada de disputas e rivalidades. No momento em que essas rivalidades e disputas transformam-se em caos coletivo, vale dizer, quando todos estão disputando a posse de objetos, a desintegração social parece não apenas provável como também iminente. Nesse instante, os hominídeos teriam cruzado o limiar da cultura ao forjar o mecanismo do bode expiatório, permitindo que a violência generalizada se transformasse na violência unânime de todos contra apenas um: *o bode expiatório*. A canalização da violência contra uma única pessoa propiciaria o retorno à ordem, já que, ao

---

[37] René Girard, *La Violence et le Sacré*. Paris, Grasset, 1972. Edição brasileira: *A Violência e o Sagrado*. Trad. Martha Gambini. Rio de Janeiro, Paz e Terra, 1990.
[38] René Girard et al., *Evolução e Conversão*, op. cit., p. 69.

sacrificá-la, todos se reúnem no ato do assassinato fundador – isso mesmo: *se religam*. Tal mecanismo disciplinaria a violência mimética, possibilitando que se encontrasse um modelo para sua contenção. Na elegante definição de Henri Grivois, "[...] *a unanimidade menos um* da crise fundadora".[39]

É preciso sublinhar o paradoxo dessa circunstância: trata-se de mecanismo interno que ao mesmo tempo necessita criar uma exterioridade em relação ao próprio grupo. O bode expiatório é um membro do grupo, mas deixa de sê-lo na hora em que é assinalado como culpado da desordem. Converte-se assim numa espécie de elemento externo, favorecendo o retorno da coesão do grupo, que volta a reconhecer-se como uma unidade, em oposição ao futuro bode expiatório, figura mesma da alteridade que se havia perdido na crise da indiferenciação.

Um passo atrás para melhor entender o fenômeno.

Jean Robert descreveu o processo com economia:

> Em toda rivalidade, pode haver um ponto sem volta, a partir do qual o objeto da disputa desaparece, ainda que a disputa continue. De agora em diante, cada adversário ficará tão fascinado com o outro que esquecerá seu interesse próprio. [...] O motivo já não é obter o objeto inicialmente desejado por ambos, mas impedir que o outro o obtenha e, ademais de seu desaparecimento, infligir-lhe danos.[40]

---

[39] Henri Grivois, "Crise Sacrificielle et Psychose Naissante". In: Mark R. Anspach (org.), *Les Cahiers de l'Herne*, op. cit., p. 71 (grifos do autor).
[40] Jean Robert, "Reciprocidad Negativa, Ausencia del Bien e Institucionalización del Pecado". In: Sonia Halévy; Pierre Bourbaki e Jean Robert, *Jean-Pierre Dupuy: La Crisis Económica, Su Arqueología, Constelaciones y Pronóstico*. Chiapas, Universidad de la Tierra, 2012, p. 36.

O objeto não tem mais importância, uma vez que a rivalidade, alimentada por um *feedback* positivo, torna-se autônoma, produzindo uma sucessão de duplos, isto é, sujeito e modelo que, na ausência de objeto, tornam-se especulares, numa crise de indiferenciação.[41] Para interromper a avalanche de mimetismo é preciso, digamos, uma espécie de dique, ou, nos termos estudados por Bateson, impõe-se um *feedback* negativo, que, ao inserir uma informação contrária no circuito, opõe um obstáculo decisivo à explosão de rivalidades.

Numa palavra: falta a mediação de um objeto que discipline a mímesis, possibilitando o restabelecimento de diferenciações entre sujeito e modelo.

Esse objeto, o objeto primordial, *é o corpo da vítima sacrificial.*

Reitero (pois o ponto é decisivo na teoria mimética): o mecanismo do bode expiatório promove o retorno do objeto na figura do corpo sacrificado.

Eis a segunda intuição girardiana: a emergência da cultura demandou o desenvolvimento de formas miméticas de contenção da violência mimeticamente engendrada. Uma hipótese tão ambiciosa enfrentou não apenas o ceticismo de muitos, como também impôs dificuldades relativas à exposição mesma da teoria. Nas palavras do pensador: "A natureza 'ensaística' de *A Violência e o Sagrado* [...] não transmite da maneira tão sistemática e eficaz quanto se pode transmitir, tenho certeza, as inúmeras evidências que marcam a vitimação unânime como mecanismo gerador de todas as instituições culturais e religiosas".[42] Ainda: "Com certeza parte da

---

[41] "A *crise sacrificial*, ou seja, a perda do sacrifício, é a perda da diferença entre a violência impura e a violência purificadora. [...] A *crise sacrificial* deve ser definida como uma *crise das diferenças*, ou seja, da ordem cultural em seu conjunto." René Girard, *A Violência e o Sagrado*, op. cit., p. 67 (grifos do autor).
[42] René Girard, "An Interview with René Girard". In: *To Double Business Bound*, op. cit., p. 199.

responsabilidade por essa situação cabe a mim. Tenho a impressão de que nunca consegui expor a minha intuição na ordem mais lógica, didática e compreensível possível".[43] Tal defasagem gerou constantes mal-entendidos.

Agora se entende por que a redundância é recurso constante na apresentação da teoria mimética.

É importante compreender como as duas intuições se relacionam, ou seja, como o livro de 1961 sugere perguntas que o livro de 1972 busca responder.

(Passo a passo – aliás, como sempre; diria o poeta Antonio Machado, epistemólogo acidental.)

Se o desejo é mimético, um modelo define o objeto do desejo; no momento em que isso ocorre, surge uma relação de rivalidade em que o sujeito tentará apropriar-se do objeto. Se o sujeito triunfa, o modelo pode vingar-se; se o sujeito fracassa, pode ressentir-se – eis o universo de *Mensonge Romantique et Vérité Romanesque*. Imaginemos agora que essa relação não ocorre apenas no plano individual, porém no nível *inter*dividual e chegamos ao terreno de *La Violence et le Sacré*, pois surge uma tensão que potencialmente levará o grupo à desintegração por meio da violência unânime. Trata-se de uma violência caótica, que não possui capacidade catártica, porque é disseminada sem orientação. O grupo retorna à ordem quando escolhe de modo aleatório uma única pessoa, dando foco à violência. Essa é a forma de operação do mecanismo do bode expiatório, "contingente e mecânico".[44] Contingente porque a eleição da vítima não responde a um critério racional ou consciente; mecânico porque sem esse *feedback* negativo o curto-circuito dominaria o grupo de hominídeos, levando-o ao colapso.

---

[43] René Girard, *Quando Começarem a Acontecer Essas Coisas*, op. cit., p. 219.
[44] René Girard et al., *Evolução e Conversão*, op. cit., p. 119.

No entanto, um dilema segue à espreita: a solução para o caos provocado pela escalada da violência mimética foi uma resposta igualmente mimética. Trata-se do caráter paradoxal do mecanismo; aspecto definidor do pensamento girardiano. Como saber se, num segundo instante de crise, solução similar será encontrada? Afinal, a circularidade domina o mecanismo. Ora, depois da resolução da primeira crise, uma segunda crise muito provavelmente retornará, pois as relações continuarão dominadas pelo mimetismo, favorecendo o eterno retorno da espiral de violência.

Daí a importância da pergunta: qual é a garantia de que, num segundo momento de crise de indiferenciação, a solução do bode expiatório voltará a ser descoberta?

Girard considerou o dilema:

> Como pode a mímesis conflitiva e destruidora transformar-se na mímesis não conflitiva do aprendizado e do estudo, indispensável para a elaboração e para a perpetuação das sociedades humanas? Se o desejo mimético e as rivalidades são fenômenos humanos mais ou menos normais, como podem as ordens da sociedade conter essa força de desordem, ou, caso sejam avassaladas por ela, como pode uma nova ordem renascer dessa desordem? A existência mesma da sociedade humana torna-se problemática.[45]

Eis a questão-chave da teoria mimética.

O mecanismo do bode expiatório se torna eficaz quando deixa de ser exclusivamente aleatório. Ele se converte em matriz da cultura

---

[45] René Girard, "Introduction". In: *To Double Business Bound*, op. cit., p. xii.

no momento em que alcança um primeiro nível de formalização. Só então grupos de hominídeos disciplinaram a violência mimética. O limiar que propiciou a emergência da cultura pôde assim ser superado e as primeiras civilizações começaram a organizar-se.

Uma nova pergunta se impõe: como alcançar níveis avançados de formalização do mecanismo do bode expiatório sem uma linguagem igualmente formalizada? Girard esclareceu o vínculo entre os dois fatores por meio de sua divergência com Kenneth Burke, que também apresentou uma valiosa reflexão sobre o princípio vitimário na literatura.[46] Na visão do pensador francês: "Burke vê a vitimação como produto da linguagem, não a linguagem como produto da vitimação (ao menos indiretamente, pela mediação de rituais e proibições)".[47]

A formalização do mecanismo do bode expiatório implica a centralidade do fenômeno religioso na constituição da cultura. O sacrifício aparece como origem do fenômeno religioso, pois "a violência e o sagrado são inseparáveis".[48] Ademais, na visão girardiana, "o homem é produto do sacrifício. É, portanto, filho da religião".[49] A formação de ritos e a elaboração de mitos foram as ferramentas que converteram o mecanismo em força civilizatória.[50]

---

[46] Kenneth Burke, *Language as Symbolic Action*. Berkeley/Los Angeles, University of California Press, 1966. Posição similar foi avançada por um ex-aluno de René Girard em Johns Hopkins, Eric Gans. O autor de *The End of Culture: Toward a Generative Anthropology* (California, University of California Press, 1985) propôs como noção-chave de sua "Generative Anthropology" a ideia de "evento originário". Aqui, a crise mimética não se resolve pela descoberta do mecanismo do bode expiatório, mas por meio da emergência da linguagem como fenômeno de mediação pacificadora. Girard reagiu à provocação de Gans; ver em *Evolução e Conversão*, p. 148-50.
[47] René Girard, "An Interview with René Girard". In: *To Double Business Bound*, op. cit., p. 220.
[48] René Girard, *A Violência e o Sagrado*, op. cit., p. 32.
[49] René Girard, *Rematar Clausewitz: Além Da Guerra*. São Paulo, É Realizações, 2011, p. 21.
[50] "[...] as instituições fundamentais da humanidade – ritos fúnebres, tabus de incesto, a caça coletiva, a domesticação de animais – tornam-se inteligíveis estrutural e geneticamente como produtos da vitimação unânime". René Girard, "An Interview with René Girard". In: *To Double Business Bound*, op. cit., p. 204.

Daí, a terceira intuição do pensamento girardiano assinala a centralidade da religião, compreendida antropologicamente como forma de responder ao desafio da mímesis.

Antropologia e religião

Chegamos à última noção-chave: *a religião implica a institucionalização do mecanismo do bode expiatório*. A emergência da cultura e do fenômeno religioso são dois momentos do mesmo processo: eis a fórmula girardiana. Na teoria mimética, o estudo da religião exige um olhar antropológico, plenamente desenvolvido em *Coisas Ocultas desde a Fundação do Mundo*. Na avaliação de Girard: "O que havia de verdadeiramente novo no livro era a seção central sobre o cristianismo".[51] Para entender o juízo, precisamos apreender sua arquitetura.

As primeiras civilizações foram teocráticas – ninguém o ignora. Girard não apenas recuperou a centralidade da religião, como ainda propôs uma abordagem antropológica para dar conta dessa circunstância, pois, num primeiro momento, a religião engendrou meios de controle da violência mimeticamente desencadeada.

Utilizemos a estratégia girardiana.

Na teoria mimética, o único neologismo criado é o conceito de interdividualidade. Os demais conceitos são extraídos da linguagem cotidiana. A noção de bode expiatório é a que se utiliza no dia a dia. Mimético alude ao sentido corrente de imitativo, acrescido da

---

[51] René Girard et al., *Evolução e Conversão*, op. cit., p. 71. Um pouco antes, Girard esclareceu que já tinha tido a ideia desse projeto durante a escrita de *A Violência e o Sagrado*: "[...] pretendia que fosse um livro em duas partes: uma sobre cultura arcaica e a outra sobre cristianismo, mas talvez me desfizesse da parte sobre o cristianismo – mesmo já dispondo de vasto material sobre o assunto". Ibidem, p. 68-69.

potência associada à apropriação do objeto. Trata-se de uma convicção do autor: "As coisas essenciais de nosso universo se encontram na linguagem corrente e não no linguajar esotérico".[52]

Retornemos, pois, à etimologia da palavra.

Religião, em latim *religio*, sugere o ato de "religar, atar, apertar, ligar bem". Ora, só se pode religar aquilo que por alguma circunstância esteve separado, distante; numa palavra: em crise. A religião *re*liga a comunidade ao sistematizar o mecanismo do bode expiatório por meio de mitos, ritos e tabus.

Girard pensou a religião como um sistema dúplice e de grande alcance para a ordem social. De um lado, por meio de proibições, são estabelecidas regras para a prevenção da escalada da violência. De outro, mediante a elaboração de ritos, preserva-se a memória da crise e de sua resolução sacrificial. Aos mitos, por fim, cabe a narrativização do fenômeno, consolidando um saber coletivo. Posteriormente a abordagem foi ampliada numa leitura antropológica das Escrituras. Nela, Girard propôs uma distinção fundamental entre duas modalidades de experiência, cujas formas de desconhecimento evocam a distinção-chave de seu primeiro livro: *mentira romântica* e *verdade romanesca*. Essa distinção é igualmente central no desenvolvimento do pensamento girardiano em sua última fase.

Girard identificou a existência de uma religião de tipo arcaico, promotora da repetição ritualizada do sacrifício do bode expiatório. Essa repetição manteria a eficácia simbólica do mecanismo. As primeiras religiões organizadas conteriam a violência desencadeada mimeticamente por meio do uso disciplinado do mesmo mimetismo. Entretanto, e eis o ponto central da hipótese girardiana, nessa forma de experiência religiosa não se questionava a lógica do sacrifício.

---

[52] René Girard, "La Reciprocité dans le Désir et la Violence". In: Mark R. Anspach (org.), *Les Cahiers de l'Herne*, op. cit., p. 191.

Ademais, a pessoa que havia sido sacrificada não era "tecnicamente" considerada um bode expiatório, porém era vista como efetivamente culpada. Trata-se da *méconnaissance* que atravessa o mecanismo: o *desconhecimento* estrutural do fenômeno alimenta sua reprodução.

Nas palavras do autor:

> A razão disso deveria ser óbvia: se acreditamos que nosso bode expiatório é culpado, não o chamaremos de "nosso bode expiatório". Se os franceses tivessem tomado Dreyfus por bode expiatório, não admitiriam sua "culpa". Se reconhecermos a inocência de uma vítima, não seremos capazes de usar de violência contra ela.[53]

Daí a centralidade do conceito de *méconnaissance* (desconhecimento) para entender adequadamente a perspectiva antropológica da teoria mimética. O conceito implica que, no instante em que se canaliza a violência da comunidade contra um indivíduo ou contra um grupo determinado, devolvendo assim a estabilidade à ordem social, efetivamente se acredita na culpa daqueles que são sacrificados. Por isso, não se deve *ainda* falar em "bode expiatório".

Esse salto qualitativo exigiu uma mudança radical de paradigma, que fundamentalmente consistiu numa alteração de ponto de vista. O pensador francês fez um resumo epigramático da questão: "Ter um bode expiatório é não saber que temos um bode expiatório. Descobrir que temos um bode expiatório é perdê-lo para sempre [...]".[54]

O círculo vicioso remete à distinção sutil porém crucial entre mimetismo e imitação, ou seja, entre graus de consciência que os sujeitos possuem acerca do móvel de suas ações. A incompreensão sobre esse

---

[53] René Girard et al., *Evolução e Conversão*, op. cit., p. 111.
[54] René Girard, *Rematar Clausewitz*, op. cit., p. 28.

aspecto gerou os mais frequentes mal-entendidos na leitura da obra girardiana.[55] É possível driblá-los caso se entenda o sentido preciso do termo *méconnaissance*: "[...] na mente dos leitores, a palavra 'inconsciente' teria uma conotação freudiana. Empreguei *méconnaissance* porque o mecanismo do bode expiatório é sem dúvida inconsciente de sua própria injustiça, sem ignorar quem foi assassinado".[56] É como se o inconsciente estivesse, por assim dizer, diante dos olhos de todos e, por isso mesmo, permanecesse ainda mais recôndito.

(Você adivinhou: *méconnaissance* é a "carta roubada" na emergência da cultura.)

Para Girard, o cristianismo encontra-se na outra ponta, propiciando uma vivência diversa, cuja novidade é tanto antropológica quanto epistemológica; afinal, a *méconnaissance* deixa de ser uma das *coisas ocultas*, já que sua superação se transforma no próprio eixo da mensagem cristã.

O cristianismo, como outras formas de religião, também apresenta uma repetição ritualizada do sacrifício, isto é, uma encenação do mecanismo do bode expiatório, vale dizer, a Paixão de Cristo. Contudo, a violência não preserva a eficácia do mecanismo, mas, pelo contrário, revela sua arbitrariedade.

(Por favor, recorde-se de uma das epígrafes deste livro: "É preciso um profundo ateísmo...")

Dessa maneira, epistemologicamente, o cristianismo esclarece que o bode expiatório não é culpado, porém vítima.

---

[55] "[...] o erro mais comum que se comete sobre minha tese; dizem que enfatizo a 'eleição' do bode expiatório. A ideia de eleição deve ser submetida à noção de mimetismo, que não sabe o que faz. Uma multidão que se dirige a um bode expiatório não sabe o que está fazendo". René Girard, "La Reciprocité dans le Désir et la Violence". In: Mark R. Anspach (org.), *Les Cahiers de l'Herne*, op. cit., p. 187. Não pode haver propriamente "eleição" porque o processo ocorre sob o império do "desconhecimento".
[56] René Girard et al., *Evolução e Conversão*, op. cit., p. 112.

Inocente – portanto.

Por fim, pode-se usar a palavra-emblema: *bode expiatório*; conceito revelador da possibilidade de superar o *desconhecimento* estrutural que fundou o mecanismo expiatório.

Tal descoberta favorece o compromisso ético de defesa da vítima; antropologicamente, o cristianismo denuncia a arbitrariedade da violência. As duas pontas se atam e nessa associação Girard identificou a contribuição mais relevante do cristianismo.[57]

Essa é a terceira intuição decisiva. O entendimento da especificidade antropológica, ética e epistemológica do cristianismo constituiu o eixo dos últimos livros de René Girard, que serão discutidos no quinto capítulo, com ênfase para a interpretação do mundo contemporâneo, exposta em *Rematar Clausewitz*.

De imediato, recuperemos uma formulação surpreendente, cuja agudeza se destaca no contexto da teoria mimética:

> [...] o cristianismo não é uma "religião" em sentido próprio, mas o princípio de desestruturação de todos os cultos arcaicos, um princípio que deve revestir-se como "religião" institucional a fim de iniciar um diálogo com a historicidade dos credos tradicionais. [...] O nexo entre religião e violência, tão evidente hoje, não nasce porque as religiões sejam intrinsecamente violentas, e sim porque a religião é antes de tudo um saber sobre a violência dos homens.[58]

---

[57] No capítulo cinco, mencionarei pensadores que divergem de Girard neste ponto, assinalando que tal princípio já estava presente em outras religiões.
[58] Pierpaolo Antonello, "Introducción". In: René Girard y Gianni Vattimo, *¿Verdad o Fe Débil? Diálogos sobre Cristianismo y Relativismo*. Barcelona, Paidós, 2011, p. 12-13.

Fórmula cuja força é derivada da experiência propriamente mimética do pensamento.

O paradoxo – você já sabe.

Teoria mimética e paradoxo

Aproveito para assinalar uma incompreensão básica na interpretação do pensamento girardiano. Sua leitura do cristianismo é confundida com uma visão dogmática, e até mesmo sectária. O pensamento girardiano não é estático, tampouco unilateral: "Não se pode definir regras, não se pode dar receitas".[59] Girard nunca afirmou que o processo de emergência da cultura sempre seguiu os mesmos passos. A matriz, esta sim, não se altera: o desejo mimético engendra uma violência coletiva que pode conduzir à desintegração do grupo. De igual maneira, isto é, mimeticamente, o grupo encontra no mecanismo do bode expiatório uma primeira resposta para a crise. A mímesis tanto favorece a formação de grupos quanto promove o curto-circuito que atravessa o sistema, contagiando todo o mecanismo social com a explosão de rivalidades isoladas, até sua confluência caótica e desagregadora.

É possível formalizar os momentos de escalada da violência mimética, mas o conteúdo específico de crises particulares não pode ser antecipado. As crises não se reproduzem automaticamente, pois cada grupo encontra modos específicos de lidar com a explosão da violência. Trata-se de caracterizar uma matriz de fenômenos e não de elaborar uma teoria determinista: "A teoria mimética não se aplica a todas as relações humanas, mas mesmo nas relações com os entes mais próximos é preciso ter consciência dos mecanismos que

---

[59] René Girard, *Quando Começarem a Acontecer Essas Coisas*, op. cit., p. 91.

ela descreve".⁶⁰ O sujeito mimético não é um autômato em busca da aprovação alheia: "Mas não digo que eles [os fenômenos miméticos] excluam qualquer outro tipo de explicação. [...] Não digo que não exista um eu autônomo".⁶¹

Não se trata de imaginar uma máquina discursiva, ágil na produção de respostas-espelho, porém de conceber uma poderosa matriz combinatória, hábil na compreensão de comportamentos diversos com base na hipótese do desejo mimético.

Voltemos à leitura: "A teoria mimética não pretende ser exaustiva de um ponto de vista antropológico. Ela quer definir a passagem de um tipo de religioso a outro. [...] uma vítima sempre se encontra no centro".⁶² Por isso mesmo, segundo Girard, muitos grupos de hominídeos podem ter desaparecido por não terem formalizado o mecanismo do bode expiatório. Esse ponto é importante para que se compreenda a hipótese: sem a institucionalização do mecanismo do bode expiatório, o fenômeno da emergência da cultura não se materializaria. Não é necessário que tenha se repetido o modo como cada grupo articulou um nível mínimo de estabilidade no controle da violência. Na perspectiva girardiana, a matriz do mecanismo é a mesma, mas seus desdobramentos são potencialmente infinitos.

(Teoria mimética: *ars combinatória* do desejo e de suas consequências violentas.)

O pensamento girardiano é dinâmico, e demandou uma forma ensaística particular: "Temos necessidade de ir do alfa ao ômega e voltar. E esses movimentos constantes, esses vaivéns, obrigam

---

⁶⁰ Idem, *Anorexia e Desejo Mimético*, op. cit., p. 85.
⁶¹ Idem, *Quando Começarem a Acontecer Essas Coisas*, op. cit., p. 48. Mais à frente, Girard reitera: "A proporção de autêntico individualismo é obrigatoriamente mínima, mas não inexistente". Ibidem, p. 216.
⁶² Idem, *Aquele por Quem o Escândalo Vem*, op. cit., p. 174-75.

a composições em caracol, em voluta, em espiral, que ao final correm o risco de ser desconcertantes e até incompreensíveis para o leitor".[63]

Ademais, é preciso considerar que a teoria mimética depende de uma estrutura cognitiva paradoxal, característica do duplo vínculo (*double bind*), tal como teorizado por Gregory Bateson.

(Provavelmente, Girard acharia graça da formulação: *estrutura cognitiva paradoxal*.)

A teoria mimética foi elaborada por meio de paradoxos. Para evitar mal-entendidos, proponho uma definição sucinta. Estamos diante de uma situação paradoxal sempre quando ocorra a simultaneidade de elementos não apenas contraditórios, como também mutuamente excludentes.

Em suas palavras: "[...] emprego *double bind* num sentido que não é especificamente batesoniano, e que simplesmente corresponde ao da expressão inglesa de uma duplicidade contraditória. [...] É a *méconnaissance* do traço automático da rivalidade que constitui o *double bind* implícito".[64]

Sentido empregado na terceira cena do terceiro ato de *Hamlet*, depois da representação teatral organizada pelo príncipe da Dinamarca. Nessa célebre armadilha, o teatro se abisma no próprio palco e nele se interroga a consciência do rei usurpador. Confrontado com o espelho do assassinato de seu irmão, Claudio não consegue disfarçar a emoção e a culpa se estampa em seu olhar.

O remorso começa a torturá-lo e tudo se diz no conhecido monólogo:

---

[63] Ibidem, p. 101.
[64] René Girard, "Lettre à Pierre Pachet sur *La Violence et le Sacré*". In: Mark R. Anspach (org.), *Les Cahiers de l'Herne*, op. cit., p. 60. No capítulo cinco, como disse, discutirei o conceito de Gregory Bateson.

CLAUDIUS: [...]
My stronger guilt defeats my strong intent,
And like a man *to double business bound*,
I stand in pause where I shall first begin,
And both neglect. [...].[65]

Girard denominou uma coletânea de ensaios *To Double Business Bound*.[66] Em mais de uma ocasião, contudo, apesar de sua admiração pela obra de Bateson, esclareceu que só tardiamente tomou conhecimento de seus livros.[67]

(Pois é: não se pode mesmo driblar o mimetismo.)

Vejamos como as *três* intuições-chave do pensamento girardiano, desenvolvidas nos *três* livros que definiram a teoria mimética, foram aperfeiçoadas por meio de *três* paradoxos.

De novo, parece impossível tratar da teoria mimética sem repetir-se – de novo e ainda outra vez.

Fiquemos com outra reiteração: shakespearianas, as culturas latino-americanas também se formaram a partir de um complexo sistema de duplos vínculos e de triangulações transatlânticas, sugerindo as afinidades estruturais que provocam este ensaio.

---

[65] William Shakespeare, *Hamlet*, 3.3. Org. Philip Edwards. Cambridge, Cambridge University Press, 2004, p. 183 (grifos meus). Na tradução de Carlos Alberto Nunes: "O Rei: [...] / a culpa imana vence o belo intento. / Tal como alguém que empreende dois negócios / ao mesmo tempo, mostro-me indeciso / sobre qual iniciar, acontecendo / vir ambos a perder. [...]" William Shakespeare, *Hamlet*. In: *Teatro Completo. Tragédias*. São Paulo, Agir, 2008, p. 580.
[66] René Girard, *To Double Business Bound. Essays on Literature, Mimesis, and Anthropology*. Baltimore, The Johns Hopkins University Press, 1978.
[67] "Encontrei-me com Bateson em 1975. [...] Infelizmente, ele morreu em 1980, o mesmo ano em que vim para cá [Stanford] permanentemente. Após Bateson, li a obra de Paul Watzlawick. Fizemos então dois ou três simpósios, para os quais o convidamos e dos quais ele participou. Mas seria meio exagerado dizer que aqueles encontros realmente influenciaram meu trabalho." René Girard et al., *Evolução e Conversão*, op. cit., p. 74.

Desejo mimético e paradoxo

Voltemos à definição do desejo mimético.

Paradoxalmente – desta vez.

A mera existência do impulso mimético é indispensável para a construção social. Contudo, ele tende a disseminar conflitos e rivalidades. A mímesis permite a articulação da sociedade, porém potencialmente a torna instável. O impulso mimético associa *e* distancia, autoriza *e* inviabiliza.

Eis o primeiro paradoxo: sem desejo mimético, não pode haver grupo social; movido exclusivamente por ele, grupo social algum resiste às crises cíclicas provocadas por rivalidades múltiplas.

É como se Girard tivesse reunido *e* radicalizado os polos da filosofia aristotélica. Ser de imitação, o homem se transforma em ζῷον πολίτικον; mas, precisamente em virtude do impulso mimético, o ser político assume uma imagem assustadora: "O homem é essencialmente o animal assassino".[68]

A violência do universo digital aproxima-se, e muito, desse modelo de *estetização da política*. É urgente uma leitura mimética da virulência linguística, da proliferação de virais, memes e linchamentos virtuais – o pão nosso de cada dia do mundo da rede social.[69]

A fórmula girardiana poderia conhecer uma torção inesperada na forma de uma pergunta: "será o internauta essencialmente o animal assassino?".

Como conter essa forma de violência?

---

[68] René Girard, "La Reciprocité dans le Désir et la Violence". In: Mark R. Anspach (org.), *Les Cahiers de l'Herne*, op. cit., p. 187.
[69] No momento, principio um livro novo, dedicado ao tema.

O bode expiatório e o paradoxo

Hora de explicitar o caráter paradoxal do mecanismo vitimário.

Imaginemos a situação de violência mimeticamente engendrada. A rivalidade, inicialmente limitada a conflitos localizados, termina por contagiar a todos, dominando o grupo, que se vê consumido pela corrente mimética.

(As famílias Montecchio e Capuleto vivenciaram esse dilema.)

Um grupo dominado pela violência mimética encontra-se muito próximo da autodestruição. Em algum momento, um membro do grupo é arbitrariamente considerado responsável pelo caos. Nesse instante, a violência é dirigida contra uma única pessoa, que, já sabemos, ainda não deve ser chamada de vítima – será essa, na perspectiva girardiana, a contribuição epistemológica do cristianismo. No momento em que todos identificam o "mesmo" culpado, o ódio coletivo encontra um canal de concentração e pode ser disciplinado no exato instante em que atinge o grau máximo de tensão.

Tal canalização de energia mimética se traduz no sacrifício do "culpado". Logo após o assassinato fundador, o ódio se transforma em veneração, e, aquele que foi imolado, passa a ser visto como um ser sagrado, pois sua morte propiciou o retorno à ordem. Seu corpo inerte é um inesperado ímã, mesmerizando a todos. O mecanismo do bode expiatório confirma sua eficácia! O culpado devia mesmo sê-lo, já que seu sacrifício restaurou a paz. Ele se torna sagrado aos olhos do mesmo grupo que, não faz muito, o assassinou.

No instante em que a violência é canalizada, e tem lugar o sacrifício que conduz ao retorno da estabilidade, a mímesis volta a ser integradora.

Eis o caráter paradoxal do mecanismo: a mesma pessoa é simultaneamente "culpada" e "sagrada" – *la violence et le sacré* se dão as mãos, por assim dizer.

Em suas origens, a religião foi uma forma de disciplinar a existência de elementos mutuamente excludentes. Daí o duplo vínculo entre violência *e* sagrado. A religião é um modo de lidar com o paradoxo constitutivo da mímesis; compreende-se assim a leitura antropológica da religião. Sua centralidade se justifica porque lida com os elementos fundadores da cultura.

Tal dado ajuda a esclarecer um mal-entendido frequente na recepção do pensamento girardiano. Dado o caráter paradoxal do mecanismo vitimário, não é possível prever as suas variáveis. A teoria mimética não almeja regular a complexidade das circunstâncias concretas de emergência da cultura por meio de duas ou três fórmulas com anacrônico sabor positivista. Por que não escutar o próprio pensador: "Nunca disse que o mecanismo mimético é determinista".[70]

(O poeta já ensinou: uma rima nem sempre é a solução.)

No centro do mecanismo do bode expiatório reside o assassinato fundador: como é possível reproduzi-lo sem dar-se conta da natureza do ato?

Será que o homem é o *animal assassino*?

Mostrar para ocultar

Chego ao terceiro paradoxo.

Não teria surgido certo nível de consciência por parte dos membros do grupo envolvidos no processo vitimário? Ao colocar em cena o assassinato fundador, na repetição ritual do mecanismo do bode expiatório, as religiões arcaicas engendram uma experiência potencialmente contraditória, que favorece um processo duplo de

---

[70] René Girard et al., *Evolução e Conversão*, op. cit., p. 64.

visibilidade permanente e ocultação necessária.[71] A encenação ritualizada do assassinato fundador poderia esclarecer a arbitrariedade do sacrifício, pois a simples possibilidade de expor ritualmente o mecanismo supõe que a violência já esteja (pelo menos parcial e temporariamente) sob controle. Tudo se passa como se a permanente exposição do mecanismo servisse para ocultar suas origens: o próprio assassinato fundador. Isso acontece porque o mecanismo depende da *méconnaissance* que estrutura o fenômeno.

Cabe repisar: na perspectiva girardiana, a maior contribuição do cristianismo foi romper com a *méconnaissance*, trazendo à luz a raiz do *mecanismo* que, agora sim, podemos chamar de *bode expiatório*. O próprio vocabulário esclarece que o sacrificado era inocente. É este o sentido pós-cristão do conceito.

Consultemos o *Dicionário Houaiss*:

> 1. na antiga Israel, bode que, uma vez por ano, era cumulado com todas as impurezas e culpas de que se pretendia libertar a comunidade e atirado de um penhasco; bode emissário.
> 2. *p. ext.* pessoa ou coisa sobre que(m) se fazem recair as culpas de outros ou outras coisas; pessoa ou coisa a que(m) se imputam ódios, reveses, frustrações, desgraças; pessoa que é alvo favorito de troças e ataques de todos; joguete, pele, pratinho, urso.

(Os dicionários contemporâneos não deixam de ser *epistemologicamente* cristãos – diria Girard, com evidente satisfação.)

O terceiro livro fundamental do pensador francês se chama *Coisas Ocultas desde a Fundação do Mundo*. Ao fim e ao cabo, o que se manteve oculto foi a fundação violenta da cultura.

---

[71] No capítulo seis, apresentarei a ideia de que, na forma de uma "visibilidade débil", uma estrutura similar persiste nas culturas latino-americanas.

Diálogos interdisciplinares e contextos históricos

A fim de tornar mais claro o diálogo interdisciplinar postulado pela teoria mimética, assim como esclarecer a relação do pensamento girardiano com o contexto histórico, reitero um traço essencial de sua reflexão.

Refiro-me à formulação da teoria mimética.

Girard optou por uma linguagem ensaística, recorrendo muito pouco a vocabulários especializados. A forma de sua reflexão foi estruturada a partir do caráter paradoxal da mímesis. Vale dizer, *seu pensamento sobre a mímesis é mimético*, tão contraditório quanto a mímesis e seus desafios. Sua escrita é direta, mas as ideias são não apenas complexas, como também convolutas.

Mario Roberto Solarte propôs uma definição aguda desse método, privilegiando os conceitos de "mímesis", "mecanismos sacrificiais" e, sobretudo, ressaltando suas relações:

> Esses conceitos não pretendem estar situados numa racionalidade livre de paradoxos, mas permitem precisamente pôr a descoberto os paradoxos que constituem qualquer sistema de interação social. [...] No contexto girardiano, pensar significa reconhecer os conceitos que permitem dar conta de processos fundamentais da realidade humana.[72]

Pensar mimeticamente: uma experiência paradoxal.

Vejamos esse método nos primeiros livros de René Girard.

---

[72] Mario Roberto Solarte Rodríguez, "Mimesis y Noviolencia. Reflexiones desde la Investigación y la Acción". *Universitas Philosophica*, ano 27, n. 55, 2010, p. 56-57.

1961

Em *Mentira Romântica e Verdade Romanesca*, o principal diálogo de Girard ocorreu com os estudos literários. Interlocução estabelecida por meio do exame de autores da tradição ocidental, de Cervantes a Proust, passando por Stendhal, Flaubert e Dostoiévski. A ideia central do livro está sintetizada no título: as noções de "mentira romântica" e de "verdade romanesca" concentram o núcleo de todo o desenvolvimento posterior da obra de Girard.

A mentira romântica desconhece o caráter mimético do desejo, e pressupondo sua autonomia, oculta o papel do mediador. A verdade romanesca, pelo contrário, faz do mediador (ou da mediação) o protagonista da trama.

O diálogo filosófico que estrutura o livro implica uma leitura especial da *Fenomenologia do Espírito*, centrada no reconhecimento do outro para a constituição da subjetividade. Na conhecida formulação de Hegel, o sujeito deseja ser reconhecido pelo outro. Tal noção se traduz na complexa dialética do senhor e do servo, ou seja, no reconhecimento da própria identidade a partir do olhar alheio. Intuição, aliás, importante não apenas para René Girard, mas também para Jacques Lacan e toda a geração de filósofos franceses que, nos anos 1930, frequentaram os seminários de Alexandre Kojève.[73]

Essa questão foi objeto de inúmeros esclarecimentos, pois Girard assinalou as diferenças entre suas preocupações e os propósitos de Hegel. Em *Rematar Clausewitz*, demarcou com exatidão a especificidade de sua teoria:

> Mas nossas análises divergem num ponto fundamental. O desejo do desejo do outro pouco

---

[73] Explorei os elos do pensamento girardiano com a psicanálise lacaniana, com ênfase no conceito de *stade du miroir*, em *Cultures Latino-Américaines et Poétique de l'Émulation. Littératures des Faubourgs du Monde?*, op. cit., p. 33-35.

tem a ver com o desejo mimético, que é um desejo daquilo que o outro possui, e que pode ser um objeto, um animal, um homem ou uma mulher, mas também um ser próprio, qualidades essenciais.[74]

Recuperemos o contexto de escrita de *Mentira Romântica e Verdade Romanesca*.

Na década de 1940, aconteceu em Nova York o encontro de Roman Jakobson e Claude Lévi-Strauss, momento fundamental para as ciências humanas e sociais da segunda metade do século XX. Para dizê-lo de maneira sucinta e um tanto brutal, o antropólogo revolucionou o estudo do comportamento humano e das relações sociais com a intuição fundamental da linguística saussureana. Como se sabe, Ferdinand de Saussure propôs que o sentido é produzido a partir da marcação de diferenças – nos níveis fonético, sintático e semântico.

(Espero que você me perdoe pela superficialidade gritante dessa síntese,[75] mas é importante assinalar estrategicamente a "diferença" girardiana em relação ao modelo à época dominante.)

O livro de Girard surgiu num momento em que o estruturalismo constituiu o que talvez se possa considerar o último paradigma com pretensões hegemônicas para um conjunto de disciplinas. Sintomaticamente, Girard rumou a contrapelo. Em *Mentira Romântica e Verdade Romanesca*, ao contrário da valorização das diferenças, ele descobriu a mesma intuição fundamental nos cinco

---

[74] René Girard, *Rematar Clausewitz*, op. cit., p. 76.
[75] Girard reconheceu a importância de Lévi-Strauss para a elaboração da teoria mimética: "O momento mais importante dessa época para mim foi aquele em que compreendi, graças a Lévi-Strauss indiretamente, que a identidade 'confundidora' dos gêmeos místicos é uma metáfora do desmoronamento conflituoso das diferenças, fonte de uma desordem infinita. A tragédia grega torna isso manifesto". René Girard, *Aquele por Quem o Escândalo Vem*, op. cit., p. 168.

autores estudados. Os modos de escrita de seus livros eram distintos, os séculos, distantes entre si; ainda assim, o crítico literário não privilegiou a diferença do paradigma linguístico,[76] porém destacou o elemento comum: a permanência do caráter triangular do desejo. Essa constância favoreceu o desenvolvimento da hipótese do desejo mimético.

Esse é um exemplo muito interessante para pensar a estrutura formal da reflexão girardiana, e, para uma geração mais jovem, sua postura intelectual apresenta uma orientação desafiadora. Seus primeiros livros dialogam com as correntes mais importantes da época e com as preocupações então predominantes. No entanto, Girard sempre forjou um caminho particular, procurando discutir as inquietações que, para ele, permaneciam ocultas.

1972

Essa perspectiva voltou a ocorrer no segundo momento de sua reflexão. Refiro-me ao mecanismo do bode expiatório, a segunda intuição básica do pensamento girardiano. Em 1972, ano de publicação de *A Violência e o Sagrado*, o principal diálogo filosófico foi com a obra de Sigmund Freud.

Recordemos *O Mal-Estar na Civilização*, pois se trata de livro muito importante para a hipótese mimética. A questão proposta por Freud se relaciona com a dinâmica da violência, que, ao fim e ao cabo, produz um mal-estar em tese incontornável, já que as guerras só fazem multiplicar-se e são cada vez mais destruidoras.

---

[76] Paradigma dominante mesmo na crítica literária: "Cada autor era criador de um gênero. Destacavam-se as *diferenças*, muito mais que as semelhanças, entre eles. Foi contra essa ideia que Girard concebeu *Mentira Romântica e Verdade Romanesca*". Gabriel Andrade, *René Girard: Um Retrato Intelectual*. Trad. Carlos Nougué. São Paulo, É Realizações, 2011, p. 39.

O impacto da Primeira Guerra Mundial e o cenário sombrio dos desenvolvimentos bélicos do pós-guerra desempenharam um papel relevante em seu estudo. A pergunta-chave de Freud e de Girard é a mesma, ainda que suas respostas sejam diversas: "Como a civilização é possível, se a violência sempre retorna?". A guerra seria o sintoma de um dilema que permanece atual. Não surpreende que em seu último livro, Girard tenha feito uma leitura detalhada do autor de *Vom Krieg* (*Da Guerra*).

Numa síntese eloquente, Freud questionou:

> Se a cultura é o curso de desenvolvimento necessário da família à humanidade, então está inextricavelmente ligado a ela – como consequência do inato conflito ambivalente, da eterna disputa entre amor e busca da morte – o acréscimo do sentimento de culpa, talvez a um ponto que o indivíduo ache difícil tolerar.[77]

Você conhece bem a resposta de Freud: não pode haver civilização sem a repressão de determinados desejos. Em sua compreensão dinâmica do inconsciente, é necessário que o "ego" se estruture a partir da relação tensa, e produtiva, entre o "id" e o "superego"; entre o fazer tudo que se quer e, devido ao império das normas sociais, a impossibilidade de realizá-lo. Daí deriva o caráter potencialmente neurótico da civilização, pois, numa certa medida, somos todos um conjunto de desejos recalcados – ao menos em parte, claro está.

Em termos girardianos, o desejo também produz violência, ainda que não em virtude da frustração de impulsos autônomos. Ora, segundo a teoria mimética, o desejo emerge do outro. Contudo, a falta

---

[77] Sigmund Freud, "O Mal-Estar na Civilização". In: *Obras Completas,* vol. 18 (O Mal-Estar na Civilização, Novas Conferências Introdutórias e Outros Textos (1930-1936)). Trad. Paulo César de Souza. São Paulo, Companhia das Letras, 2010, p. 67.

de autonomia do sujeito desejante se converte em matriz de conflito, pois o modelo de hoje será o rival de amanhã.

(Curioso: o ponto de partida dos pensadores é oposto, mas os associa o ponto de chegada – a centralidade da violência. A compreensão freudiana do desejo foi fundamental para a obra girardiana.)

O Freud mais importante para a escrita de *A Violência e o Sagrado* é tanto o pensador do "Complexo de Édipo" quanto o autor de *Totem e Tabu*. Aliás, título indispensável para a formulação da antropofagia, tal como proposta por Oswald de Andrade.[78]

Em *Totem e Tabu*, Freud levantou a hipótese do surgimento da civilização a partir do assassinato primordial do pai repressor. Girard dialogou com essa reflexão, associando-a porém à premissa do desejo mimético. Assim como havia feito com a filosofia de Hegel, Girard radicalizou a noção de seu precursor. Há uma interlocução decisiva com o Freud da psicologia social.[79] Em *A Violência e o Sagrado*, a religião também é descrita como um fenômeno de psicologia coletiva.

O diálogo disciplinar mais importante em *A Violência e o Sagrado* é com a Antropologia Cultural.

Girard sublinhou a diferença de sua abordagem:

> Minha hipótese sobre o assassinato coletivo nada tem que ver com o cometido pelos "filhos" da "horda primitiva" revoltados contra seu "pai tirânico". Meu assassinato é um

---

[78] No sexto capítulo, voltarei a tratar das relações inesperadas, e muito produtivas, entre teoria mimética e antropofagia oswaldiana.
[79] "A ênfase será deslocada do Freud linguístico e psicanalítico para o Freud posterior, dos últimos e impressionantes ensaios tanto de *Totem e Tabu* como de *Moisés e o Monoteísmo*." René Girard, "An Interview with René Girard". In: *To Double Business Bound*, op. cit., p. 217.

> fenômeno aleatório e anônimo que se produz entre duplos indiferenciados, um fenômeno que produz sentido, mas que não o exige.[80]

Em relação ao diálogo com a época, é interessante perceber a sintonia e, ao mesmo tempo, a independência de seu pensamento.

(*Comme il faut:* o pensador do mimetismo é fundamentalmente reiterativo.)

Em 1972, em escala planetária, a violência aparentava estar fora de controle.

Na Europa, alastrava-se um fenômeno que muitos consideravam exclusivo de países não hegemônicos: a guerrilha urbana. Em 1968, a revolta estudantil conheceu desdobramentos extremos, sobretudo na França, na Itália e na Alemanha, com a elaboração de pensamentos radicais, como o Situationnisme, de Guy Debord, e mesmo a organização de grupos armados, entre os quais as Brigate Rosse e o Baader-Meinhof. Foi uma difusão, nas grandes capitais europeias, de um tipo de estratégia militar que parecia limitada aos países do Terceiro Mundo – como então se dizia.

Não se esqueça da Guerra do Vietnã e suas décadas de destruição. O momento crucial ocorreu no final dos anos 1960. À ofensiva Tet, comandada pelos norte-vietnamitas, somaram-se os bombardeios aéreos norte-americanos que afetaram indiscriminadamente os objetivos militares e a população civil. As imagens de homens, mulheres e especialmente crianças vitimadas pelo napalm encontram-se entre as mais fortes do século XX. Ademais, graças à cobertura dos meios de comunicação, a onipresença da Guerra do Vietnã no cotidiano causou um impacto considerável. Essa foi a primeira guerra de grande alcance difundida diariamente pela TV e pelos jornais.

---

[80] René Girard, *Aquele por Quem o Escândalo Vem*, op. cit., p. 172.

Em outras palavras, a violência deixava de ser uma característica de sociedades "subdesenvolvidas", mostrando-se parte indissociável das culturas mais "avançadas".

(O mal-estar instalado no coração das trevas, isto é, da "civilização".)

Ainda não era tudo: vivia-se na atmosfera absorvente da Guerra Fria.

Em 1962 houve um momento que tornou palpável a ameaça que parecia fictícia: a destruição do mundo por meio da guerra nuclear. Nesse ano emblemático, o mundo literalmente viveu em suspense diante da possibilidade de conflagração mundial, devido à crise provocada pelos mísseis que a União Soviética instalaria em Cuba.[81]

O contexto no qual René Girard cresceu, formou-se e produziu a primeira parte de sua obra foi o da Segunda Guerra Mundial e o da Guerra Fria. Ele enfrentou as dificuldades inerentes a esse período histórico, marcado pela possibilidade iminente de destruição do mundo, em virtude de uma complexa dinâmica política; no fundo, a mais importante rivalidade mimética do mundo contemporâneo: a disputa entre União Soviética e Estados Unidos. Tal ambiente é indispensável para uma compreensão adequada do pensamento girardiano, localizando a centralidade da violência na sua formação.

Nascido em Avignon em 1923, aos 20 anos René Girard mudou-se para Paris, a fim de matricular-se na renomada École des Chartes, onde estudou paleografia, especializando-se em História Medieval. Ele viveu diretamente as consequências da Segunda Guerra Mundial.[82] Com sua eloquência característica, Michel Serres resumiu

---

[81] "Ao que parece, nunca antes a humanidade tinha vivido tão de perto o perigo da autodestruição. A grande preocupação de acadêmicos no Leste e no Oeste, no Primeiro e no Terceiro Mundo, era: como manter a harmonia entre duas superpotências, uma com potencial de destruir a outra e, no processo, o mundo inteiro?". Gabriel Andrade, *René Girard: Um Retrato Intelectual*, op. cit., p. 115-16.
[82] "Foi difícil, pois, mesmo na França teoricamente ainda não 'ocupada', as condições de vida eram terríveis." René Girard et al., *Evolução e Conversão*, op. cit., p. 45.

o espírito do tempo: "As emoções profundas, próprias da nossa geração, nos deram um corpo de violência e de morte. Suas páginas emanam dos seus ossos, suas ideias do seu sangue; no senhor, a teoria jorra da carne".[83]

A geração de Girard cresceu nessa atmosfera, convivendo ainda com o abalo da revelação do Holocausto.

Eis, em duas ou três pinceladas, o contexto biográfico do autor de *Anorexia*.

A Violência e o Sagrado oferece uma reflexão vigorosa sobre esse instante histórico. Recordemos que a Guerra Fria, como fenômeno de determinação do cotidiano em todo o planeta, durou, digamos, de 1948 a 1991, vale dizer, do malogrado esforço stalinista do Bloqueio de Berlim até o colapso da União Soviética.

Mais de uma geração plasmou sua compreensão do mundo nesse clima.[84]

O pensamento girardiano apresenta um diálogo intenso com essa constelação de desafios; na verdade, uma das formas mais agudas do desafio da mímesis.

No momento histórico em que a violência parecia levar o mundo à possibilidade real de autodestruição, muitos pensadores defenderam programaticamente atitudes não violentas, numa defesa intransigente da paz.

Paz, nesse contexto, significava rejeição da violência; rejeição quase absoluta, por assim dizer.

---

[83] "Discurso de Recepção de Michel Serres". In: René Girard e Michel Serres, *O Trágico e a Piedade*. Trad. Margarita Lamelo. São Paulo, É Realizações, 2011, p. 57.
[84] Carlos Drummond de Andrade radiografou essa atmosfera nos versos que abrem o poema "Nosso Tempo": "Este é tempo de partido / tempo de homens partidos". Carlos Drummond de Andrade. "Nosso Tempo". In: *A Rosa do Povo*. São Paulo, Companhia das Letras, 2012, p. 23.

Outra vez luziu a singularidade de Girard: sua obra se distancia de maneira visceral, intelectual e antropológica da violência do mecanismo do bode expiatório. Contudo, ao aceitar a centralidade do caráter mimético do desejo, afirmou a impossibilidade da cultura humana infensa à violência.

(Não há civilização sem mal-estar: Girard dá as mãos a Freud!)

A violência não é um dado descartável; pelo contrário, sem o assassinato fundador a emergência da cultura seria incerta. Na perspectiva girardiana, a cultura é um processo interminável de interlocução com o que, para o bem ou para o mal, constitui o humano: a violência mimeticamente engendrada. Claro que essa posição produziu mal-entendidos, como se o reconhecimento da centralidade da violência nos primórdios da civilização correspondesse a uma condenável legitimação da própria violência.[85] Na correta leitura de Gabriel Andrade: "Girard não é o primeiro a insistir em que a violência é um traço distintivo da humanidade. Basta assinalar autores como Hobbes, Lorenz e Freud, entre outros, como forjadores dessa ideia".[86]

O pensador francês ofereceu uma das mais vigorosas respostas filosóficas e antropológicas ao dilema do tempo que lhe coube viver. Sua resposta é paradoxal, pois a presença de uma condenação ética do processo vitimário não exclui o reconhecimento da centralidade da violência na constituição do humano.

O título *A Violência e o Sagrado* é por isso mesmo um achado conceitual.

---

[85] O modelo caricatural desse mal-entendido se encontra numa resenha de Hayden White. Num momento particularmente infeliz, chegou a escrever: "Tomemos, por exemplo, a Alemanha nazista. Aqui com certeza temos uma sociedade que se enquadra nos critérios girardianos de uma condição sã [*criteria of healthiness*]". Hayden White, "Ethnological 'Lie' and Mythical 'Truth'". *Diacritics*, vol. 8, n. 1, Special Issue on the Work of René Girard (Spring 1978), p. 8. A analogia é tão absurda que dispensa comentários.
[86] Gabriel Andrade, *René Girard: Um Retrato Intelectual*, op. cit., p. 116.

1978

Chego ao contexto de *Coisas Ocultas desde a Fundação do Mundo*, sublinhando o caráter paradoxal das três intuições básicas.

Girard definiu enfaticamente:

> O caráter "apocalíptico" de um mundo em que os duplos miméticos ameaçam-se uns aos outros e à humanidade inteira com armas nucleares é para mim a mesma coisa que uma plena revelação da violência humana além do rasgar dos véus sacrificiais, uma reafirmação da mímesis conflitiva [...].[87]

Nesse livro, o diálogo disciplinar fundamental é, de um lado, com a etnologia e a etologia, e, de outro, com a teologia e os estudos bíblicos. A alusão à passagem bíblica no título já adianta o seu conteúdo.

Girard desenvolveu um aguerrido corpo a corpo com a obra de Friedrich Nietzsche, mostrando-se um leitor apaixonado da *Genealogia da Moral*. Trata-se, num primeiro momento, de coincidir com a perspectiva nietzschiana, pois o filósofo alemão compreendeu perfeitamente a distância entre as figuras de Dioniso e de Cristo, isto é, entre rito pagão e rito cristão. Girard destacou a perspicácia de Nietzsche, pois ele intuiu a dinâmica da encenação do assassinato fundador.

Mais: Nietzsche entendeu que um tipo muito diverso de encenação foi proposto na Paixão, por meio da explicitação da inocência do bode expiatório, comprometendo a eficácia do mecanismo vitimário.

---

[87] René Girard, "An Interview with René Girard". In: *To Double Business Bound*, op. cit., p. 204.

Uma interpretação mais interessante de *Coisas Ocultas desde a Fundação do Mundo* implica um diálogo tenso, porém indispensável, com o Nietzsche que se alinhou com Dioniso. Girard optou por Cristo.

Para evitar novos mal-entendidos, esclareço o ponto: não se trata necessária ou exclusivamente de uma questão religiosa, ainda que não se possa negar que essa dimensão seja indissociável do pensamento girardiano – e, sobretudo, do homem René Girard. Em outras palavras, a questão não é teológica, porém antropológica: definir-se por Cristo quer dizer colocar-se ao lado da vítima; privilegiar Dioniso significa preservar a dinâmica do mecanismo do bode expiatório.

Vários críticos, para dizê-lo de maneira elegante, consideraram *Coisas Ocultas* um acontecimento anacrônico.

Ora, estamos em 1978: a quem ocorreria postular a centralidade da religião nas relações internacionais? A quem ocorreria que a religião se transformaria numa potência de autodestruição, em lugar do conflito político e ideológico até então predominante? Quem teria pensado que, em meros treze anos, a União Soviética já não existiria? Quem imaginaria que a distinção fundamental não seria mais ideológica, porém religiosa? Girard o disse: "Se tivéssemos dito há trinta anos que o islamismo entraria no lugar da Guerra Fria, todos ririam".[88]

Nesse sentido, *Coisas Ocultas desde a Fundação do Mundo* é um livro visionário – e isso deliberadamente, bem entendido.[89] A partir desse momento, a reflexão girardiana seguiu uma orientação distinta. É importante recordar que, um ano depois da publicação do livro, um fato inesperado começou a definir o rosto do mundo contemporâneo. Talvez já possamos vislumbrá-lo com alguma nitidez, mas ainda estamos longe de compreender totalmente suas consequências.

---

[88] René Girard, *Rematar Clausewitz*, op. cit., p. 25.
[89] Como se o pensador francês repetisse os passos do romancista russo: "A arte dostoievskiana é literalmente profética". René Girard, *Dostoiévski: Do Duplo à Unidade*. São Paulo, É Realizações, 2011, p. 129.

Em 1979, o Xá Reza Pahlevi foi deposto e o Aiatolá Khomeini transformou o Irã numa teocracia: acontecimento decisivo na definição da última parte do século XX e do começo do XXI. A tensão do mundo contemporâneo já não se refere a uma distinção exclusivamente ideológica, mas ao retorno de fundamentalismos religiosos.

Deve-se ressaltar: um retorno forte da religião que não apenas parece indissociável da violência, como ainda a alimenta, sem que necessariamente se produza uma dimensão sagrada. Parece que, após a explicitação da inocência do bode expiatório, não é mais possível produzir o sagrado em sua acepção tradicional, mas tão somente reproduzir a própria violência.

Passemos a palavra a Carlos Mendoza-Álvarez: "A profecia de André Malraux se cumpriu: o século XXI está aqui e é *religioso*".[90]

O livro de 1978, mais uma vez, levou em conta as circunstâncias da época, mas sempre a partir de um ângulo inesperado, pois a cada dia fica mais claro que a compreensão do mundo contemporâneo exige que se considere o problema da religião, reconhecendo seu caráter paradoxal pela dupla via da *violência* e do *sagrado*: "Assim, é preciso mudar radicalmente nossas maneiras de pensar, e tentar compreender sem preconceitos esse acontecimento com todos os recursos que a islamologia pode nos oferecer. A tarefa precisa ser realizada, e é imensa".[91]

Finalmente, com a publicação de *Coisas Ocultas*, Girard começou a desenvolver uma leitura antropológica das Escrituras. Nos seus últimos livros, esse projeto assumiu os contornos de uma autêntica imaginação apocalíptica – e isso no sentido propriamente etimológico do termo ἀποκάλυψις, ou seja, *revelação*. Nesse caso,

---

[90] Carlos Mendoza-Álvarez, *O Deus Escondido da Pós-Modernidade. Desejo, Memória e Imaginação Escatológica. Ensaios de Teologia Fundamental Pós-Moderna*. Trad. Carlos Nougué. São Paulo, É Realizações, 2011, p. 27 (grifo do autor).
[91] René Girard, *Rematar Clausewitz*, op. cit., p. 320.

explicitação do caráter primordial da violência mimeticamente engendrada, assim como de sua disseminação em escala planetária.

Resgatar a etimologia permite compreender o sentido forte do estilo polêmico de Girard, recordando as condições complexas do cenário político internacional:

> O apocalipse não anuncia o fim do mundo: ele cria uma esperança.
> [...]
> Pode-se dizer, desde esse ponto de vista, que o apocalipse começou.
> [...]
> Essa escalada para o apocalipse é a realização superior da humanidade.[92]

Citação-colagem que exige olhos bem abertos para que se entenda a noção no contexto do vocabulário girardiano.

O apocalipse começou porque a propagação da violência em escala planetária obriga a uma tomada de consciência, pois já não se trata de uma querela filosófica, e sim de uma questão de sobrevivência da humanidade como um todo.[93] Nessa fronteira tênue, teoria mimética e pensamento ecológico trilham caminhos muito próximos.

Daí o paradoxo: a *revelação* da centralidade da violência, e de sua tendência a agravar-se, inaugura a *possibilidade* de um novo tempo.[94]

---

[92] Ibidem, respectivamente p. 27, 316 e 324.
[93] Apenas assinalo uma possibilidade para desenvolvimento futuro: associar a imaginação apocalíptica girardiana com a proposta recente do conceito de antropoceno e as consequências ecológicas das formas de desenvolvimento do mundo contemporâneo.
[94] Eis aqui precisamente a definição proposta por Girard: o "Reino de Deus oferece um universo sem rivalidade mimética nem perseguição [...]". René Girard, "Satan et le Scandale". In: Mark R. Anspach (org.), *Les Cahiers de l'Herne*, op. cit., p. 122. É preciso ler esse trecho com um olhar mais antropológico-histórico do que teológico.

Tempo no qual as rivalidades miméticas *possam* ser substituídas – melhor dito: minoradas – pelo reconhecimento do mimetismo que a todos envolve.

(*Somos todos miméticos...* A palavra de ordem zapatista "*Todos somos Marcos*", ou o grito de solidariedade, "*Je suis Charlie*", são exemplos rematados de mimetismo.)

Uma utopia mimética: você tem razão.

Porém.

Atenção: utopia em sentido radical: se descurarmos da força do termo ἀποκάλυψις, não haverá mesmo mais lugar nenhum.

Coda

Concluo este capítulo recordando que desejava tão só esboçar um panorama dos elementos básicos da teoria mimética; daí seu caráter panorâmico.

Por ora, assinalo um ponto-chave: em dois livros posteriores – *Evolução e Conversão*, e *Rematar Clausewitz* –, Girard mudou consideravelmente seu juízo sobre o tema da violência e principalmente sobre a possibilidade de encontrar um espaço não sacrificial, no qual a experiência do sagrado seria imune à eclosão da violência.

Desse modo, ainda que seja uma teoria arquitetônica, devido à coerência interna de seus elementos e ao propósito de abarcar a totalidade dos fenômenos humanos, a teoria mimética é uma forma fluida de pensamento, que não se confunde com a rigidez de esquemas deterministas.

Sem sombra de dúvida, Girard acreditou ter encontrado a matriz do surgimento da cultura. Mesmo assim, sempre ressaltou o dinamismo de seu pensamento:

> Podemos hipoteticamente supor que diversos grupos pré-históricos não tenham sobrevivido exatamente porque não acharam um modo de lidar com a crise mimética; suas rivalidades miméticas não encontraram uma vítima que polarizasse sua raiva e os salvasse da autodestruição. Poderíamos até conceber grupos que resolveram uma ou duas crises por meio do assassinato fundador, mas que não conseguiram reproduzi-lo ritualmente e desenvolver um sistema religioso duradouro, sucumbindo portanto à crise seguinte. O que eu disse é que o limiar da cultura está relacionado ao mecanismo do bode expiatório, e que as primeiras instituições conhecidas estão intimamente relacionadas a essa reprodução deliberada e planejada.[95]

Ao contrário do que muitos imaginam, Girard não buscou oferecer uma resposta cômoda aos desafios atuais; antes ele sugeriu um engajamento ético e epistemológico, o que exige que desenvolvamos nossas próprias reflexões.

(O salto que arrisco.)

---

[95] René Girard et al., *Evolução e Conversão*, op. cit., p. 91-92.

capítulo 2
história cultural latino-americana e teoria mimética

Duas datas e um gesto[1]

Em 24 de abril de 1950, um jovem jornalista colombiano publicou um artigo inquietante no jornal *El Heraldo*, de Barranquilla.[2] O texto abordava "os problemas do romance" em seu país. Polêmico, propunha uma alternativa que certamente desagradou aos nacionalistas de plantão:

> Ainda não se escreveu na Colômbia o romance que esteja indubitável e afortunadamente influenciado por Joyce, Faulkner ou Virginia Woolf. E disse "afortunadamente" porque não creio que, neste momento, os colombianos possamos ser exceção ao jogo das influências. [...] Se os colombianos tomarmos a decisão correta, irremediavelmente faremos parte dessa corrente. O lamentável é que isso ainda não tenha acontecido, tampouco se

---

[1] Apresentei um primeiro esboço deste capítulo no ensaio "Historia Cultural Latinoamericana y Teoría Mimética: ¿Por una Poética de la Emulación?". *Universitas Philosophica*, ano 27, n. 55, 2010, p. 105-21.

[2] Peço que você recorde o que adiantei na "Nota Preliminar", isto é, em *Machado de Assis: Por uma Poética da Emulação*, lancei mão de algumas das citações que aqui repetirei. Contudo, as consequências para a reflexão singularizam o seu emprego. Um simples cotejo poderá demonstrá-lo.

vejam os mais superficiais sintomas de que possam vir a acontecer.³

O jornalista tinha 22 anos e defendia sem melindres o caráter inevitável, no fundo desejável, da influência europeia e americana no plano da técnica literária.⁴ Sua intuição deve ser assinalada, bem como o recurso à palavra proibida na teoria contemporânea: *influência*. Além de reconhecer a necessidade de deixar-se influenciar pelos mestres do ofício da escrita, García Márquez identificou nesse mesmo gesto a origem da maestria.

A corrente mimética não respeita latitudes, exigindo somente certa atitude frente à tradição; atitude essa que evita a armadilha de conferir autonomia à imitação, sem relacioná-la ao gesto ulterior da emulação.

Um pequeno recuo no tempo.

Em 1931, um intelectual cubano, um pouco mais experiente, com 27 anos e uma vivência intensa no meio surrealista francês, expôs idêntico princípio estrutural. A semelhança não deve surpreender. Ela sugere o caráter mimético de boa parte das mais importantes realizações na arte e no pensamento das culturas não hegemônicas.⁵

---

³ Gabriel García Márquez, "¿Problemas de la Novela?". In: *Obra Periodística 1. Textos Costeños (1948-1952)*. Ciudad de México, Diana, 2010, p. 211. Ángel Rama desenvolveu considerações interessantes sobre esse trecho: *Transculturación Narrativa en América Latina*. Montevideo, Fundación Ángel Rama, 1989, p. 35-37. Destaco sua observação: "As soluções estéticas que nasceram nos grupos desses escritores mesclaram em várias doses os impulsos modernizadores e as tradições locais, chegando por vezes a resultados pitorescos". Ibidem, p. 37.

⁴ Em horizonte muito similar, Antonio Candido ponderou: "Um problema que vem rondando este ensaio e lucra em ser discutido à luz da dependência causada pelo atraso cultural é o das influências de vários tipos, boas e más, inevitáveis e desnecessárias. As nossas literaturas latino-americanas, como também as da América do Norte, são basicamente galhos das metropolitanas". Antonio Candido, "Literatura e Subdesenvolvimento". In: *A Educação pela Noite e Outros Ensaios*. São Paulo, Ática, 1989, p. 151.

⁵ Trata-se de horizonte teórico similar ao abordado por Homi Bhabha em suas reflexões acerca do ato de *mimicry*. A teoria mimética, contudo, ao situar o conflito na base do mimetismo, favorece minha reflexão. Ver, Homi Bhabha, "Da Mímica e do Homem.

Escutemos seus conselhos:

> Toda arte necessita de uma tradição de ofício. Na arte, a realização é tão importante como a matéria-prima da obra... [...]
> Por isso, é indispensável que os jovens na América conheçam profundamente os valores representativos da arte e da literatura moderna na Europa [...] para dominar as técnicas, através da análise, e assim encontrar métodos construtivos aptos a traduzir com maior força nossos pensamentos e nossas sensibilidades de latino-americanos... Quando Diego Rivera, homem em quem palpita a alma de um continente, nos diz: "Meu mestre, Picasso", esta frase demonstra que o pensamento não está distante das ideias que acabo de expor.[6]

A ênfase não recai na busca romântica da originalidade, imune à influência da tradição, mas na ideia de ofício e domínio técnico. A referência ao universo da pintura delineia um domínio particular, capaz de acionar uma nova potência estética e intelectual. Trata-se da poética da emulação, compreendida enquanto forma literária e experiência de pensamento que resgatam o sentido potencialmente produtivo da noção de influência.[7]

A Ambivalência do Discurso Colonial". In: *O Local da Cultura*. Trad. Myriam Ávila, Eliana Lourenço de Lima Reis e Gláucia Renate Gonçalves. Belo Horizonte, Editora da UFMG, 1998, p. 129-49.
[6] Alejo Carpentier, "América ante la Joven Literatura Europea". In: *Los Pasos Recobrados. Ensayos de Teoría y Crítica Literaria*. La Habana, Ediciones Unión, 2003, p. 165.
[7] "A noção de 'influência' é uma maldição para a crítica de arte, principalmente pelo equívoco de seu preconceito gramatical a respeito de quem é o agente e quem é o recipiente: ela parece inverter a relação entre o ativo e o passivo experimentada pelo agente histórico, e que o historiador deve levar em conta. Se dizemos que X influencia Y parece que estamos dizendo que X fez algo a Y, não que Y fez algo a X. Porém, no caso de boas pinturas e de bons pintores, o segundo é sempre o caso mais real e mais vivo." Michael Baxandall apud Clara Bargellini, "Difusión de Modelos: Grabados y Pinturas Flamencos e

(Afinidades eletivas sempre podem tornar-se ainda mais surpreendentes.)

Depois do artigo-manifesto, o jornalista colombiano esperou dezessete anos para que suas expectativas se cumprissem e os romancistas colombianos assimilassem as contribuições norte-americanas e europeias, a fim de reavaliar sua própria circunstância. A espera foi longa, mas não de todo ociosa: em 1967, lançou *Cem Anos de Solidão*.[8]

O intelectual cubano também demorou dezessete anos para publicar *O Reino deste Mundo*, e ainda que o romance só tenha saído em 1949, seu famoso prólogo, no qual propôs o conceito de "lo real maravilloso de América", saiu em 8 de abril de 1948 no jornal *El Nacional*, de Caracas.[9]

Destaque-se o paralelo: dois jovens homens de letras, em décadas distintas e em países diferentes, não apenas expressam princípios quase idênticos, como no espaço de dezessete anos concluem romances que mudaram radicalmente o panorama da literatura latino-americana.

Eis um dos exemplos mais significativos da corrente mimética que atravessa a história cultural de países não hegemônicos.

Você compreendeu: o desafio consiste em converter a centralidade do outro numa fonte indispensável de reflexão sobre a constituição das culturas latino-americanas.

Italianos en Territorios Americanos". In: Juana Gutiérrez Haces, *Identidades Compartidas. Pintura de los Reinos. Territorios del Mundo Hispánico, Siglos XVI-XVII*. Tomo III. Ciudad de México, Fomento Cultural Banamex, 2009, p. 965.

[8] Vale recordar que García Márquez publicou *La Hojarasca* em 1955. Nesse romance, o povoado fictício de Macondo já está presente, assim como o coronel Aureliano Buendía, personagem-chave de *Cem Anos de Solidão*. Igualmente, é explícito o diálogo com a obra de William Faulkner. O esforço de García Márquez para assumir o desafio implícito no artigo "¿Problemas de la Novela?" é anterior à escrita de sua obra-prima.

[9] Para uma reavaliação aguda do conceito e de suas relações no plano de "uma existência global dos gêneros", ver "The Global Life of Genres and the Material Travels of Magical Realism". Mariano Siskind, *Cosmopolitan Desires. Global Modernity and World Literature in Latin America*. Illinois, Northwestern University Press, 2014, p. 59-100.

Essa perspectiva insere-se no esforço de repensar a história cultural a partir da teoria mimética. A distinção girardiana entre "mentira romântica" e "verdade romanesca" pode estimular uma compreensão inovadora.

Mãos à obra.

Mentira romântica – Verdade romanesca

Recordo o sentido dos termos *mentira romântica* e *verdade romanesca*. Eles favorecem a escrita de uma nova história cultural, assim como esclarecem o alcance de uma contribuição teórica não hegemônica à obra de René Girard.

A intuição básica da teoria mimética surgiu da leitura de romances de séculos e contextos culturais diversos. No arco temporal compreendido entre Cervantes e Proust, a recorrência de um mesmo dado representou o elemento catalisador, cujo desenvolvimento exigiu aproximadamente cinco décadas de esforço.

Qual o dado comum? A centralidade do desejo na reflexão sobre a condição humana.

Pois bem: como considerar inovadora a descoberta desse *dado comum*? A quem ocorreria negar sua centralidade?

Contudo, Girard identificou uma constante até então despercebida: é como se os mais importantes *escritores da tradição ocidental* – posteriormente o filósofo ampliou seu horizonte de referências, mas inicialmente limitou sua abordagem à literatura – *tivessem refletido sobre a mesma distinção fundamental*. Mais importante que a óbvia diferença entre suas obras, sobressai a semelhança em relação à mesma questão.

Por um lado, certos autores apresentam o desejo como o vínculo, por assim dizer, espontâneo, entre duas pessoas. Eis aí o famoso "amor à primeira vista". *O outro* só existe como instância da sociedade que apenas impõe obstáculos para a plena realização amorosa. Nesse cenário idílico, o desejo se metamorfoseia em amor e os sujeitos enamorados vivem uma "robinsonada" com final feliz.

Por outro lado, e aqui reside a força da leitura girardiana, determinados autores descobriram uma noção inquietante: dois sujeitos só conseguem desejar-se pela mediação de um terceiro. As relações amorosas são sempre triangulares, há sempre um *outro* que estimula o desejo de um dos vértices do triângulo.

(Nas palavras do cancioneiro popular, "*Ya lo ves, que no hay dos sin tres*".)

Não se duvide da riqueza da geometria mimética: "Por desejar a mesma coisa, todos os membros do grupo se tornaram antagonistas, aos pares, aos triângulos, aos polígonos, tudo quanto se queira imaginar".[10] Nesse diapasão, em *O Movimento Pendular*, Alberto Mussa cifrou uma *ars combinatoria* das relações amorosas: "Pode parecer que este livro é resultante de um encadeamento mais ou menos frouxo de histórias de adultério, colhidas ao acaso em diversas fontes. É uma ilusão: elas formam, na verdade, um sistema; e – lidas em sequência – propõem uma teoria do triângulo amoroso".[11]

Na literatura brasileira, a noção já havia inspirado uma obra-prima. Como se anunciasse o fundamento da teoria mimética, o narrador Bento Santiago assim denominou o capítulo em que descobre "seu" amor por Capitu: "A Denúncia".

Evoque-se a cena: o agregado José Dias decidiu confessar à mãe de Bentinho sua preocupação com a "excessiva" amizade entre o rapaz e a vizinha. Escondido no corredor da casa, o futuro narrador

---

[10] René Girard, *Quando Começarem a Acontecer Essas Coisas*, op. cit., 2011, p. 59.
[11] Alberto Mussa, *O Movimento Pendular*. Rio de Janeiro, Record, 2006, p. 9.

do romance tudo escuta – ou, pelo menos, assim o sugere ao leitor. Mais tarde, sozinho, começa a pensar nas palavras de José Dias.

A passagem-chave encontra-se no capítulo "Na Varanda".

> Com que então eu amava Capitu, e Capitu a mim? Realmente, andava cosido às saias dela, mas *não me ocorria* nada entre nós que fosse deveras secreto. [...]
>
> Pois, francamente, só agora entendia a emoção que me davam essas e outras confidências. [...]
>
> Tudo isto me era agora apresentado pela boca de José Dias, *que me denunciara a mim mesmo*. [...] Eu amava Capitu! Capitu amava-me![12]

Bentinho é um dos personagens mais miméticos da literatura brasileira, pois depende da presença de um *mediador* para saber *se ama* e, sobretudo, *a quem ama*. É esse o procedimento definidor dos autores estudados por Girard: em vez de anunciar o contato direto entre dois "corações simples", *o desejo é sempre mediado, supondo uma complexa relação triangular*. Ao contrário do lugar-comum, transformado em dogma com o romantismo, em briga de marido e mulher, desde sempre alguém meteu a colher!

Na prosa do romancista brasileiro, os próprios termos do pensador francês já se encontravam perfeitamente compreendidos, e isso num capítulo denominado "Aceito a Teoria".

(Sim, claro, você tem razão, aqui estou forçando a nota; mas como desenvolver um pensamento sem fazê-lo?)

---

[12] Machado de Assis, *Dom Casmurro*. Obras Completas. Vol. I. Org. Afrânio Coutinho. Rio de Janeiro, Nova Aguilar, 1986, p. 821 (grifos meus). Sempre citarei essa edição; nas próximas referências, indicarei apenas o título da obra, o volume e o número de página.

Vamos ao texto de Machado:

> Eu, leitor amigo, aceito a teoria do meu velho Marcolini, não só pela verossimilhança, que é muita vez toda a verdade, mas porque a minha vida se casa bem à definição. Cantei um *duo* terníssimo, depois um *trio*, depois um *quatuor*... [...] a denúncia de José Dias, meu caro leitor, foi dada principalmente a mim. A mim é que ele me denunciou.[13]

Pensemos, de igual modo, em Leopoldina, personagem de Eça de Queirós. Em *O Primo Basílio*, Luísa entrega-se a uma aventura com o personagem que dá título ao livro, e pondera sobre sua nova condição:

> Foi-se ver ao espelho; achou a pele mais clara, mais fresca, e um enternecimento úmido no olhar – *seria verdade então o que dizia Leopoldina*, que não havia como uma maldadezinha para fazer a gente bonita? Tinha um amante, ela! E imóvel no meio do quarto, os braços cruzados, o olhar fixo, repetia: "Tenho um amante!".[14]

A sagacidade da intuição girardiana permite que se vislumbre na referência, em aparência irrelevante, da opinião da amiga, o esclarecimento do papel da mediação. A presença virtual de Leopoldina é tão constitutiva do adultério quanto a proximidade física de Basílio, o amante de Luísa. Afinal, por que teríamos aventuras se não pudéssemos compartilhar os frutos da transgressão com um grupo de amigos?

No fundo, como chegaríamos a viver histórias de amor se uma terceira pessoa não nos tivesse sugerido sua possibilidade?

---

[13] Ibidem, p. 819.
[14] Eça de Queirós, *O Primo Basílio. Episódio Doméstico*. São Paulo, Ateliê Editorial, 2004, p. 226 (grifo meu).

A verdade romanesca explicita o papel do mediador na determinação do desejo, ao passo que a mentira romântica oculta o vértice mais importante do triângulo amoroso: não os sujeitos enamorados, mas o modelo que os reuniu.

Mímesis como forma literária

A corrente mimética também constitui a estrutura profunda do romance de Eça de Queirós. A passagem mencionada é um exemplo acabado da emulação estabelecida com Gustave Flaubert.

(A poética da emulação traduz a necessária presença do mediador numa forma literária particularmente produtiva, evocando a *verdade romanesca*.)

Leia-se, nesse contexto, o conhecido capítulo de *Madame Bovary*:

> Mas, ao se ver no espelho, ficou espantada com o seu rosto. Nunca tinha tido os olhos tão grandes, tão negros, nem de tamanha profundidade. Alguma coisa de sutil espalhada por sua pessoa a transfigurava.
> Ela repetia a si mesma: "Eu tenho um amante! um amante!", deleitando-se com essa ideia como com a de outra puberdade.[15]

O procedimento é evidente: Eça se apropria do romance de Flaubert, visto como modelo a ser adotado, isto é, transformado segundo os interesses do autor português.[16]

---

[15] Gustave Flaubert, *Madame Bovary*. Trad. Mário Laranjeiras. São Paulo, Companhia das Letras, 2011, p. 262-63.
[16] Mais uma vez: em meu livro *Machado de Assis: Por uma Poética da Emulação* (Rio de Janeiro, Civilização Brasileira, 2013), ofereço um estudo detalhado do método queirosiano de apropriação da obra de Flaubert; aqui apenas sugerido.

O comentário agudo de Christopher Domínguez Michael situa-se no mesmo registro: "É *O Primo Basílio* uma imitação de *Madame Bovary*? Sem dúvida, se retomamos o sentido clássico da imitação como adoção de um modelo para, ao conservá-lo, chegar a superá-lo. Optar por essa visão significa recusar a mentira romântica da originalidade, persistente através dos séculos".[17]

O crítico literário mexicano empregou o vocabulário girardiano da *mentira romântica* e o fez com precisão, pois o sistema retórico baseado na técnica da *imitatio*, à qual se seguia o indispensável momento de *aemulatio*, girava em torno da centralidade do mediador. Na tradição literária, mediador era toda *auctoritas*, todo autor reconhecido como *autoridade* incontornável em determinado gênero.

Domínguez Michael observou com razão: "[...] o adultério, tema comercial por excelência do romance oitocentista e de tantos sucedâneos".[18] Não é difícil atinar com o motivo estrutural para a onipresença de adúlteros no universo do romance, e – por que não? – do cinema, do teatro, da televisão, de toda forma narrativa, especialmente em seus gêneros mais populares.

O adultério explicita o que não se quer mirar: a onipresença de mediadores.

Uma abordagem metodologicamente original encontra-se na dissertação de mestrado de Régis Augusto Bars Casel, *Diálogos Miméticos entre Sêneca e Shakespeare*. Além de uma leitura minuciosa de textos dos dois dramaturgos, Bars Casel propôs um fascinante modelo de leitura das apropriações literárias, num exercício teórico de grande interesse. Sua intuição permite recuperar uma dimensão mimética, presente nas mais diversas artes, embora ainda não

---

[17] Christopher Domínguez Michael, "Eçalatría". In: *El XIX en el XXI*. Ciudad de México, Sexto Piso/Claustro de Sor Juana, 2010, p. 201.
[18] Ibidem, p. 201-02.

tenhamos desenvolvido um método voltado para essa possibilidade. Trata-se de pensar um modelo no qual a emulação e a rivalidade estética adquiram direito de cidadania e não sejam reduzidas a uma dimensão exclusivamente psicológica.

Vejamos a perspectiva de Bars Casel acerca da presença de Sêneca na literatura elisabetana:

> Inicialmente, na primeira fase da divisão da recepção, Sêneca fora recuperado por um número razoavelmente pequeno de tradutores. As condições em que estas traduções foram produzidas, as similaridades dos mundos, o romano e o elisabetano, bem como as intenções de seus tradutores indicam uma triangulação, somente possível de ser vista a partir do pensamento girardiano. [...] Sêneca poderia ser *imitado* sem que entre seus tradutores houvesse algum tipo de rivalidade conflituosa. [...] Em termos girardianos seria uma mediação de tipo externo, e consequentemente o desejo mimético seria, neste caso, agregador e benéfico. Tanto o é que em pouco tempo todas as tragédias de Sêneca já contavam com sua versão em língua inglesa.[19]

Os primeiros tradutores colocaram-se no papel do discípulo, do epígono, reverenciando o modelo na distância definidora da "mediação externa". Desse modo, a fricção se transforma em fruição e a apropriação de Sêneca permite criar uma autêntica comunidade de leitores e tradutores; comunidade literalmente irmanada na comum admiração ao modelo.

---

[19] Régis Augusto Bars Casel. *Diálogos miméticos entre Sêneca e Shakespeare. As Troianas e Ricardo III*. Dissertação de Mestrado. Pós-Graduação em Teoria e História Literária – Universidade Estadual de Campinas, 2011, p. 265.

Eis, contudo, como no plano da história literária a mediação interna começou a tornar-se dominante, insinuando a irrupção do conflito e mesmo de apropriações violentas do *corpus* senequiano:

> A triangulação formada por sujeito-objeto-modelo não é mais agregadora, e o uso de Sêneca como objeto não é mais realizado por homens que têm o tragediógrafo como um modelo, que não vivem no mesmo tempo e espaço que eles. Trata-se de uma situação na qual a rivalidade e a escalada na rivalidade mimética são importantíssimas e, consequentemente, o *objeto está fadado a ser deixado de lado.*[20]

Ora, entendam-se as circunstâncias dos dois diferentes instantes.

De um lado, uma comunidade nascente de tradutores tornou disponível em inglês a totalidade das obras de Sêneca, consideradas modelo incontornável, autêntica ponte entre a cultura clássica e o mundo contemporâneo.

De outro lado, dramaturgos se apropriaram do teatro senequiano com o objetivo de disputar a audiência, então emergente, do público teatral. Nesse caso, Sêneca tornou-se um modelo-rival na clássica acepção girardiana: tanto se tratava de superá-lo, quanto de apropriar-se dele de forma mais "fiel" que a do dramaturgo concorrente. O paradoxo, como vimos, é essencial a todo processo mimético.

Retornemos, no palco do teatro elisabetano, à leitura de *Como Gostais*.

Na segunda cena do quinto ato, Shakespeare plasmou um encontro único do conteúdo do desejo mimético com sua forma literária. A ação já se aproxima do final; muito rapidamente os equívocos

---

[20] Idem, p. 268 (grifo do autor).

serão esclarecidos e os conflitos resolvidos; afinal, trata-se de uma comédia, com seu incontornável *happy ending.*

Permita-me uma citação longa. Graficamente ela demonstra o caráter imitativo do desejo mimético – origem tanto dos ciúmes de um Bento Santiago quanto das inumeráveis tragédias inspiradas nos triângulos amorosos da tradição.

A cena reúne casais que ainda não se formaram, e isso por um motivo clássico na teoria girardiana (ou nos versos de "Quadrilha", de Carlos Drummond de Andrade): sempre há alguém que não se interessa pela pessoa que, pelo contrário, se declara apaixonada! Daí a importância de Rosalinda (disfarçada como o jovem Ganimedes), que, a fim de promover o contágio mimético, sobressai no papel de mediador universal:

> PHOEBE: Good shepherd, tell this youth what 'tis love.
> SILVIUS: It is to be all made of sighs and tears, And so I am for Phoebe.
> PHOEBE: And I for Ganymede.
> ORLANDO: And I for Rosalind.
> ROSALIND: And I for no woman.
> SILVIUS: It is to be all made of fantasy,
>   All made of passion, and all made of wishes,
>   All adoration, duty, and observance,
>   All humbleness, all patience, and impatience
>   All purity, all trial, all obedience.
>   And so I am for Phoebe.
> PHOEBE: And I for Ganymede.
> ORLANDO: And I for Rosalind.
> ROSALIND: And I for no woman.
> PHOEBE (*to Rosalind*): If this be so, why blame you me to love you?
> SILVIUS (*to Phoebe*): If this be so, why blame you me to love you?

> ORLANDO: If this be so, why blame you me to love you?
> ROSALIND: Who do you speak to 'Why blame you me to love you'?
> ORLANDO: To her that is not here nor doth not hear.
> ROSALIND: Pray you no more of this [...]²¹

A perfeição da forma shakespeariana ameaça tornar qualquer comentário redundante.

Ora, se Rosalinda não interrompesse o contágio mimético, "Pray you no more of this", provavelmente os personagens permaneceriam enredados numa repetição tão literal quanto cômica da fala do outro. Ainda mais divertido é que, quanto mais reproduzem o discurso alheio, mais convencidos se encontram da singularidade de seus sentimentos.

Os versos convertem-se em espelhos inesperados: autêntico correlato objetivo verbal e visual do mimetismo! De igual modo, os ouvidos da plateia são capturados pela repetição na própria fala dos personagens, com destaque para a *mentira romântica* dos lugares-comuns enfileirados por Sílvio. Sintomaticamente, sua retórica do amor não dispensa a redundância: "*All* made of passion, and *all*

---

[21] William Shakespeare, *As You Like It*. Org. Michael Hattaway. Cambridge, Cambridge University Press, 2008, p. 184-85. Em português: "FEBE: Explica, bom pastor, a este mancebo / o que é, de fato, o amor. // SÍLVIO: É ser composto / de lágrimas somente e de suspiros, / tal qual por Febe eu sou. // FEBE: Como eu por Ganimedes. // ORLANDO: Como eu por Rosalinda. // ROSALINDA: E eu por mulher alguma. // SÍLVIO: É ser feito de pura fantasia, / nada mais que paixão, puro desejo, / obediência, dever, adoração, / impaciência e paciência, só humildade / só pureza, observância e sacrifício, / como eu por Febe. // FEBE: Como eu por Ganimedes. // ORLANDO: Como eu por Rosalinda. // ROSALINDA: E eu por mulher alguma. // FEBE (*a Rosalinda*): Se assim é, por que o amor me censurais? // SÍLVIO (*a Febe*): Se assim é, por que o amor me censurais? // ORLANDO: Se assim é, por que o amor me censurais? // ROSALINDA: A quem dizeis: por que me censurais? // ORLANDO: A quem ausente está e não pode ouvir-me. // ROSALINDA: Por obséquio, vamos parar com isso [...]". William Shakespeare, *Como Gostais. Teatro Completo. Comédias*, p. 382-83.

made of wishes, / *All* adoration, duty, and observance, / *All* humbleness, *all* patience, and impatience / *All* purity, *all* trial, *all* obedience". Essa sequência pouco discreta de *all, all, all,* etc., deve ser percebida com malícia, indicando a vulnerabilidade do sentimento amoroso, sempre dependente da aprovação de terceiros.

É fascinante observar que os tradutores sentem um grande desconforto diante de tais recursos do teatro shakespeariano e geralmente tornam o texto mais "elegante". Carlos Alberto Nunes suprimiu a reiteração: "nada mais que paixão, puro desejo, / obediência, dever, adoração, / impaciência e paciência, só humildade / só pureza, observância e sacrifício". Basta ler as duas passagens em voz alta para verificar o vigor que se perde pela supressão da redundância.

Não é tudo.

A repetição cômica traz à tona o vínculo profundo entre a representação do amor e sua associação com os ciúmes, formando um par indissolúvel: os ciúmes asseguram a promessa do outro, por meio da presença real ou imaginária do rival, esse modelo virado pelo avesso.

Sem meias palavras: os ciúmes asseguram que o objeto de meu desejo *também é desejado por terceiros*, e, no espelho de seus olhos, meu desejo não pode senão aumentar – ou, o caso mais frequente, ressuscitar.

Otelo: ciúmes; como não tê-los?

Um das passagens mais perturbadoras de *Otelo* anuncia o castigo próximo do mouro por sua soberba em julgar-se imune à opinião dos demais, ao influxo da voz alheia na determinação de seu pensamento. Na terceira cena do terceiro ato – não resisto: a mais completa tradução literária do triângulo, figura-chave da teoria mimética –, depois de Iago haver repetido e repetido e repetido a palavra-armadilha,[22] Otelo responde com uma confiança que muito rapidamente cobrará um preço alto:

> Why, why is this?
> Think'st thou I'd make a life of jealousy,
> To follow still the changes of the moon,
> With fresh suspicions? No, to be once in doubt
> Is once to be resolved. [...][23]

O mouro se julga além da condição mimética: ninguém pode influenciá-lo em seus sentimentos; afinal, ele sabe tudo sobre si mesmo. Em seu caso, "denúncia" alguma parece possível, muito menos necessária. Ainda assim, a astúcia de Iago revelou-se decisiva.

Por quê?

Estamos no território dos amantes shakespearianos, cuja fórmula é perfeitamente mimética, *"to choose love by another's eyes!"*,[24] ou seja, alumbro-me a partir do enamoramento do outro; aliás, como no caso de Rosalinda, a mediadora universal. De igual modo, pode-se dizer, *"love [...] by hearsay"*,[25] isto é, apaixono-me pelas

---

[22] De fato, Iago a repete três vezes, oferecendo a famosa definição: "O, beware, my lord, of jealousy: / It is the green-eyed monster which doth mock / The meat it feeds on [...]". William Shakespeare, *Othello*. Ed. Norman Sanders. Cambridge, Cambridge University Press, 2003, p. 130-31. Na tradução para o português: "Acautelai-vos, / senhor, do ciúme; é um monstro de olhos verdes, / que zomba do alimento de que vive [...]". William Shakespeare, *Otelo*. In: *Teatro Completo. Tragédias*, p. 633.
[23] William Shakespeare, *Othello*, op. cit., p. 131. Em português: "Por quê? Por que tudo isso? Crês, de fato, / que eu passaria a vida tendo ciúmes / e as mudanças da lua acompanhara / com suspeitas crescentes? Não; a dúvida / já me traía a solução do caso". William Shakespeare, *Otelo*, op. cit., p. 633.
[24] Veja-se o capítulo VIII de René Girard, "Estranhos Olhos para Escolher o Amor". In: *Shakespeare: Teatro da Inveja*. São Paulo, É Realizações, 2010, p. 161-73. Expressão que se encontra em *Sonho de uma Noite de Verão*, logo na primeira cena do primeiro ato, ditando o tom da peça.
[25] Veja-se o capítulo IX do mesmo livro, "Amor de Outiva", p. 175-93. Definição extraída da primeira cena do terceiro ato de *Muito Barulho por Nada*.

coisas que me dizem sobre esta ou aquela pessoa. Lear, rei sem trono, recorreu a artifício similar, embora em contexto antes bélico que amoroso, *Look with thine ears.*

Numa palavra, sempre se recebe uma "denúncia", que finalmente esclarece a quem devemos querer – ou odiar.

(Na frase elegante de Gabriel Andrade: "a intimidade imita a arte".[26])

Um passo atrás.

A teoria mimética ganhou corpo quando Girard enunciou a pergunta decisiva: como é possível que esse mecanismo estivesse presente em obras tão diversas quanto *Dom Quixote* e *Em Busca do Tempo Perdido*?

De nossa parte, acrescentamos *O Primo Basílio* e *Dom Casmurro*; sem dúvida, você pensará em outros exemplos, e, desse modo, começamos a pensar mimeticamente, ampliando o horizonte da própria teoria.

Regressemos à pergunta girardiana: como é possível que esse mecanismo tenha atravessado a modernidade ocidental como uma sombra, sem a qual o contorno dos grandes romances empalidece, levando ao esquecimento de sua vocação antropológica?

A resposta-hipótese possibilitou o pensamento girardiano: *o desejo é indissociável da figura do mediador*. O alvo de nossos desejos é definido pelas redes tramadas nas mediações que nos emolduram. Eis aqui o círculo do mimetismo: como aprendo a comportar-me a partir da reprodução de condutas já existentes, sou levado a adotar modelos, seguindo-os como se fossem expressões do *meu desejo*.

Os romancistas que ocultam, consciente ou inconscientemente, a presença do mediador promovem a *mentira romântica*, segundo

---

[26] Gabriel Andrade, *René Girard: Um Retrato Intelectual*. São Paulo, É Realizações, 2011, p. 44.

a qual os sujeitos se relacionam *espontânea e diretamente*. Por sua vez, os escritores que tematizam a *relevância do mediador* permitem que se vislumbre a *verdade romanesca*, segundo a qual os sujeitos desejam por meio da *imitação de modelos*, ainda que ignorem o movimento que os dirige.

(A *méconnaissance* que atravessa o sistema do bode expiatório, em primeiro lugar moldou a dinâmica do desejo.)

Em síntese (e prometo não mais repisar a ideia): *mentira romântica* e *verdade romanesca* designam formas opostas de lidar com a mímesis: enquanto aquela suprime o mediador, esta reflete sobre ele e, sobretudo, acerca da violência potencial contida na mediação mimeticamente inspirada.

Chegou o momento de uma primeira recuperação do conceito de interdividualidade. O conceito enfatiza o caráter relacional da identidade. Em vez de autocentrado, o sujeito descobre-se em interação fundamental com outros sujeitos, a fim de determinar sua *inter*dividualidade.

O conceito foi desenvolvido graças à primazia concedida ao mediador. Como pensar a circunstância não hegemônica sem considerar acidentadas redes de mediação? Eis o desafio da mímesis a que se refere o subtítulo deste ensaio.

Digressão: o papel da literatura

O papel da literatura na teoria mimética?

Questão delicada, e, como ocorre no pensamento girardiano, o paradoxo é protagonista.

Girard nunca se interessou pela noção de *literariedade* – e isso desde os anos 1960, quando, pelo contrário, a autonomia do literário tinha a força de dogma. No tocante a seu método de leitura, Paul Dumouchel observou: "[...] às vezes é possível encontrar nos próprios textos literários tanto uma teoria crítica, como os instrumentos analíticos desejados".[27] A literatura, assim compreendida, produz conhecimento antropológico que necessita ser recuperado, em lugar de impor-se a ela modelos hermenêuticos de outras disciplinas.

É preciso dar ouvidos ao pensador quando ele recorda a formulação da teoria mimética:

> [...] sua elaboração foi literária no sentido de que, ao menos pelo que eu sei, os únicos textos que até hoje descobriram o desejo mimético e exploraram algumas de suas consequências são textos literários. Não estou falando de todos os textos literários, nem da literatura *per se*, mas de um grupo relativamente pequeno de obras.[28]

Impossível ser mais claro: não se trata de "literatura *per se*", mas de estudar autores que lidem com a natureza mimética do desejo.

No livro dedicado ao autor de *Crime e Castigo*, Girard explicitou a diferença entre o discurso literário e certas disciplinas:

> O romancista é um excelente sociólogo e um excelente psicanalista. Mas esses dois talentos, nele, não são contraditórios. A dinâmica dos fenômenos jamais é interrompida por uma causa ou por um sistema de causas. O Deus de Aliocha não é uma causa; ele está aberto ao mundo e ao Outro. E é porque o romancista jamais fecha o

---

[27] Paul Dumouchel, "Introduction". In: Paul Dumouchel (org.), *Violence and Truth*: On the Work of René Girard. Stanford, Stanford University Press, 1988, p. 1.
[28] René Girard, "Introduction". In: *To Double Business Bound*. Baltimore, The Johns Hopkins University Press, 1978, p. vii.

círculo da observação dos fenômenos que sua força de evocação é tão prodigiosa.[29]

Eis o paradoxo: precisamente porque não se atribui à literatura uma autonomia exclusivamente textual, ela se torna indispensável para a reflexão.

Literatura?

Uma possível definição girardiana: *filosofia que nunca para de pensar,* já que não fossiliza inquietudes por meio de determinações conceituais. O dinamismo das obras literárias, que multiplicam perguntas em vez de limitar-se a encontrar respostas, corresponde ao fluxo constante da mímesis.

Não apenas a teoria mimética foi esboçada num corpo a corpo com textos literários, mas a própria literatura é a forma discursiva mais adequada para uma apreensão mimética dos relacionamentos. Para tanto, é preciso atribuir aos textos a potência de produzir conhecimento antropológico e de plasmar visões do mundo.

Robert Doran resumiu esse ponto de vista: "[...] o que Girard nos oferece não é uma teoria da literatura, nem uma teoria que usa a literatura para alguma outra finalidade, mas a literatura *como* teoria".[30]

É inadequado criticar a abordagem girardiana como se fosse pouco atenta à especificidade da literatura, simplesmente porque essa não é a sua preocupação.[31]

---

[29] René Girard, *Dostoiévski: Do Duplo à Unidade.* São Paulo, É Realizações, 2011, p. 140-41.
[30] Robert Doran, "Editor's Introduction: Literature as Theory". In: René Girard, *Mimesis & Theory. Essays on Literature and Criticism – 1953-2005.* Stanford, Stanford University Press, 2008, p. xiv (grifos do autor).
[31] Ponto assinalado no ensaio de Paisley Livingston, "René Girard and Literary Knowledge". In: *To Honor René Girard. Presented on the Occasion of his Sixtieth Birthday by Colleagues, Students, Friends.* Stanford French and Italian Studies 34. Saratoga, Anma Libri, 1986, p. 221-35.

William Johnsen,[32] Cesáreo Bandera[33] e Trevor Cribben Merrill[34] são pesquisadores que se apropriaram da teoria mimética. Seus livros são excelentes modelos de análise literária em diálogo produtivo com o pensamento girardiano.

Comentemos brevemente o livro de Johnsen e de Merrill.

Para a definição de seus propósitos, o autor de *Violência e Modernismo* sugeriu o método mais adequado para a potencialização da forma de leitura girardiana: "Meu argumento, em suma, é que as discussões da literatura moderna raramente foram tão críticas de si mesmas quanto os próprios autores modernos no que diz respeito ao dúbio valor da modernidade em si mesma [...]".[35]

Johnsen não apenas atribui um valor cognitivo aos textos literários, como também evita "aplicar" mecanicamente a teoria mimética. Inicialmente, seus postulados guiam a leitura de Ibsen, Joyce e Woolf – *guiam*, não *determinam*. Ora, cada escritor descobre o caráter mimético do desejo de forma independente. A teoria mimética, por conseguinte, *inspira* a interpretação, mas não antecipa os resultados analíticos, pois cada autor desenvolve as consequências do desejo mimético – ou do mecanismo do bode expiatório – que são mais importantes para suas obsessões. Ainda que a teoria permaneça idêntica, a análise será sempre singular.

Ademais, Johnsen identifica a potência epistemológica da literatura. Em seu ensaio sobre o autor de *Dublinenses*, encontram-se inúmeras observações sobre o "potencial teórico das revisões de Joyce", "o potencial teórico das muitas irmãs de Joyce".[36]

---

[32] William A. Johnsen, *Violência e Modernismo: Ibsen, Joyce e Woolf*. São Paulo, É Realizações, 2011.
[33] Cesáreo Bandera, *The Sacred Game. The Role of the Sacred in the Genesis of Modern Literary Fiction*. Pennsylvania, The Pennsylvania State University Press, 1994.
[34] Trevor Cribben Merrill, *O Livro da Imitação e do Desejo. Lendo Milan Kundera com René Girard*. São Paulo, É Realizações, 2011.
[35] William A. Johnsen, *Violência e Modernismo*, op. cit., p. 28.
[36] Ibidem, p. 163.

Trevor Cribben Merrill, por sua vez, estabelece uma relação labiríntica de grande riqueza, de um lado, com o pensamento de René Girard, e, de outro, com a ficção e o ensaio de Milan Kundera. Dito de maneira mais precisa: o pensamento girardiano é o fio de Ariadne de Cribben Merrill em sua visita ao labirinto de Kundera. Os desdobramentos complexos da imitação e do desejo fornecem o mapa de leitura da *ars combinatoria* da obra do autor de *A Insustentável Leveza do Ser*.

Não é tudo: ao mesmo tempo, a ficção de Kundera estimula perspectivas e favorece perguntas que permitem rever determinados pontos do pensamento girardiano. E isso porque, seguindo a intuição girardiana, Merrill compreende a literatura como uma forma discursiva que articula, por assim dizer, sua própria crítica, numa metalinguagem especial, com vocação propriamente teórica.

A imagem do labirinto, extraída de um texto de Milan Kundera, transforma-se em método de leitura de sua obra, definindo o roteiro de escrita.

Nas palavras do autor:

> Compartilho a visão de René Girard de que a interpretação literária é "a continuação da literatura". Por algum tempo depois de ter descoberto os romances de Kundera na faculdade, admirei-os tão apaixonadamente que desejei mais do que tudo que eu mesmo os tivesse escrito. Desde então, percebi que o prazer estético e o puro esporte que se pode tirar, como diz Girard, de formalizar "os sistemas implícitos ou já semiexplícitos" nesses romances é mais gratificante do que reescrevê-los *à la* Pierre Menard.[37]

---

[37] Trevor Cribben Merrill, *O Livro da Imitação e do Desejo. Lendo Milan Kundera com René Girard*, op. cit., p. 18.

No entanto, atenção: não se trata de uma "aplicação" mecânica dos postulados da teoria mimética numa leitura reducionista da obra de Kundera! Tampouco se trata de uma "reduplicação" da ficção do autor de *A Arte do Romance*, como se o trabalho do crítico se limitasse a "rivalizar", em tom menor, o texto do escritor estudado.

Nem tanto ao mar, nem tanto à terra, sabemos todos; mas como imaginar um olhar crítico que permita superar esses impasses? A abordagem privilegiada por Merrill supõe o vaivém constante entre esses extremos, forjando um método de grande alcance, que transforma o curto-circuito potencial em energia teórica.

Vaivém, aliás, que se torna mais interessante porque ainda mais complexo, propiciando uma compreensão inovadora do mundo contemporâneo:

> Vivemos num mundo de imitação hipertrofiada, como refletem expressões como "tendências", "viralizar", e "memes". Os estrategistas de negócios e os marqueteiros enxergam isso como oportunidade, assim como o público em geral, e com razão. Seguir a multidão pode maximizar nossas chances de adquirir os melhores bens de consumo ou de encontrar os vídeos mais divertidos no YouTube. Graças aos "*early adopters*", podemos delegar o trabalho duro de descobrir a próxima grande moda àqueles que têm conhecimento especializado e experiência.[38]

Em termos girardianos, trata-se do universo definido pelo predomínio da *mediação interna*, marca do mundo contemporâneo, iniciado com a Revolução Francesa, na cronologia mimética da história ocidental tão bem delineada em *Rematar Clausewitz*.

---

[38] Ibidem, p. 25.

Eis um dos pontos mais destacados do esforço de Cribben Merrill, pois a associação entre mimetismo e o admirável mundo novo das redes sociais é um dos aspectos decisivos para a afirmação do pensamento girardiano na atualidade. Aspecto que já se encontrava intuído na obra inaugural da teoria mimética.

Recordemos algumas passagens-chave:

> A ilusão é o fruto de um singular casamento entre duas consciências lúcidas. A literatura cavalheiresca, em franca expansão desde a invenção da imprensa, multiplica de maneira prodigiosa as chances de semelhantes uniões.
>
> [...]
>
> O texto impresso possui uma virtude de sugestão mágica da qual o romancista não se farta de nos dar exemplos.[39]

Ora, o *labirinto da imitação e do desejo* alcançou escala planetária, graças a tecnologias de comunicação que alteram a percepção espaçotemporal, aproximando o distante, e tornando o diacrônico simultâneo. Tal combinação produz um agravamento inédito das disputas típicas da mediação interna.

Formas de mediação – conversão

Retornemos a um dos pilares da teoria mimética: as consequências da mediação.

---

[39] René Girard. *Mentira Romântica e Verdade Romanesca*. São Paulo, É Realizações, 2009, p. 28 e 54.

Vejamos (melhor dito: reiteremos): se adoto X como modelo, ao imitá-lo, amplio meu repertório social. Nesse sentido, a imitação representa uma conquista palpável. No campo das artes plásticas era muito comum que um artista começasse reproduzindo estilos até encontrar o seu traço. Antes da revolução romântica, o sistema das artes se baseava na dinâmica da *imitatio* e *aemulatio*; dinâmica baseada na necessária adoção do alheio para a produção de uma obra. Em todos esses casos, o impulso mimético é enriquecedor e fundamentalmente positivo.

Contudo, Girard identificou uma zona sombria no processo mimético.

Voltemos à situação anterior: ao adotar X como modelo, *também desejarei os objetos por ele desejados*. Os autores dedicados à análise da *verdade romanesca* exploram essa dimensão, sobretudo no campo das relações amorosas. O triângulo mimético assume a máscara bem conhecida do triângulo amoroso. O conflito parece inevitável, pois, ao desejar a mesma pessoa, a rivalidade somente crescerá, e paulatinamente substituirá o caráter "neutro", "passivo", atribuído à imitação. Dessa maneira, a mediação tende a transformar-se em confronto aberto. Tal caráter conflitivo favorece a "psicologia do subsolo". Na definição do pensador francês: "A justaposição dos contrários, ou seja, a união sem reconciliação, que, em todos os campos, produz o subsolo".[40]

Girard diferenciou dois tipos de mediação.

A *mediação externa* é determinada pela distância do modelo em relação ao sujeito; distância que por si só minora o risco de confronto. Dom Quixote adota Amadís de Gaula como modelo, mas, salvo engano, jamais se encontrou com o lendário cavaleiro, a não ser nas páginas de seus amados livros de cavalaria. O enfrentamento aberto não é possível. A imitação, nessa circunstância, costuma produzir resultados pacíficos.

---

[40] René Girard, *Dostoiévski: Do Duplo à Unidade*, op. cit., p. 72.

Daí, Girard derivou o corolário: *quanto mais externa a mediação, mais produtivo será o resultado da imitação.*

A *mediação interna* concentra os traços agônicos da mímesis. Nela, o modelo se encontra próximo do sujeito: pode ser seu professor, cuja autoridade *devemos* contestar; seu amigo, cujo êxito não deixa de *nos incomodar*; seu vizinho, cuja esposa *cobiçamos*. Sim: a teoria mimética nos envolve na própria reflexão. O mimetismo deve ser identificado em nossas próprias ações. Defini-lo como uma abstração sem diálogo com o dia a dia nunca foi o gesto girardiano.

Eis o sentido não necessariamente religioso da ideia de conversão na teoria mimética.

Na observação certeira de Reginald McGinnis: "[...] a revelação dos mecanismos sacrificiais depende de uma conversão, e o sentido que Girard lhe atribui, ou seja, o reconhecimento de si mesmo como perseguidor, aparentemente não precisa excluir os que não creem".[41]

(Ao que parece, estou justificado.)

Converter-se implica assumir o mimetismo nosso de cada dia. Desse modo, o *desconhecimento* estrutural origina formas novas de convivência, cujo núcleo foi apontado por Girard:

> Mas não nos sentimos nunca pessoalmente implicados no mecanismo do bode expiatório.
> A experiência dos bodes expiatórios é universal como experiência objetiva e excepcional como experiência subjetiva. [...] Aparentemente, todo mundo participa desse fenômeno, à exceção de cada um de nós.[42]

---

[41] Reginald McGinnis, "Violence et Lumières". In: Mark R. Anspach (org.), *Les Cahiers de l'Herne. René Girard*, op. cit., p. 175.
[42] René Girard, *Aquele por Quem o Escândalo Vem*, op. cit., p. 112-13.

Na ausência de reconhecimento subjetivo, o desejo mimético se metamorfoseia rapidamente em rivalidade, dando origem a disputas sem trégua, tema predileto de muitos romancistas.

Daí, Girard derivou o corolário: *quanto mais interna a mediação, mais violento será o resultado da imitação.*

O romance moderno se caracteriza pela análise minuciosa da mediação interna e seus inumeráveis desdobramentos. A especificidade do mundo moderno se afirma no predomínio da mediação interna, fato esse que origina uma situação potencialmente explosiva.

Dada a importância do tema, e em virtude dos constantes mal-entendidos por ele provocados, cabe reiterar a singularidade do conceito de conversão.

(Já disse e reitero: numa reflexão acerca da teoria mimética, a repetição se impõe.)

Nos limites deste livro, o conceito adquire uma acepção própria e não se confunde com o ato religioso. Na biografia de Girard, devo reconhecer, os dois campos convergiram.[43]

No momento em que me torno consciente da natureza mimética do desejo, talvez reconheça que a *mentira romântica* deva ser substituída pela *verdade romanesca*. Tal reconhecimento epistemológico implica uma atitude ética: na medida do possível, manterei sob controle as rivalidades resultantes do desejo mimético. Ao menos, tentarei recusar suas consequências mais sombrias: o confronto com meu antigo modelo. A dimensão ética do ato de compreender

---

[43] A primeira vez que Girard falou abertamente de sua conversão foi no diálogo com Michel Treguer. O processo aconteceu enquanto ele terminava a escrita de *Mentira Romântica e Verdade Romanesca*: "Acabei entendendo que eu estava vivenciando uma experiência do tipo daquela que eu descrevia. [...] Intelectualmente eu tinha me convertido, mas continuava incapaz de harmonizar a minha vida com os meus pensamentos". René Girard, *Quando Começarem a Acontecer Essas Coisas*, op. cit., p. 222-23.

a centralidade do mediador certamente não exclui a experiência religiosa, mas também não se vincula exclusivamente a ela. No tocante ao mecanismo do bode expiatório, não mais considerado nas origens da cultura, e sim nos pequenos círculos do cotidiano, a conversão demanda um movimento em primeiro lugar intelectual.

Como o tema é controverso, porque muitos críticos do pensador francês costumam estabelecer uma relação direta entre a conversão mimética e a fé católica professada por Girard,[44] vamos escutá-lo:

> [...] minha teoria demanda uma conversão, porque o ponto mais importante dela é o entendimento de que sempre se é parte do mecanismo mimético. [...] não existe desejo autêntico, e todo desejo é sempre mediado pelos outros. [...] Uma conversão em que você aceita que é parte do mecanismo mimético que domina os relacionamentos humanos, em que o observador reconhece o fato de que ele mesmo faz parte de sua própria observação.[45]

Naturalmente, nada impede que o fenômeno da conversão se manifeste de modo religioso. No entanto, essa é uma questão pessoal e não um elo necessário da teoria mimética. Como discutirei no capítulo seis, o modelo de conversão ética autoriza uma revisão radical do problema da violência na América Latina.

Tal modelo de conversão supõe um compromisso ético e epistemológico: reconhecer-se envolvido no mimetismo que só se identificava nos demais.

---

[44] Aliás, Girard definiu sua reconversão a partir de uma motivação intelectual: "Não é por ser cristão que penso do modo como penso; foi por causa de minhas pesquisas que me tornei cristão. Também questiono a distinção entre conversão intelectual e conversão emocional". René Girard et al., *Evolução e Conversão*, op. cit., p. 77.
[45] Ibidem, p. 78.

Quais seriam os efeitos desse reconhecimento no plano da história intelectual?

América Latina: mimética?

Uma história cultural latino-americana, pensada a partir da teoria mimética, deve considerar duas questões fundamentais.

Por um lado, como já se encontra inscrito no próprio nome *América Latina*, designação determinada pelo olhar estrangeiro, *sua história cultural deveria reconstruir o processo pelo qual o alheio se transforma num próprio precário*, definido por uma instabilidade estrutural. Assim Antonio Candido definiu o ritmo da cultura brasileira: "Se fosse possível estabelecer uma lei de evolução da nossa vida espiritual, poderíamos talvez dizer que toda ela se rege pela dialética do localismo e do cosmopolitismo, manifestada pelos modos mais diversos".[46]

Em diálogo com o crítico brasileiro, Ángel Rama ampliou esse entendimento para o conjunto da experiência latino-americana por meio do conceito de "transculturação narrativa". Sua síntese do processo histórico recriou a imagem do movimento esboçado por Candido:

> Quase desde seus começos procuraram reinstalar-se em outras linhagens culturais [...], o que na Colônia esteve representado pela Itália e pelo classicismo e, desde a Independência, pela França e pela Inglaterra, sem percebê-las como novas metrópoles colonizadoras que

---

[46] Antonio Candido, "Literatura e Cultura de 1900 a 1945 (Panorama para Estrangeiro)". In: *Literatura e Sociedade*. Rio de Janeiro, Ouro sobre Azul, 2006, p. 117.

eram, antes de chegar ao auge contemporâneo nas letras latino-americanas.[47]

Rama assinalou o esforço por escapar da determinação cultural ibérica; no entanto, para a minha reflexão, o ponto mais importante se refere ao trânsito constitutivo entre tradições diversas – primeiro passo para a invenção de uma literatura com base na emulação.

Carlos Monsiváis vislumbrou uma dinâmica similar: "Na primeira metade do século XX, falar de cultura na América Latina implica afirmar o *corpus* da civilização ocidental, ademais das contribuições nacionais e ibero-americanas".[48] É curioso que Monsiváis se refira às nações ibero-americanas como se elas não pertencessem à civilização ocidental. A vocação das culturas latino-americanas exige uma perspectiva comparada, a fim de dar conta dessa oscilação constante entre o próprio e o alheio, num vaivém epistemológico que leva longe e não chega a cristalizar uma forma fixa.

Em termos girardianos, a história cultural latino-americana esclarece a verdade romanesca da identidade "nacional", evidenciando a "mentira romântica" patrocinada pelo Estado-Nação e divulgada pela universidade moderna em sua versão oitocentista.

É esse o eixo de *Rematar Clausewitz*, livro no qual se estuda a rivalidade mimética que, a partir do século XVIII, informou a história política e cultural da França e da Alemanha. Já não se trata de um processo interdividual localizado, e sim de um fenômeno muito mais amplo, que proponho denominar "interdividualidade coletiva", e que se encontra nas origens das culturas latino-americanas.

---

[47] Ángel Rama, *Transculturación Narrativa en América Latina*. Montevideo, Fundación Ángel Rama, 1989, p. 11. Rama ampliou o sentido do conceito de *transculturación*, tal como formulado por Fernando Ortiz em *Contrapunteo Cubano del Tabaco y el Azúcar*.
[48] Carlos Monsiváis, *Aires de Familia. Cultura y Sociedad en América Latina*. 3. ed. Barcelona, Editorial Anagrama, 2006, p. 11.

(Interdividualidade coletiva: a centralidade do Outro no plano muito mais amplo e complexo do conjunto de uma nação.)

Eis como Girard leu o argumento do ensaio *Da Guerra*, de Carl von Clausewitz:

> [...] Seu livro foi escrito para aquele período em que as guerras europeias esgotavam-se de forma mimética, até chegar ao desastre. [...] Ousemos dizer então que nós, alemães e franceses, somos responsáveis pela devastação em curso, porque nossos extremos tornaram-se o mundo inteiro. Fomos nós que acendemos o rastilho.[49]

A rivalidade franco-alemã teve efeitos nos estudos científicos e literários. A verdadeira corrida pelo descobrimento do bacilo da tuberculose envolveu Robert Koch e Louis Pasteur numa guerra sublimada entre as duas potências.

O triunfo de Koch foi celebrado como uma conquista militar!

Outro caso sintomático foi o desenvolvimento da história literária; feômeno indissociável de idêntico campo de forças. Mapear a evolução – nesse domínio, lanço mão sem pruridos do vocabulário oitocentista – da literatura nacional equivalia ao gesto político de afirmação da superioridade do espírito pátrio. As investigações pioneiras na emergente disciplina da literatura comparada reiteraram a disputa. Rivalidade materializada na pergunta-chave, naquele então formulada com seriedade, mas que hoje não deixa de ser divertida: que autor foi mais influente, Goethe na França,[50] ou, ao contrário, Rousseau na Alemanha?[51]

---

[49] René Girard, *Rematar Clausewitz. Além Da Guerra*. São Paulo, É Realizações, 2011, p. 25.
[50] Título do estudo de Fernand Baldensperger, *Goethe en France: Étude de Littérature Comparée*, livro publicado em 1904.
[51] Título do ensaio de Lucien Lévy-Bruhl, *L'Influence de Jean Jacques Rousseau en Allemagne*, publicado em 1910.

Eis como a precariedade se converte potencialmente em inesperado estímulo para a reflexão: como não seria usual imaginar um autor mexicano ou brasileiro "influenciando" autores franceses e alemães, e isso não apenas no século XIX, na América Latina a "mentira romântica" do espírito nacional se mostrava à plena luz do dia.

Na aguda formulação de Stéphane Vinolo:

> Não há fraturas da identidade, porque a identidade é uma fratura. Se assumirmos essa identidade fraturada como única saída da violência mimética, então podemos dizer que a América Latina é um terreno propício [...] para os estudos girardianos – já que ninguém mais do que os povos da América Latina se veem obrigados a viver com essa fratura em seu ser mais profundo; com essa fratura como origem [...].[52]

A precariedade pode estimular uma síntese particularmente crítica – eis minha aposta.

A condição de ser ninguém

Poucos autores se aproximaram da intuição fundamental de René Girard com a intensidade de Jorge Luis Borges. Penso principalmente em sua impressionante caracterização de Shakespeare como homem e dramaturgo:

> [...] No início pensou que todas as pessoas fossem como ele, mas a estranheza de um

---

[52] Stéphane Vinolo, "Ipseidad y Alteridad en la Teoría del Deseo Mimético de René Girard". *Universitas Philosophica*, ano 27, n. 55, 2010, p. 38.

> companheiro com o qual começara a comentar essa fatuidade revelou-lhe seu erro e fez com que sentisse, para sempre, que um indivíduo não deve diferir da espécie. Certa vez pensou que nos livros encontraria remédio para seu mal e então aprendeu o pouco latim e menos grego de que falaria um contemporâneo; depois considerou que no exercício de um rito elementar da humanidade bem poderia estar o que procurava, e deixou-se iniciar por Anne Hathaway, durante uma longa sesta de junho. Aos vinte e tantos anos foi a Londres. Instintivamente, adestrara-se no hábito de simular que era alguém, para que não se descobrisse sua condição de ninguém; em Londres encontrou a profissão para a qual estava predestinado, a de ator, que em um palco brinca de ser outro, diante da afluência de pessoas que brincam de tomá-lo por aquele outro.[53]

O jovem Shakespeare descobriu sua *condición de nadie* ao reconhecer a natureza mimética do desejo, pois rapidamente aprendeu *que um indivíduo não deve diferir da espécie*; vale dizer, não pode senão obedecer a modelos. A razão fica ainda mais clara na escolha do ofício. Metonímia do sujeito mimético, o ator fala linhas escritas por outros e sente os sentimentos emprestados dos personagens. Além disso, sem o olhar alheio sua identidade desvanece, como no famoso epílogo de *A Tempestade*, no qual Próspero demanda o aplauso libertador da plateia.[54]

---

[53] Jorge Luis Borges, "Everything and Nothing" (1960). Trad. Josely Vianna Baptista. In: *Obras Completas*. (Vários tradutores). São Paulo, Globo, 1999, p. 52-53.
[54] Eis aqui os versos com que a peça termina: "Mercy itself, and frees all faults. / As you from crimes would pardoned be, / Let your indulgence set me free". William Shakespeare, *The Tempest*. 5. Epilogue. Ed. David Lindley. Cambridge, Cambridge University Press, 2004, p. 218. Em português: "Como quereis ser perdoados / de todos vossos pecados, / permiti que sem violência / me solte vossa indulgência". William Shakespeare, *A Tempestade*. In: *Teatro Completo. Comédias*, op. cit., p. 58.

A "vacuidade" experimentada pelo futuro ator e dramaturgo não era um "sintoma" psicológico, porém a intuição forte da onipresença do mediador na determinação do desejo. Trata-se de vacuidade propriamente estrutural, pois, sem a colaboração do outro, a interdividualidade não se sustenta: saco vazio só fica de pé no olhar alheio. Em vocabulário girardiano, esse é o *mal ontologique*.[55]

Você me acompanha: na leitura que proponho, o sujeito mimético é a imagem mesma da precariedade ontológica, associável, portanto, e nesse registro, à antropofagia de Oswald de Andrade e à antropologia de Eduardo Viveiros de Castro.

(O passo é arriscado – não o ignoro. O antropólogo brasileiro esclareceu a distância que o separa do pensador francês. Eu sei disso; acredite, li com atenção seus textos, sempre inspiradores. Mas espere um pouco antes de abandonar imediatamente este livro. Se desejar, salte para a seção "Teoria mimética e canibalismo" do último capítulo. Se achar minha abordagem interessante – repare: não digo exata, porém provocadora –, volte e continue a ler as páginas seguintes.)

Assinale-se o emprego preciso do tempo verbal – "deixou-se iniciar por Anne Hathaway" –, evocando a situação do narrador de *Dom Casmurro*. Em ambos os casos, os sujeitos são afetados por um estímulo exterior, e só assim despertam para a "verdade" do desejo.

Não obstante, mesmo assinalando a argúcia do autor de *Ficciones*, Girard pôs em xeque a ênfase na ideia de "vacuidade":

> Esse pacto fáustico com um diabo chamado *mímesis* é sem dúvida uma ideia brilhante, mas não há o menor indício de que tenha acontecido, exceto, é claro, pelo prodigioso

---

[55] René Girard propôs a noção em seu primeiro livro, *Mentira Romântica e Verdade Romanesca*; o *mal ontologique* sinaliza a precariedade ontológica do *Self* que somente se configura por meio do olhar de outros. Discutirei a noção no próximo capítulo.

gênio de Shakespeare, por sua capacidade quase infinita de representação mimética, o que não prova rigorosamente nada a respeito da personalidade dele. Na tese de Borges, enxergo uma versão sutil do mesmo temor que já encontramos duas vezes nas últimas páginas, o temor ocidental e moderno por excelência, o de *ser enganado pela representação*. O Shakespeare sem rosto é um último mito mimético, inventado por um autor que, como Joyce, compreendia bastante o verdadeiro papel da mímesis na literatura [...].[56]

Essa crítica se dirige a certa recepção da obra borgiana, que a viu como precursora do pós-modernismo. A famosa citação de Michel Foucault em *As Palavras e as Coisas*, atribuindo a um conto de Borges a inspiração para seu projeto,[57] representaria uma condenação na perspectiva girardiana! Não obstante, é possível compreender de outro modo o olhar de Borges, se o entendemos a partir de sua circunstância particular.

(Admirar um pensador não nos obriga a seguir todos os seus passos.)

---

[56] René Girard, *Shakespeare: Teatro da Inveja*, op. cit., p. 621-22 (grifo do autor). James Alison chamou minha atenção para a crítica girardiana.

[57] Vale a pena reproduzir integralmente a citação: "Este livro nasceu de um texto de Borges. Do riso que, com sua leitura, perturba todas as familiaridades do pensamento – do nosso: daquele que tem nossa idade e nossa geografia –, abalando todas as superfícies ordenadas e todos os planos que tornam sensata para nós a profusão dos seres, fazendo vacilar e inquietando, por muito tempo, nossa prática milenar do Mesmo e do Outro. Esse texto cita 'uma certa enciclopédia chinesa' onde será escrito que 'os animais se dividem em: a) pertencentes ao imperador, b) embalsamados, c) domesticados, d) leitões, e) sereias, f) fabulosos, g) cães em liberdade, h) incluídos na presente classificação, i) que se agitam como loucos, j) inumeráveis, k) desenhados com um pincel muito fino de pelo de camelo, l) et cetera, m) que acabam de quebrar a bilha, n) que de longe parecem moscas'. No deslumbramento dessa taxinomia, o que de súbito atingimos, o que, graças ao apólogo, nos é indicado como o encanto exótico de um outro pensamento, é o limite do nosso: a impossibilidade patente de pensar isso". Michel Foucault, *As Palavras e as Coisas*. Trad. Salma Tannus Muchail. São Paulo, Martins Fontes, 2000, p. ix.

Tal circunstância estrutura a experiência latino-americana desde os movimentos de Independência, estimulando uma apropriação fecunda da teoria mimética, já que supõe a adoção coletiva de um modelo para a definição da identidade "nacional". A "vacuidade" não se associa necessariamente com o medo de "ser vítima das aparências". Por que não imaginar que as aparências abrem caminho para a superação da "mentira romântica"? É como se a perspicaz definição de André Orléan tivesse conhecido uma tradução forte nesta singular residência na terra: "O indivíduo girardiano sofre de uma carência de ser que o leva a buscar no outro as referências que não consegue dar a si mesmo".[58] Acrescento meu mantra: no caso das culturas latino-americanas, o dilema assume proporções coletivas; não se refere ao interdivíduo, porém ao conjunto de determinada vivência histórica.

Uma breve interrupção.

Phármakon epistemológico, o trabalho crítico submete toda e qualquer teoria a uma transformação bem dosada. Eis o domínio da transculturação. A oscilação tensa entre o alheio e o próprio constitui o eixo gravitacional das culturas latino-americanas, compondo uma forma especial de interdividualidade coletiva, que converte a *condición de ser nadie* em produtividade intelectual e artística através da poética da emulação.

Recorde-se o pensamento de Pedro Henríquez Ureña. Numa importante compilação de ensaios, *La Utopía de América*, um tema relevante é o relacionamento do intelectual latino-americano com a cultura europeia, em geral, e a norte-americana, em particular. Vale dizer, a presença constitutiva do outro. Subjacente à distância "entre imitação e herança",[59] proposta como a metodologia

---

[58] André Orléan, "Pour une Approche Girardienne de l'*Homo Œconomicus*". In: Mark R. Anspach (org.), *Les Cahiers de l'Herne*, op. cit., p. 261. A noção *"d'un manque d'être"* [de uma carência de ser] é uma derivação da noção girardiana de *"mal ontologique"* ["mal ontológico"].
[59] Pedro Henríquez Ureña, "Herencia e Imitación". In: *La Utopía de América*. Caracas, Biblioteca Ayacucho, 1989, p. 52.

mais adequada para ponderar o problema, encontra-se o eixo da poética da emulação:

> Temos direito – herança não é furto – de mover-nos com liberdade no âmbito da tradição espanhola, e, sempre que possível, de superá-la. Ainda mais: temos direito a todos os benefícios da cultura ocidental.
> Portanto, onde começa o mal da imitação? Qualquer literatura se nutre de influxos estrangeiros, de imitações e até de roubos: nem por isso será menos original. [...] Porém, o caso é grave quando a transformação não se cumpre, quando a imitação permanece como imitação. Nosso pecado, na América, não é a imitação sistemática – que não prejudica a Catulo nem a Virgílio, a Corneille tampouco a Molière – mas a imitação difusa.[60]

Essa passagem articula uma forma propriamente não hegemônica de lidar com a presença incontornável do mediador. Trata-se de pensar uma autodefinição que parta da centralidade do outro. Nessa circunstância, o *desconhecimento* se transforma em estímulo para a reflexão. Daí a distância entre "imitação sistemática" e "imitação difusa": enquanto esta exige apenas o gesto de reproduzir a norma adotada como modelo, aquela exige o propósito de emular o padrão adotado, a fim de superá-lo, sem com isso abdicar do diálogo constitutivo com a alteridade.

Hora de retornar às citações do início deste capítulo.

Desenvolver uma literatura "afortunadamente influenciada por Joyce, Faulkner ou Virginia Woolf", como almejava García Márquez, e supor, como defendeu Carpentier, ser "indispensável que os jovens

---

[60] Ibidem, p. 53.

na América conheçam profundamente os valores representativos da
arte e da literatura moderna na Europa", significa recuperar o modelo
descartado pelo romantismo em outras artes – o modelo da *imitatio*
e da *aemulatio*. Os passos descritos por Henríquez Ureña remetem
àquele modelo: assimilação, apropriação, transformação do mediador.
A poética da emulação pode reunir Gabriel García Márquez, Elena
Poniatowska, Alejo Carpentier, Machado de Assis, Clarice Lispector,
Jorge Luis Borges, Rosario Castellanos e Pedro Henríquez Ureña, entre
tantos outros pensadores e inventores.

Em outras palavras, determinadas características da história
latino-americana tornaram o problema da emulação uma questão
urgente, mesmo um dado do cotidiano.

(Você me entende: a teoria mimética permite driblar o falso problema da imitação, que costuma paralisar a tantos. O pensamento
girardiano revigora o gesto imitativo ao associá-lo intrinsecamente
ao ato posterior de apropriação conflitiva. De minha parte, resgato
a técnica da *aemulatio* como termo que redimensiona o processo
como um todo, autêntico terceiro excluído que se apresenta em
cena para virar a reflexão de ponta-cabeça.

Isso mesmo: o *tertium non datur* transforma-se em condição de
possibilidade. Não se surpreenda: pensar mimeticamente equivale a
acionar paradoxos.)

E isso desde o momento em que culturas diferentes entraram
em contacto.

Sem eufemismos: a partir das invasões europeias.

A importância da perspectiva de Pedro Henríquez Ureña reside na
incorporação necessária do elemento forâneo. Ao mesmo tempo, a
negação da possibilidade de um pensamento autóctone não impede
que se reconheça o influxo local. O processo mimético é sempre
de mão dupla e deve produzir narrativas complexas, em lugar de

reduzir a um ideal normativo os impasses da formação das culturas não hegemônicas. Por exemplo, na história cultural mexicana, a negação do indígena tinha sido a regra.[61] Recordemos, nesse cenário, sua definição do universo latino-americano:

> Trinta anos atrás não teria sido julgado necessário, ao tratar da civilização na América hispânica, referir-se às culturas indígenas. Hoje [...] se pensa de maneira distinta: ainda que a estrutura de nossa civilização e suas orientações essenciais procedam da Europa, não poucos dos materiais com que ela foi construída são autóctones.[62]

Em virtude da renovação da perspectiva histórica, Henríquez Ureña detalhou a natureza dual do processo:

> Antes de tudo, o simples transplante obrigava os europeus a modificá-la inconscientemente [...]. Além disso, as culturas indígenas exerceram influências muito variadas sobre os europeus transplantados.[63]

Um pouco mais e ele teria antecipado o conceito de transculturação. O mais importante aqui é ressaltar a oscilação permanente entre o próprio e o alheio, sugerindo a "carência de ser" que demanda a presença constitutiva da alteridade. A incorporação ativa do elemento europeu torna o modelo naturalizado de "mentira

---

[61] Um dos mais renomados pensadores mexicanos reiterou esse ponto, decisivo para uma leitura mimética da história cultural: "Para dizer a verdade, esse conceito da cultura mexicana como mestiça é recente. Durante séculos houve a impressão de que a cultura índia tinha sido exterminada". Elsa Cecilia Frost, *Las Categorías de la Cultura Mexicana*. Ciudad de México, Fondo de Cultura Económica, 2009, p. 181.
[62] Pedro Henríquez Ureña, *Historia de la Cultura en la América Hispánica*. Ciudad de México, Fondo de Cultura Económica, 2001, p. 11.
[63] Ibidem, p. 32.

romântica", dominante em toda a história cultural europeia oitocentista, pouco produtivo no contexto latino-americano, porque, nesse caso, simplesmente não pode existir a narrativa tipicamente hegeliana da "reapropriação" do espírito (pátrio). A precariedade ontológica, para o bem ou para o mal, desautoriza a ingenuidade.

Ernesto Sábato, aluno de Henríquez Ureña no ensino secundário na Argentina, manteve viva a lição do mestre, sintetizando o móvel do pensador dominicano:

> A cultura era para Henríquez Ureña a síntese do tesouro herdado e aquilo que o homem e sua comunidade contemporânea criavam dentro desse quadro preexistente; razão pela qual criticava toda pretensão a uma cultura puramente autóctone, que desconhecesse ou menosprezasse a herança europeia; como também combatia a tendência europeizante que, sobretudo por causa da influência positivista, desdenhou da raiz americana.[64]

Os dois extremos devem ser driblados, pois a simultaneidade e a superposição de tempos históricos distintos são os traços mais característicos da experiência cultural latino-americana.

Elsa Cecilia Frost chegou a conclusão próxima em *Las Categorías de la Cultura Mexicana*. A pensadora empregou o vocabulário de Fernando Ortiz, além de acrescentar à abordagem a ideia-força de "cultura de síntese" como forma de compreensão do processo histórico mexicano.

Leiamos sua reflexão acerca dos vínculos entre o europeu e o autóctone, na qual esclarece o sentido que atribui à noção de *culturas de síntese*:

---

[64] Ernesto Sábato, "Pedro Henríquez Ureña". In: *Apologías y Rechazos*. Bogotá, Editorial Planeta, 2001, p. 69.

> O novo ambiente forçou o colonizador a modificar sua cultura e, quando isso não era suficiente, a adotar certas modalidades da cultura aborígene, traduzindo-as, por assim dizer, para o castelhano.
>
> Portanto, este conceito, o mesmo que o anterior, considera que a transculturação foi possível.[65]

Cecilia Frost opôs à ideia simples de uma cultura *fusionada*, que "supõe um fato consumado", a noção muito mais interessante de uma "cultura de síntese", isto é, "que se inicia no século XVI e que *ainda está em marcha*".[66] Como o princípio da dialética sem síntese, tal como proposta por Theodor Adorno, a "cultura de *síntese*" é um processo em curso.

Pelo contrário, o modelo dominante de história cultural, típico projeto de extração romântica, implica o desvelamento contínuo do ser em busca de *re*-flexão: esse retorno utópico à plenitude perdida. Dessa perspectiva, o modelo da história cultural traz marcas inegavelmente hegelianas, apresentando-se como o reencontro do ser com sua essência. A história cultural seria o momento do reencontro *re*-fletido do ser com seus atributos intrínsecos. A escrita da história cultural ou da história literária equivaleria à sublimação da violência presente na escalada da rivalidade mimética no plano das interdividualidades coletivas.

(Uma vez mais, o tema de *Rematar Clausewitz*.)

Não é difícil perceber que esse é o modelo dominante de certa história cultural latino-americana. Segundo tal marco narrativo, teria ocorrido uma desapropriação violenta e traumática – a invasão europeia – e o processo cultural representaria o esforço

---

[65] Elsa Cecilia Frost, *Las Categorías de la Cultura Mexicana*, op. cit., p. 179.
[66] Ibidem (grifo meu).

de valorização do próprio, isto é, do elemento indígena anterior à invasão europeia.[67]

A perspectiva de Cecilia Frost permite superar esse beco sem saída:

> O México era um mosaico de culturas que, mesmo aparentadas, mantinham-se separadas por ódios étnicos inconciliáveis. Foi precisamente essa desunião que permitiu que um punhado de espanhóis tomasse o controle do território, e foi a Colônia que conseguiu fazer de todas as tribos um só povo. [...] A cultura mexicana, nascida na Colônia, seria por conseguinte o resultado da síntese dessa essência indígena com as formas culturais espanholas.[68]

Em outro cenário, conhecemos a *boutade* de Oswald de Andrade: "Antes que os portugueses descobrissem o Brasil, o Brasil tinha descoberto a felicidade".[69] A simples noção de "o Brasil" é inconcebível sem a chegada dos portugueses – e pelas razões apontadas pela pensadora mexicana. Entre a intenção de retomar o contato com a essência e o gesto da escrita, abre-se uma fissura que só pode ampliar-se.

Exatamente como no trabalho de Doris Salcedo. Em 2007, ela imaginou a instigante instalação *Shibboleth*, realizada na Galeria Tate Modern.[70] A instalação consistia numa rachadura que se abria na

---

[67] Além disso, como assinalou com razão o autor de *Sobre Heróis e Tumbas:* "A esses que rechaçam o elemento europeu seria preciso recordar que toda cultura é híbrida e que é ingênua a ideia de algo platonicamente americano". Ernesto Sábato, "Sobre Nuestra Literatura". In: *La Cultura en la Encrucijada Nacional*. Buenos Aires, Crisis, 1972, p. 25.
[68] Elsa Cecilia Frost, *Las Categorías de la Cultura Mexicana*, op. cit., p. 78-79.
[69] Oswald de Andrade, "Manifesto Antropófago". In: *A Utopia Antropofágica*. São Paulo, Globo, 1990, p. 51.
[70] Veja-se a URL: www.tate.org.uk/modern/exhibitions/dorissalcedo/default.shtm. Acesso em: 2 mai. 2015. Encontra-se disponível uma entrevista com a artista, que oferece outra leitura da instalação. Ela enfatiza a fissura como uma reflexão acerca do ódio racial e da difícil situação dos imigrantes no mundo contemporâneo. Destaque-se, em sua

entrada do museu. De início, pequena, e que se aprofundava ou diminuía irregularmente enquanto o observador caminhava. Estrategicamente situada na entrada da Galeria, essa fratura móvel termina por questionar as origens de coleções similares no mundo inteiro. A maior parte do acervo dos museus europeus começou como espólio de guerra ou como apropriação pura e simples por parte dos poderes coloniais. A polêmica questão envolvendo as esculturas do Partenon, os famosos "Elgin Marbles", hoje no British Museum, é apenas o caso mais saliente, a ponta do *iceberg*, tornada fratura exposta pela instalação de Doris Salcedo.

Um pouco antes, em 2005, Tunga apresentou no Louvre uma obra igualmente desafiadora: *À la Lumière des Deux Mondes*, dialogando ironicamente com a exposição dedicada à obra de Frans Post.[71] *À luz de dois mundos* se referia ao olhar cruzado entre cosmovisões distintas, assim como aludia ao desafio artístico do pintor nos trópicos, qual seja, inventar uma paleta capaz de dar conta da luminosidade local. A peça é marcada pelo forte contraste entre o dourado e o negro, compondo uma estrutura isostática de grande impacto visual.

A instalação evoca tanto uma rede como a alegoria da justiça, sugerindo um equilíbrio tenso entre os dois tons que configuram *À la Lumière des Deux Mondes*.[72] Caveiras, ossos e esqueletos dividem o espaço com pentes, bengalas e imagens icônicas de perfis clássicos. Ora, estamos no Louvre, cujo acervo e mesmo organização dependeram muito do sucesso inicial das guerras napoleônicas; êxito "que fez do Louvre o depósito do botim de guerra da *Grande Armée*".[73] Nesse

---

interpretação, a força simbólica do título: *Shibboleth*. Ver o catálogo da exposição: Doris Salcedo, *Shibboleth*. London, Tate Publishing, 2007.
[71] Tratava-se da exposição *Frans Post – Le Brésil à la Cour de Louis XIV*; veja-se a URL: http://www.louvre.fr/expositions/frans-post-1612-1680-le-bresil-la-cour-de-louis-xiv. Acesso em: 7 jun. 2016.
[72] Hoje, ela pode ser apreciada no Instituto Inhotim. Na página oficial do artista: http://www.tungaoficial.com.br/pt/publicacao/a-luz-de-dois-mundos/.
[73] Guilherme Simões Gomes Júnior, "Le Musée Français: Guerras Napoleônicas, Coleções Artísticas e o Longínquo Destino de um Livro". *Anais do Museu Paulista*. São Paulo, vol.

ambiente, a obra de Tunga propõe um comentário ácido à instituição que a abrigava, pois, em boa medida, a contemplação "desinteressada" das obras de arte – os rostos gregos e romanos – associava-se intrinsecamente à guerra e à exploração colonial – na poderosa metonímia cromática do ouro e do trabalho escravo.

(O desafio de captar a luminosidade tropical envolvia questões tanto estéticas quanto políticas.)

Por que não imaginar que a história cultural latino-americana, mimeticamente concebida, deveria acionar fissuras, que, por definição, nunca seriam idênticas, tornando a instabilidade um modo de localizar-se no mundo? Uma das tarefas possíveis do pensamento e da arte latino-americanos seria precisamente abrir tais fissuras nas estruturas dominantes de saber e de poder.

Eis a pergunta-chave, e por isso mesmo difícil: não seria o modelo de reencontro com uma essência autóctone uma forma da "mentira romântica"?

Nunca existiu efetivamente tal unidade. É preciso aceitar a radicalidade dessa circunstância, pois, desde a língua imposta pela metrópole, até a denominação mesma de *América Latina*, o olhar estrangeiro foi determinante na criação desse espaço físico e simbólico.

Radicalidade presente no poema de José María Torres Caicedo, que inaugurou em espanhol o emprego do adjetivo *latina*; assim mesmo, em letra minúscula. Ele o usou em contraposição a outro adjetivo, *sajona*, cujo contraste permitiu a definição dos dois termos. No poema narrativo, "Las Dos Américas", Torres Caicedo intuiu a polaridade decisiva que ainda hoje mantém vigência:

15, 2007, p. 239. Não é tudo: "E a oposição entre Paris – como berço da moderna liberdade – e Roma – como lugar de indolência, superstição e corrupção – dá fecho ao discurso legitimador que faz com que o botim de guerra passe a ser visto como obra de civilização". Ibidem, p. 233.

> Más aislados se encuentran, desunidos,
> Esos pueblos nacidos para aliarse:
> La unión es su deber, su ley amarse:
> Igual origen tienen y misión;
> La raza de la América *latina*,
> Al frente tiene la *sajona* raza,
> Enemiga mortal que ya amenaza
> Su libertad destruir y su pendón.[74]

Sintomaticamente, o poeta concluiu o poema em Veneza e o publicou em Paris, em 1857, no *Correo de Ultramar*. Uma autêntica "lírica do exílio" atravessa a história cultural de "Nuestra América".

Pelo contrário, qual seria a novidade de um modelo de história cultural inspirado na "verdade romanesca", explicitando a centralidade do mediador? Esse foi o desafio enfrentado por Freud em seus ensaios de psicologia social: como transitar da explicação do sujeito à compreensão da sociedade? Problema que de igual sorte interessou a Girard.

Na reflexão que proponho, também está em jogo a interdividualidade no plano coletivo, e não mais interdividual. Recordo uma passagem fundamental de *El Pozo*, na qual se evidencia como a "carência de ser", a precariedade ontológica, pode estimular um olhar particularmente crítico:

> Talvez fosse preciso ser um brutamontes alemão para compreender Hitler. Há possibilidades para uma fé na Alemanha; existe um antigo passado e um futuro, qualquer que seja. Um voluntarioso imbecil talvez se deixasse ganhar sem esforços pela nova mística alemã. Mas aqui? Atrás de nós não há nada.[75]

---

[74] José María Torres Caicedo, "Las dos Américas". In: *Correo de Ultramar*. Paris, 1857 (grifos meus).
[75] Juan Carlos Onetti, *El Pozo*. Barcelona, Seix Barral, 1982, p. 53.

O romance foi publicado em 1939, por isso a referência à Alemanha nazista. Ernesto Sábato repisou o tema: "Aqui a cidade e a cultura foram edificadas sobre o nada [...]".[76] Esses poucos exemplos abrem caminho para uma nova história cultural, com base no modelo da verdade romanesca – e a citação de Onetti bem poderia ser a epígrafe de tal projeto. Esse modelo precisa desenvolver mediações entre o nível conceitual da "interdividualidade" e o dilema da "interdividualidade coletiva". Com base no modelo da verdade romanesca é possível explicitar o inapropriado da busca do próprio – e isso em qualquer latitude, pois tal escrita demandaria a narrativa de mediações, conflitos e apropriações.

Possibilidade intuída por Arthur Rimbaud em seu lema "*Je est un autre*" ["Eu é um outro"]. A agramaticalidade da frase revela a sintaxe viciada da mentira romântica. Em que medida as condições históricas da formação latino-americana favorecem uma história cultural cujo eixo se encontre no reconhecimento da centralidade do Outro?

Dessa maneira, começo a esclarecer minha proposta sobre as culturas shakespearianas. Se vejo bem, trata-se do primeiro passo para o desenvolvimento de uma contribuição não hegemônica à teoria mimética.

Culturas shakespearianas?

Naturalmente, uma tipologia de culturas shakespearianas não se reduz ao espaço latino-americano, já que a obra do autor de *A Tempestade* foi decisiva num universo muito mais amplo.

(Menciono apenas dois exemplos – eles são legião. Penso em Aimé Césaire com sua reescrita da peça shakespeariana, *Une Tempête*.[77]

---

[76] Ernesto Sábato, "Sobre Nuestra Literatura", op. cit., p. 23.
[77] Aimé Césaire, *Une Tempête – d'Après 'la Tempête' de Shakespeare – Adaptation pour un Théâtre Nègre*. Paris, Éditions du Seuil, 1969.

E também em Thomas Adès e sua ópera *The Tempest*, cujo libreto, assinado pela poeta Meredith Oakes, inverte a lógica da peça ao conceder a Miranda o comando da ação.[78])

Compreende-se a onipresença da obra shakespeariana no cenário de culturas não hegemônicas.

Esse elemento é central para minha reflexão e você me dirá se vale tanto quanto eu creio.

Shakespeare é fundamental não apenas pelos temas com os quais trabalhou, mas especialmente por seu procedimento composicional, isto é, a constante apropriação do outro. Na quase totalidade de suas peças, ele não se preocupou em desenvolver ideias "originais", porém sempre soube aproveitar-se de material prévio, combinando fontes distintas numa estrutura, essa sim, única. A *forma shakespeariana* permite aos inventores das culturas não hegemônicas uma liberdade preciosa, traduzida na assimilação irreverente do repertório canônico.

Shakespeare foi o autor da literatura ocidental que mais se beneficiou do alheio! Segundo os eruditos, das 37 peças que compõem o *First Folio*, de 1623, nada menos do que 33 resultam da combinação de fontes diversas, de *invenções*, e não de intrigas *criadas* pelo dramaturgo. Só quatro textos possuem uma trama inteiramente imaginada por Shakespeare,[79] e, inclusive nesses casos, ele recorreu a sugestões variadas para cenas específicas e diálogos dos personagens.

Fontes diversas e heteróclitas, como se o teatro shakespeariano fosse uma miniatura antecipadora da cultura de síntese teorizada por Elsa Cecilia Frost. Seu apetite literário era onívoro: não

---

[78] Thomas Adès, *The Tempest. An Opera in Three Acts. Libretto by Meredith Oakes after William Shakepeare*. London, Faber Music, 2004. A ópera estreou em 2004.
[79] São as seguintes peças, segundo a ordem cronológica que se costuma adotar: *Trabalhos de Amor Perdidos*; *Sonho de uma Noite de Verão*; *As Alegres Comadres de Windsor*; *A Tempestade*.

apenas os clássicos, mas também os contemporâneos. Shakespeare aproveitou-se das comédias de Plauto e Terêncio, das tragédias de Sêneca, dos relatos de historiadores, de crônicas medievais, de episódios históricos, de lendas. Ao mesmo tempo, estudou o trabalho de seus pares, assimilando sem qualquer pudor suas melhores ideias cênicas.

Eis o modelo perfeito para autores de contextos marcados pela assimetria das relações políticas, econômicas e culturais. Os melhores autores e pensadores latino-americanos intuíram essa afinidade eletiva com o método compositivo do autor de *Otelo*.

Esclareça-se um conceito básico: *apropriação*. Na edição Arden de *The Tempest*, os editores propõem uma importante distinção entre "adaptação" e "apropriação". Enquanto o primeiro conceito supõe que o novo trabalho "mantém uma clara identificação com [a fonte original]", o segundo demanda gesto distinto: "Toma personagens (em geral) ou temas ou um linguajar específico de uma peça bem conhecida com objetivos filosóficos, políticos ou sociais, podendo não ter uma relação com o drama, limitando-se ao reconhecimento amplo do símbolo apropriado".[80] É o caso das apropriações latino-americanas de *A Tempestade*. De José Enrique Rodó, com *Ariel* (1900) a Roberto Fernández Retamar, com *Calibã* (1971), nenhum outro texto foi tão importante para a autodefinição da identidade latino-americana – ou de sua interdividualidade coletiva, como já posso dizer com o vocabulário forjado neste ensaio.

O modelo brasileiro oferece um estudo de caso particularmente rico dessa tipologia.

Uma parte considerável das ideias que os brasileiros têm de si mesmos, e que aceitam como genuínas do "Brasil bem brasileiro", foi

---

[80] Virginia M. Vaughan e Alden T. Vaughan, "Appendix 2. Appropriations". In: William Shakespeare, *The Tempest*. Orgs. Virginia M. Vaughan e Alden T. Vaughan. London, The Arden Shakespeare, 1999, p. 315.

formulada pelo olhar estrangeiro. O que aconteceu foi sua assimilação como se fossem autóctones – simples assim.

Um exemplo?

Dois ou três.

O mito da mestiçagem como a verdadeira contribuição brasileira para a civilização moderna foi sistematizado por um alemão, o naturalista Karl Friedrich Philipp von Martius, com sua dissertação *Como se Deve Escrever a História do Brasil*, vencedora em 1843 de um concurso internacional patrocinado pelo Imperador Pedro II. Nos moldes das academias europeias do século XVIII – o anacronismo, às vezes deliberado, é a marca dos tristes trópicos, quero dizer, das culturas não hegemônicas –, foi proposta aos eruditos de plantão uma pergunta como quem lança uma garrafa ao mar: "Como se Deve Escrever a História do Brasil?". O naturalista tornou a questão uma resposta e levou o prêmio.

O projeto de representação da natureza tropical como marca distintiva da literatura romântica brasileira foi imaginado pelo francês Ferdinand Denis.[81] A receita não era das mais complexas: se a exploração da subjetividade foi a marca de certo romantismo europeu, cabia "naturalmente" aos brasileiros explorar outro veio, isto é, pintar a paisagem exótica, a fim de atrair o olhar do outro, inaugurando a longa jornada noite adentro que costuma terminar no autoexotismo tornado respiração artificial.

Na fundação da mais importante universidade brasileira, a Universidade de São Paulo, fundada em 1934, recorreu-se a uma mítica missão francesa, cuja maior contribuição foi a de fazer com que os alunos voltassem os olhos para a realidade local. Na observação

---

[81] Veja-se, para um estudo de caso completo, o livro de Maria Helena Rouanet, *Eternamente em Berço Esplêndido: a Fundação de uma Literatura Nacional*. São Paulo, Siciliano, 1991.

de Antonio Candido sobre os anos iniciais da USP: "[...] para os professores brasileiros, chique era conhecer a Europa. Davam aulas falando da França, da Inglaterra, citando línguas estrangeiras; levavam-nos para fora. Os professores estrangeiros, falando francês, nos levavam para dentro".[82]

Um exemplo definitivo para abalar de vez o orgulho pátrio? O técnico de futebol húngaro, Béla Guttmann, foi fundamental na modernização do esporte no Brasil, e isso na véspera da Copa do Mundo de 1958. Técnico do São Paulo, em 1957, Guttmann introduziu no país o então revolucionário sistema tático 4-2-4, valorizando um jogo agressivo, sempre em busca do gol. Vicente Feola, treinador da seleção, fazia parte da comissão técnica do São Paulo. É preciso acrescentar algo?

No fundo, o Brasil e outros países de passado colonial recente articularam "culturas shakespearianas", recorrendo ao olhar alheio para definir a própria imagem. Portanto, a obra de René Girard deve possibilitar uma compreensão renovada das culturas não hegemônicas: eis aí o desafio que enfrento neste ensaio.

Um programa de estudos?

Recuperemos o comentário de Carlos Monsiváis, que estabeleceu uma diferença pouco comum entre "civilização ocidental" e "contribuições nacionais e ibero-americanas". As experiências espanhola e portuguesa ("contribuições ibero-americanas") não seriam parte da "civilização ocidental"? Em suas origens, as culturas latino-americanas foram colônias de impérios que, no universo mais amplo do sistema-mundo, ocupavam uma posição subalterna em relação aos poderes imperiais de direito e, sobretudo, de fato. No

---

[82] Apud Sônia Maria de Freitas, *Reminiscências*. São Paulo, Maltese, 1993, p. 40.

capítulo quatro, voltarei a tratar das consequências estéticas desse complexo tipo de triangulação, traço definidor das relações políticas e culturais da América Latina.

Vale considerar a contribuição de Boaventura de Sousa Santos. De um lado, devido às consequências culturais de sua abordagem, e, de outro, pelo recurso à obra de Shakespeare como forma de pensar os desdobramentos da condição "semiperiférica" – conceito empregado pelo sociólogo português para caracterizar a situação especial de Portugal e Espanha, especialmente nos séculos XVII e XVIII. Impérios coloniais e, não obstante, dependentes de centros europeus mais desenvolvidos: Holanda, Inglaterra e França.[83] Fratura máxima: império ultramarino, semiperiferia na Europa.

Daí a presença seminal de Cervantes na obra de René Girard. Como associar a condição "semiperiférica" do império espanhol ao desenvolvimento inicial da teoria mimética? Como relacionar a decadência da metrópole com a circunstância colonial?

A história colonial supõe uma violência que transforma o "sujeito" num ser submetido, e isso na acepção dupla de *subjectum* – o sujeito colonial é, por definição, um ser-para-outro. Nesse contexto, o modelo oitocentista da história como a narrativa de afirmação do espírito nacional se revela problemático, um autêntico dilema: uma fissura que não pode senão radicalizar-se.

Essa constelação de problemas abre uma via que pode ser traduzida num programa de estudos capaz de oferecer uma contribuição particular à obra de René Girard.

---

[83] Boaventura de Sousa Santos, "Between Prospero and Caliban: Colonialism, Postcolonialism, and Inter-identity". *Luso-Brazilian Review*, vol. 39, n. 02, 2002, p. 9-43.

capítulo 3
ser ab alio

Bovarismo. Nacional?

Em 1917, o filósofo mexicano Antonio Caso escreveu um artigo, publicado em *El Universal Ilustrado*, propondo uma noção que fez fortuna no pensamento latino-americano. Contudo, o sugestivo título, "Bovarismo Nacional",[1] um feliz achado, prejudicou sua interpretação. O texto costuma ser lido como uma reflexão sobre o caráter mexicano e inclusive como diagnóstico da inclinação a depender de ideias estrangeiras: no século XIX, foram as europeias, especialmente as modas francesas que ditavam o ritmo a seguir; hoje, são as tendências norte-americanas que esclarecem o *way of life* do momento.

Você tem razão: importa menos o sotaque do que a dependência do alheio na formulação do pensamento.

Tal entendimento, ainda que parcialmente correto, não está à altura do ensaio de Antonio Caso. Resgatá-lo é outra forma de observar a corrente mimética que atravessa a experiência cultural latino-americana.

Explico-me.

Antes, contudo, uma digressão.

---

[1] Antonio Caso, "El Bovarismo Nacional". In: *Antología Filosófica*. Ciudad de México, Universidad Nacional Autónoma de México, 1993.

(Pois é, mais uma.)

Em texto igualmente provocador, "A Imitação Extralógica", aproveitando-se da categoria de Gabriel Tarde,[2] autor perfeitamente girardiano *avant la lettre* – a julgar pelo título de um de seus livros mais importantes, *Les Lois de L'Imitation*[3] –, Caso descreveu um dos traços dominantes da história cultural:

> Nossos legisladores, sem levar em conta aquele axioma que deve ter sido caro ao realismo de Sancho Pança – "Zamora não foi conquistada em uma hora" – disseram-se (no paroxismo da imitação extralógica das ideias revolucionárias francesas): "Demos a nosso povo não as liberdades que lhe competem, mas as liberdades do Homem".[4]

O ponto deve ser bem assimilado para evitar mal-entendidos. O filósofo não estabeleceu graus distintos para o conceito de liberdade; muito menos pensou em afirmar a incapacidade latino-americana de organização democrática. Ele simplesmente ressaltou a óbvia inadequação entre determinado processo social – o mexicano – e a imposição mecânica de princípios articulados em contextos muito diferentes – os ideais amadurecidos no seio da Revolução Francesa, bem como seus desdobramentos, destacando-se os avatares do período napoleônico. Além disso, esse problema não foi exclusividade mexicana; pelo contrário, a pretensão hegemônica de Napoleão alimentou a rivalidade franco-prussiana estudada por Girard em

---

[2] René Girard discutiu a relativa importância do sociólogo em sua obra: "[...] minha principal intuição está baseada na rivalidade mimética, e Tarde ignorava-a por completo. Só fui ler Tarde pela primeira vez em uma antologia inglesa em Stanford". René Girard et al., *Evolução e Conversão*. São Paulo, É Realizações, 2011, p. 145.
[3] Livro lançado em 1890; igualmente importante numa perspectiva girardiana é *L'Opinion et la Foule* [A Opinião e a Multidão], de 1901.
[4] Antonio Caso, "La Imitación Extralógica", op. cit., p. 201. Em *Sociología*, seu livro introdutório, Caso dedica o capítulo XIV ao tema "La Imitación y la Invención", destacando a contribuição de Gabriel Tarde.

Rematar Clausewitz. Não se deve esquecer que a ambição de impor os ideais da Revolução Francesa por meio da retórica particularmente persuasiva das campanhas militares teve como resposta extrema o Congresso de Viena, no qual se almejou o improvável: fazer com que as fronteiras e os regimes políticos retrocedessem no tempo, de modo a restabelecer a ordem anterior à explosão revolucionária de 1789.

Napoleão apresentou-se como duplo mimético perfeito nos papéis de mediador incontornável e de rival necessário. Na percepção de Girard: "Ao 'belo e ao sublime' romântico substitui-se a figura de Napoleão, modelo quase lendário de todos os grandes ambiciosos do século XIX".[5] Em seu prefácio ao romance *As Ilusões Perdidas*, de Honoré de Balzac, escrito para a Bibliothèque de la Pléiade, Roland Chollet mencionou uma série de títulos da literatura francesa dos anos 1820 e 1840 que tinham o mesmo eixo: sonhos de glória frustrados por ambições exageradas. Como imagens duplicadas de Julien Sorel, todos guardariam um retrato de Napoleão como autêntico tesouro secreto.

As palavras do filósofo nada têm a ver com um tedioso eterno retorno do tema da inferioridade cultural:

> Quando se leem as sessões do Congresso Constituinte, através dos discursos apocalípticos de tal ou qual poeta jacobino, perfila-se a silhueta de Dom Quixote, ébrio como nossos legisladores de humanidade e justiça, imitador, como eles, da cavalaria irrealista, como eles também vítima da santa realidade, tão dócil para quem a governa investigando-a previamente, tão rebelde e com títulos tão inquestionáveis para quem pretende violá-la sem entendê-la.[6]

---

[5] René Girard, *Dostoiévski: Do Duplo à Unidade*. São Paulo, É Realizações, 2011, p. 66.
[6] Antonio Caso, "La Imitación Extralógica", op. cit., p. 201-02.

Destaque-se a proximidade do pensamento de Caso com os futuros postulados da teoria mimética. Não se trata de celebrar ingenuamente uma inesperada antecipação, mas de assinalar um dado estrutural.[7] O mexicano lançou mão da analogia que levou o francês a propor a ideia do desejo mimético.

Vejamos.

Alonso Quijano transforma-se em Dom Quixote ao abdicar da prerrogativa definidora do sujeito moderno, isto é, decidir por si mesmo seu objeto de desejo. Depois de literalmente intoxicar-se com romances de cavalaria, Alonso Quijano deseja converter-se em Amadís de Gaula, tomado como modelo absoluto de virtude, constituindo um exemplo clássico de "desejo metafísico" – o anseio de ser exatamente como o outro.

A paixão de Alonso Quijano impôs um regime muito particular:

> Encheu-se-lhe a fantasia de tudo aquilo que lia nos livros, tanto de encantamentos como de contendas, batalhas, desafios, ferimentos, galantarias, amores, borrascas e disparates impossíveis; e se lhe assentou de tal maneira na imaginação que era verdade toda aquela máquina daquelas soadas sonhadas invenções que lia, que para ele não havia no mundo história mais certa.[8]

O desejo de ser outro supõe o conceito de Gabriel Tarde, pois, como Antonio Caso esclareceu: "No que diz respeito às imitações extralógicas, a imitação segue a lei do menor esforço. Tende-se a imitar aquilo que se julga superior".[9] É clara a relação com a circunstância

---

[7] Desenvolvi essa possibilidade em "Mimetic Theory and Latin America: Reception and Anticipations". In: *Contagion. Journal of Violence, Mimesis, and Culture*, Vol. 21, 2014, p. 75-120.
[8] Miguel de Cervantes, *O Engenhoso Fidalgo Dom Quixote de la Mancha*. Trad. Sérgio Molina. Primeiro Livro. São Paulo, Editora 34, 2012, p. 70.
[9] Antonio Caso, *Sociología*. 14. ed. Ciudad de México, Editorial Limusa Willey, 1967, p. 176.

latino-americana, já que se costuma considerar o outro hegemônico como "naturalmente" superior.

É de empréstimo o desejo de Alonso Quijano, agora sim, e somente agora, Dom Quixote: sujeito propriamente *inter*dividual, por assim dizer, à roda da biblioteca.

Recordemos outra passagem, ainda mais significativa:

> Mas ele então lembrou que o valoroso Amadís não se contentara em chamar-se "Amadís", mas tendo ajuntado o nome do seu reino e pátria, para sua maior fama, chamando-se "Amadís de Gaula", e assim quis ele, como bom cavaleiro, ajuntar ao seu próprio nome o da sua e se chamar "Dom Quixote de la Mancha" [...].[10]

Eis uma sutileza importante: o romance começa e termina com Quijano – o leitor voraz, cuja biblioteca se transforma numa fábrica de autoilusões – e não com Dom Quixote; Quixote é a metonímia do desejo mimético, cuja centralidade na trama inaugurou a modernidade do gênero romanesco.[11] Dimensão cifrada por Jorge Luis Borges versos definitivos:

> El hidalgo fue un sueño de Cervantes
> Y don Quijote un sueño del hidalgo.
> El doble sueño los confunde y algo
>
> está pasando que pasó mucho antes.
> Quijano duerme y sueña. Una batalla:
> Los mares de Lepanto y la metralla.[12]

---

[10] Miguel de Cervantes, *O Engenhoso Fidalgo Dom Quixote de la Mancha*, op. cit., p. 74.
[11] Nas palavras do personagem: "'– Senhores – disse D. Quixote –, vamo-nos pouco a pouco, pois já nos ninhos de outrora não há pássaros agora. Eu fui louco e já sou são, fui D. Quixote e sou agora, como disse, Alonso Quijano o Bom'". Ibidem, Segundo livro, p. 750.
[12] O soneto se chama "Sueña Alonso Quijano". Vale a pena reproduzi-lo integralmente: "El hombre se despierta de un incierto / Sueño de alfanjes y de campo llano / Y se toca

Alonso Quijano, metamorfoseado em Dom Quixote, inaugurou um procedimento que o pensador francês não teve interesse em assinalar, e que, pelo contrário, define a produtividade potencial da arte e do pensamento latino-americano. Refiro-me à necessidade de encontrar fórmulas capazes de tornar produtiva a simultaneidade do não simultâneo – na expressão de Carlos Rincón[13] –, reunindo inventivamente tempos históricos diversos. É esse o desafio mais relevante, segundo a observação de Arturo Cornejo Polar.[14]

O crítico brasileiro Antonio Candido propôs a mesma possibilidade:

> Temos antes de encontrar alguma expressão, algum conceito que mostre a existência simultânea dessas realidades às vezes arcaicas, mas que estão se relacionando ao mesmo tempo. E é essa característica da América, esse contraste, o que faz conviver numa mesma época o surrealismo e as culturas indígenas, por exemplo.[15]

---

la barba con la mano / Y se pregunta si está herido o muerto. // ¿No lo perseguirán los hechiceros / que han jurado su mal bajo la luna? / Nada. Apenas el frío. Apenas una / Dolencia de sus años postrimeros. // El hidalgo fue un sueño de Cervantes / Y don Quijote un sueño del hidalgo. / El doble sueño los confunde y algo // está pasando que pasó mucho antes. / Quijano duerme y sueña. Una batalla: / Los mares de Lepanto y la metralla". Jorge Luis Borges, "La Rosa Profunda" (1975). In: *Obras Completas. 1975-1985*. Tomo III. Buenos Aires, Emecé, 1989, p. 94.

[13] Faço uma adaptação do sugestivo ensaio de Carlos Rincón – *La No Simultaneidad de lo Simultáneo. Postmodernidad, Globalización y Culturas en América Latina* (Bogotá, Ed. Universidad Nacional, 1995) – com a finalidade de ressaltar a justaposição de temporalidades, traço definidor da história cultural latino-americana; no fundo, o processo mesmo da história cultural em contextos não hegemônicos.

[14] Entre os muitos títulos do autor, assinalo *Escribir en el Aire. Ensayo sobre la Heterogeneidad Socio-Cultural en las Literaturas Andinas*. Lima, Editorial Horizonte, 1994.

[15] Apud Ana Pizarro, "Introducción". In: *La Literatura Latinoamericana como Proceso*. Bibliotecas Universitarias. Buenos Aires, Centro Editor de América Latina, 1985, p. 26. Um excelente comentário à proposta de Candido encontra-se no ensaio de Flora Süssekind, "Relógios e Ritmos. Em Torno de um Comentário de Antonio Candido". *A Voz e a Série*. Rio de Janeiro/Belo Horizonte, Sette Letras/Editora UFMG, 1998, p. 71-103.

Eis o que Alonso Quijano-Don Quixote não conseguiu, isto é, reconciliar tempos históricos não simultâneos. Numa certa medida, sua loucura, oposta à de Hamlet,[16] não tem método porque o cruzamento de tempos históricos distintos – o universo da cavalaria e os começos do mundo moderno – não chegou a produzir um termo novo, ficando incompleta a justaposição de realidades múltiplas; pelo menos, não se plasmou um processo contínuo de síntese, tal como delineado por Elsa Cecilia Frost. Produzir sínteses complexas é a maneira não hegemônica de enfrentar a copresença de temporalidades diversas. Sem esse gesto, a justaposição se traduz em caos cognitivo, produzindo a "imitação difusa" condenada por Pedro Henríquez Ureña. A "imitação sistemática" implica a capacidade de reunir, criticamente, temporalidades diferentes e inclusive contraditórias.

Para Antonio Caso, os legisladores e pensadores mexicanos definiram sua percepção da realidade com base na leitura *passiva* de tradições alheias. E fizeram-no porque se esqueceram de que "Zamora não foi conquistada em uma hora"; daí, as leis parecerem caricaturas involuntárias da "imitação extralógica". Os processos históricos e culturais possuem dinâmicas próprias e a arte de reuni-los não supõe o *gesto neutro de assimilação*, mas o ato deliberado de *seleção do que deve ser imitado* – utilizemos, uma vez mais, o vocabulário proibido na teoria contemporânea. Na nota de um intérprete: "Imitar, sim, se não se pode fazer outra coisa, mas, no entanto, ao imitar, *inventar* um tanto, *adaptar*, colocar a realidade mexicana acima de toda palingenesia".[17]

Numa palavra: emular.

---

[16] Na segunda cena do segundo ato de *Hamlet*, Polônio diz a famosa frase: "Though this be madness, yet there is method in't". William Shakespeare, *Hamlet*. Org. Philip Edwards. Cambridge, Cambridge University Press, 2004, p. 139. Na tradução brasileira: "Apesar de ser loucura, revela método". William Shakespeare. *Hamlet*. In: *Teatro Completo. Tragédias.* Rio de Janeiro, Agir, 2008, p. 566.

[17] Mario Magallón Anaya, *Historia de las Ideas Filosóficas. (Ensayo de Filosofía y de Cultura en la Mexicanidad).* Ciudad de México, Editorial Torres Asociado, 2010, p. 154 (grifo do autor).

Encontrar-se à distância

Em *Contrapunteo Cubano del Tabaco y el Azúcar*, Fernando Ortiz propôs o conceito de *transculturación* para definir o tipo de processo descrito por Antonio Caso. O antropólogo cubano forjou um conceito novo a fim de substituir o termo então dominante de aculturação, "que, desde o começo da década de 1930, tinha feito fortuna nas ciências sociais".[18] Em vez de supor a simples imposição de valores culturais estrangeiros,[19] Ortiz tentou compreender o fenômeno das trocas culturais, que supõe acima de tudo um critério interessado na seleção dos elementos que serão transformados em determinado contexto. Trata-se de processo ativo de reordenação da própria cultura no (incontornável) enfrentamento com o alheio.

Bronislaw Malinovski sublinhou a fecundidade do conceito:

> Não é preciso esforçar-se para compreender que mediante o uso do vocábulo *aculturação* introduzimos implicitamente um conjunto de conceitos morais, normativos e valoradores, os quais viciam desde a raiz a compreensão real do fenômeno. [...] Toda mudança de cultura, ou, como diremos de agora em diante, toda TRANSCULTURAÇÃO é um processo em que sempre se dá algo em troca daquilo que se recebe; é um "toma lá, dá cá", como dizem.[20]

---

[18] Enrico Mario Santí, "Fernando Ortiz: Contrapunteo y Transculturación". In: Fernando Ortiz, *Contrapunteo Cubano del Tabaco y el Azúcar*. Org. Enrico Mario Santí. Madrid, Cátedra, 2002, p. 85.
[19] Não obstante, Enrico Mario Santí esclareceu o sentido exato do conceito de *aculturação*, que não possui o sentido puramente negativo de perda da própria cultura. Como proposto por Melville J. Herskovits, "[...] 'aculturação' significa 'tendência para a culturação' [...]". Mario Santí observou que o equívoco surge quando se confunde o prefixo *a-*, de negação, com a preposição *a*, no sentido de "em direção a". Ibidem, p. 86.
[20] Bronislaw Malinovski, "Introducción". In: Fernando Ortiz, *Contrapunteo Cubano del Tabaco y el Azúcar*, op. cit., p. 125.

Você tem toda a razão: o enfrentamento da alteridade é inevitável em qualquer época, já que nenhuma cultura é uma ilha ou uma mônada. Porém, no caso das culturas latino-americanas, a partir da invasão europeia, tal circunstância definiu o alfa e o ômega da invenção cultural. Por isso, nada mais preciso do que elaborar uma teoria que esclareça os contornos do processo de assimilação contínua do Outro.

Aí reside o sentido da investigação de Ortiz: o *contrapunteo* de duas formas opostas de lidar com a terra e os homens que, não apesar de suas diferenças, mas precisamente por causa delas, conformam uma nova cultura. São muito sugestivos os contrastes esboçados na prosa do cubano (que tanto evoca o texto de Gilberto Freyre):[21]

> [...] tabaco e açúcar conduzem-se quase sempre de modo antitético. [...]
> O açúcar é ela; o tabaco é ele... A cana foi obra dos deuses, o tabaco dos demônios, ela é filha de Apolo, ele é o aborto de Proserpina... [...]
> Centripetismo e centrifugação. Cubanidade e estrangeirismo. Soberania e colonialismo. Coroa altiva e paletó humilde.[22]

Descobrir modos de criar mundos com base na oposição de elementos é o princípio da transculturação, que oferece uma chave inovadora no entendimento da oscilação entre dois polos: o próprio e o alheio, ou, nos termos de Ortiz, "cubanidade e estrangeirismo".

Roberto Schwarz propôs um princípio aparentado à estrutura das "imitações extralógicas" discutidas por Caso. Schwarz identificou uma forma de incorporação de princípios no fenômeno

---

[21] Gilberto Freyre, aliás, dedicou um livro a Fernando Ortiz (e também a J. Natalício González, Concha Romero James e William Berrien; nessa ordem), *Problemas Brasileiros de Antropologia* (Rio de Janeiro, Livraria José Olympio Editora, 1942).
[22] Fernando Ortiz, *Contrapunteo Cubano del Tabaco y el Azúcar*, op. cit., p. 139-40.

das "ideias fora do lugar".[23] Com essa expressão, caracterizou a adoção do *liberalismo* como a ideologia que ajudou a definir a identidade nacional, e, ao mesmo tempo, contribuiu para o reconhecimento da Independência por parte das nações centrais, uma vez que as elites locais ajustavam-se à hegemonia política da época. Todavia, as mesmas elites defendiam a necessidade de preservar a escravidão como motor indispensável do progresso econômico. Como equilibrar semelhante folia conceitual: um *liberalismo escravocrata*?

O evidente paradoxo conheceu uma resolução peculiar.

Por um lado, Schwarz reconstruiu a tradição que defendia a inadequação entre bibliotecas estrangeiras e cotidiano nacional. Ele produziu um mapa específico do caso da adoção do liberalismo numa sociedade escravista. Não se trata, como se percebe com facilidade, de pressupor um lugar platônico para as ideias, mas de identificar os tópicos articuladores do discurso hegemônico no Brasil. Vale dizer, estar fora do lugar é o *habitat* mesmo da apropriação dos ideais europeus levada a cabo pela elite oitocentista.

Por outro lado, em consonância com essa noção, Schwarz sublinhou uma volubilidade deliberada. Para consumo externo, por assim dizer, a elite adere ao discurso liberal, reivindicando *sua igualdade* frente aos pares europeus e norte-americanos. Não obstante, para uso doméstico, a mesma elite garante *sua diferença endogâmica* defendendo a "necessidade" do trabalho escravo.

Ora, como os públicos são diferentes, por que exigir coerência discursiva? Jano é o símbolo dessa estratégia dúplice, que ainda hoje possui partidários nas altas esferas brasileiras. O duplo vínculo, como você se deu conta, encontra-se ativo desde o processo de Independência.

---

[23] Roberto Schwarz, *Ao Vencedor as Batatas: Forma Literária e Processo Social nos Inícios do Romance Brasileiro*. 4ª ed. São Paulo, Duas Cidades, 1992.

Nesse cenário, uma pergunta se impõe: como conciliar liberalismo e escravidão?

Nos termos que proponho: como reunir tempos históricos distintos?

Recordando a saga de Alonso Quijano: qual método é possível para equilibrar essa mescla de códigos?

Adianto uma hipótese que só desenvolverei no último capítulo: tal volubilidade dá corpo a uma esquizofrenia cultural cujas consequências sociais são determinantes na violência cotidiana de países de passado colonial recente. Assim: o Outro deriva seu prestígio do fato de ser o que almejamos um dia tornar-nos – modernos, desenvolvidos, Primeiro Mundo, etc., etc. Ao mesmo tempo, sua presença, digamos, solar, gera zonas sombrias, à margem das quais se oculta o "outro outro" – uma parte considerável da população, escravos no século XIX, analfabetos na República, todos os que se encontram distantes dos círculos de poder ou dos circuitos de afluência. Se o Outro é objeto de toda sorte de desejo metafísico, o "outro outro" amarga desde sempre um desprezo vitimário.

O próprio e o alheio

A pergunta-chave que praticamente todos os pensadores latino-americanos tentaram responder desde o século XIX até pelo menos meados do seguinte é uma pergunta mimética, que enfatiza a oposição entre o próprio – a realidade local – e o alheio – as ideias estrangeiras. No limite, a pergunta evoca o modelo da mentira romântica, pois confia na possibilidade de uma determinação autotélica, que não deveria ser "contagiada" por elementos forâneos. Já o modelo da verdade romanesca questiona a noção de subjetividade autônoma, estimulando uma liberdade intelectual, cujo resultado mais promissor é o reconhecimento da alteridade como central e constitutiva.

Nesse horizonte, o outro é mais do que "outro eu", na fórmula elegante de Emmanuel Lévinas.[24] Na circunstância não hegemônica, *o outro é o eu possível de mim mesmo*; a projeção de muitos eus possíveis, nos quais posso transformar-me e só posso fazê-lo com o concurso e o confronto com a alteridade.

(Isso, claro, só ocorre no melhor dos mundos, como me advertiria com razão o professor de *Candide*. O cenário não hegemônico caracteriza-se pelo ressentimento contra o "outro outro", cuja centralidade é rechaçada por meio de sua negação violenta.)[25]

Numa leitura superficial, embora parcialmente correta, é como se Antonio Caso não tivesse ultrapassado o nível elementar de uma crítica às imitações extralógicas, criadoras do descompasso entre o eu ideal e o outro ameaçador. Lidos assim, seus textos fariam parte de uma ampla galeria de autores latino-americanos que lamentam a inadequação do continente aos ideais "superiores" de liberdade, igualdade e fraternidade, os quais no entanto advogam, já que definem os traços essenciais da "civilização". No título do artigo, "Bovarismo Nacional", tudo estaria dito: vítimas de imitações extralógicas, os mexicanos padeceriam de uma patologia coletiva. Essa leitura, ainda que limitada, possui o mérito de assinalar um ponto importante. Na simples denominação de "bovarismo *nacional*", Caso ultrapassou a preocupação interdividual, alcançando o nível que denomino interdividualidade coletiva – a potência da circunstância não hegemônica.

---

[24] Carlos Mendoza-Álvarez associou com proveito os dois pensadores, discutindo as relações entre o pensamento de Girard e a filosofia de Lévinas. Ver Carlos Mendoza-Álvarez, *O Deus Escondido da Pós-Modernidade*, op. cit..

[25] Tema tratado num dos encontros da Cátedra Eusebio Francisco Kino. Penso no livro de Gioacchino Campese, *Hacia una Teología desde la Realidad de las Migraciones. Métodos y Desafíos*. Ciudad de México, Cátedra Eusebio Francisco Kino, 2008. Destaco especialmente o capítulo "¿Cuántos Más? Los Pueblos Crucificados en la Frontera México-Estados Unidos", p. 105-53. Uma reflexão mimeticamente inspirada sobre o tema foi apresentada por Mauricio Burbano Alarcón, "La 'Teoría Mimética' de René Girard y su Aporte para la Comprensión de la Migración". *Universitas Philosophica*, ano 27, n. 55, 2010, p. 159-81.

(As consequências desse deslocamento são fundamentais e devo desenvolver suas inúmeras variações. Paciência, pois, é o que preciso.)

Consultemos o artigo do filósofo.

Em seu parágrafo de abertura, encontra-se a observação:

> Jules de Gaultier é o nome de um dos pensadores mais renomados da França. Seu principal conceito veio da meditação sobre o livro de Flaubert, *Madame Bovary*, o imortal romance que, na história literária do século passado, representa a síntese mais completa do idealismo romântico e do realismo naturalista.[26]

O êxito de Flaubert, para Caso, consistiu na reunião produtiva de elementos opostos e até mutuamente excludentes: idealismo romântico *e* realismo naturalista. Eis o procedimento constitutivo da verdade romanesca no plano da história cultural, isto é, a presença necessária do outro na definição do eu. Trata-se de descobrir *método na loucura* da justaposição de tempos históricos contraditórios.

O leitor do ensaio de Antonio Caso, certamente ficará surpreendido se ele espera um estudo da "inferioridade" do mexicano, sempre às voltas com postulados estrangeiros. O artigo é menos um estudo do bovarismo *nacional* do que a identificação de seu *sentido antropológico*. O filósofo não pesquisa uma essência exclusivamente local, porém vislumbra um traço constante em toda forma de criar mundos.

Continuemos a leitura:

---

[26] Antonio Caso, "El Bovarismo Nacional", op. cit., p. 197.

> Jules de Gaultier estudou minuciosamente esse curioso mal, simbolizado em todos os personagens de Flaubert, e que Emma Bovary apresenta destacadamente: a faculdade de conceber-se diferente daquilo que se é.
> *Todo homem, no fundo, é um bovarista*, um discípulo inconsciente da célebre heroína francesa.[27]

O que significa dizer que *todo homem, no fundo, é um bovarista*? O filósofo intuiu que a *imitação* não é fruto da debilidade do caráter mexicano, e sim um fato estrutural da condição humana – definir-se pela adoção de um modelo ou de muitos mestres.

(Não importa a aritmética; na geometria mimética, o triângulo se impõe na determinação do desejo.)

Uma consulta brevíssima ao romance de Flaubert esclarece a circunstância, numa passagem que rememora a prosa de Cervantes.

O narrador descreve as impressões de Emma:

> Então lembrou-se das heroínas dos livros que tinha lido, e a legião lírica daquelas mulheres adúlteras pusera-se a cantar em sua memória com vozes de irmãs que a encantavam. Tornava-se ela própria como uma parte verdadeira daquelas imaginações e realizava o longo devaneio de sua juventude, considerando-se o tipo de amante a quem tanto tinha invejado. Aliás, Emma experimentava uma satisfação de vingança. Não tinha acaso sofrido bastante![28]

---

[27] Antonio Caso, "El Bovarismo Nacional", op. cit., p. 198 (grifo meu).
[28] Gustave Flaubert, *Madame Bovary*, op. cit., p. 263.

Ao fim e ao cabo, pode haver sofrimento maior do que não viver o dia a dia imaginado dos modelos? Exatamente como Alonso Quijano, a personagem de Flaubert encontrou em mediadores a determinação do desejo. Seu gozo tem como estímulo uma libido de empréstimo. Foi precisamente o ponto que chamou a atenção de Jules de Gaultier: "Este ângulo é o índice do bovarismo. Assim se pode medir a distância que existe em cada indivíduo entre o imaginário e o real, entre o que se é e aquilo que se julga ser".[29]

Nesse contexto mais amplo, o dilema latino-americano deixa de ser o rastro traumático de uma história particular – ainda que também não deixe de sê-lo – transformando-se potencialmente num laboratório da circunstância não hegemônica. Abandonemos de vez o equívoco do excepcionalismo![30]

Se não me equivoco, eis a lição que Caso extraiu da obra de Gaultier.

Escutemos suas palavras:

> Contudo, conclui Jules de Gaultier, o bovarismo não é uma lei das doenças e debilidades humanas, mas um princípio universal da existência. O gênio e o esnobe são dois bovaristas.[31]

Girard identificou o esnobismo como o princípio subjacente à obra de Proust.[32] O gênio é o sujeito mimético por antonomásia. Ele se supõe um ser autotélico, imune à necessidade de comparar-se com os demais ou de ser por eles aprovado, mas, ao mesmo tempo, se não

---

[29] Jules de Gaultier, *Le Bovarysme*. Paris, Presses de l'Université Paris-Sorbonne, 2006, p. 11.
[30] Penso no ensaio de Joshua Lund, "Barbarian Theorizing and the Limits of Latin American Exceptionalism". In: *Cultural Critique*, n. 47, Winter 2001, p. 54-90.
[31] Antonio Caso, "El Bovarismo Nacional", op. cit., p. 200.
[32] "O esnobe não está em busca de nenhuma vantagem concreta; suas fruições e sobretudo seus sofrimentos são puramente metafísicos. (O esnobismo é o grão de areia que se introduz nas engrenagens da ciência e danifica a máquina. O esnobe deseja o nada.)." René Girard, *Mentira Romântica e Verdade Romanesca*, op. cit., p. 250.

se compara com os outros e se não é reconhecido em sua excentricidade, não pode avaliar a medida de sua genialidade. No vocabulário girardiano, aí reside o impasse dos personagens de Dostoiévski, atormentados pela impossibilidade de aquilatar o próprio valor e, por isso, eternos náufragos do ressentimento. Afinal, quanto mais seu valor é reconhecido, mais carentes ficam, já que o aplauso recebido nunca estará à altura da importância que julgam possuir. O círculo vicioso captura o sujeito mimético, numa reiteração metonímica da teoria.

A noção de labirinto mimético surgiu no estudo de *Memórias do Subsolo*.

> O *outro* é literalmente qualquer um que por acaso cruze o caminho do herói, que impeça seu andar ou que simplesmente olhe para ele com ironia real ou imaginada. Imediatamente se inicia um ciclo de vinganças mesquinhas. O outro é a quintessência do obstáculo mimético.[33]

A dialética (melhor dito: o vaivém) entre o esnobe que nada deseja e o gênio que só deseja a si mesmo constitui um ponto central na formulação da teoria mimética. Nas palavras de Girard (ainda mais relevantes porque ele mesmo se reconhece na categoria que descreve):

> O esnobismo comum, o descrito por Proust, consiste em se interessar somente pelas obras designadas pelos modelos prestigiosos. Meu caso era ainda mais grave, porque eu era alérgico a qualquer leitura sugerida por qualquer outro. A forma mais extrema do mimetismo é o antimimetismo intransigente, pois, se não é preciso ser escravo da opinião dos outros, é impossível fechar-se a tudo o que vem dos outros.

---

[33] René Girard, "Nietzsche, Wagner and Dostoievski". In: *To Double Business Bound. Essays on Literature, Mimesis, and Anthropology*, op. cit., p. 78 (grifo do autor).

> A imitação de bons modelos é inevitável e até indispensável para a criatividade. Rejeitando sistematicamente qualquer modelo exterior, corremos o risco de cair na esterilidade intelectual.[34]

Girard oferece a referência mais direta à técnica da *aemulatio*, cujo resgate, deliberadamente anacrônico, eu denomino *poética da emulação*. Por sua vez, Caso já havia identificado com precisão os dois tipos clássicos de sujeito mimético, e essa percepção permitiu-lhe concluir seu ensaio com uma chave cuja força desejo resgatar.
No final do artigo, o leitor encontra a menção sobre as condições nacionais. Contudo, é preciso ler o filósofo com lentes miméticas, imaginando um diálogo com o pensador francês:

> O México busca a liberdade através de sua história. Cada uma das revoluções aproxima a pátria da realização de seu destino. A vida é, em suma, mais tolerável com o bovarismo do que sem ele. Constrangidos em nossa individualidade, seríamos devorados pelo desespero de nunca sair de nossa miséria.[35]

Pois é.

Tudo depende de como se lê a última frase. Se "não sair nunca da nossa miséria" quer dizer não poder escapar da "incrível miséria de ser mexicano" – parodiando o sugestivo título de ensaio de Heriberto Yépez[36] –, a interpretação corrente é irrefutável: o artigo é uma peça retórica, mera relíquia de um passado que já se tornou fóssil. Não obstante, inspirado no Conselheiro Acácio, por que não ler a última frase como conclusão do texto? E, sobretudo, da frase imediatamente anterior: "A vida é, em suma, mais tolerável com o bovarismo do que sem ele". Apesar do título,

---

[34] René Girard, *Anorexia e Desejo Mimético*, op. cit., p. 87.
[35] Antonio Caso, "El Bovarismo Nacional", op. cit., p. 200.
[36] Heriberto Yépez, *La Increíble Hazaña de Ser Mexicano*. Ciudad de México, Planeta, 2010.

"Bovarismo Nacional", a abordagem nada tem a ver com um estudo oitocentista da psicologia do mexicano. Em função do reconhecimento do sentido antropológico da *imitação social*, sua perspectiva favorece a associação que proponho entre Antonio Caso e René Girard.

A despeito da óbvia diferença de vocabulário, o filósofo sublinhou o dinamismo que movimenta o circuito mimético:

> Ousadia e hábito, invenção e imitação, criação e evolução, moda e costume. É isso a história. Se prevalecesse o gênio sobre o costume, seríamos todos loucos. Se o costume se impusesse sobre o gênio, todos nos degradaríamos, até nos transformarmos em animais instintivos e puramente orgânicos.[37]

O sentido antropológico da imitação é o protagonista do artigo, que, em virtude das condições históricas da experiência latino-americana, tornou-se fenômeno, por assim dizer, à flor da pele.

(O *desafio da mímesis*.)

Não somos nem Alonso Quijano, tampouco Dom Quixote, porém os dois, e essa simultaneidade – ou *contraponto*, para recordar o léxico de Fernando Ortiz – dos contrários é o recurso do método dos pensadores e inventores mais instigantes da circunstância não hegemônica.

Habitamos a fronteira de uma loucura sem método, que tanto inquietou a Hamlet, e a promessa de uma esquizofrenia produtiva, cujo mestre foi Calibã.

Nessa chave de leitura, finalmente se resgata a (inesperada) atualidade do filósofo mexicano.

---

[37] Antonio Caso, *Sociología*, op. cit., p. 177.

Um passo atrás?

Por isso, mesmo reconhecendo a lucidez do estudo que Samuel Ramos dedicou ao autor de "Bovarismo Nacional", seu juízo é pouco fecundo. Segundo Ramos, ao contrário da experiência local, "em outros países a constituição política nada faz além de consagrar juridicamente a prática real da comunidade. A explicação deve ser buscada num traço do caráter mexicano que Caso chama de 'bovarismo'".[38]

Com base nessa leitura redutora, acrescentada a uma percepção idealizada de realidades políticas forâneas, Ramos concluiu:

> Por conseguinte, para Caso os mexicanos têm a capacidade de fazer uma ideia de si próprios que não coincide com seu ser real. O indivíduo, diz Platão na *República*, pode enxergar-se com mais facilidade no Estado a que pertence. Na Constituição da República Mexicana aparece esse bovarismo na medida em que se concebe o Estado como algo distinto do que é. Mas a que obedece essa ilusão coletiva? Isso Caso não explica.[39]

Ramos respondeu à pergunta publicando, em 1934, *El Perfil del Hombre y la Cultura en México*. Antes de propor um breve comentário sobre determinado aspecto do importante livro, assinalo que Ramos ressaltou o caráter de *ilusão coletiva* do bovarismo.

---

[38] Samuel Ramos, "La Filosofía de Antonio Caso". In: Antonio Caso, *Antología Filosófica*, op. cit., p. xxiv.
[39] Ibidem, p. xxv. Aqui não é o espaço mais adequado para desenvolver o tema, mas é importante pelo menos assinalar a polêmica entre os dois pensadores para avaliar melhor o juízo do autor de *El Perfil del Hombre y la Cultura en México*. Ver "La Polémica sobre el Magisterio de Antonio Caso – Antonio Caso vs Samuel Ramos". In: Antonio Caso, *Obras Completas I – Polémicas*. Org. Rosa Krauze de Kolteniuk. Ciudad de México, Universidad Nacional Autónoma de México, 1971, p. 139-67.

A passagem da interdividualidade ao plano da interdividualidade coletiva é um traço facilmente discernível nos mais variados autores latino-americanos. Outra vez, de novo, e sempre, impõe-se a pergunta: quais são as consequências desse deslocamento do nível interdividual ao interdividual coletivo?

(Uma resposta imediata, e feliz, ao menos por ora: a interdividualidade coletiva favorece a força das mais desafiadora invenções não hegemônicas.)

A primeira parte de *El Perfil del Hombre y la Cultura en México* tem como título geral "La Imitación de Europa en el Siglo XIX". O problema é fascinante, ainda que não seja exclusividade latino-americana, pois também virou tema de pesquisas em latitudes diversas: "É interessantíssimo reconstruir a história do desaparecimento do conceito de imitação no princípio do século XX. [...] Na segunda metade do século XIX, havia grande interesse pela imitação [...]. Depois, a preocupação com a mímesis saiu de moda e, por fim, desapareceu".[40]

O paralelo com a cultura russa é enriquecedor. O debate acirrado entre eslavófilos e ocidentalistas relaciona-se intrinsecamente com a dialética que, no universo latino-americano, opôs localistas e universalistas. A análise de Dostoiévski da obra de Pushkin poderia muito bem ter sido escrita no âmbito do vaivém brasileiro ou hispano-americano.

Você julgará se tenho razão:

> [...] Também se costuma dizer que no período inicial de sua atividade, Pushkin imitou os poetas europeus, Parny, André Chénier, etc., e especialmente a Byron. Sem sombra de dúvida,

---

[40] René Girard et al., *Evolução e Conversão*, op. cit., p. 159.

> os poetas europeus tiveram uma grande importância no desenvolvimento de seu gênio, e continuaram influenciando-o durante toda a sua vida. No entanto, nem mesmo as primeiras criações de Pushkin podem ser consideradas uma mera imitação, inclusive nelas se manifesta a extraordinária independência de seu gênio.[41]

Na mesma ordem de preocupações, Samuel Ramos desenvolveu a "teoria do mimetismo mexicano",[42] como denominou o conjunto de ideias sobre o bovarismo nacional – estritamente *nacional*, ou seja, autenticamente *mexicano*, e, ainda assim, e por isso mesmo, um dilema *coletivo* e não interdividual. Desse modo, Ramos distanciou-se da *imitação*, compreendida como sintoma de imaturidade intelectual e até civilizacional:

> Os fracassos da cultura em nosso país não dependeram de uma deficiência dela própria, mas de um vício no sistema com que foi aplicada. Esse sistema vicioso é a *imitação*, que foi aplicada universalmente no México por mais de um século.
> Os mexicanos imitaram muito tempo, sem se dar conta de que estavam imitando.[43]

Na última frase, basta substituir "os mexicanos" por "os seres humanos" e a afirmação encontra-se nos textos de René Girard, nos quais esclareceu a diferença entre mimetismo e imitação. Imitar sem

---

[41] Fiódor Dostoiévski. "Pushkin". In: *Rusia y Occidente*. Trad. e Org. Olga Novikova. Madrid, Editorial Tecnos, 1997, p. 161-62. O discurso de Dostoiévski foi proferido em 1880 na "Sociedade de Amantes das Letras Russas".
[42] Samuel Ramos, *El Perfil del Hombre y la Cultura en México*. Ciudad de México, Editorial Planeta Mexicana, 1993, p. 40.
[43] Ibidem, p. 21. Em seguida, acrescentou: "Julgavam, de boa-fé, estar incorporando a civilização ao país. O mimetismo fora um fenômeno inconsciente, que revela um caráter peculiar da psicologia mestiça".

reconhecer o caráter mimético do desejo é o traço definidor da mentira romântica e, nas origens da cultura, o fundamento do mecanismo do bode expiatório, lastreado no *desconhecimento* estrutural. Contudo, rechaçar a imitação em nome de uma hipotética autenticidade ontológica apenas atualiza o modelo da mentira romântica.

Ramos acreditava que a condição para o desenvolvimento da cultura mexicana residia na superação do mimetismo, que seria finalmente substituído pelo conhecimento do México profundo. A partir dessa conclusão, ele começou a reproduzir casos pitorescos porém ilustrativos. Reproduzo apenas um, revelador do entendimento limitado do gesto imitativo:

> Sabe-se que o modelo das constituições que se sucederam em nosso país durante o século passado foi tomado dos Estados Unidos. O primeiro texto da constituição americana conhecido no México, segundo Carlos Pereyra, foi uma má tradução trazida por um dentista.[44]

O tom caricatural não dá lugar a dúvidas: a imitação é desqualificada como gesto inferior de submissão ao *outro* estrangeiro, em lugar da anelada afirmação do *eu* nacional. Perde-se assim a potência antropológica da mímesis, que cede lugar a uma percepção anedótica.

Perde-se o mais importante – isto é.

Digressão: sobre boas e más traduções

Não se deve ignorar a riqueza de possibilidades criada por más traduções na história cultural latino-americana.

---

[44] Ibidem, p. 23.

Recordemos um exemplo definitivo.

Domingo Faustino Sarmiento inscreveu na capa da primeira edição de *Facundo* uma frase atribuída a Fortoul, e com ela também concluiu a "advertência ao leitor": *On ne tue point les idées* [Não se pode matar as ideias]. E traduziu-a assim: *A los hombres se degüella, a las ideas no* [Degolam-se os homens, não as ideias]. Tradução que inspirou um paralelo ainda mais explícito nos manuais escolares: *Bárbaros, las ideas no se matan* [Bárbaros, não se matam as ideias].

Um circuito complexo subjaz à epígrafe da obra-prima de Sarmiento. A frase, que se tornou um aforismo em francês, é de Diderot e não de Fortoul, ainda que tenha sido usada por muitos autores. A frase original era mais sutil e ligeiramente distinta: *On ne tire pas de coups de fusil aux idées* [Não se dão tiros de fuzil nas ideias]. Contudo, há controvérsias. O Conde Volney já foi apontado como o autor da frase. Inspirados por uma imaginação crítica borgiana, alguns eruditos argentinos chegaram a sugerir que a sentença foi criada pelo próprio Sarmiento! Nesse caso, o falso recurso à autoridade, especialmente francesa,[45] demonstraria o verdadeiro núcleo das culturas shakespearianas: a centralidade absoluta do Outro.

Desse mal-entendido, um personagem de *Respiración Artificial* derivou a surpreendente conclusão:

> Ou seja, disse Renzi, a literatura argentina começa com uma frase escrita em francês, que é uma citação falsa, equivocada. Sarmiento cita

---

[45] A história cultural argentina oferece um estudo de caso revelador na figura dominante, mesmo tirânica, de Paul Groussac, juiz indisputado das letras argentinas no século XIX. Como explicar seu poder? "A identidade francesa é o fundamento de um privilégio ontológico que permite entender" o prestígio de Groussac. Mariano Siskind. "Paul Groussac: El Escritor Francés y la Tradición (Argentina)". In: Alejandra Laera (org.), *História Crítica de la Literatura Argentina. Volumen III. El Brote de los Géneros*. Buenos Aires, Emecé Editores, 2010, p. 359.

mal. No momento em que ele quer exibir-se e pavonear-se com todo seu fluido manejo da cultura europeia, tudo vem abaixo, corroído pela incultura e pela barbárie.[46]

Não se deve pensar que tudo se reduza a pura negatividade, como na análise de Samuel Ramos sobre a vocação mimética na cultura mexicana. Em *Respiración Artificial*, como se estivesse resgatando a distância estabelecida por Pedro Henríquez Ureña entre "imitação sistemática" e "imitação difusa", o mesmo personagem descobriu a possibilidade inventiva do equívoco de Sarmiento: "Aqui está a primeira das linhas que constituem a ficção de Borges: textos que são cadeias de citações forjadas, apócrifas, falsas, desviadas; exibição desesperada e paródica de uma cultura de segunda mão [...]".[47]

As culturas latino-americanas não podem deixar de reconhecer o caráter – isso mesmo: arrisco: – *secundário* de seus inícios coloniais; a *secundidade* derivada dessa circunstância é o verdadeiro desafio que as culturas shakespearianas ainda hoje devem encarar.

(Você, confio, aceitará o neologismo: *secundidade*.)

Outra tradução foi igualmente decisiva no tecido da literatura argentina contemporânea: a tradução de *Ulysses*, publicada em 1945 e assinada por J. Salas Subirat. Essa edição contém um prólogo de Jacques Mercanton, "James Joyce",[48] e, sintomaticamente, nota alguma do tradutor, o autodidata José Salas Subirat.

É preciso o testemunho de Juan José Saer sobre a importância da tarefa do tradutor no adensamento da imaginação literária:

---

[46] Ricardo Piglia, *Respiración Artificial*. Barcelona, Anagrama, 2001, p. 131.
[47] Ibidem.
[48] Jacques Mercanton, "James Joyce". In: James Joyce, *Ulises*. Trad. J. Salas Subirat. 3. edición. Buenos Aires, Santiago Rueda Editor, 1959, p. 7-30.

> O *Ulisses* de J. Salas Subirat (a inicial imprecisa dava a seu nome uma conotação misteriosa) aparecia o tempo todo nas conversas, e seus inesgotáveis achados verbais intercalavam-se nelas sem necessidade de ser esclarecidos: toda pessoa com veleidades de narrador que estava entre os 18 e 30 anos em Santa Fe, Paraná, Rosario e Buenos Aires conhecia-os de memória e os citava. Muitos escritores da geração de 1950 ou 1960 aprenderam vários de seus recursos e várias de suas técnicas narrativas nessa tradução.[49]

Nada poderia ser mais adequado: culturas shakespearianas situam a tradução no centro da tradição.

A imitação necessária

Voltemos ao ensaio de Samuel Ramos, pensando na oposição entre *mentira romântica* – a crença de que o eu não precisa adotar *modelos*, pois sua subjetividade é autônoma – e *verdade romanesca* – o reconhecimento de que o *eu é um outro*, tomado como modelo para a determinação do desejo. O estudo de Ramos significa um surpreendente passo atrás no que se refere à consciência demonstrada por Caso do caráter antropológico da imitação.

(E nenhum passo à frente – muito menos dois.)

A escrita da história cultural, grosso modo, conheceu dois polos: de um lado, a recusa pura e simples da *imitação*; de outro, a adoção

---

[49] Juan José Saer, "El Destino en Español del *Ulises*". "Babelia". *El País*, 4 jun. 2004. Publicação eletrônica disponível em: www.enriquevilamatas.com/escritores/escrsaerjj1.html. Acesso em: 2 mai. 2015.

do modelo europeu (ou norte-americano) como referência incontornável, sem a qual a barbárie predominaria sobre a promessa de civilização, como anuncia dramaticamente o subtítulo de *Facundo* – "*Civilización y Barbarie*"; autêntico *contrapunteo* argentino.[50]

No entanto, vale reiterar, a via aberta por Antonio Caso pode ser associada à noção de verdade romanesca.

Caminho radicalizado em ensaio fundamental de Edmundo O'Gorman.

O verso de Paul Valéry, "Na pureza do Não Ser!",[51] extraído do poema "Ébauche d'un Serpent" ["Esboço de uma Serpente"], oferece uma epígrafe perfeita à leitura que proponho de um dos mais agudos ensaios do século XX, *La Invención de América*, publicado pela primeira vez em 1958.

Ressalto que não se trata de obra-prima do século XX mexicano, nem mesmo latino-americano, e sim em qualquer idioma ou latitude. Contudo, se Voltaire tinha razão ao definir um clássico como um título sempre mencionado, mas nunca lido, o título de O'Gorman é um clássico por excelência.

Octavio Paz imaginou uma interpretação do texto que se tornou dominante. Sua leitura teve efeito similar ao daquela que Samuel Ramos propôs de Antonio Caso, determinando a compreensão do trabalho de O'Gorman.

---

[50] Na síntese de Borges: "O *Facundo* nos propõe uma dicotomia – civilização ou barbárie – que é aplicável, creio, ao processo inteiro de nossa história. Para Sarmiento, a barbárie era a simplicidade das tribos aborígenes e do gaúcho; a civilização, as cidades. [...] A dicotomia não mudou. *Sub specie æternitatis*, *Facundo* ainda é a melhor história argentina". Jorge Luis Borges, "Prólogo". In: Domingo Faustino Sarmiento, *Facundo – Civilización y Barbarie*. Buenos Aires, Librería El Ateneo, 1974, p. vii.
[51] No original, "Dans la pureté du Non-Être!". Os versos finais do poema são impactantes: "Jusqu'à l'Être exalte l'étrange / Toute-Puissance du Néant!" ["Até que o Ser exalte a estranha / Onipotência que é o Nada!"]. Cito a tradução de Augusto de Campos, *Paul Valéry: A Serpente e o Pensar*. São Paulo, Editora Brasiliense, 1984, p. 56-57.

É preciso superar esse entendimento.

Com a palavra, o poeta-crítico:

> Num livro que é um modelo de seu gênero, Edmundo O'Gorman demonstrou que nosso continente nunca foi descoberto. De fato, não é possível descobrir algo inexistente, e a América, antes de seu dito "descobrimento", não existia. Mais do que falar em descobrimento da América, seria preciso falar em invenção. Se a América é uma criação do espírito europeu, ela começa a delinear-se entre as névoas dos mares séculos antes das viagens de Colombo. E aquilo que os europeus descobrem quando tocam essas terras é seu próprio sonho histórico.[52]

Interpretação engenhosa, sem dúvida.[53] E a tal ponto sedutora que terminou por eclipsar o argumento do ensaio. Todavia, no estudo de O'Gorman, a América não é *uma criação do espírito europeu*, no sentido de que tenha sido imposto às terras conquistadas um "ser" antes inexistente.

Pois, se vejo bem, a hipótese do historiador afirma o contrário.

A América existia, por assim dizer, *com grande solidez*, como uma massa de terra que recusou o destino circular de ilha e, revelando-se

---

[52] Octavio Paz, "Whitman, Poeta de América". In: *El Arco y la Lira*. Ciudad de México, Fondo de Cultura Económica, 1990, p. 297.

[53] Leopoldo Zea já tinha dito em 1945: "O descobrimento da América não é obra do acaso; ele tem sua origem numa necessidade inadiável. Europa descobre-a porque dela precisa. Seus descobrimentos não são devidos a um europeu, Colombo, ter tropeçado nela. E sim a que o europeu tenha ido procurá-la. A Europa buscava essa terra, precisava dela". Leopoldo Zea, "En Torno a una Filosofía Americana". In: *Un Proceso Intelectual*. Ciudad de México, El Colegio de México, 2012, p. 47. O ensaio de O'Gorman questiona exatamente esse tipo de abordagem.

um imenso continente, frustrou o projeto de Colombo de chegar às Índias através de uma rota alternativa e mais rápida; aliás, sonho realizado apenas em 1914, com a abertura do Canal do Panamá.

A América só pôde ser *inventada* quando os europeus desistiram de impor-lhe uma predeterminação ontológica. A invenção da América foi um processo oposto àquele imaginado pelo autor de *La Llama Doble*. Ora, depois dos repetidos fracassos para chegar ao Oriente através do Oceano Atlântico, "[...] pede-se ao almirante que acomode suas crenças aos dados empíricos, e não que ajuste estes àquelas".[54] Isto é, Colombo deixaria de lado suas fantasias e reconheceria o desafio representado pelas terras encontradas no meio do Oceano Atlântico.

Passagem decisiva do ensaio, cujas consequências nem sempre são assinaladas com a devida ênfase.

O próprio O'Gorman, com o objetivo de detalhar o processo histórico que denominou *invenção da América*, estabeleceu datas bem precisas: ele transcorreu entre 1492, quando Cristóvão Colombo aportou no Novo Mundo – como se convencionou chamar o continente que se supôs ser uma ilha ou talvez um arquipélago[55] –, e 1507, quando Martin Waldseemüller imprimiu o primeiro mapa atribuindo ao continente o nome de América. Nesse momento, reconheceu-se definitivamente que não se tratava de uma ilha, mas sim da "quarta parte" do mundo, insuspeitada pelos antigos e nunca mencionada nas Escrituras. Tal "ausência" implicava um difícil desafio epistemológico. Nada menos do que o imponente edifício da interpretação figural principiou a ruir. Erich Auerbach

---

[54] Edmundo O'Gorman, *La Invención de América*. Ciudad de México, Fondo de Cultura Económica, 2004, p. 95.
[55] Recorde-se que em sua origem a designação "*Novo* Mundo" nada possuía de objetividade ingênua, mas implicava a imposição de uma hierarquia precisa, na qual a posição de superioridade "natural" cabia ao "*Velho* Mundo". Ver Antonello Gerbi, *O Novo Mundo. História de uma Polêmica. 1750-1900*. Trad. Bernardo Joffily. São Paulo, Companhia das Letras, 1996.

dedicou estudos célebres a essa máquina hermenêutica, capaz de produzir vínculos entre acontecimentos históricos e o advento de Jesus Cristo. Numa inversão da temporalidade linear, todo e qualquer evento assumia o papel de *figura*, ou seja, anúncio, cuja *consumatio*, ou seja, a afirmação plena de seu sentido, seria a própria figura de Cristo.[56]

O futuro iluminava o passado por meio de um acontecimento concreto num presente determinado.

(Isso mesmo: Borges ficcionalizou o procedimento em "Kafka y sus Precursores".)

Um ou dois exemplos?

Pois não.

No Canto XII da *Odisseia*, o hábil Ulisses pensou num ardil a fim de escutar o canto das sereias. Na tradução de Manuel Odorico Mendes, eis os conselhos de Circe:

> As orelhas aos teus com cera tapes,
> Ensurdeçam de todo. Ouvi-las podes
> Contanto que do mastro ao longo estejas
> De pés e mãos atado; e se, absorvido
> No prazer, ordenares que te soltem,
> Liguem-te com mais força os companheiros.

Imagine a cena: amarrado ao mastro, Ulisses é *figura*, cuja *consumatio* será a crucificação de Cristo.

---

[56] Erich Auerbach, *Figura*. Trad. Duda Machado. São Paulo, Ática, 1997. Neste ensaio, Auerbach acompanha a história do conceito, mostrando sua centralidade na estratégia paulina de difusão do cristianismo, assim como sua onipresença na mentalidade medieval. De igual modo, o conceito estimulou um estudo de fôlego da poética do autor da *Divina Comédia – Dante. Poeta do Mundo Secular*. Trad. Raul de Sá Barbosa. Rio de Janeiro, Topbooks, 1997.

Nem sempre a relação entre os dois eventos envolvia raciocínios tão sutis. No caso do sacrifício de Isaac, descrito no Gênesis 22, o elo é quase evidente. O pai, Abraão, deveria sacrificar o filho, demonstrando dessa forma cruel sua obediência completa a Deus. Ora, Isaac é *figura*, cuja *consumatio* será mais uma vez a crucificação – e, no caso de Cristo, o sacrifício é consumado.

Esse modelo interpretativo dependia da possibilidade de propor associações entre fatos da história pagã e a figura de Jesus Cristo ou da adequação do Velho ao Novo Testamento. Nenhuma das duas alternativas, contudo, dava conta do resultado das quatro viagens de Cristóvão Colombo. A "quarta parte do mundo" colocava de ponta-cabeça os saberes europeus, pois não era possível associar suas terras e suas gentes a passagens do Velho ou do Novo Testamento.

Eis o sentido forte de *invenção* no ensaio de O'Gorman.

(Você sabe: *inventio* quer dizer *ir ao encontro do que já existe*.)

Nas palavras do historiador:

> Podemos então concluir que conseguimos reconstruir, passo a passo e em sua integridade, o processo mediante o qual a América foi inventada. Agora já a temos diante de nós [...] como o resultado de um complexo processo ideológico que acabou, por meio de uma série de tentativas e de hipóteses, por conceder-lhe um sentido peculiar e próprio, o sentido, de fato, de ser a "quarta parte" do mundo.[57]

O ponto é capital: uma vez que as terras encontradas no meio do Oceano Atlântico não podiam ser reduzidas a uma projeção

---

[57] Edmundo O'Gorman, *La Invención de América*, op. cit., p. 135-36.

europeia, começou-se a definir a "vocação" dessa massa continental: desestabilizar valores hegemônicos. Recordá-la é tarefa urgente nos tempos atuais de uma globalização que não pode senão reforçar as assimetrias que começaram a ser desenhadas em 1492.

(Conto com seu bom humor: repare que escrevo "vocação"; trata-se de potência estratégica, não de postulação ontológica. Sim, você tem razão – às vezes repiso o mesmo ponto inúmeras vezes. Desculpo-me pelas interrupções, mas, nos tempos céleres que correm, todo cuidado é pouco.)

É como se a peroração de Calibã tivesse determinado um gesto que ainda hoje reverbera:

> You taught me language, and my profit on't
> Is I know how to curse. The red plague rid you
> For learning me your language![58]

O processo foi traumático, marcado literalmente por idas e vindas, obrigando ao abandono das ilusões de Colombo, pois as novas terras não só eram um continente, como também, e por isso mesmo, se interpunham, precisamente em sua realidade física, a seus projetos mercantis. Muito ao contrário da frase engenhosa de Octavio Paz, a *invenção* da América implicou o abandono das projeções europeias.

Voltemos à leitura:

> Essa visão das novas terras como uma barreira entre a Europa e a Ásia fez com que elas parecessem um estorvo à realização do velho

---

[58] William Shakespeare, *The Tempest*. 1.2. Ed. David Lindley. Cambridge, Cambridge University Press, 2004, p. 120. Na tradução para o português: "A falar me ensinastes, em verdade. / Minha vantagem nisso é ter ficado / sabendo como amaldiçoar. Que a peste / vermelha vos carregue [...]". William Shakespeare. *A Tempestade*. In: *Teatro Completo. Comédias*, op. cit., p. 32.

> e alucinante desejo de estabelecer um contato fácil com as riquezas do extremo Oriente. Um sentimento semelhante foi decisivo para precipitar o processo ontológico que vimos reconstruindo, porque operou como catalisador ao forçar a atenção para o estorvo como algo irritante que, por isso, reivindica o reconhecimento de sua identidade. Isso ajuda a entender porque foi nesse momento que surgiu um interesse pelas novas terras, mas não já como uma Ásia possível e decepcionante; porque, também, apareceu então um menosprezo por elas e por sua natureza, que deu lugar a esse enorme fenômeno histórico que é qualificado alhures como a "calúnia da América".[59]

Um efeito inesperado da *invenção da América* relacionou-se com os saberes então dominantes: o Novo Mundo obrigou os europeus a alterar sua cosmovisão, já que, na rigorosa acepção etimológica, inventar a América implicava reconhecer a autonomia da "quarta parte" da Terra.

Leopoldo Zea detalhou o processo:

> O que não se encaixa nessa limitada concepção da geografia e da história de Colombo é o tipo de homem, a gente com a qual ele se encontra. Na verdade Colombo não descobre, pois sempre julga encontrar o que esperava encontrar. Só que o encontrado não corresponde às ideias do que esperava encontrar.[60]

---

[59] Edmundo O'Gorman, *La Invención de América*, op. cit., p. 184.
[60] Leopoldo Zea, "El Descubrimiento de América y la Universalización de la Historia". In: Leopoldo Zea (org.), *El Descubrimiento de América y su Impacto en la Historia*. Ciudad de México, Fondo de Cultura Económica, 1991, p. 7.

O ato de invenção da América supõe a ciência de que foi aberta uma fissura, um abismo entre aquilo que se projetava e o que efetivamente se encontrou. Recuperar essa dimensão do ensaio de O'Gorman permite situar o conceito de *inventio* no centro das reflexões acerca das culturas shakespearianas e da poética da emulação.

Determinação ontológica *ab alio*

Pensando em hiatos e desencontros, volto a mencionar a instalação de Doris Salcedo, cuja fenda aberta na Galeria Tate Modern bem poderia ter sido inspirada pelo processo de *invenção da América*. Ou o trabalho de Tunga e seu comentário corrosivo acerca do duplo vínculo estruturador da cultura europeia.

œœœ......(Edmundo O'Gorman, Doris Salcedo, Tunga e Cildo Meireles elaboram a arte da origem impossível.)

Pensemos agora nas consequências da *invenção da América* na história cultural. Para O'Gorman, o fenômeno definiu sua constituição:

> De fato, como o ser moral com que foi fundada a América é um ser *ab alio* enquanto possibilidade de realizar a nova Europa, segue-se que, no fundo, a história da América será o modo como, concretamente, atualizou-se essa possibilidade.[61]

A determinação ontológica a partir do outro – *ab alio* – é o núcleo deste ensaio. Como transformar "a pureza do Não Ser" em princípio produtivo, e não num efeito paralisante? Aí está a pergunta-chave, a que os mais importantes autores e artistas latino-americanos procuraram responder.

---

[61] Edmundo O'Gorman, *La Invención de América*, op. cit., p. 153.

Para o historiador mexicano, dois caminhos se abriram na história cultural da "quarta parte" do mundo:

> As vias da imitação ou da originalidade. Agora, o certo é que na história foram tentados ambos os caminhos, e assim imediatamente notamos o mais destacado traço do acontecer americano: a existência, aliás desconcertante, das duas Américas, a latina e a saxã.[62]

Nesse caminho estreito, autêntico beco sem saída, O'Gorman identificou duas opções. De um lado, "[...] a via imitativa que presidiu a história latino-americana desde seu berço colonial".[63] De outro, "[...] efetivamente, escolhendo o segundo caminho aberto à realização do ser americano, o de adaptar o modelo às circunstâncias, e não o contrário,[64] a América anglo-saxã alcançou os graus mais elevados do sucesso histórico".[65]

É surpreendente a conclusão (pálida) do (brilhante) ensaio. E isso menos por causa da opção *excludente* pela via anglo-saxã – se tivesse optado *exclusivamente* pela via latino-americana, a decepção seria idêntica – e muito mais pelo binarismo com que encerra seu minucioso estudo.[66] Somente se apresentam as vias da imitação ou da

---

[62] Ibidem.
[63] Ibidem, p. 156.
[64] Curiosamente, é como se O'Gorman desse um passo atrás, reconciliando sua perspectiva com a de Leopoldo Zea: "Agora, o que nós fazemos é adaptar nossas circunstâncias às ideias ou crenças da cultura europeia. [...] Em vez de fazer o contrário, adaptar as ideias ou crenças a nossas circunstâncias". Leopoldo Zea, "En Torno a una Filosofía Americana", op. cit., p. 45. O'Gorman atribuiu a segunda atitude aos anglo-saxões e não aos latino-americanos, mas a mirada é a mesma.
[65] Edmundo O'Gorman, *La Invención de América*, op. cit., p. 157.
[66] Impõe-se um paralelo com Oswald de Andrade, que publicou em 1950, "A Crise da Filosofia Messiânica", ensaio no qual aperfeiçoou sua proposta sobre o "canibalismo cultural". De igual modo, Oswald concluiu seu complexo argumento com uma dicotomia similar: "Mas, sem dúvida, é na América que está criado o clima do mundo lúdico e o clima do mundo técnico aberto para o futuro. [...] Trata-se de procurar soluções paralelas ao primitivismo como n'*A Revolução dos Gerentes*, de

originalidade, num retorno nada produtivo ao típico dilema oitocentista: pureza autóctone ou submissão ao estrangeiro; disjuntiva, aliás, presente em Samuel Ramos.

Mais uma vez, se perde a potência da perspectiva de Antonio Caso.

A fim de recuperar a promessa da abordagem de O'Gorman, retorno ao verso de Paul Valéry. O "Não Ser" é a pureza por sua capacidade onívora de assimilar tudo que o enriqueça. E pode fazê-lo porque, ao não possuir uma identidade autocentrada, coloca em jogo uma oscilação constante (e inventiva) entre o próprio (precário) e o alheio (indispensável).

Os termos são decisivos: porque *precário*, o eu somente se torna possível ao apropriar-se do alheio, agora *incontornável*. O *mal ontologique* do sujeito mimético dá as mãos à *precariedade ontológica* do ser *ab alio*. Estamos muito próximos da *operação antropofágica*, imaginada por Oswald de Andrade, e da *predação ontológica*, analisada por Eduardo Viveiros de Castro.

(Calma! No último capítulo justifico essa aproximação – já prometi.)

Mário de Andrade tudo disse no subtítulo de *Macunaíma*. O protagonista é um *herói sem nenhum caráter* porque sua identidade é instável. O romance é uma rapsódia e Macunaíma se comporta como um *bricoleur* de subjetividades alheias. Na perspectiva do autor, o brasileiro não era,[67] ou ao menos não era *ainda*.[68] No advérbio

---

James Burnham". Oswald de Andrade, "A Crise da Filosofia Messiânica". In: *A Utopia Antropofágica*, op. cit., p. 145. Acredite se quiser, Oswald considerou a distopia corporativa de Burnham, exposta em *Managerial Revolution*, publicado em 1941, um modelo autenticamente antropofágico.

[67] Carlos Drummond de Andrade deu forma definitiva à intuição do autor de *Macunaíma*. Penso no último verso do poema ironicamente intitulado "Hino Nacional": "Nenhum Brasil existe. E acaso existirão os brasileiros?". Carlos Drummond de Andrade, "Hino Nacional". In: *Brejo das Almas. Poesia e Prosa* (Organizada pelo Autor). Rio de Janeiro, Nova Aguilar, 1988, p. 45.

[68] Apresentei um estudo sobre a forma musical do romance em "Sem Nenhum Caráter? La Rapsodia de Mário de Andrade". In: Mário de Andrade, *Macunaíma. El Héroe Sin Ningún Carácter*. La Habana, Casa de las Américas, 2011.

repousa a riqueza da obra. Leia-se sua carta ao poeta Manuel Bandeira: "Aqui um detalhe importantíssimo que creio passou inteiramente despercebido de você: a criança está caracterizada *justamente porque inda* não é homem brasileiro".[69]

(A rapsódia é a forma musical das culturas shakespearianas.)

A circunstância de ser *ab alio* revela-se uma alternativa inovadora. O'Gorman vislumbrou-a, mas não soube desenvolvê-la. É preciso superar a dicotomia "imitação" *versus* "originalidade" – assim como é necessário resgatar o dinamismo inerente às operações de *imitatio* e *aemulatio*. O próprio das culturas não hegemônicas é o ato de apropriar-se do outro hegemônico, transformando-o em estímulo para moldar identidades cada vez mais heteróclitas – *ontologicamente poliglotas*.

(Você já sabe: numa palavra: emular.)

Desse modo, a condição objetiva de *secundidade* se metamorfoseia na capacidade subjetiva de gerar complexidades por meio de um conjunto de procedimentos que dão forma à poética da emulação.

A analogia e a questão política

Hora de trazer para o diálogo a hermenêutica analógica de Mauricio Beuchot. O filósofo propôs a superação do impasse contemporâneo entre interpretações que se apresentam como exclusivamente unívocas e interpretações que se assumem como incontornavelmente equívocas. Ou seja, entre um gesto interpretativo que implica seu próprio fim – afinal, quando se encontra a *verdade* de

---

[69] Marcos Antonio de Moraes (org.), *Correspondência de Mário de Andrade & Manuel Bandeira*. São Paulo, Edusp/IEB, 2000, p. 359.

um texto, não há muito mais a dizer – e outro gesto que, oposto na aparência, também termina por suprimir a si mesmo – uma vez que todas as interpretações sejam consideradas igualmente válidas, porque nenhuma o é em absoluto, a interpretação se torna ociosa. Esse impasse caracterizou as posições de Jean-François Lyotard e Jürgen Habermas por ocasião da polêmica sobre o pós-modernismo ou o modernismo tardio – e a mera definição engendrou debates infinitos e sempre mais agressivos. Lyotard cunhou o conceito *le différend*,[70] a fim de caracterizar a existência de registros discursivos tão diversos que o diálogo se torna mero ruído, dado o caráter extremo da dissonância.

A proposta de Beuchot ofereceu uma alternativa:

> De fato, a analogia fica entre a identidade e a diferença, mas nela predomina a diferença. Assim, uma hermenêutica analógica tenta abrir o campo de validade das interpretações fechado pelo univocismo, mas também fechar e colocar limites no campo de validade das interpretações aberto desmedidamente pelo equivocismo, de modo a que possa haver não uma única interpretação válida, e sim mais de uma, mas formando um pequeno grupo de interpretações válidas, segundo hierarquias, que podem ser medidas e controladas de acordo com o texto e com o autor.[71]

Subjacente à hermenêutica analógica encontra-se a oscilação produtiva da perspectiva de Antonio Caso. O esquematismo de soluções simples é deslocado pela complexidade das culturas de síntese.

---

[70] Noção desenvolvida em *Le Différend*. Paris, Éditions de Minuit, 1983.
[71] Mauricio Beuchot, *Tratado de Hermenéutica Analógica. Hacia un Nuevo Modelo de Interpretación*, op. cit., p. 7.

Se vejo bem, trata-se da orientação do ato inventivo dos mais importantes artistas, escritores e ensaístas não hegemônicos.

Em oposição a binarismos, a hermenêutica analógica, a interdividualidade coletiva e a poética da emulação apostam em procedimentos que destacam a diferença como elemento dominante, estruturador da circunstância não hegemônica.

Mencionei a paralisia provocada em muitos pensadores por essa constelação de problemas. Não quero, porém, concluir este capítulo sem reconhecer que a observação é insuficiente, pois não considera os fatores políticos que contribuíram para a sensação de impotência diante dos desafios contemporâneos.

Leopoldo Zea assinalou um dado subjetivo: "Dissemos que sentimos a cultura ocidental como nossa, mas que ao mesmo tempo sentimos que ela é demais para nós. Não podemos nos adaptar a ela. Sentimo-nos coibidos, inferiores. [...] Não nos atrevemos a adaptá-la a nossa circunstância ou situação vital".[72]

Cabe ressaltar que só a um pensador não hegemônico poderia ocorrer a excêntrica ideia de abraçar o conjunto da cultura ocidental! Para um escritor parisiense, no século XIX, bastava expressar-se em francês, assim como muitos escritores julgam-se universais porque escrevem em inglês. Refiro-me, pois, a uma questão objetiva, derivada das condições assimétricas da circulação de bens simbólicos no sistema-mundo.

Recordemos o comentário de Jorge Luis Borges, no prólogo escrito em 1941 para sua *Antologia Poética Argentina*. A América Latina ainda não tinha produzido um escritor de dimensão universal: "Ao contrário dos bárbaros Estados Unidos [...], este continente não produziu um escritor de influência mundial – um Emerson, um Whitman, um Poe –

---

[72] Leopoldo Zea, "En Torno a una Filosofía Americana", op. cit., p. 45.

nem um grande escritor esotérico: um Henry James, um Melville".[73] Ironicamente, em apenas duas décadas, Borges transformou-se num desses autores, quando Michel Foucault iniciou *As Palavras e as Coisas* afirmando: "Este livro nasceu de um texto de Borges".

O poeta e pensador Roberto Fernández Retamar, contudo, mencionou um ponto fundamental: "[...] não é que necessariamente não tenhamos *produzido* (Garcilaso de la Vega, Sor Juana, Sarmiento, Hernández, Machado de Assis, Martí, Darío?): é que não os tínhamos *exportado* (para manter esse jargão)".[74]

(Em 1924, no "Manifesto da Poesia Pau-Brasil", Oswald de Andrade acertou o alvo em cheio, imaginando irônica e utopicamente uma "poesia de exportação".)

A universalidade de um autor, seu potencial de *exportação*, não reflete um valor intrínseco, porém depende de circunstâncias políticas e econômicas. O desafio da mímesis deve questionar as condições de produção cultural em contextos assimétricos, desde o ponto de vista daqueles que se encontram numa posição subalterna. Você reconheceu de imediato a alusão ao ensaio de Gayatri Spivak, "Can the Subaltern Speak?".[75] Sobretudo, como a autora não deixa de ressaltar, a questão não é se o subalterno pode ou não falar – afinal, não é afásico! –, a questão é *se ele pode ser ouvido*.

O subalterno não costuma ser lido, especialmente se escreve em espanhol ou em português. Nesse horizonte, sofre-se de verdadeira "angústia da legibilidade", cujo corolário é o "imperativo da tradução" – idealmente para o inglês.

---

[73] Apud Roberto Fernández Retamar, "Intercomunicación y Nueva Literatura en Nuestra América". In: *Para una Teoría de la Literatura Hispanoamericana*. Primera Edición Completa. Santafé de Bogotá, Publicaciones del Instituto Caro y Cuervo, 1995, p. 214.
[74] Ibidem (grifos do autor).
[75] Gayatri Chakravorty Spivak, "Can the Subaltern Speak?". In: Cary Nelson e Lawrence Grossberg (eds.), *Marxism and the Interpretation of Culture*. Urbana e Chicago, University of Illinois Press, 1987, p. 271-313.

A ironia é que brasileiros não pensam em traduções para o espanhol; nem os hispano-americanos em traduções para o português.

(Mimeticamente sempre se deseja o outro – e mais ainda se fala inglês.)

Ora, como produzir conscientemente os efeitos do riso nervoso provocado pelo texto de Borges?

Isto é: como renovar o gesto de Doris Salcedo, abrindo fissuras na hegemonia atual?

Ainda: como tornar a acidez do comentário de Tunga uma forma de construir mundos?

Ou: como ampliar a provocação de Cildo Meireles, explicitando as raízes da violência?

Por fim: como fazer dos versos de Roberto Fernández Retamar um método de pensamento?

> Como un raro, un viejo, un conmovedor Romeo
> de provincia
> (Pero también Romeo fue un provinciano).[76]

É o que arrisco no próximo capítulo.

---

[76] Roberto Fernández Retamar, "¿Y Fernández?". In: *Versos*. La Habana, Letras Cubanas, 1999, p. 182. Poema originalmente publicado em *Juana y Otros Poemas Personales* (1975-1979).

capítulo 4
poética da emulação

A circunstância não hegemônica

Neste capítulo, aprimoro o conceito de "poética da emulação" como parte de um quadro teórico que favorece um propósito duplo.

Por um lado, trata-se de objetivo propriamente especulativo.

O conceito esclarece a afinidade eletiva de um conjunto expressivo de autores e artistas latino-americanos, em particular, ou oriundos de circunstâncias não hegemônicas, em geral. Essa afinidade é composta por uma série de temas e procedimentos estéticos e preocupações intelectuais.

A recorrência de um campo semântico associado à apropriação deliberadamente anacrônica da *aemulatio* clássica indica um domínio próprio, cuja presença em séculos distintos e em autores diversos sugere uma estrutura similar à que levou René Girard a propor a hipótese do desejo mimético. Tal domínio seria característico da condição periférica, como ainda se diz, ou das culturas não hegemônicas, no vocabulário aqui proposto.

Por que não substituir o termo "periférico" pela ideia de "não hegemônico"? Sublinhamos assim as assimetrias políticas, econômicas e culturais, porém respeitando o dinamismo do mundo contemporâneo, que desautoriza cartografias e relativiza latitudes. As relações entre centro e periferia nunca são unívocas, pois, no interior de zonas periféricas, frequentemente se produzem novas relações entre centro e periferia. Ao mesmo tempo, as regiões centrais possuem suas próprias áreas periféricas. Isto é, *não busco supostas essências do latino-americano, antes identifico estratégias empregadas em contextos assimétricos por aqueles que se localizam no polo menos favorecido das trocas.*

A observação certeira de Peter Burke esclarece o sentido de minha reflexão. Em sua perspectiva, os conceitos de centro e periferia favorecem

> [...] a elegância intelectual de análises com base no par de conceitos opostos, porém complementares. O emprego desses conceitos deveria estimular uma linha de estudos históricos fecunda, ainda que negligenciada. Historiadores geralmente estudam o processo de centralização, mas raras vezes se preocuparam em explorar o processo de 'periferialização' [*peripheralization*]".[1]

Culturas shakespearianas apresentam uma oportunidade privilegiada para compreender o fenômeno da multiplicação de áreas não hegemônicas na modernidade, isto é, a partir das Grandes Navegações. Ao destacar essa tensão, penso na existência concreta de literaturas favorecidas por determinada circunstância histórica que beneficia este ou aquele idioma na circulação das obras. Nesse horizonte, como um autor oitocentista podia *escrever* um romance em português ou em espanhol sem *ler exaustivamente* as tradições inglesa e francesa? E também a alemã e a russa, claro está. E ainda a espanhola do século XVII. O modelo do autor-leitor tanto é uma invenção sofisticada de certa família de autores – à frente, Machado de Assis e Jorge Luis Borges – como um dado estrutural da circunstância não hegemônica.

---

[1] Peter Burke, "Centre and Periphery". In: *History and Social Theory*. Cambridge, Polity Press, 1992, p. 82.

Não é tudo: as hegemonias são cambiáveis.

Na segunda metade do século XVI e na primeira metade do seguinte, período do apogeu do império ultramarino espanhol, autores ingleses encontraram em seus pares espanhóis uma fonte aparentemente inesgotável para apropriações e, por que não?, pilhagens. Barbara Fuchs mapeou esse diálogo agônico em *Poetics of Piracy*, instigante ensaio, cujo subtítulo, *Emulating Spain in English Literature*, alude ao caráter à época hegemônico da literatura espanhola.

Nas palavras da autora:

> Autores ingleses dos primórdios da modernidade voltaram-se com frequência para a Espanha em busca de fontes literárias, mesmo nos períodos de uma rivalidade acirrada entre as duas nações.
> A posição espanhola como o poder então dominante, assim como a grande explosão, numa variada gama de gêneros, na prosa e na dramaturgia no século XVI e nas primeiras décadas do seguinte tornaram a Espanha uma fonte literária irresistível.[2]

Hegemonia evidenciada na tradução da primeira parte do *Don Quijote*, realizada em 1612 por Thomas Shelton. No ano seguinte, William Shakespeare e John Fletcher aproveitaram uma de suas histórias para compor *Cardenio*,[3] a famosa peça perdida do repertório shakespeariano.[4]

---

[2] Barbara Fuchs, *Poetics of Piracy. Emulating Spain in English Literature*. Philadelphia, University of Pennsylvania Press, 2013, p. 1.
[3] Stephen Greenblatt e o dramaturgo Charles Mee desenvolveram um ambicioso projeto de reconstrução do texto e de sua encenação em diversos países; veja: http://www.fas.harvard.edu/~cardenio/. Acesso: 10 jun. 2016. No último capítulo de *Poetics of Piracy*, Barbara Fuchs apresenta uma crítica contundente da iniciativa, argumentando que ela não reconhece a relevância da literatura espanhola na constituição da literatura inglesa moderna.
[4] Recentemente, Roger Chartier dedicou um estudo à peça: *Cardenio entre Cervantes e Shakespeare. História de uma Peça Perdida*. Trad. Ednir Missio. Rio de Janeiro, Civilização Brasileira, 2012. Chartier recordou: "[...] a forte presença espanhola nos palcos londrinos". Ibidem, p. 21.

Ora, se os autores elisabetanos reconheceram imediatamente o gênio de Cervantes, ao que tudo indica, o espanhol nunca os teria lido, até mesmo pela ausência de traduções. A mera existência do *Don Quijote* em inglês, apenas sete anos após seu lançamento e sua pronta assimilação na dramaturgia inglesa esclarecem a centralidade da literatura espanhola naquele então.

Ainda não é tudo: imagine a seguinte constelação histórica: a simultaneidade de centros diversos num mesmo período.

Em estudo sobre a arte italiana, num horizonte multissecular, Enrico Castelnuovo e Carlo Ginzburg deram uma contribuição decisiva. De um lado, assinalaram o elemento central nos procedimentos que definem a poética da emulação: "Considerada numa perspectiva polivalente, a relação entre centro e periferia parecerá muito diferente de uma imagem pacífica [...]. *Não se trata de difusão, porém de conflito*: um conflito mapeável mesmo nas situações nas quais a periferia parece limitar-se a seguir sem nenhuma originalidade as indicações do centro".[5] De outro, os autores trabalharam com a noção de policentro, a fim de dar conta da complexidade da situação italiana, às voltas com centros de alcance nacional e outros de dimensão regional.

O conceito de circunstância não hegemônica acirra precisamente a dimensão conflitiva e, ao mesmo tempo, supõe a estrutura policêntrica sugerida por Castelnuovo e Ginzburg.[6]

Um pouco adiante: "É nesse contexto de uma forte presença da literatura castelhana que é publicada em 1612 a tradução do *Dom Quixote* por Thomas Shelton". Ibidem, p. 31.
[5] Enrico Castelnuovo e Carlo Ginzburg, "Centro e Periferia". In: *Storia Dell'Arte Italiana*. Parte Prima. Materiali e Problemi. Torino, Giulio Einaudi, 1979, p. 286 (grifo meu).
[6] Anoto uma possibilidade fascinante, que destacarei no futuro livro *Poética da Emulação*: "A cultura ayuujk tende a reconhecer a mímesis como um elemento importante e considera que ser é resultado de imitar outros e viver como outros. Simplesmente, à diferença de outros povos do México e da América Latina, sua ideia de mímesis não é monista, mas pluralista. [...] uma sociedade plurimimética é radicalmente distinta e talvez essencialmente oposta a uma cujo modelo mimético é monista". Emiliano Zolla Márquez, "Do Corpo Ayuujk ao Corpo Indígena. Mímesis, Alteridade e Sacrifício na Sierra Mixe". In: *Mímesis e Invisibilização Social*. São Paulo, É Realizações, 2016, p. 192-93.

O conceito de poética da emulação, por outro lado, favorece um objetivo especificamente crítico.

Preciso demonstrar seu potencial no que se refere à releitura de textos considerados canônicos. No âmbito deste ensaio, concentrarei minha atenção no exame de autores latino-americanos. Porém, não quero deixar de esboçar uma revisão de textos de culturas hegemônicas.

Antes de passar a estudos de caso, reitero que os procedimentos da poética da emulação supõem um resgate deliberadamente anacrônico da técnica clássica da *aemulatio*, com a qual não se confunde, uma vez que a *aemulatio* era parte de um sistema retórico determinado, cujos fundamentos foram progressivamente solapados pelo advento do romantismo. Na poética clássica partia-se da *imitatio* de um modelo, considerado *auctoritas* num gênero determinado, para, em seguida, passar a *aemulatio* desse mesmo modelo. Os ideais de originalidade e influência não importavam tanto nesse horizonte, pois não se questionava a *traditio*, mas se tentava ampliá-la por meio de atos de emulação.

O anacronismo deliberado redimensiona aspectos decisivos da poética clássica, pois implica uma liberdade formal que não tem paralelo na arte preceptística;[7] em alguma medida, trata-se mesmo da "forma livre", adotada e transformada pelo defunto autor.[8] As consequências dessa liberdade no domínio da política cultural permitem que, num determinado campo de forças, uma posição objetivamente secundária se torne um estímulo inesperado à invenção.

---

[7] Recordo uma formulação exata do meu projeto: "Assim, a poética da emulação que o crítico propõe, embora guarde relação com práticas literárias e culturais anteriores ao século XVIII, no Ocidente, de fato é uma espécie de anacronismo deliberado, porque não reproduz o sentido anterior". José Luís Jobim, "A Emulação Produtiva: Machado de Assis e a Cultura Latino-Americana, segundo João Cezar de Castro Rocha". In: *Mímesis e Invisibilização Social*, op. cit., p. 90.

[8] "Trata-se, na verdade, de uma obra difusa na qual eu, Brás Cubas, se adotei a forma livre de um Sterne, ou de um Xavier Maistre, não sei se lhe meti algumas rabugens de pessimismo". Machado de Assis. "Ao Leitor". *Memórias Póstumas de Brás Cubas*. Obra Completa Vol. I, op. cit., p. 513.

Relações triangulares

Imaginemos uma leitura alternativa de *Madame Bovary*. Trata-se de romance girardiano por excelência, que inspirou o clássico estudo de Jules de Gaultier. No nível interdividual, portanto, matéria-prima incontornável na elaboração da teoria mimética.

Não é verdade que o romance também discute, e de modo pioneiro, a criação de áreas periféricas numa cultura central? No vocabulário de Peter Burke, a trama de Flaubert apresenta uma análise fascinante do processo de periferialização no interior da Europa.

Vejamos.

Yonville, o povoado fictício no qual Emma projeta uma Paris de papel, está para Rouen como Rouen está para a Cidade Luz. Há uma clara hierarquia que conduz do centro mesmo da periferia – Yonville – ao centro por antonomásia – Paris –, incluindo a posição de duplo vínculo de Rouen – cidade periférica em relação a Paris, mas central em relação à imaginária Yonville.

Parte considerável do enredo depende dessa triangulação. Tudo se passa como se chegar a Rouen fosse um prenúncio necessário da sonhada viagem a Paris, que no entanto nunca ocorre.

As alusões a esse itinerário triangular atravessam o texto.

No segundo capítulo da primeira parte, o médico Charles Bovary conhece a senhorita Rouault ao tratar de seu tio. Nesse contexto, palavras aparentemente triviais convertem-se no motivo estrutural do romance: "O pai Rouault dizia que não teria sido mais bem tratado pelos primeiros médicos de Yvetot ou mesmo de Rouen".[9]

---

[9] Gustave Flaubert, *Madame Bovary*, op. cit., p. 93.

O médico de província parecia mesmo destinado a ocupar postos importantes, cada vez mais próximos do centro do país – e um dia, quem sabe, chegaria a Paris. A futura senhora Bovary tinha razões para encantar-se.

No primeiro capítulo da segunda parte, o narrador localiza Yonville usando o mesmo critério: "Yonville l'Abbaye [...] é um burgo a oito léguas de Rouen".[10] Para aqueles que vivem em aldeias, Rouen é o centro possível, o modelo quase exclusivo de comparação; como se não houvesse outro termo disponível. No capítulo seguinte, a triangulação se completa, pois, no diálogo de Emma com o estudante León, a sedução começa com a menção ao objeto nada secreto de seus desejos:

> Foi assim, um ao lado do outro, enquanto Charles e o farmacêutico proseavam, que eles entraram numa dessas vagas conversas em que o acaso das frases leva sempre *ao centro fixo de uma simpatia comum*. Espetáculos de Paris, títulos de romances, quadrilhas novas, e o mundo que eles não conheciam, Tostes onde ela tinha vivido, Yonville onde estavam, examinaram tudo, falaram de tudo até o fim do jantar.[11]

A tradução é fidelíssima.

Flaubert escreveu com a precisão que caracteriza sua prosa: "[...] une de ces vagues conversations où les hasards des phrases vous ramène toujours au *centre fixe d'une sympathie commune*".[12] A expressão é exata: o centro da ideia fixa era a relação entre Yonville e Paris, cuja mediação era oferecida pela possibilidade

---

[10] Ibidem, p. 155.
[11] Ibidem, p. 173 (grifo meu).
[12] Gustave Flaubert, *Madame Bovary: Moeurs de Province*. Paris, Garnier-Flammarion, 1966, p. 119 (grifo meu).

de viver aventuras em Rouen. Por isso, quando León precisou convencer sua amante, até então resistente, a embarcar no célebre passeio pelas ruas da cidade num fiacre com as janelas cuidadosamente fechadas e uma velocidade cada vez mais célere, quase delirante, o astuto estudante de Direito soube como persuadir a romântica leitora de intrigas amorosas:

> – Ah! Léon!... Realmente... eu não sei... se devo...!
> Ela fazia manha. Depois, com ar sério:
> – É muito inconveniente, sabe?
> – Em quê? – replicou o escrivão. – Isso se faz em Paris!
> E essa palavra, como um irresistível argumento, determinou-a.[13]

O tema ilumina as relações entre centro e periferia, autorizando uma interpretação nova de *Madame Bovary*; aliás, método que ensejaria a revisão de muitos títulos canônicos.

Convido você a reler o texto de Flaubert com esse olhar: descobrirá outro romance.

(Talvez nem tanto para nós que escrevemos em português ou espanhol: vivemos em Yonville, talvez cheguemos a Rouen – Paris continua sendo para os *happy few*.)

O que dizer da reveladora reflexão de Catherine Morland, personagem de *A Abadia de Northanger*, de Jane Austen, romance publicado postumamente em 1818? Seu acompanhante num baile em Bath despreza a cidadezinha, comparando-a com a capital do Império, talvez num esforço para impressionar a amiga com a promessa de coisas futuras, muito mais impactantes: "Bath, em

---

[13] Gustave Flaubert, *Madame Bovary*, op. cit., p. 357.

comparação com Londres, tem pouca variedade. É o que todos acabam descobrindo, todos os anos".[14]

A resposta de Catherine vale por todo um ensaio:

> – Bem, cada pessoa deve julgar por si própria, e aquelas que conhecem Londres podem desdenhar de Bath. Eu, porém, vivo em um vilarejo isolado no campo e jamais poderei encontrar, num lugar como este aqui, a monotonia à qual estou acostumada; porque em Bath existe uma variedade de divertimentos, uma variedade de coisas para ver e fazer o dia inteiro, e lá não há nada que se assemelhe.[15]

Catherine retomou o gesto fundamental de Alonso Quijano, criando um triângulo de mediações propriamente girardiano. Eis como ela descobriu seus sentimentos sobre o mundo: "Mas dos quinze aos dezessete anos Catherine treinou para ser uma heroína: leu todas as obras que as heroínas precisam ler a fim de abastecer suas memórias que são tão aproveitáveis e tranquilizadoras nas vicissitudes de suas vidas aventurosas".[16]

Entre Quixote e Emma Bovary, resgatemos Catherine Morland!

Na sequência, com a simplicidade desconcertante de seu estilo, Jane Austen apresenta um colar de citações que ajudaram a formar a interdividualidade da personagem: Pope, Gray, Thompson e, como poderia ser diferente?, sobretudo o autor de *Othello*: "E com Shakespeare obteve uma fartura de informações".[17] O termo

---

[14] Jane Austen, *A Abadia de Northanger*. Trad. Rodrigo Breunig. Porto Alegre, L&PM Editores, 2011, p. 86.
[15] Ibidem.
[16] Ibidem, p. 19-20.
[17] Ibidem.

de comparação envolve sempre um terceiro elemento, constituindo a forma típica do desejo mimético.

E não só.

Nessas passagens encontramos uma analogia estrutural com a formação histórica das colônias latino-americanas. Elas eram, para Portugal e Espanha, aquilo que os países ibéricos eram para as demais potências europeias. *As culturas latino-americanas constituíram-se a partir de triangulações cuja dinâmica se encontra formalizada em alguns dos mais importantes romances do repertório canônico.*[18]

A fim de caracterizar impérios semiperiféricos, como vimos, Boaventura de Sousa Santos lançou mão de personagens shakespearianos, em sua aguda análise do colonialismo ibérico, definido por uma ambiguidade radical acerca das relações de poder. Por um lado, um inquietante "déficit de colonização" caracterizou seu perfil dos séculos XVI a XVIII, uma vez que o império português não dispunha de condições materiais para levar a cabo a tarefa de organização e de controle das possessões ultramarinas. Por outro lado, as colônias sofreram um "excesso de colonização", fenômeno compensatório, cuja forma particular determinou um sentido preciso: "[...] as colônias portuguesas foram submetidas a uma dupla colonização: a de Portugal e indiretamente a colonização dos países centrais (especialmente a Inglaterra), dos quais Portugal era dependente (muitas vezes como se o império fosse uma colônia)".[19]

Daí, o duplo rosto do colonialismo ibérico: império intransigente em relação às colônias, impondo regras rígidas de exclusivismo

---

[18] Em relação ao caso brasileiro, já se propôs que o Brasil formou-se no Atlântico Sul por meio de uma triangulação complexa, envolvendo Portugal, África e Brasil. Luiz Felipe de Alencastro, *O Trato dos Viventes. Formação do Brasil no Atlântico Sul. Séculos XVI e XVII*. São Paulo, Companhia das Letras, 2000.
[19] Boaventura de Sousa Santos, "Between Prospero and Caliban: Colonialism, Postcolonialism, and Inter-identity", op. cit., p. 10.

comercial; semiperiferia tímida no espaço europeu, sempre às voltas com a necessidade de obter financiamento externo para a administração imperial. Esse peculiar colonizador compôs a imagem de um "Próspero português [...] oscilando entre Próspero e Calibã",[20] cuja metonímia é a noção de interidentidade.

(Você percebeu a vizinhança com o conceito de interdividualidade: nos dois casos, a identidade só se afirma por meio da alteridade.)

Sousa Santos concentrou-se na figura do colonizador português, esse Próspero que, aparentemente, nunca chegou a ser mestre na arte de multiplicar áreas não hegemônicas – bem ao contrário do Próspero elizabetano. Minha perspectiva privilegia o outro polo, no esforço de resgatar as estratégias de Calibã numa estrutura de poder marcada por um *double bind* constitutivo: ao mesmo tempo, déficit e excesso de colonização.

Shakespeare: a invenção do sujeito periférico?

Nesse espírito, proponho reler algumas peças de William Shakespeare, especialmente *Otelo* (1604) e *A Tempestade* (1611), como instâncias modernas da invenção do conceito de periferia, oferecendo uma cartografia da criação de centros hegemônicos e de espaços subordinados, difundidos em escala planetária.

Você julgará se a hipótese é fecunda.[21]

O personagem Otelo apresentou a primeira figuração do sujeito não hegemônico, cuja angústia tem menos a ver com hipotéticos ciúmes

---

[20] Ibidem, p. 36.
[21] Neste capítulo, apenas mencionarei a ideia brevemente. No momento, começo a trabalhar num livro inteiramente dedicado a essa hipótese.

e mais com a consciência de sua origem secundária – para antecipar uma expressão de Ricardo Piglia, que veremos adiante. Os ciúmes do valente general não seriam a *causa* da tragédia, mas o *efeito* da instabilidade derivada de sua circunstância existencial.

Poderoso em tempos de guerra, insubstituível mesmo, o que lhe sucederia em tempos de paz? Leiamos seu autorretrato, na terceira cena do primeiro ato:

> [...] Rude am I in my speech
> And little blessed with the soft phrase of peace,
> For since these arms of mine had seven years' pith
> Till now some nine moons wasted, they have used
> Their dearest action in some tented field;
> And little of this great world can I speak
> More than pertains to feats of broil and battle; [...].[22]

Na ausência de conflito, ou de sua iminência, que importância teria Otelo na hierárquica sociedade veneziana?

Recordemos que ele era oriundo da Mauritânia; por isso, chamado "o mouro" – ou ao menos assim cremos. Num estudo saboroso, Lampedusa atribuiu a ênfase no aspecto racial a um equívoco de tradução: "O Mouro de Veneza, para Cinzio, não é de jeito nenhum um mouro, mas um senhor chamado Moro, sobrenome muito comum (junto com Moroni e Moretti) no Bergamasco."[23]

(Sarmiento esclareceu a fecundidade de más traduções.)

---

[22] William Shakespeare, *Othello*. Cambridge, Cambridge University Press, 2003, p. 82. Na tradução para o português: "[...] Rude sou de fala, / estranho ao doce linguajar da paz, / pois desde que estes braços alcançaram / a força de sete anos, até agora, / deduzidas algumas nove luas, / tão somente, em mais nada se empregaram / com mais amor do que às ações dos campos / abarracados. Sobre muito pouca / coisa posso falar no vasto mundo / se não for de batalhas e contendas". William Shakespeare. Otelo. In: *Teatro Completo. Tragédias*. Rio de Janeiro, 2008, p. 615.
[23] Giuseppe Tomasi di Lampedusa, *Shakespeare*. Barcelona, NorteSur, 2009, p. 77.

O possível tropeço linguístico resultou num acerto estético e filosófico, pois Shakespeare converteu a condição de estrangeiro do "mouro" num dado determinante do texto, apresentado no início da peça, logo na primeira cena. Eis como Rodrigo caracteriza Otelo para o pai de Desdêmona, o influente senador Brabâncio: como acreditar que sua filha tivesse arriscado tudo por um *"wheeling stranger of here and everywhere"*?[24]

Apesar de haver efetivamente sequestrado a filha do senador para desposá-la sem o consentimento formal do pai, o mouro é perdoado pelo Senado de Veneza pela razão revelada pelo astuto Iago:

> [...] For I do know the state,
> However this may gall him with some check,
> Cannot with safety cast him; for he's embarked
> With such loud reason to the Cyprus wars,
> Which even now stands in act [...].[25]

A ação dramática começa em Veneza, o centro do mundo financeiro na época. Porém, a partir do segundo ato, o deslocamento geográfico é exemplar: se o primeiro ato transcorre na Itália, os quatro últimos têm lugar na ilha de Chipre. E, sobretudo, *em tempos de paz*. Assim que começa o segundo ato, proclama-se: "Acabou-se a guerra".[26] Em inglês, o tom é mais enfático porque se acrescenta um plural, que não deixa de ser ameaçador para um militar de carreira: "*Our wars are done*".[27]

---

[24] William Shakespeare, *Othello*, 1.1, op. cit., p. 71. A tradução brasileira capta bem o original: "[...] um estrangeiro andejo e desgarrado / daqui e de toda parte". William Shakespeare. *Otelo*. In: *Teatro Completo. Tragédias*, op. cit., p. 611.
[25] William Shakespeare, *Othello*, 1.1, op. cit., p. 72. Na tradução para o português: "[...] o Estado, muito embora / venha a afligi-lo com alguma crítica, / não pode dispensar-lhe os bons serviços / sem correr grande risco. Com tão fortes / razões o encarregaram da campanha / contra os chipriotas – que ora se acha em curso – [...]". William Shakespeare. *Otelo*. In: *Teatro Completo. Tragédias*, op. cit., p. 611.
[26] Ibidem, p. 620.
[27] William Shakespeare, *Othello*, 2.1, op. cit., p. 95.

Como manter-se no centro das atenções se os serviços de militar não são mais urgentes? Sua caracterização, unidimensional, oculta uma ameaça: "*the warlike Moor*".[28]

Em tempos de paz, como pode agir o *guerreiro mouro*? Não surpreende que sua ira seja incontrolável quando descobre que perderá o comando da ilha para Miguel Cássio. Cruel ironia: Otelo estava convencido de que já tinha sido trocado por Cássio no leito, e agora também o seria no comando de Chipre. Talvez não houvesse no pensamento do mouro apenas suspeitas de adultério, porém o reconhecimento de que, na ausência de guerras, seu lugar teria de ser longe, muito longe do centro: ao fim e ao cabo, ele continuou sendo um *wheeling stranger of here and everywhere*. Os ciúmes do mouro não são a causa, mas o efeito da consciência de sua condição existencial. Em inúmeras e reveladoras passagens, o autor insiste em recordar ao espectador que Otelo não é um homem ciumento.

Basta ler o texto – com a atenção devida.

(Essa é a estratégia girardiana por excelência: "Interpretação, no sentido corrente, não é a palavra adequada para o que faço. Meu trabalho é mais básico. Leio pela primeira vez a letra de um texto".[29])

Na terceira cena do terceiro ato, Iago tenta instilar ciúmes em Otelo, repetindo a palavra *jealousy* inúmeras vezes, como se a reiteração bastasse para produzir o resultado que efetivamente acaba acontecendo.

O procedimento é notável: como os ciúmes costumam ser fruto de suspeitas, e não a confirmação de fatos, as pessoas ciumentas convertem-se em fabuladores involuntários, pois, dada a inexistência

---

[28] Ibidem, p. 96. Na sequência, Chipre também é chamada de "*this warlike isle*". Em português, a tradução suaviza a expressão, "ilha valorosa". Já Otelo é chamado de "guerreiro mouro". William Shakespeare. Otelo. In: *Teatro Completo. Tragédias*, op. cit., p. 620.
[29] René Girard, *Shakespeare: Teatro da Inveja*, op. cit., p. 45.

de provas palpáveis, elas só podem imaginar histórias, fabricando fantasias de adultério.

Iago bem sabe o que faz ao repetir *jealousy* inúmeras vezes!

A insistência com a palavra-chave, *ciúme*, é fundamental. O motor da ação do alferes é tanto a posição de comando que ele perdeu[30] como, e aliás principalmente, os ciúmes que sente do mouro e de Miguel Cássio.

Manipulador habilidoso de autêntico *phármakon*, Iago busca transferir seu (res)sentimento para o mouro:

> But partly led to diet my revenge,
> For that I do suspect the lusty Moor
> Hath leaped into my seat, the tought whereof
> Doth like a poisonous mineral gnaw my inwards:
> And nothing can or shall content my soul
> Till I am evened with him, wife for wife;
> Or failing so, yet that I put the Moor
> At least into a jealousy so strong
> That judgment cannot cure. [...].[31]

A ação dramática corresponde literalmente ao, digamos assim, "Plano B" de Iago. Sua intenção primeira consistia em seduzir Desdêmona. Minucioso, em sua exegese especial da Lei de

---

[30] Lampedusa disse-o muito bem: "[...] ninguém se deu conta de que Iago é (já se entende) um sujeito muito malvado, mas não Satanás, o ser que ama o mal pelo mal, etc., etc. Ele é simplesmente um oficial cuja promoção não foi respeitada". Giuseppe Tomasi di Lampedusa, *Shakespeare*, op. cit., p. 77.

[31] William Shakespeare, *Othello*, 2.1, op. cit., p. 106. Na tradução para o português: "[...] é para saciar minha vingança, / pois suspeito que o Mouro luxurioso / pulou na minha sela, pensamento / esse que, como mineral nocivo, / me corrói as entranhas, sem que nada / possa ou deva deixar-me a alma aliviada / antes de virmos nisso a ficar quites: / é mulher por mulher. Falhando o plano, / farei tal ciúme despertar no Mouro, / que não possa curá-lo o raciocínio". William Shakespeare. *Otelo*. In: *Teatro Completo. Tragédias*, op. cit., p. 623-24.

Talião, Iago também decide comprometer a reputação de Miguel Cássio, mas isso não apenas porque perdeu para o florentino um posto almejado: como se repete à exaustão pelos comentadores criativos do texto lido com olhos viciados. A motivação do alferes é outra, reiterativa; monomaníaca, diria Simão Bacamarte, intérprete de *Otelo*:

> I'll have our Michael Cassio on the hip,
> Abuse him to the Moor in the rank garb –
> For I fear Cassio with my night-cap too –
> [...].[32]

Iago é um espelho inesperado de Otelo, pois o alfares também acredita que Cássio ocupou seu lugar como amante e como tenente.

Aliás, na terceira cena do primeiro ato, o alferes já tinha exposto sua contrariedade com o general:

> [...] I hate the Moor,
> And it is thought abroad that 'twixt my sheets
> He's done my office. I know not if't be true
> Yet I, for mere suspicion in that kind,
> Will do as if for surety. [...][33]

Valorizar tais passagens, aproximando-as mediante o recurso de uma leitura-colagem, produz um efeito surpreendente, como se estivéssemos diante de outra peça.

---

[32] William Shakespeare, *Othello*, 2.1, op. cit., p. 106. Na tradução para o português: "[...] pegarei Miguel Cássio pelo flanco, / pois temo que ele também tenha usado / meu gorro de dormir". William Shakespeare. *Otelo*. In: *Teatro Completo. Tragédias*, op. cit., p. 624.

[33] William Shakespeare, *Othello*, 1.3, op. cit., p. 94. Na tradução para o português: "Odeio o Mouro. / Há quem murmure que ele o meu trabalho / já fez em meus lençóis. Se é certo, ignoro-o. / Pelo sim, pelo não, agir pretendo / como se assim, realmente, houvesse sido". William Shakespeare. *Otelo*. In: *Teatro Completo. Tragédias*, op. cit., p. 619.

Ora, se a tragédia do *mouro* tem sido vista como o drama do ciúme, não teremos trocado os personagens nos últimos quatro séculos? Ao que tudo indica, a tragédia do *alferes* deveria ser destacada. Esse também é o juízo de Emília, esposa de Iago e serva de Desdêmona, transformando o ciúme numa matriz de triangulações sempre mais maliciosas, e produzindo uma sucessão de curtos-circuitos, cuja explosão pode ocorrer a qualquer instante.

Estamos na segunda cena do quarto ato: Emília e sua senhora não alcançam compreender a mudança de humor do mouro; como explicar seu comportamento subitamente erradio e agressivo?

A esposa de Iago intuiu a razão, recordando as angústias do alferes:

> [...] Some such squire he was
> That turned your wit the seamy side without
> And made you to suspect me with the Moor.[34]

Na invenção de um dos mais poderosos duplos da tradição literária, Iago deseja ser para Otelo o que *some such squire* foi para ele mesmo! No entanto, essa circunstância quase nunca é destacada com a devida ênfase. Por isso mesmo, vale recordar passagens citadas brevemente no capítulo dois.

Há mais: levemos adiante a leitura intensa do texto, vendo como o mouro reage às insinuações de Iago.

Começo pelo alferes. Sua estratégia evoca uma guerrilha semântica, pois ele repete e repete e repete a palavra-chave, *ciúme*, como se estivesse martelando a ideia na mente do mouro:

---

[34] William Shakespeare, *Othello*, 4.2, op. cit., p. 168-69. Na tradução para o português: "Um tipo desses foi que vosso espírito / virou no avesso, a suspeitar levando-vos / de que eu com o Mouro tinha alguma coisa". William Shakespeare. *Otelo*. In: *Teatro Completo. Tragédias*, op. cit., p. 648.

> O beware, my lord, of jealousy;
> It is the green eyed monster which doth mock
> The meat it feeds on [...].³⁵

E insiste:

> Good God, the souls of my tribe defend
> From jealousy.³⁶

A resposta de Otelo é exemplar; no fundo, ele perdeu a paciência:

> Why, why is this?
> Think'st thou I'd made a life of jealousy,
> To follow still the changes of the moon
> With fresh suspicions? No, to be once in doubt
> Is once to be resolved. [...]³⁷

Otelo é cristalino: o ciúme não faz parte de seu vocabulário existencial; em caso de suspeita, abandonaria a mulher imediatamente – alguma dúvida? General acostumado a tomar decisões, não pode imaginar afinidade alguma entre a vida de soldado e as dúvidas que contaminam o cotidiano de todo ciumento. Otelo pensava reger sua vida afetiva pela régua e compasso dos campos militares. Porém, como no teatro shakespeariano os personagens costumam morrer pela boca, muito em breve o mouro experimentou a força corrosiva do sentimento que tanto desprezava.

---

³⁵ William Shakespeare, *Othello*, 3.3, op. cit., p. 130-31. Na tradução: "Acautelai-vos, / senhor, do ciúme; é um monstro de olhos verdes, / que zomba do alimento de que vive [...]". William Shakespeare. *Otelo*. In: *Teatro Completo. Tragédias*, op. cit., p. 633.
³⁶ William Shakespeare, *Othello*, 3.3, op. cit., p. 131. Na tradução: "Livrai-me, céu bondoso, e as almas todas / da minha tribo, de sentir ciúmes!". William Shakespeare. *Otelo*. In: *Teatro Completo. Tragédias*, op. cit., p. 633.
³⁷ William Shakespeare, *Othello*, 3.3, op. cit., p. 131. Na tradução: "Por quê? Por que tudo isso? Crês, de fato, / que eu passaria a vida tendo ciúmes / e as mudanças da lua acompanhara / com suspeitas crescentes? Não; a dúvida / já me traía a solução do caso". William Shakespeare. *Otelo*. In: *Teatro Completo. Tragédias*, op. cit., p. 633.

Contudo, por ora, aceitemos sua palavra. Até mesmo porque na cena seguinte um diálogo sintomático tem lugar. Desdêmona reitera o que disse seu marido. Ao testemunhar a reação irada de Otelo, sua criada lhe pergunta:

> Is he not jealous?

Desdêmona responde, convencidíssima do que diz:

> Who, he? I think the sun where he was born
> Drew all such humours from him.[38]

Ainda: na última cena da peça, momentos antes de executar-se, Otelo esboçou seu perfil, compondo um melancólico testamento. O mouro lançava os dados de que dispunha, a fim de salvar algo da dignidade com que serviu a República de Veneza. Ele renovou o pedido, solicitando que Ludovico, primo de Desdêmona, tivesse o cuidado de relatar fielmente os sucessos ocorridos na Ilha de Chipre.

Eis o improvisado epitáfio:

> [...] Then must you speak
> Of one that loved not wisely, but too well;
> Of one *not easily jealous* but, being wrought,
> Perplexed in the extreme [...][39]

Saliente-se que não se contesta o discurso do mouro; pelo contrário, lamenta-se que tenha sido enredado pela astúcia do alferes.

---

[38] William Shakespeare, *Othello*, 3.4, op. cit., p. 144-45. Em português: "Emília: Ele não é ciumento? // Desdêmona: Quem? ele? / Ao vir ao mundo, estou bem certa, / o sol lhe retirou do sangue todos / os humores do ciúme". William Shakespeare. *Otelo*. In: *Teatro Completo. Tragédias*, op. cit., p. 638-39.

[39] William Shakespeare, *Othello*, 5.2, op. cit., p. 195. Em português: "Então a alguém terei de referir-vos / que amou bastante, embora sem prudência; / a alguém que não sabia ser ciumento, / mas, excitado, cometeu excessos [...]". William Shakespeare. *Otelo*. In: *Teatro Completo. Tragédias*, op. cit., p. 659.

O ponto é decisivo para a leitura que desenvolvo. Otelo não é descrito como uma pessoa ciumenta. Além disso, ele foi exposto a um falso conjunto de "evidências" nada desprezível – aspecto geralmente obliterado nas interpretações usuais da peça.

Um leitor atento, portanto, não deve considerar o ciúme a única causa da tragédia: é preciso buscar um motor mais complexo para as ações que levam à execução da mulher do mouro.

Pensemos, em primeiro lugar, no instante de ruptura, no qual Otelo aceita a versão maliciosa de Iago sobre o excessivo interesse de Desdêmona pela causa de Miguel Cássio. Shakespeare oferece ao espectador inúmeras mostras da "imprudência" de Miguel Cássio e de Desdêmona, tornando ainda menos crível a interpretação dominante da peça, que tudo reduz ao ciúme desmedido de Otelo.[40]

O mouro fala consigo mesmo, tentando entender as possíveis causas da traição, que, agora sim, julga ter efetivamente ocorrido:

> [...] Haply for I am black,
> And have not those soft parts of conversation
> That chamberers have, or for I am declined
> Into the vale of years [...].[41]

O mouro internalizou as críticas que Brabâncio, Iago e Rodrigo lhe dirigiram no primeiro ato. Finalmente, Otelo vê-se a si mesmo como um *wheeling stranger of here and everywhere*, aceitando o espelho oferecido pelos rivais; afinal, *the eye sees not itself / But by reflection, by some other things*. O amor de Desdêmona

---

[40] Trabalharei este aspecto detalhadamente no livro que dedicarei à leitura de *Othello* e *The Tempest*, discutindo a intuição shakespeariana acerca da invenção da circunstância não hegemônica nos primórdios da modernidade.
[41] William Shakespeare, *Othello*, 3.3, op. cit., p. 135. Em português: "Porque sou negro / e de fala meliflua não disponho / qual petimetre, ou porque já me encontro / no declive da idade [...]". William Shakespeare. *Otelo*. In: *Teatro Completo. Tragédias*, op. cit., p. 635.

converte-se num surpreendente pecado de orgulho: ele imaginou pertencer às altas esferas da família de sua esposa; mas, só em tempos de guerra Otelo é plenamente aceito no meio dos poderosos venezianos.

Recordemos, além disso, um ponto crucial: pouco antes de assassinar Desdêmona, Otelo recebe uma carta reveladora do Doge, que o condenava a regressar à Mauritânia, o centro mesmo da periferia: isso Otelo não pôde suportar!

"Detalhe" revelado no diálogo tenso entre Iago e Rodrigo, na segunda cena do quarto ato:

> IAGO: Sir, there is especial commission come from Venice to depute Cassio in Othello's place.
> RODRIGO: Is that true? Why, then Othello and Desdemona return again to Venice.
> IAGO: Oh, no, he goes into Mauritania and takes away with him the fair Desdemona, unless his abode be lingered here by some accident [...].[42]

É fascinante perceber que algumas encenações simplesmente suprimem a referência à Mauritânia, num involuntário espelhamento da exclusão simbólica que ocorre na própria peça. Não conheço exemplo mais revelador do que a celebrada adaptação cinematográfica de Orson Welles.

Eis como o diálogo é reproduzido no filme:

---

[42] William Shakespeare, *Othello*, 4.2, op. cit., p. 171. Na tradução brasileira: "Iago: Senhor, veio uma ordem especial de Veneza, para que Cássio fique no lugar de Otelo. Rodrigo: Isso é verdade? Nesse caso Otelo e Desdêmona terão de voltar para Veneza. Iago: Oh, não! Ele vai para a Mauritânia e levará consigo a bela Desdêmona, a menos que sua permanência aqui seja prolongada por algum acidente [...]". William Shakespeare. *Otelo*. In: *Teatro Completo. Tragédias*, op. cit., p. 649.

> IAGO: Sir, there is especial commission come from Venice to depute Cassio in Othello's place.
> RODRIGO: Is that true? Why, then Othello and Desdemona return again to Venice.
> IAGO: Unless his abode be lingered here by some accident [...].

A supressão da Mauritânia vale por todo um ensaio. Por isso mesmo, deixemos de lado a complexa psicologia do mouro ou os efeitos pervertidos do ciúme que não se consegue controlar. Se vejo bem, há outra dimensão, na qual a Mauritânia evoca Yonville; Chipre, Rouen; Veneza, Paris. O ciúme é menos determinante do que o jogo hierárquico da triangulação de poder que constituiu o mundo moderno, indissociável da formação dos impérios coloniais.

Tema, aliás, de outra peça shakespeariana.

(Otelo é bem o Próspero calibanizado de Boaventura de Sousa Santos. Ou um Calibã que viveu um breve momento de prosperidade.)

Shakespeare e a triangulação colonial

Em *A Tempestade* o motivo da triangulação colonial é muito mais evidente, o que levou inumeráveis autores latino-americanos a se apropriar da peça. Do ponto de vista ensaístico, destacam-se marcos incontornáveis: *Ariel* (1900), de José Enrique Rodó, e *Caliban* (1977),[43] de Roberto Fernández Retamar. Isso sem mencionar outros

---

[43] O poeta e pensador Roberto Fernández Retamar propôs que, em espanhol, se escreva Ca-l*i*ban em lugar de Calibán: "[...] em nossa língua [...], Colombo, da palavra *caribe* fez *caniba*, e depois *caníbal*, cujo anagrama lógico é "Caliban", palavra paroxítona que é a que emprego desde há muito [...]. Por meu lado, parece-me muito paradoxal que um texto que se quer anticolonialista comece por não sê-lo no próprio título". Roberto Fernández Retamar, "Calibã Diante da Antropofagia". In: João Cezar de Castro Rocha e Jorge Ruffinelli (orgs.), *Antropofagia Hoje? Oswald de Andrade em Cena*. São Paulo, É Realizações, 2011, p. 321-22.

textos, como o soneto "No Alto", de Machado de Assis, ao qual retornarei na conclusão.

(Não conheço exemplo mais próximo à letra shakespeariana: o soneto machadiano deve ser recuperado como modelo de reescrita.)

Se a ilha de *A Tempestade* é a imagem acabada do espaço alienado dos lugares de poder – o centro mesmo da periferia –, numa radicalização do papel tanto da Ilha de Chipre como da espectral Mauritânia ou ainda da imaginária Yonville, o personagem Calibã torna fratura exposta a instabilidade existencial do mouro – nas palavras de Próspero, "[...] my slave, who never / Yields us kind answer".[44] Ao fim da peça, a situação de Calibã permanece indefinida. Retornará para Milão com o duque? Nesse caso, como será tratado? Como uma curiosidade de feira; um híbrido a ser exposto em praça pública? Esse é o cálculo de Trínculo ao encontrar-se com Calibã pela primeira vez:

> A strange fish. Were I in England now – as once I was – and had but this fish painted, not a holiday-fool there but would give a piece of silver. There would this monster make a man; any strange beast there makes a man. When they will not give a doit to relieve a lame beggar, they will lay out ten to see a dead Indian.[45]

---

[44] William Shakespeare, *The Tempest*, 1.2. Ed. David Lindley. Cambridge, Cambridge University Press, 2004, p. 116. Na tradução para o português: "meu escravo / [...], que só tem palavras duras / para minhas perguntas". William Shakespeare, *A Tempestade*. In: *Teatro Completo. Comédias*. Rio de Janeiro, Agir, 2008, p. 31.

[45] William Shakespeare. *The Tempest*, 2.2, op. cit., p. 148. Na tradução para o português: "Mas, que peixe esquisito! Se eu estivesse agora na Inglaterra – como já me aconteceu de outra feita – e fosse dono desse peixe pelo menos em pintura, não haveria tolo de feira que não pagasse uma moeda de prata para vê-lo. Este monstro me deixaria homem. Naquela terra não há animal estranho que não faça homens. Não dão um centil para auxiliar um aleijado, mas darão dez para ver um índio morto". William Shakespeare, *A Tempestade*. In: *Teatro Completo. Comédias*, op. cit., p. 40.

Shakespeare não precisaria recorrer à imaginação para escrever a fala do marinheiro bêbado. A exibição de habitantes nativos do Novo Mundo contava com uma tradição nada desprezível no cenário europeu.

Aliás, tradição que foi retomada no âmbito do neocolonialismo oitocentista. Nas grandes feiras internacionais da época, "o conceito de 'zoológico humano' tornou-se uma mecânica globalizada".[46] Isso mesmo: como o artista da fome kafkiano, populações de regiões distantes eram expostas como "objetos" de um absurdo e anacrônico gabinete de curiosidades – humanas, ressalta-se sempre.

Na história brasileira, há casos notáveis.

O português Diogo Álvares Correia, denominado Caramuru pelos Tupinambás, viveu com os indígenas por mais de 15 anos, após naufragar por volta de 1510 no litoral da Bahia. Ele estabeleceu relações comerciais com os franceses e, em 1526, junto com sua esposa Paraguaçu, visitou a França, produzindo forte impressão. Ela foi batizada em Saint-Malo, passando a chamar-se Catarina Álvares Paraguaçu, ou mais simplesmente Catarina do Brasil.[47]

Nada porém se compara ao evento ocorrido em 1550, na cidade de Rouen. Por ocasião da visita do rei Henrique II e da rainha Catarina de Médici à cidade, montou-se um autêntico *parque temático* das gentes e das coisas do Novo Mundo, pois os comerciantes franceses desejavam persuadir o rei da riqueza derivável do futuro estabelecimento de feitorias na região. Um singelo bosque foi metamorfoseado em floresta tropical, onde cinquenta indígenas, trazidos provavelmente da Bahia e de Pernambuco, mimetizavam as tarefas do dia a dia e chegaram mesmo a

---

[46] Pascal Blanchard, Gilles Boëtsch e Nanette Jacomijn Snoep, "Exhibitions. L'Invention du Sauvage". In: Pascal Blanchard et al., *L'Invention du Sauvage. Exhibitions*. Paris, Actes Sud/ Musée du Quay Branly, 2011, p. 20.
[47] Michel Riaudel publicou um livro de referência sobre esse caso: *Caramuru, Un Héros Brésilien entre Mythe et Histoire*. Paris, Petra, 2015.

encenar uma batalha. Em meio a essa inesperada antecipação da *sociedade do espetáculo*, aqui e ali desfilavam mercadorias, com destaque para o pau-brasil.

(Ao fim e ao cabo, *any strange beast there makes a man*, não é mesmo?)

Rememore-se o contexto da celebração.

A festa teve como motivo a "entrada real", isto é, a visita do monarca a uma cidade do reino. Um pouco antes, o rei Henrique II visitara Lyon; daí o esforço dos cidadãos de Rouen para oferecer uma "atração" incomparável. Foram bem-sucedidos, pois, cinco anos após o evento, os franceses tentaram fundar uma colônia no litoral do Rio de Janeiro, a malograda França Antártica.

Ora, passe os olhos mais uma vez na capa deste livro: o dossel, vazio, somente poderia ser ocupado pelo rei da Espanha no dia em que visitasse suas possessões ultramarinas. Em sua ausência, as colônias hispano-americanas organizaram "entradas" triunfais para os vice-reis de plantão.

(Radical ausência de origem como móvel: arte desauratizada: circunstância não hegemônica.)

Voltemos ao texto shakespeariano.

Não sendo levado à Europa, Calibã recuperaria a posse integral da ilha?[48] Ou ficaria subordinado a Milão, assim como Próspero de igual modo passou a dever vassalagem ao rei de Nápoles? Essa alternativa antecipa as futuras reivindicações coloniais. Penso, por exemplo, em

---

[48] Calibã não poderia ser mais direto: "I must eat my dinner / This island's mine by Sycorax my mother, / Which thou tak'st from me. [...]". William Shakespeare. *The Tempest*, 1.2, op. cit., p. 117-18. Na tradução para o português: "Está na hora / do meu jantar. Esta ilha é minha; herdei-a / de Sicorax, a minha mãe. Roubaste-ma; [...]". William Shakespeare, *A Tempestade*. In: *Teatro Completo. Comédias*, op. cit., p. 31.

Aimé Césaire e sua peça *Une Tempête*, na qual se imagina Calibã, negro e guerrilheiro, adepto da revolução, em oposição a Ariel, mulato, intelectual tradicional, cooptado pelo poder metropolitano. Lampedusa observou com argúcia: "Aqui temos o inquietante Calibã, a quem tanto se promete de maneira tão ambígua".[49]

Cabe ainda observar que a estrutura da peça inclui um dado decisivo que a leitura inspirada na poética da emulação assinala sem maiores dificuldades: a ação dramática começa antes de Próspero pronunciar sua primeira fala.

(Calma! Se vejo bem, a frase vale mais do que um mero truísmo.)

Em tese, tudo principia quando Próspero e sua filha, Miranda, já se encontram exilados na ilha. Aprendemos que seu irmão, Antônio, traiu-o para obter o apoio do rei de Nápoles, Alonso, comprometendo assim a autonomia do ducado de Milão. A simples formulação *reino* de Nápoles e *ducado* de Milão explicita a assimetria das relações no interior das fronteiras europeias, evocando a intuição de Enrico Castelnuovo e Carlo Ginzburg acerca da estrutura policêntrica do sistema das artes na Itália.

A prosperidade, claro está, pertencia mais ao rei do que ao duque.

Como Antônio assenhoreou-se do poder? Ele aceitou a autoridade do rei de Nápoles, convertendo Milão numa cidade submetida à esfera de influência de Alonso. Sem esse necessário prólogo, a ação dramática simplesmente perderia sentido. Ou, o que seria o mesmo, a peça seria reduzida à história romântica de "amor à primeira vista" entre Ferdinando e Miranda, no eterno retorno da mentira romântica.

A primeira adaptação cinematográfica da peça, realizada em 1908 e dirigida por Percy Stow, oferece um modelo perfeito dessa

---

[49] Giuseppe Tomasi di Lampedusa, *Shakespeare*. Barcelona, Norte Sur, 2009, p. 77.

redução.⁵⁰ A trama foi sintetizada em onze cenas e sua simples enumeração esclarece a ênfase concedida ao casal Miranda e Ferdinando.⁵¹ A última, "Ariel released" reserva uma agudeza involuntária. Após a libertação do espírito, encaminham-se todos para a embarcação, a fim de regressar à Europa. Calibã se aproxima, e sua gesticulação sugere que implora para que não o deixem na ilha. Em vão: Próspero o afasta e, com mãos imperiosas, evoca a última fala dirigida a Calibã: "Go to, away".⁵² São os momentos finais do filme e, por alguns segundos, o ator que representa o *strange fish* sai de quadro, literalmente desaparece de cena, retornando apenas para ser rechaçado. Reitera-se assim o gesto de apagamento da Mauritânia na trama de *Otelo*. Nessa leitura apaziguadora, mais uma vez perdemos a triangulação, no vocabulário de Immanuel Wallerstein, entre centro, semiperiferia e periferia; nos termos propostos neste ensaio, entre centros hegemônicos e a proliferação de contextos não hegemônicos.

Consultemos o texto shakespeariano – nossa prova dos nove.

Na segunda cena do primeiro ato, Próspero explicitou o jogo político que permitiu a ascensão do irmão ao poder:

> To have no screen between this part he played,
> And him he played it for, he needs will be
> Absolute Milan. Me, poor man, my library
> Was dukedom large enough. Of temporal royalties

---

⁵⁰ Consultei o DVD *Silent Shakespeare*, lançado em 2004 pelo British Film Institute. Há versões disponíveis no YouTube; por exemplo: https://www.youtube.com/watch?v=X--QGbivD95g. Acesso em: 11 mar. 2017.

⁵¹ Eis as onze cenas: "Prospero seeks refuge on an island"; "The discovery of Caliban"; "The fairy spirit Ariel protects Miranda from Caliban"; "The making of 'the tempest'"; "Antonio's [sic] son Ferdinand safely landed from the wreck"; "Ariel is sent to bring Ferdinand to Miranda"; "To humble Prince Ferdinand, Prospero sets him to log shifting"; "Antonio's [sic] party tricked by Ariel"; "Friends once more"; "Ariel released". A confusão entre os personagens Alonso e Antônio é reveladora!

⁵² William Shakespeare, *The Tempest*, 5.1, op. cit., p. 216. Na tradução para o português: "Vai logo. Fora!". William Shakespeare, *A Tempestade*. In: *Teatro Completo. Comédias*, op. cit., p. 57.

> He thinks me now incapable; confederates –
> So dry he was for sway – wi'th'King of Naples
> To give him annual tribute, do him homage,
> Subject his coronet to his crown, and bend
> The dukedom, yet unbowed – alas, poor Milan –
> To most ignoble stooping.[53]

A força de *A Tempestade* também se relaciona às tensões políticas que definiam as relações entre centro e periferia no interior da Europa. De novo, impõem-se triangulações incontornáveis, formadoras do mundo moderno: Nápoles no próprio centro; Milão na periferia do centro; a ilha, o centro mesmo da periferia.

Se recordarmos *Otelo*: Nápoles é Veneza; Milão, Chipre; a ilha, Mauritânia.

Se pensarmos em *Madame Bovary*: Nápoles é Paris; Milão, Rouen; a ilha, Yonville.

Se destacarmos o cenário não hegemônico: Nápoles é a França ou a Inglaterra; Milão, Espanha ou Portugal; a ilha, as colônias latino-americanas.

Não esmiuçarei tais leituras neste livro, mas gostaria de sugerir, como gesto intelectual urgente, que uma teoria literária e cultural desenvolvida na América Latina não se limite a reler textos da região, porém estimule a apropriação de qualquer literatura, sem orientar-se por latitudes e hierarquias.

---

[53] William Shakespeare, *The Tempest*, 1.2, op. cit., p. 104. Em português: "Porque anteparo algum se interpusesse / entre o papel que então lhe competia / e o ator desse papel, julgou preciso tornar-se de Milão o único dono. / Eu, coitado, ducado muito grande, / já me era a biblioteca. Ele julgou-me / incapaz da realeza temporária; / confederou-se com o Rei de Nápoles – / tal era a sua sede de domínio! – / prometendo pagar-lhe anual tributo / e prestar-lhe homenagem, sujeitando / sua coroa à dele, e, assim, deixando-a – / pobre Milão, que nunca se dobrara! – / na mais vil sujeição". William Shakespeare, *A Tempestade*. In: *Teatro Completo. Comédias*, op. cit., p. 27-28.

Aproveito ainda para reiterar (pela última vez, prometo!) que não emprego os conceitos de periferia e de centro como entidades estáticas, geográfica ou topograficamente localizadas. Pelo contrário, eles implicam relações dinâmicas, historicamente determinadas e, por conseguinte, variáveis. Essas relações são complexas, definidas por situações de duplo vínculo; como demonstra o lugar ambíguo de Rouen em *Madame Bovary*.

A Cidade do México ou o Rio de Janeiro também são exemplos dessa dialética: cidades periféricas em relação a Paris ou Nova York; mas centrais em relação a Tijuana ou Maceió. As relações entre periferia e centro multiplicam-se e mudam de direção com mais frequência do que se costuma admitir. Desejo tornar as noções de periferia e de centro sempre mais complexas. Daí a proposta de dizer *circunstâncias hegemônicas* (centrais) e *não hegemônicas* (periféricas), uma vez que se trata de vocabulário dinâmico que desfavorece metáforas espaciais – e nem sequer mencionei os impérios semiperiféricos estudados por Sousa Santos. As noções de centro e periferia não são propriamente anacrônicas, como parece sugerir certo discurso contemporâneo. No fundo, precisamos de instrumentos teóricos para estudar as relações assimétricas que configuram o mercado simbólico, especialmente o mercado dos intercâmbios acadêmicos, tão desfavorável para quem escreve em espanhol e português.

Uma contraprova encontra-se nos sofisticados ensaios que advogam a ingenuidade de análises com base nas noções de periferia e de centro em pleno momento histórico da globalização em escala planetária, ou seja, do fluxo ininterrupto de dados, corpos e mercadorias num mundo supostamente transnacional e transcultural. Façamos um exercício selvagem de etnografia amadora: consultemos a bibliografia desses instigantes ensaios. Ora, quase nunca se encontram textos de autores oriundos de países agora sim periféricos, isto é, à margem dos centros de produção do saber acadêmico contemporâneo.

(Como negar o caráter sintomático dessa ausência?)

Aemulatio/emulação[54]

A forma mais econômica de esclarecer a apropriação anacrônica do conceito clássico de *aemulatio* consiste em recordar o dilema vivido por Domingo Faustino Sarmiento em seu exílio no Chile. Ora, como encontrar compradores para *El Progreso*, jornal editado pelo argentino? Sarmiento o compunha selecionando, em publicações estrangeiras, as notícias mais impactantes e os artigos mais relevantes. *El Progreso* era uma espécie de colagem sempre atualizada das obsessões do autor de *Facundo*. Aqui residia sua dificuldade: como competir com periódicos cujas notícias eram mais coetâneas e cujos pontos de vista determinavam a opinião dos leitores? Nesse cenário, como conquistar assinantes para *El Progreso*, pois os outros jornais, europeus e norte-americanos, encontravam-se disponíveis e chegavam *antes* a Santiago de Chile? Por que esperar a compilação de notícias e a transcrição de artigos de opinião se o público tinha acesso aos textos em sua língua original, dispensando a criativa tradução de Sarmiento?

(Ah! a secundidade da circunstância não hegemônica.)

A resposta do escritor foi exemplar e, muito mais do que anedótica, expôs um elemento estrutural que ainda precisa ser mais bem discutido, iluminando o alcance de política cultural da poética da emulação:

> [...] nesta parte, nosso jornal supera os mais conhecidos da Europa e da América, pela razão muito óbvia de que, sendo um dos últimos jornais do mundo, temos à disposição, *e para*

---

[54] Esta seção e a seguinte são as mais próximas de passagens já existentes em *Machado de Assis: Por uma Poética da Emulação*. Contudo, esforcei-me ao máximo para evitar um excesso de repetições, embora certo nível de redundância seja inevitável, pois este ensaio é desdobramento daquele. Espero que você me perdoe, até mesmo porque sou o primeiro a chamar sua atenção para o fato. Além disso, não vale aqui um pouco de bom humor? Releia o primeiro termo do subtítulo: *teoria mimética*. Ou recorde a tirada de Oscar Wilde: um tanto de *self-plagiarism* parece mesmo incontornável.

escolher da melhor maneira, o que os demais diários publicaram.[55]

No universo da estética e do pensamento, os últimos serão os primeiros porque podem selecionar do conjunto da tradição o que pareça mais interessante. Um pouco além e eis o canibalismo cultural, de Oswald de Andrade, ou a transculturação, de Fernando Ortiz.

A emulação é a forma mais sofisticada de elogio. Por isso, a reiteração do tema ilumina o alvo: imaginar estratégias para lidar com a presença constitutiva de um modelo, aceito como autoridade e adotado como fonte de determinação da interdividualidade (coletiva). O paradoxo implícito na experiência histórica da secundidade constitui o *Leitmotiv* na definição das culturas latino-americanas. Aqui brilha a força da poética da emulação, pois ela converte a secundidade numa potência inesperada, já que se parte da imitação programática com o objetivo de alcançar a emulação inventiva.

(Você me desculpará a insistência, mas aproveito para repisar: a *imitatio* não constitui um objetivo, mas apenas o primeiro passo, a ser necessariamente acompanhado pela *aemulatio*. A ênfase num entendimento passivo da imitação precisa ser superada para que a reflexão esteja à altura do desafio da mímesis.)

A atitude de Sarmiento sugere que o desejo de autodenominar-se vanguarda, obedecendo docilmente ao modelo da "tradição da ruptura", tão bem estudado por Octavio Paz,[56] pode ser um obstáculo invencível: aqueles que ocupam tal posição só têm à frente o vazio de uma monótona imagem especular – não é verdade

---

[55] Domingo Faustino Sarmiento, "Nuestro Folletín". In: *Obras Completas*. Santiago de Chile, Imprenta Gutenberg, 1885, tomo II, p. 3 (grifos meus). Devo essa citação a Jens Andermann.
[56] Nas palavras do poeta-crítico: "A expressão significa que não apenas há uma poesia moderna, como também que a *modernidade* é uma tradição. Uma tradição feita de interrupções e na qual cada ruptura é um começo". Octavio Paz, *Los Hijos del Limo. Del Romanticismo a la Vanguardia*. Barcelona, Editorial Seix Barral, 1981, p. 17.

que o hipernarcisismo contemporâneo é a própria imagem do tédio infinito? E isso sem contar com a lírica de Baudelaire. A secundidade da posição do editor de *El Progreso* garantiu-lhe uma vantagem inesperada: literalmente, como último da fila, tudo se encontra diante de seus olhos, como opções de um generoso cardápio, gostosamente pantagruélico, cujo horizonte desenha uma nova forma de entender o pensamento e a arte em circunstâncias não hegemônicas.

A poética da emulação deve ser compreendida como uma estratégia desenvolvida em situações assimétricas de poder. Essa estratégia reúne um conjunto de procedimentos empregados por artistas, intelectuais, escritores, em suma, inventores que ocupam o lado menos favorecido dos intercâmbios – sejam estes culturais, políticos ou econômicos. A poética da emulação é uma forma intelectual e artística de lidar com a situação de desigualdade objetiva em que nos encontramos, por exemplo, frente às obras difundidas em inglês.

(Repisar certos temas é o motor deste livro. Conto, pois, com sua compreensão.)

Literaturas do subúrbio do mundo?

No século seguinte, outro argentino reformulou a pergunta de Sarmiento. Nos termos propostos por Ricardo Piglia em seu estudo do romance de Witold Gombrowicz, o fantasma da secundidade retorna com força:

> O que acontece quando se pertence a uma cultura secundária? O que acontece quando se escreve numa língua marginal? [...] Aqui Borges e Gombrowicz se aproximam. Basta pensar num dos textos fundamentais da poética borgiana: *O Escritor Argentino e a Tradição*.

O que quer dizer a tradição? [...] Como chegar a
ser universal neste subúrbio do mundo?[57]

Essas questões – e não seria difícil desfiar um rosário de citações
semelhantes – delimitam o alcance de minha reflexão. *Ela não tem
nada a ver com uma desatualizada ontologia do ser periférico*, pois
estamos às voltas com uma situação concreta de desequilíbrio nos
intercâmbios culturais. Não se trata de identificar uma essência –
algum fluido misterioso que tornaria o "ser periférico" singular –,
mas de aperfeiçoar uma estratégia necessária, dada a assimetria
constitutiva dos capitais simbólicos. Esse não é um problema tornado obsoleto pelas condições contemporâneas.

Octavio Paz nunca deixou de se preocupar com esse desafio.

Em 1968, ele procurou André Malraux,[58] na época em que o francês
ocupou o primeiro Ministério de Assuntos Culturais da França, no
governo de Charles de Gaulle. O poeta-crítico desejava apoio para
fundar uma revista que reunisse o melhor da cultura latino-americana
– e Paz incluía ativamente a literatura brasileira, com destaque para a
poesia concreta. Paris seria o meridiano, autêntico ponto de encontro
dos artistas, escritores e intelectuais do continente. Contudo, apesar de
uma recepção inicialmente calorosa, o projeto não foi adiante, pois em
breve todas as atenções se voltaram para o Maio de 68.

Paz reagiu amargamente e, em carta enviada de Nova Délhi, a 16 de
março do mesmo ano, confidenciou a Carlos Fuentes:

> [...] Como aconteceu com Hegel, Malraux não
> se interessa pela América e menos ainda pela
> América do Sul (para os europeus, nós, os

---

[57] Ricardo Piglia, "La Novela Polaca". In: *Formas Breves*. Barcelona, Anagrama, 2000, p. 72.
[58] Em 1959, o escritor francês esteve no Brasil e os discursos então feitos encontram-se publicados numa edição bilíngue: André Malraux, *Discours au Brésil / Palavras no Brasil*. Rio de Janeiro, Funarte, 1988.

mexicanos, também somos o sul... e não se equivocam). No "topos" político e filosófico europeu (há uma topolítica como há uma topoesia: Mallarmé e os poetas concretos) a relação Sul-Norte é secundária. [...] Somos espanhas, portugais, grécias ultramarinas. [...][59]

Em *El Laberinto de la Soledad*, Paz já o havia dito: "Para um europeu, o México é um país à margem da História universal".[60] Tal circunstância implicava um impasse:

> O mexicano não é uma essência, porém uma história. Nem ontologia, tampouco psicologia. [...]
> Gentes das periferias, moradores dos subúrbios da história, os latino-americanos somos os comensais não convidados que entraram pela entrada de serviço do Ocidente, os intrusos que chegaram ao espetáculo da modernidade quando as luzes estão prestes a se apagar.[61]

Passagem extraída do *Postdata*, escrita sob o impacto do Massacre de Tlatelolco, ocorrido em 2 de outubro de 1968. A expressão é cirúrgica na fotografia dos dilemas da circunstância não hegemônica, cujas consequências levam longe no plano da política cultural implícita na proposta da poética da emulação. É sintomática a presença de idêntico campo semântico em autores tão diversos.

No conto "Encontros na Península", de Milton Hatoum, um jovem escritor, vivendo em condição econômica precária, descobre uma catalã que deseja aprender português com certa urgência. Sua motivação era singular. "Não quero falar, disse ela com firmeza. Quero

---

[59] *Carlos Fuentes Papers.* Firestone Library, Princeton University, Box 306, Folder 2.
[60] Octavio Paz, *El Laberinto de la Soledad.* México, Fondo de Cultura Econômica, 1994, p. 72.
[61] Ibidem, p. 235 e 237.

ler Machado de Assis".⁶² Caso típico de vingança tardia: Victoria Soller, a disciplinada aluna, tinha terminado uma relação com o lisboeta Soares, cuja monomania era afirmar a superioridade da literatura de Eça de Queirós. De forma previsível, a catalã discorda do ex-amante, preferindo o romancista brasileiro.

O surpreendente é que o diálogo com o professor acidental reitere a dúvida de Ricardo Piglia e a angústia de Octavio Paz:

> Já se vê que os narradores de Machado são terríveis, irônicos, geniais. E o homem era de fato culto. Cultíssimo, *verdad*? O século 19 francês é pródigo de grandes prosadores. *Mas como Machado de Assis pode ter surgido no subúrbio do mundo?*
> Mistérios de subúrbio, eu disse. Ou, quem sabe, da *literatura do subúrbio*.⁶³

Paz, Piglia e Hatoum coincidem na fórmula inquietante: *subúrbio do mundo, subúrbio da história, literatura do subúrbio.*

Como compreendê-la?

Adapte-se, com algum otimismo, a chave de Sarmiento: se os últimos podem metamorfosear-se na própria vanguarda, a literatura do subúrbio do mundo converter-se-á no centro da utópica República Mundial das Letras?

Não obstante, olhos bem abertos: no máximo *centro* de assimilação sistemática de tradições diversas. Como mencionei, literaturas escritas em português e em espanhol sofrem da "angústia da legibilidade", ou seja, sua respiração artificial é o "imperativo da tradução",

---

⁶² Milton Hatoum, "Encontros na Península". In: *A Cidade Ilhada*. Contos. São Paulo, Companhia das Letras, 2009, p. 104.
⁶³ Ibidem, p. 105 (grifos meus).

condição indispensável para que sejam mais conhecidas. Por isso, os latino-americanos costumam conhecer-se especialmente quando são traduzidos para o inglês e o francês.

Recorde-se a prosa precisa de Ernesto Sábato: "Os europeus não são europeístas, são simplesmente *europeus*".[64] Incapaz de naturalizar uma cultura que não lhe pertence de todo, o europeísta decifra códigos que, em alguma medida, sempre serão *terra estrangeira*. Exatamente como se passa no filme homônimo de Walter Salles, a busca de uma origem idealizada revela o caráter improvável da iniciativa. Simplesmente não se dispõe de raiz, ou seja, emblema orgânico de pertencimento pleno a um determinado lugar: *Heimat* alguma à espera, o Ulisses criollo nunca para de se aventurar. Daí, sua expressão estética sempre foi desauratizada, numa metonímia involuntária da própria circunstância. Por mais que se esforce em dominar o idioma do outro, um ligeiro sotaque denunciará o deslocamento do europeísta, que assim mantém a necessária dose de irreverência para achar graça da arrogância dos valores hegemônicos. Para ser europeísta, é preciso aprender ao menos uma segunda língua e depois uma nova cultura. A ampliação do repertório é o ponto decisivo, demandando o desenvolvimento de uma perspectiva crítica particular, a fim de produzir a necessária síntese dos distintos repertórios devidamente assimilados.

(No plano estético, a poética da emulação supõe a "cultura de *síntese*", como Elsa Cecilia Frost denominou o processo de formação da cultura mexicana. *Culturas shakespearianas são culturas de síntese* – e, não se olvide, a rapsódia é sua trilha sonora.)

Eis uma tradução possível do princípio de Sábato: na distância entre o europeu e o europeísta, jaz o espaço ocupado por suas respectivas bibliotecas! O europeísta tem de dominar pelo menos duas tradições: a europeia e a sua – sua biblioteca costuma ser maior... Encruzilhada

---

[64] Ernesto Sábato, "Sobre Nuestra Literatura". In: *La Cultura en la Encrucijada Nacional*. Buenos Aires, Crisis, 1972, p. 27 (grifos do autor).

que pode levar à paralisia intelectual. Situação, aliás, comum a certo tipo de erudito latino-americano que se encontra tão atualizado com tudo que ocorre alhures que nunca encontra tempo para pensar, isto é, inventar problemas. O número maior de prateleiras somente se torna produtivo através de uma síntese crítica do horizonte apropriado.

Um paralelo deve ser estabelecido entre esse traço das culturas latino-americanas e fenômeno similar que estruturou a vida literária russa oitocentista. A interpretação girardiana da obra do autor de *Crime e Castigo* é perfeitamente adequada para pensar a circunstância não hegemônica:

> A imitação russa dos modelos europeus é sempre um pouco forçada, está sempre prestes a cair na paródia. [...]
> A Rússia de 1840 está em certo "atraso" em relação à Europa; confunde, de maneira muito significativa, o romanesco barroco, a sensibilidade rousseauniana, o *Sturm und Drang*, o romantismo de 1830. O jovem Dostoiévski devora, sem ordem alguma, *Os Bandidos* de Schiller, *Nossa Senhora de Paris*, Chatterton, Lamartine, Byron e... Corneille.[65]

O perfil do jovem Dostoiévski bem poderia definir o escritor latino-americano, que "lê o tempo inteiro e publica de vez em quando".[66] Assim, de Gilberto Freyre[67] a Ernesto Sábato,[68] muitos

---

[65] René Girard, *Dostoiévski: Do Duplo à Unidade*, op. cit., p. 95-96.
[66] Silviano Santiago, "O Entre-Lugar do Discurso Latino-Americano". In: *Uma Literatura nos Trópicos. Ensaios sobre Dependência Cultural*. São Paulo, Perspectiva, 1978, p. 27.
[67] É sintomática a analogia que o antropólogo estabeleceu: "Creio que nenhum estudante russo, dos românticos, do século XIX, preocupou-se mais intensamente pelos destinos da Rússia do que eu pelos do Brasil na fase em que conheci Boas". Gilberto Freyre, *Casa-Grande & Senzala*. Edição Crítica. Orgs. Guillermo Giucci, Enrique Rodríguez Larreta, Edson Nery da Fonseca. Paris, Coleção Archivos, 2002, p. 7.
[68] "Os russos tinham até meados do século passado problemas muito parecidos com os nossos, e por causas sociais muito semelhantes. [...] Como a Rússia pertencia à periferia da

identificaram as afinidades entre as duas experiências, a russa e a latino-americana. A assimilação simultânea de estilos distintos e de momentos históricos diversos produziu uma involuntária Biblioteca de Alexandria, na qual erudição e paródia costumam associar-se em jogos de potencial combinatório praticamente infinito. Alexandre Eulálio o disse com elegância ímpar: "Poeta, ensaísta, autor de ficções cuja originalidade ainda nos agride, Borges havia ousado, 'cidadão de uma república meramente argentina', *reinstalar em Buenos Aires a biblioteca de Alexandria com técnicas mais modernas*".[69]

As regras da *ars combinatoria* ajudam a dimensionar a força da poética da emulação. E você já sabe de cor e salteado: reinvenção moderna, deliberadamente anacrônica, da *aemulatio*; tal como identificado no arguto comentário de Alexandre Eulálio.

A questão, claro está, não se reduz ao número de livros nas estantes, mas diz respeito à necessidade de relacioná-los, estabelecendo critérios de leitura, favorecendo a intensidade estrutural que caracteriza a *potência* da circunstância não hegemônica.[70]

No quadro teórico da poética da emulação, chegar depois da hora não é um impasse, porém o primeiro passo.

Contudo: *potência* poucas vezes atualizada na história cultural latino-americana porque *continua sendo precário e eventual o diálogo entre a cultura brasileira e o mundo hispano-americano.*

Europa [...] não é mera coincidência que o melhor *Quixote* tenha sido filmado na Rússia. [...] O parentesco foi acentuado em algumas ex-colônias da Espanha, sobretudo na velha Argentina das grandes planícies." Ernesto Sábato, "Sobre Nuestra Literatura", op. cit., p. 26.

[69] Alexandre Eulálio. "Ampulheta de Borges". In: *Os Brilhos Todos. Ensaio, Crônica, Crítica, Poesia* etc. São Paulo, Companhia das Letras, 2017, p. 107 (grifo meu).

[70] Uma aguda nota crítica se impõe: "esse ato onívoro de devoração, e a condição de apropriação que está na sua base, não são de toda e qualquer cultura?". Pedro Meira Monteiro, "Imaginação Graduada em Consciência: As Circunstâncias da Cultura e a Efêmera Potência das Margens". In: *Mímesis e Invisibilização Social*, op. cit., p. 122. Por isso, destaco a *potência* de intensificação como elemento singularizador das culturas shakespearianas.

É pouco comum a interlocução entre inventores de culturas não hegemônicas que não passe pela mediação norte-americana ou europeia.

Precário, porém, não quer dizer inexistente. Eduardo Portella identificou um traço na composição do autor de *A Região Mais Transparente* que se associa à noção de intensidade: "Todos sabem que em cada personagem de Carlos Fuentes convivem vários outros. O próprio autor não mantém em segredo essa sua *estratégia de intensificação*".[71]

Eis aqui uma síntese possível dos procedimentos que estruturam a poética da emulação: *estratégia de intensificação* levada a todos os níveis, convertendo-se numa autêntica experiência de pensamento.

Afinidades estruturais

Diga-se de passagem (sempre vale a pena evitar mal-entendidos): minha hipótese não se relaciona com os chamados *postcolonial studies* da maneira como foram desenvolvidos nos Estados Unidos. Reconheço a relevância teórica e a importância histórica do movimento, porém compartilho a opinião de Jorge Fornet:

> [...] aqueles que integram a santíssima trindade dessa disciplina (Said, Bhabha e Spivak) têm um ponto decisivo em comum: expressam-se em inglês. Todavia, basta uma rápida olhada nos conceitos da teoria pós-colonial para que fique comprovado até que ponto há décadas os pensadores de nossa América os manejam.[72]

---

[71] Eduardo Portella, "Carlos Fuentes: Verso e Reverso". In: *México: Guerra e Paz. Ensaios*. Rio de Janeiro, Edições Tempo Brasileiro, 2001, p. 63.
[72] Jorge Fornet, *Los Nuevos Paradigmas. Prólogo Narrativo al Siglo XXI*. La Habana, Letras Cubanas, 2006, p. 42.

Não é tudo: os *postcolonial studies* tendem a produzir políticas de identidade, nas quais a dimensão estratégica muito rapidamente se converte em postulações essenciais, o que impede o desenvolvimento de uma perspectiva crítica radical, desfavorecendo o exame das assimetrias constitutivas do sistema-mundo.[73] Para usar os termos aqui empregados, os *postcolonial studies* permanecem tributários do modelo da mentira romântica, que supõe a valorização de um indivíduo em alguma medida autônomo. No âmbito da teoria mimética, o conceito de interdividualidade abre um horizonte mais desafiador, no qual a estratégia necessariamente se impõe à essência, e a relação à substância. Nas palavras certeiras de Roberto Fernández Retamar, "o colonialismo calou tão fundo em nós que só lemos com verdadeiro respeito os autores anticolonialistas *difundidos desde as metrópoles*".[74]

Penso sempre na distinção de Pedro Henríquez Ureña entre "imitação difusa" e "imitação sistemática". Ela sugere a possibilidade de articular a poética da emulação como forma estrategicamente não hegemônica de lidar com a presença incontornável do outro na definição da identidade, ou seja, no caso das culturas não hegemônicas, da interdividualidade coletiva. Ernesto Sábato caracterizou o método de Henríquez Ureña: "Por isso tomava da tradição o que era vivo, o que importava para o nosso aqui e agora [...]".[75] Princípio semelhante foi exposto por Alejo Carpentier. A vizinhança ilumina as mais importantes realizações do pensamento latino-americano e de suas invenções artísticas. Recordo ainda o final da passagem do escritor cubano, discutida no segundo capítulo: "Quando Diego Rivera, homem em quem

---

[73] Gayatri Spivak reconheceu a dimensão desse impasse: "Tenho reconsiderado meu apelo por um emprego estratégico do essencialismo. Numa cultura personalista, inclusive entre os humanistas, os quais costumam ser profissionais da palavra, é a própria ideia de *estratégia* que foi esquecida". Gayatri C. Spivak, "In a Word: *Interview*". In: *Outside in the Teaching Machine*. New York, Routledge, 1993, p. 5 (grifo da autora).
[74] Roberto Fernández Retamar, "Caliban". In: *Todo Caliban*. Bogotá, Ediciones Antropos, 2005, p, 5 (grifo do autor).
[75] Ernesto Sábato, "Pedro Henríquez Ureña", op. cit., p. 75.

palpita a alma de um continente, nos diz: 'Meu mestre, Picasso', esta frase demonstra que o pensamento não está distante das ideias que acabo de expor".[76]

Referência decisiva: a transmissão do ofício nas escolas de pintura preservou o modelo descartado pelo romantismo em outras artes, isto é, a técnica de *imitatio* e *aemulatio*. Essa parece ter sido a motivação de Christopher Domínguez Michael em sua lúcida caracterização da obra de Jorge Luis Borges:

> Ocorre que Borges chegou a ser, por um caminho amplo, tortuoso e surpreendente, um escritor original, sem desprezar o procedimento dos pintores de cavalete que às vezes vemos copiando as obras-primas dos museus. Suas imitações acabaram por converter-se em variações significativas e logo em originais.[77]

A hipótese da poética da emulação permite associar autores os mais diversos, evidenciando o caráter estrutural de seus procedimentos. Ela se relaciona com o desejo do jovem García Márquez, que vale por uma notável intuição crítica, posteriormente radicalizada em sua ficção. No fundo, a "angústia da influência", no sentido de Harold Bloom, é um luxo típico dos criadores de culturas hegemônicas, empenhados em saber quem é o mais "original", quem é o "verdadeiro criador". René Girard tudo disse com sua habitual ironia: "[...] uma ideia um tanto romântica porém interessante da (mimética) 'angústia da influência', etc.".[78]

---

[76] Alejo Carpentier, "América ante la Joven Literatura Europea". In: *Los Pasos Recobrados. Ensayos de Teoría y Crítica Literaria*. La Habana, Ediciones Unión, 2003, p. 165.
[77] Christopher Domínguez Michael, *Jorge Luis Borges*. Ciudad de México, Nostra, 2010, p. 11.
[78] "An Interview with René Girard". In: *To Double Business Bound. Essays on Literature, Mimesis, and Anthropology*, op. cit., p. 221. Trata-se da entrevista aparecida originalmente em *Diacritics* 8, 1978, p. 31-54.

Em culturas não hegemônicas, a simples postulação de primogenitura estética assume um tom involuntariamente cômico. Nessas latitudes, o dilema não é driblar uma possível "angústia", mas beneficiar-se da "produtividade da influência". Um escritor que deseje ser original só pode ser um autor cuja biblioteca contenha poucos livros (interessantes). García Márquez compreendeu perfeitamente que o preconceito da originalidade deveria ser substituído pelo desenvolvimento da complexidade textual, pois a leitura se impõe como matriz de toda invenção.

Daí a centralidade da obra de Shakespeare nas culturas que proponho chamar – valha a redundância! – *shakespearianas*: ninguém se nutriu do alheio com mais apetite do que o inventor de *Os Dois Cavalheiros de Verona*. Machado de Assis trouxe à superfície essa afinidade ao fazer um elogio ímpar, comparando suas peças com o longo poema escrito por Deus, do qual a música seria criação de Satanás, e cuja reunião deu origem à ópera nossa de cada dia, encenada em "um teatro especial, este planeta". Shakespeare foi o maior de todos os escritores por uma circunstância especial: "Chegam a afirmar que *o poeta inglês não teve outro gênio senão transcrever a letra da ópera*, com tal arte e fidelidade, que parece ele próprio o autor da composição; mas, evidentemente, é um plagiário".[79] O Shakespeare machadiano é um bem-sucedido Pierre Menard de Deus – ninguém menos!

Este ensaio é uma longa nota ao comentário machadiano: que o maior dos autores também tenha sido o maior plagiário é uma intuição que confere à secundidade uma estética singular.

Sergio Pitol definiu a "originalidade" de Borges em chave muito próxima:

> Gustavo Londoño sempre insistia que Borges era um herdeiro direto de Tchekhov. A mim

---

[79] Machado de Assis, *Dom Casmurro*. In: Obra Completa. Vol I, op. cit., p. 818-19 (grifos meus). Trata-se do famoso capítulo "A Ópera".

parece que não. *Borges inventou uma literatura própria, transformou nosso idioma apoiado nos modelos clássicos, quase todos ingleses. Leu o Quixote em inglês, como Homero e muitos outros clássicos.*[80]

É como se Borges fosse tão mais *original* quanto mais *imitasse* a tradição. A contradição é apenas aparente – você já sabe. O avesso desse falso paradoxo, aliás, tem nome e sobrenome: poética da emulação.

Devo finalmente explicitar o sentido que atribuo ao conceito de invenção, empregado neste livro sem nenhuma parcimônia.

Inventio

Em seu inventário de formas de criação, George Steiner recuperou a distância entre dois verbos geralmente empregados como sinônimos: *creare* e *invenire*.[81] Criar, do latim *creare*, é um verbo arrogante que implica produzir o novo no instante mesmo da criação; trata-se da romântica *creatio ex nihilo*, no elogio do artista autocentrado, imune a influências externas. *Inventar*, pelo contrário, do latim *invenire*, é um verbo sugestivo, cuja modéstia leva longe, pois significa *ir de encontro ao que já há*, e, muitas vezes, fazê-lo por acaso. *Inventar* demanda a existência de elementos prévios, que devem ser recombinados em arranjos e relações ainda inexplorados.

(As *culturas shakespearianas* pertencem ao domínio da *inventio*.)

A invenção é um dos procedimentos mais importantes da poética da emulação, cujo corolário é a anterioridade da leitura em relação

---

[80] Sergio Pitol, *Una Autobiografía Soletrada. (Ampliaciones, Rectificaciones y Desacralizaciones)*. Oaxaca, Almadía, 2010, p. 9 (grifos meus).
[81] George Steiner, *Grammars of Creation*. New Haven, Yale University Press, 2001.

à escrita, e, no caso de culturas não hegemônicas, a centralidade da tradução no desenvolvimento da tradição. Desse modo, aliás, Rubén Darío "concebeu seu latino-americanismo: um *ser em tradução*; uma subjetividade que se constitui no ato de traduzir o universal, que se reconhece como alheio a códigos culturais próprios".[82] Nesse ânimo, o poeta-crítico Haroldo de Campos propôs a teoria da "transcriação", segundo a qual o ato de traduzir é, como ele diz, um ato criador. Ou um gesto de inventor, como proponho, pois o tradutor parte sempre de um texto prévio.

Haroldo de Campos manteve um diálogo produtivo com Octavio Paz, chegando a transcriar o poema "Blanco" em colaboração com o mexicano.[83] Como vimos em sua carta a Carlos Fuentes, Paz também destacou a importância da poesia concreta. Haroldo e Augusto de Campos enriqueceram a literatura brasileira da segunda metade do século XX com a dimensão artística da *tarefa do tradutor* – na expressão célebre de Walter Benjamin.[84] Eles ampliaram o horizonte da poesia brasileira por meio da incorporação sistemática de um repertório até então pouco conhecido. Aliás, a ampliação contínua do horizonte cultural é o motor da poética da emulação.

A transcriação demanda a centralidade da leitura como gesto decisivo. A declaração de Roberto Bolaño poderia ser subscrita pela maior parte dos autores de culturas não hegemônicas: "Há algo de especial na poesia. Qualquer que seja o caso, o importante é continuar lendo poesia. [...] Eis a verdade: *ler é sempre mais importante do que escrever*".[85]

---

[82] Mariano Siskind. "Paul Groussac: El Escritor Francés y la Tradicion (Argentina)", op. cit., p. 369 (grifo do autor).
[83] Octavio Paz e Haroldo de Campos, *Transblanco*. Rio de Janeiro, Guanabara, 1986.
[84] No original, *Die Aufgabe des Übersetzers*. Walter Benjamin escreveu o texto como prefácio à tradução que fez em 1923 de *Tableaux Parisiens*, de Charles Baudelaire.
[85] Roberto Bolaño, "Reading is Always more Important than Writing". In: *Roberto Bolaño, The Last Interview and Other Conversations*. New York, Melville Publishing House, 2009, p. 67 (grifo meu).

Se a originalidade é concebida como *creatio*, o autor deve imaginar-se um autêntico demiurgo de si mesmo. Estamos aqui no âmbito do autor-como-criador (*writer-as-originator*),[86] ou no universo do engenheiro, na famosa comparação proposta por Claude Lévi-Strauss em *O Pensamento Selvagem*. Contudo, se a originalidade é pensada como *inventio*, o autor se destaca como leitor ávido da tradição, incorporando-a e reciclando-a. Esse é o terreno do autor-como-adaptador (*writer-as-arranger*), típico da prática do *bricoleur*.

Na obra de Jorge Luis Borges tal procedimento é estruturador. Vejamos como ele recordou seus primeiros esforços na arte do ensaio:

> E havia também um ensaio demasiado extenso sobre a inexistência do eu, *plagiado* talvez de Bradley ou de Buda ou de Macedonio Fernández. Quando escrevi esses artigos, tentava *imitar diligentemente* Quevedo e Saavedra Fajardo, dois escritores espanhóis barrocos do século XVII que, a sua maneira espanhola, rígida e árida, procuravam o *mesmo estilo da prosa* de sir Thomas Browne em *Urn Burial*.[87]

Touché! O circuito da *inventio* atravessa séculos e se dobra sobre si mesmo: Borges aplicou-se na *imitatio* de autores espanhóis, os quais, por sua vez, inauguraram o movimento emulando *o mesmo estilo da prosa* de sir Thomas Browne. E não é tudo, pois o autor de *El Hacedor* admitiu ter plagiado *talvez* Macedonio Fernández, Buda ou Bradley – e a incoerente lista apenas atesta o modelo de *ars combinatoria* subjacente à invenção do autor-como-adaptador.

---

[86] A expressão *writer-as-originator* é de Robert MacFarlane, à qual se contrapõe a ideia de *writer-as-arranger*. Seu livro é muito importante para as ideias aqui propostas. Robert MacFarlane, *Original Copy: Plagiarism and Originality in Nineteenth-Century Literature*. Oxford, Oxford University Press, 2007. Para a distinção entre tipos de escritores, ver p. 16.
[87] Jorge Luis Borges, *Um Ensaio Autobiográfico*. 1899-1970. Trad. Maria Carolina de Araújo e Jorge Schwartz. São Paulo, Editora Globo, 2000, p. 81.

Nas artes plásticas, a poética da emulação autoriza uma leitura provocadora da tradição hispano-americana.[88]

Nos séculos XVI e XVII, o trabalho novo-hispano com a forma pictórica não possui equivalente na pintura brasileira até bem avançado o século XIX. E, ainda assim, o exercício dos pintores coloniais alcançou uma radicalidade que somente o modernismo atingiu no Brasil.

As circunstâncias históricas esclarecem o descompasso.

Na América Hispânica, os conventos ensinavam o ofício como meio de evangelização por meio da produção de imagens religiosas. A escola de Frei Pedro de Gante tornou-se célebre pelo domínio técnico de seus alunos, a par da capacidade de adaptação de temas herdados da tradição hispânica, em particular, e da europeia, em geral.

Em 1557, os pintores locais criaram uma corporação para assegurar e ao mesmo tempo normatizar o exercício da arte. A chegada de artistas flamengos e espanhóis, por fim, completou as bases da futura escola novo-hispana, propiciando a assimilação das últimas inovações europeias.

O resultado foi o surgimento de uma geração notável de pintores nas últimas décadas do século XVI e nas primeiras do século seguinte; entre eles, Luis Juárez e Baltasar de Echave Ibía, filho do pintor basco Baltasar de Echave Orio. Já no final do século XVII e no começo do seguinte, começaram a aparecer pintores da estatura de Juan Correa, Cristóbal de Villalpando e Miguel Cabrera. Aliás, este último foi um dos expoentes do único gênero pictórico sistematizado na América Hispânica, a *pintura de castas*, que estudarei no último capítulo.

---

[88] Você já adivinha (ou teme): o próximo passo deste projeto supõe um livro que apostará na análise das artes plásticas novo-hispanas.

Invenção entre mundos

Recordo a exibição *Miguel Ángel Buonarroti – Un Artista entre Dos Mundos*, organizada no Museo del Palacio de Bellas Artes, na Cidade do México. Seu tema é fascinante: pode-se comprovar a influência de Michelangelo na América Hispânica *já* no século XVI? Em caso positivo, como a notícia de suas obras teria atravessado o Atlântico? Ainda mais: formas de emulação de seu trabalho podem ser descobertas no universo colonial? Em caso positivo, desde quando?

Um militar espanhol, Bernal Díaz del Castillo, na crônica dos fatos que levaram à derrota do Império Asteca, *Historia Verdadera de la Conquista de Nueva España*, publicada postumamente em 1632, mencionou o nome do artista italiano numa conjunção propriamente clássica: admiração cristalina *e* afirmação da *aemulatio* de sua obra num novo contexto.

Você me dirá se o entusiasmo me cega ou se o que proponho é válido: "Segundo o meu julgamento, aquele pintor tão famoso na Antiguidade, Apeles, e os de nosso tempo, Berruguete e Michelangelo, não fariam com seus pincéis as obras que três índios aqui fazem na escola do Frei Pedro de Gante".[89]

Referência premonitória, uma vez que a exposição se encarregou de identificar momentos claros de *aemulatio* da obra de Michelangelo no contexto da América Hispânica. Em outro ensaio, afirma-se com agudeza o procedimento, embora o vocabulário indispensável da *aemulatio* seja negligenciado:

> A obra de Michelangelo foi bastante conhecida na Nueva España e podemos comprová-lo por meio de referências literais a suas obras, e, de

---

[89] Apud Luis Javier Cuesta, "América y la *Maniera* Miguelangelesca". In: Oswaldo Barrera Franco e Luis Javier Cuesta (orgs.), *Miguel Ángel Buonarroti. Un Artista entre Dos Mundos*. México D.F., Instituto Nacional de Bellas Artes y Literatura, 2015, p. 38.

igual modo, pela forma surpreendente na qual alguns dos princípios que animaram seus trabalhos artísticos foram com grande naturalidade adotados neste território. Não foram cópias, porém leituras, interpretações [...].[90]

Numa palavra: emulação.

Ainda mais convincente é o estudo de caso de uma apropriação específica do legado de Michelangelo:

> Em algum momento do século XVII, um artífice anônimo da vila de Carrión executou um portal em estuque para a sacristia da capela da Ordem Terceira do convento franciscano da vila velha de Carrión (Atlixco, Puebla). Até aqui, nada de excepcional. A surpresa aparece ao repararmos que o portal é uma cópia fiel da Porta Pia de Roma, construída por Michelangelo. Não conhecemos nem a gravura utilizada para a cópia (as de Faletti, em virtude da datação, seriam candidatas fortes), tampouco sabemos como a gravura teria chegado ao arquiteto desconhecido, porém evidentemente isso não minimiza a importância dessa obra à "Michelangelo" no atual estado de Puebla.[91]

Há outros exemplos igualmente persuasivos; este, porém, reúne uma série de elementos perturbadores.

Em primeiro lugar, assinale-se a rapidez da apropriação do modelo europeu pelos *súditos deste lado do Atlântico*. Fenômeno similar

---

[90] Martha Fernández, "La Impronta de Miguel Ángel en la Arquitectura de la Nueva España". In: Ibidem, p. 182.
[91] Luis Javier Cuesta, op. cit., p. 40.

ocorreu com a difusão do *Don Quijote* nas colônias ultramarinas.[92] Como explicar essa celeridade se os índios [...] *aqui na escola de Frei Pedro de Gante* certamente nunca estiveram diante de uma única obra de Michelangelo?

A questão torna-se decisiva se considerarmos a disseminação da *auctoritas* do artista italiano:

> [...] A influência de Michelangelo se evidencia não apenas nesse período, os primórdios da modernidade, nos séculos XVI e XVII, mas também, e por meio de mecanismos diversos, ela desempenhou um papel fundamental na configuração do modelo visual forjado pela Academia de San Carlos, no final do século XVIII e começo do seguinte. [...]
> Num exercício de permanência, Buonarroti aparecerá inclusive como modelo central no então nascente muralismo mexicano.[93]

O estudo da primeira recepção de Michelangelo na América Hispânica possui o potencial de estimular uma inovadora cartografia de procedimentos artísticos definidores de uma circunstância específica, assim como a capacidade de propiciar um entendimento inédito da estratégia intelectual e estética da poética da emulação.

---

[92] Roger Chartier descobriu um caso impressionante. Em maio de 1606, chegaram no Peru "72 exemplares de *Dom Quixote*; [Juan de Sarria] deixou 63 deles em Lima e levou nove para Cuzco, tomando um caminho no qual se encontrava a cidade de Pausa". Pois bem: no mesmo ano, organizou-se em Pausa um concurso de fantasias. Ora, "o prêmio foi conferido ao Cavalheiro da Triste Figura". Roger Chartier, "Materialidade e Mobilidade dos Textos. Dom Quixote entre Livros, Festas e Cenários". In: João Cezar de Castro Rocha (org.), *Roger Chartier. A Força das Representações: História e Ficção*. Chapecó, Argos, 2011, p. 192. Ver, também, Roger Chartier, *Cardenio entre Cervantes e Shakespeare. História de uma Peça Perdida*. Rio de Janeiro, Civilização Brasileira, 2012.
[93] Luis Javier Cuesta, op. cit., p. 40.

Retorno à pergunta-chave: como a obra de Michelangelo tornou-se conhecida e logo dominante no território colonial?

De um lado, através da difusão de gravuras, desenhos e cópias – prática dominante à época; em qualquer latitude, ressalte-se. De outro, a partir tanto de descrições escritas de seu trabalho, quanto da referência constante a seu nome em biografias de artistas e tratados acerca das artes da pintura, escultura e arquitetura.

Isso mesmo: você não apenas me acompanha, você me antecipa: ando em círculos, com a esperança de dar um pequeno passo adiante. Retorno à constelação de uma arte *desauratizada* desde seus primórdios: eis a marca-d'água do fenômeno estético no âmbito das *culturas shakespearianas*.

(A *poética da emulação* é uma forma de enfrentar os impasses oriundos da centralidade da cópia como correlato objetivo da impossível origem.)

Porém, todo cuidado é pouco, pois o autoexotismo é proteico, assumindo formas inesperadas. A centralidade da gravura, da cópia e de testemunhos textuais como forma de conhecimento da tradição e de artistas contemporâneos caracterizou a história da arte moderna; em nenhuma circunstância é um fenômeno limitado ao mundo colonial!

O célebre ensaio de Walter Benjamin, "A Obra de Arte na Era de sua Reprodubitilidade Técnica", é precisamente dedicado ao tema: "Em sua essência, a obra de arte sempre foi reprodutível".[94] No entanto, as inovações tecnológicas da modernidade incrementaram a intensidade do processo: "Com a litografia, a técnica de reprodução atinge uma etapa essencialmente nova [que] permitiu às artes gráficas pela primeira vez colocar no mercado suas produções não somente em massa, mas também sob a for-

---

[94] Walter Benjamin. "A Obra de Arte na Era de sua Reprodubitilidade Técnica. Primeira Versão". In: Walter Benjamin, *Obras Escolhidas. Magia e Técnica, Arte e Política*. Trad. Sergio Paulo Roaunet. 3. ed.. São Paulo, Editora Brasiliense, 1987, p. 166.

ma de criações sempre novas".⁹⁵ Tais litografias chegaram com abundância ao Novo Mundo e serviram de modelo onipresente aos pintores novo-hispanos. Daí a ruptura mais radical da nova técnica não podia afetá-los – a perda da aura. Nas palavras do ensaísta: "Mesmo na reprodução mais perfeita, um elemento está ausente: o aqui e agora da obra de arte, sua existência única, no lugar onde ela se encontra".⁹⁶ Essa experiência auratizada não pertencia às vicissitudes do espaço colonial. Um pintor consagrado como Cristóbal de Villalpando nunca pôde apreciar um único quadro do pintor de sua predileção, Peter Paul Rubens. As apropriações que realizou foram propiciadas pelo exame minucioso de gravuras e de eventuais cópias, feitas em telas de tamanho reduzido, a fim de facilitar sua circulação. Na ausência de uma origem estável, a "perda da aura" não produz nostalgia, pois como lamentar a ausência do que nunca esteve presente? Nesse caso, a irreverência no trato com a tradição ganha contornos de uma poética singular, forjada no âmbito de uma experiência estética desauratizada, cujas consequências levam longe em termos de reflexão teórica e política cultural.

Concluo esta seção com uma breve leitura de cinco telas novo-hispanas.

Começo com *San Agustín*, sem data definida, de Antonio Rodríguez, pintor ativo no século XVII. O quadro lida com uma imagem em aparência nada diversa da iconografia dominante: em sua mesa de trabalho, Agostinho escreve. A pena, suspensa no ar, sugere que o Bispo de Hipona se encontra no momento mesmo de fixar as ideias. Aliás, toda a iconografia pertence a uma cena de escrita: ao lado dos instrumentos adequados ao ofício, destacam-se o chapéu cardinalício e o *memento mori*, representado pela caveira repousada sobre a mesa. No caso de uma cena de escrita, o símbolo da finitude evoca o conhecido provérbio, *verba volant, scripta manent*.

---

⁹⁵ Ibidem, p. 166-67.
⁹⁶ Ibidem.

Um livro aberto evidencia a consulta permanente das Escrituras, complementada pelas figuras do Cristo e da Virgem que, como uma nova anunciação, inspiram o pensamento do Santo.

San Agustín, Antonio Rodríguez.

Tudo de acordo com os lugares-comuns da representação à época dominante, compondo uma retórica visual que os pintores novo-hispanos assimilaram tanto dos mestres europeus, radicados na colônia, quanto das gravuras que circulavam em todo o reino espanhol.

Contudo, eis que Antonio Rodríguez inscreve na folha em branco a frase que Agostinho deixou incompleta: *In principio erat Verbum*. Isto é, a abertura do Evangelho de João, aqui citado pela *Vulgata*, a tradição canônica de São Jerônimo.

Detalhe da imagem de *San Agustín*, Antonio Rodríguez.

Na tela colonial, Agostinho transforma-se num inesperado Pierre Menard, que, em lugar de recriar o *Quijote*, reescreve o Evangelho de João. Sua busca de inspiração conduz ao elogio inesperado do ato, em aparência modesto, de copiar. Ato primeiro que autoriza a produção da obra posterior, qual seja os comentários reunidos nos *Tratados sobre o Evangelho de João*.

O mesmo Antonio Rodríguez, num quadro também sem data, apresentou uma versão do autor da *Suma Teológica*. Mais uma vez, seu *Santo Tomás de Aquino* reitera o *tópos* da época. O teólogo escreve; e a pena suspensa no ar transmite o instante de fixação do pensamento. Ele para um momento, levantando os olhos para o crucifixo em busca de orientação. Um livro na mesa, embora fechado, esclarece a consulta frequente por dois detalhes significativos: a capa do livro encontra-se gasta, algumas folhas dobradas e pedaços de papel se destacam no miolo do volume, assinalando passagens a serem relidas.

Santo Tomás de Aquino, Antonio Rodríguez.

Em tese, nada de novo – sob o sol, já se sabe.

Contudo, eis que mais uma vez Antonio Rodríguez inscreve na folha em branco a frase que o seu Tomás de Aquino deixou incompleta (cito exatamente como o pintor a grafou; há diferença em relação ao texto-fonte): *Nissi esses verus Deus non afferres remedium nissi esses verus homo non preteeres exemplum.*[97]

---

[97] Para a consulta da passagem, ver: http://www.logicmuseum.com/authors/aquinas/summa/Summa-III-1.6htm. A frase reza: "Nisi enim esset verus Deus, non afferret remedium, nisi esset homo verus, non praeberet exemplum".

Detalhe da imagem de *Santo Tomás de Aquino*, Antonio Rodríguez.

Passo a passo.

Eis a tradução da frase: "Se não fosse verdadeiro Deus, não daria remédio; e se não fosse verdadeiro homem, não daria exemplo". Tomás de Aquino procurava demonstrar a necessidade de o *Verbo* fazer-se *carne*, isto é, de Jesus Cristo ter sido Deus *e* homem.

Esqueço a Teologia, que aliás ignoro, para concentrar-me na intrigante estratégia do pintor. A frase, sem dúvida, pertence à *Suma Teológica*, porém, e esse é o ponto a ser assinalado, não se trata de uma reflexão do autor. É uma *citação* do papa Leão I, dito o Magno, cuja principal contribuição doutrinária foi a definição da natureza simultaneamente humana e divina do Cristo, determinada no Concílio da Calcedônia, realizado em 451. Aduzo essas informações a fim de sublinhar que Tomás de Aquino menos "escreve" do que "cita" uma autoridade.

Como avaliar a centralidade da cópia e da citação nessas duas telas?

Talvez:

Melhor: consultemos outro pintor novo-hispano.

Destaco um quadro de 1729, *La Flagelación*, de Nicolás Enríquez, tela que elabora uma das cenas mais representadas da Paixão de Cristo.

La Flagelación, de Nicolás Enríquez.

De imediato, chama atenção a extrema brutalidade da violência graficamente exposta. O corpo de Cristo, já caído no chão, encontra-se literalmente dilacerado: pedaços de carne se acumulam a seu redor e fiapos de pele se mantêm dramaticamente soltos. O impacto é ainda maior porque a coluna vertebral e as vértebras de Cristo podem ser vistas a olho nu, tão funda foi a laceração da carne. Uma espessa camada vermelha adensa o espaço, colorido com sangue. A cena sugere que os torturadores eram todos aqueles que assistiam ao tormento, pois mesmo os espectadores fisicamente distantes de Cristo brandem seus açoites ameaçadoramente.

Mística Ciudad de Dios. Cristóbal de Villalpando.

Nicolás Enríquez inspirou-se na obra da mística espanhola María de Jesús de Ágreda, *Mística Ciudad de Dios*, cuja descrição minuciosa do flagelo foi traduzida visualmente pelo pintor. A força de sugestão do livro é perceptível na pintura novo-hispana. Cristóbal de Villalpando retratou a religiosa e sua obra numa tela-pensamento de grande vigor: *Mística Ciudad de Dios*, concluída em 1706. Nela, a monja divide as atenções do espectador com São João Evangelista, o que coloca no mesmo plano a visão da mulher do Apocalipse, de São João, e a visão da Jerusalém celestial, de María de Jesús de Ágreda. No espaço pictórico, à religiosa é concedida uma sutil proeminência, evidenciada pelo próprio título da tela.[98] Nicolás Enríquez, leitor atento de *Ciudad Mística de Dios*, tornou-se responsável por uma das imagens mais fortes da Paixão. No canto direito inferior da tela, ele inscreveu a notação: "*Inventa, perpetrata que â Nicolao Enrriquez, anno 1729*". Desse modo, deu as mãos a Antonio Rodríguez, rematando o que seu companheiro de ofício do século anterior intuiu.

Detalhe da imagem de *La Flagelación*, de Nicolás Enríquez.

Claro: a cópia e a citação destacam-se como recursos próprios do registro da *inventio*. *La Flagelación* é uma invenção, pois parte explicitamente do texto de María de Jesús de Ágreda, ademais de assenhorear-se da rica tradição iconográfica do tema da Paixão.

---

[98] "Deve-se considerar esse atrevimento no contexto da polêmica desatada pelo texto da irmã María de Jesús de Ágreda [...]. Embora o texto tenha sido aprovado em 1608 pelo papa Inocente XI, no México, circularam decretos da Inquisição, publicados em 4 de setembro de 1690, 'proibindo escapulários, oratórios, livros da monja de Ágreda e cruzes'." Clara Bargellini, "Alegorías". In: Juana Gutiérrez Haces et al. (orgs.), *Cristóbal de Villalpando. Catálogo Razonado*. Ciudad de México, Fomento Cultural Banamex, 1997, p. 317.

O texto-fonte merece ser transcrito no original; compreende-se facilmente o impacto que produziu no pintor:

> [...] de dos en dos, le azotaron con crueldad tan inhumana, como inaudita. [...] Como el sagrado Cuerpo era toda una llaga continuada no hallaron estos terceros parte sana. Y repitieron los inhumanos golpes con tanta crueldad, que rompieron las vírgíneas carnes de Cristo nuestro Redentor, derribando al suelo muchos pedazos de ella, y descubriendo los huesos en muchas partes de las espaldas; y en algunas se descubrían en más espacio del hueso que una palma de la mano.[99]

Écfrase às avessas: eis a cena *inventada* por Nicolás Enríquez, cuja brutalidade visual foi retomada, por exemplo, no filme de Mel Gibson, *The Passion of Christ*. Não se surpreenda com a referência ao cinema hollywoodiano; a alusão é perfeitamente girardiana: "Se o cinema existisse no tempo do Renascimento, realmente vamos acreditar que os grandes artistas o desprezariam? É exatamente essa tradição realista que Mel Gibson busca reviver. Sua aventura consiste em levar ao extremo os recursos incomparáveis da técnica mais realista que jamais existiu, o cinema".[100]

Inventio, inventa: signos que se tornaram assinatura num dos quadros mais impactantes da pintura novo-hispana, *Moisés y la Serpiente de Bronce y La Transfiguración*, de Cristóbal de Villalpando.

---

[99] María de Jesús de Ágreda, *Mística Ciudad de Dios*. In: *Aliento de Justos, Espejo de Perfectos, Consuelo de Pecadores y Fortaleza de Flacos*. Madrid, Oficina de D. Manuel Martin, 1770, p. 233-34.
[100] René Girard, "On Mel Gibson's *The Passion of the Christ*". Anthropoetics 10, 1 (Spring/Summer 2004). Disponível em: www.anthropoetics.ucla.edu/ap1001/RGGibson.htm. Acesso em: 8 out. 2016.

Moisés y la serpiente de bronce y la Transfiguración de Jesús.
Cristóbal de Villalpando.

De um lado, a imagem concilia tempos históricos diversos sob a égide de um entendimento singular da interpretação figural; de outro, Villalpando vale-se de seu domínio técnico para tornar a paisagem um lugar de contato entre temporalidades muito distantes entre si. Concluída em 1683 para uma capela da Catedral de Puebla, o mestre barroco inscreveu no canto direito inferior da tela: "*Villalpando Inventor Año de 1683*".

Detalhe da imagem de *Moisés y la serpiente de bronce y la Transfiguración de Jesús*.

(Cristóbal de Villalpando sabia das coisas! Ele não se via como *creator*, origem orgulhosa de si mesmo, porém como *inventor*, reciclador contumaz do alheio. Um artista *desauratizado* – portanto.)

No caso hispano-americano, desde o século XVI, as artes visuais radicalizaram a potência do resgate deliberadamente anacrônico da *inventio*. Na literatura e no pensamento, o gesto somente se adensou a partir das últimas décadas do século XVIII. Ernesto Sábato elaborou uma reflexão importante para o entendimento do problema. A invenção é favorecida pela confluência de tradições as mais diversas:

> Na literatura, em toda a cultura latino-americana, confluem na verdade duas poderosas correntes milenares. [...] De um lado está nossa herança espanhola, que contém por sua vez a herança árabe,

capítulo 4 - poética da emulação

> a grega, a herança dos romanos, e ainda um pouco mais, e de outro, a corrente que em alguns países flui com maior força do que nos demais, é a corrente indígena, a herança da América pré-colombiana.[101]

Eis como a secundidade se metamorfoseia em complexidade estrutural, dada a necessidade de alcançar sínteses de alto nível de concentração de elementos singulares e de tempos históricos múltiplos.

Compressão de tempos históricos

O reconhecimento da simultaneidade de épocas históricas diversas estimula uma forma determinada de apropriar-se da tradição. De igual modo, o esforço envolvido na apreensão de códigos distintos aciona o fenômeno que proponho denominar "compressão de tempos históricos", indispensável para avaliar a potência da poética da emulação. Ricardo Piglia intuiu seu método:

> A tese central do ensaio de Borges afirma que as literaturas secundárias e marginais, deslocadas das grandes correntes europeias, têm a possibilidade de um tratamento próprio, "irreverente", das grandes tradições. Borges exemplifica essa tese recorrendo às literaturas argentina, judaica e irlandesa.[102]

---

[101] "Ernesto Sábato". In: Günter W. Lorenz, *Diálogo com a América Latina. Panorama de uma Literatura do Futuro.* Trad. Fredy de Souza Rodrigues e Rosemary Costhek Abilio. São Paulo, Editora Pedagógica e Universitária, 1973, p. 45. Um pouco adiante, o autor de *El Túnel* rematou o raciocínio: "Na Europa costuma-se falar às vezes [...] da nossa literatura hispano-americana como uma literatura nova. Uma literatura de um país jovem [...]. Constitui gravíssimo erro; baseia-se em uma perspectiva errônea". Ibidem, p. 55.
[102] Ricardo Piglia, "La Novela Polaca", op. cit., p. 73.

Tal irreverência resulta da justaposição de níveis, cujo processamento exige mais do que o mero acúmulo de informação. Pelo contrário, é preciso aprimorar uma abordagem particularmente crítica e seletiva a fim de evitar a paralisia ocasionada pelo excesso de dados; como se o drama de Funes, "el memorioso" borgiano, se convertesse em dilema epistemológico das culturas não hegemônicas: estar absolutamente atualizado com as últimas modas ou dedicar-se ao domínio obsessivo da tradição?

O autor de *Ficciones* elaborou uma alternativa que se beneficia do princípio da *aemulatio*:

> Creio que nossa tradição é toda a cultura ocidental, e creio também que temos direito a essa tradição, direito maior do que o que podem ter os habitantes de alguma outra nação ocidental.
> [...]
> Creio que os argentinos, os sul-americanos em geral, estamos em situação análoga: podemos manejar todos os temas europeus, manejá-los sem superstições, com uma irreverência que pode ter, e já tem, consequências afortunadas.[103]

O desejo, tipicamente periférico, de manter-se o tempo todo atualizado, em vez de dedicar-se à leitura irreverente da tradição,[104] desperdiça uma oportunidade única, associada com a urgência de pensar em meio à presença de tempos históricos diversos. Mario Vargas Llosa teorizou essa circunstância:

---

[103] Jorge Luis Borges, "El Escritor Argentino y la Tradición". In: *Discusión. Obras Completas. 1923-1949.* Vol. I. Buenos Aires, Emecé, 1989, p. 272-73.

[104] Difícil imaginar irreverência mais anárquica do que a de Macedonio Fernández: "Uma vez trocou cartas com William James em uma mistura de inglês, alemão e francês, explicando que havia feito assim porque 'sabia tão pouco de qualquer um desses idiomas que tinha de passar continuamente de um para outro'. Imagino Macedonio lendo uma ou duas páginas daqueles filósofos, para em seguida começar a pensar por sua conta". Jorge Luis Borges, *Um Ensaio Autobiográfico.* São Paulo, Editora Globo, 2000, p. 77.

> O escritor espanhol está muito mais ligado, manietado, por assim dizer, pelo peso de uma tradição linguística, ao passo que o escritor latino-americano está em uma atitude de disponibilidade muito maior perante o idioma. O que ocorre, porém, com o idioma ocorre também com todos os outros níveis de cultura. O escritor latino-americano pode declarar-se herdeiro de Cervantes e de Shakespeare, mas pode repelir o Conde de Gobineau e Nietzsche se lhe aprouver. Tem o direito de escolher livremente suas conexões e reações [...].[105]

Liberdade que somente pode ser exercida se for acompanhada de uma síntese crítica. Vale dizer, não se trata de qualidade inata, mas de experiência de pensamento a ser constantemente aprimorada. Artistas e escritores, mais do que teóricos e pensadores, desenvolveram um método compositivo que transforma a justaposição de tempos históricos em forma estética.[106]

(A poética da emulação procura responder ao desafio da mímesis no plano do ensaísmo.)

Dois breves exercícios de literatura comparada esclarecem minha proposta.

Penso em ensaios sobre a arte do romance escritos por romancistas; gênero que se converteu numa verdadeira poética contemporânea.

---

[105] "Mario Vargas Llosa". In: Günter W. Lorenz, op. cit., p. 143.
[106] Eis aqui o sentido forte de um dos melhores estudos da obra-prima de Alejo Carpentier: "Nos *Passos Perdidos* põe-se em prova não apenas a literatura hispano-americana, como a possibilidade mesma de escrever desde a América hispânica. [...] *Os Passos Perdidos* é uma obra-encruzilhada, uma fronteira. Não é só uma obra-chave na literatura hispano-americana, mas também sintetiza todo o discurso literário ocidental desde sua última ruptura no romantismo". Roberto González Echevarría, "Introducción". In: Alejo Carpentier, *Los Pasos Perdidos*. Ed. Roberto González Echevarría. Madrid, Ediciones Cátedra, 1985, p. 15-16.

Consultemos o livro de Edward Morgan Forster, *Aspects of the Novel*, publicado em 1927. Faça-se rapidamente uma lista dos autores citados: são todos de língua inglesa; à exceção de André Gide. No entanto, uma reveladora nota de pé de página informa: "Translated by Dorothy Busy as *The Counterfeiters*, Knopf".[107] Mesmo títulos de outras literaturas foram lidos em tradução. Apesar do óbvio limite, as observações de Forster são perspicazes; por isso, continuam sendo discutidas com interesse. Contudo, refiro-me à redução drástica do repertório: é como se somente tivesse lido textos em inglês.

E, *believe it or not*, Cervantes não se encontra no horizonte de Forster.

Como teorizar sobre o romance sem uma leitura *pessoal* de *Don Quijote*?

Os limites estreitos de língua e de repertório devem ser sublinhados. Afinal, imaginemos a seguinte cena: um crítico latino-americano decide escrever um livro volumoso sobre o "cânon ocidental" dominando apenas seu próprio idioma.

Sem comentários: o esforço provocaria hilariedade, a não ser que o livro tivesse como título, digamos, *The Western Canon*.

Em 1986, Milan Kundera contribuiu para o gênero com *L'Art du Roman*, ampliando consideravelmente o horizonte das referências – reconheça-se. O autor de *A Insustentável Leveza do Ser* começou adequadamente sua análise com um estudo sobre a contribuição cervantina à invenção moderna do romance.[108] Ao fazê-lo, indicou o escopo de suas leituras em comparação com o autor de *Maurice*.[109]

---

[107] E. M. Forster, *Aspects of the Novel*. New York, Harcourt Brace, 1973, p. 80.
[108] Milan Kundera, "L'Héritage Décrié de Cervantes". In: *L'Art du Roman*. Paris, Gallimard, 1986, p. 11-32.
[109] Vamos lá: em livro posterior, Milan Kundera publicou ensaios acerca de, para me limitar ao universo da língua espanhola, Juan Goytisolo, Gabriel García Márquez e Carlos Fuentes. Ver Milan Kundera, *Um Encontro. Ensaios*. São Paulo, Companhia das Letras, 2013.

Não obstante, Kundera sofre miopia similar. Como se fosse o Terêncio de uma *Bildung* determinada, nada do que é europeu lhe é estranho. Se não me equivoco, dos latino-americanos citou apenas Carlos Fuentes, e ainda assim numa rápida menção.[110] Tudo se esclarece no capítulo "Setenta e Uma Palavras", um glossário do vocabulário definidor do universo de Kundera.

Leiamos a entrada decisiva:

> Romance (*europeu*). O romance que chamo europeu forma-se na Europa central no começo dos tempos modernos e representa uma entidade histórica em si, que, mais tarde, expandiria seu espaço para além da Europa geográfica (sobretudo, nas duas Américas). Pela riqueza de suas formas, pela intensidade vertiginosamente concentrada de sua evolução, por seu papel social, o *romance europeu* (assim como a música europeia) não tem comparação em nenhuma outra civilização.[111]

Romance *europeu*: o limite se confunde com o adjetivo.[112]

Não estou ingenuamente exigindo conhecimento de uma tradição determinada – a latino-americana –, mas questiono a naturalização dos postulados. O resultado é a perda de capacidade crítica, pois deixa de ser prioridade a produção de sínteses complexas de olhares distintos e talvez adversários. Desse modo, Forster e Kundera podem sentir-se à vontade com a mera confissão de seu pouco interesse por tudo que não lhes seja especular.

---

[110] Milan Kundera, *L'Art du Roman*, op. cit., p. 28.
[111] Ibidem, "Soixante et Onze Mots". In: *L'Art du Roman*, op. cit., p. 172-73 (grifos meus).
[112] A noção já tinha sido proposta, entre outros, por um conhecido estudioso da história do romance: "Os grandes romances dos anos 1920 formam séries dentro de uma série. [...] Para além das diferenças de cultura, e sobretudo de escritura, a noção de 'romance ocidental' manifesta sua pertinência". Michel Zéraffa, *La Révolution Romanesque*. Paris, Éditions Klincksieck, 1972, p. 6.

Reitero: não se trata de fazer deste ensaio um panfleto fora de lugar, mas de ressaltar um dado estrutural, que reduz a complexidade da assimilação europeia do alheio.[113] Octavio Paz apresentou enfaticamente outra experiência de pensamento:

> Ser latino-americano é um saber-se – como lembrança ou como nostalgia, como esperança ou como condenação – desta terra e de outra terra. A arte latino-americana vive neste e por este conflito. Suas melhores obras são a resposta a essa condição realmente única e que nem os europeus, nem os asiáticos, nem os africanos conhecem.[114]

Podemos ampliar a referência e imaginar que esse "ser *ab alio*" não se limita ao horizonte latino-americano, porém à circunstância não hegemônica como um todo.

De qualquer modo, abra-se, mesmo que seja para uma simples folheada, *Cartas a un Joven Novelista*, de Mario Vargas Llosa, ensaio publicado em 1997.

Outro universo se descortina!

Vargas Llosa, claro, trabalhou com os autores canônicos mencionados por Forster e Kundera. Porém, acrescentou à reflexão nomes de tradições não hegemônicas, que aparentemente nem sequer são

---

[113] Eis um eloquente testemunho do problema: "[...] um tradutor europeu, que alertava os autores latino-americanos para a total falta de respeito com que são encaradas as traduções de suas obras em alguns países da Europa [...], onde mutilam e modificam os textos originais [...]. Os europeus continuam dedicando aos romancistas dessas terras [...] uma frívola folheada que não se diferencia muito daquela que o colonizador sempre dedicou aos aborígenes". Mario Benedetti, "La Rentabilidad del Talento". In: *Subdesarrollo y Letras de Osadía*. Madrid, Alianza Editorial, 1987, p. 27.
[114] Octavio Paz, "El Grabado Latinoamericano". In: *Sombras de Obras. Arte y Literatura*. Barcelona, Editorial Seix Barral, 1996, p. 189.

conhecidos pelos outros escritores. Além disso, seu ensaio desenvolveu conceitos e propôs uma visão histórica do fenômeno do romance, constituindo uma diferença notável em relação aos esforços anteriores precisamente pelo panorama sintético que ofereceu ao leitor – e compreenda-se *síntese* no sentido filosófico formulado por Elsa Cecilia Frost.

Um exemplo que esclarece a fecundidade de sua perspectiva:

> [...] em dois romances contemporâneos, escritos um no Brasil e outro na Inglaterra, com um bom número de anos de intervalo – refiro-me a *Grande Sertão: Veredas*, de João Guimarães Rosa, e a *Orlando*, de Virginia Woolf –, a súbita mudança de sexo do personagem principal (de homem a mulher, nos dois casos) provoca uma mudança qualitativa no todo narrativo, movendo-o de um plano que até então parecia "realista" para outro, imaginário e até fantástico.[115]

Ao colocar no mesmo nível a literatura inglesa (olhar exclusivo e excludente de Forster) e a literatura brasileira, Vargas Llosa produziu uma revolução silenciosa, rompendo com hierarquias estabelecidas e impondo a superioridade de seu repertório literário.

Você já suspeita aonde quero chegar: a mera ampliação das referências implica a necessidade de produzir um estudo mais completo e, por isso, mais complexo. O fato de Vargas Llosa incorporar autores e títulos de tradições muito diferentes o obrigou a desenvolver critérios novos de seleção e de organização do material.

Essa é a *potência* que associo à poética da emulação, que já se encontrava em instigante estudo de Rosario Castellanos. Em 1973,

---

[115] Mario Vargas Llosa, *Cartas a un Joven Novelista*. Ciudad de México, Alfaguara, 1997, p. 96.

ela publicou *Mujer que Sabe Latín*, apresentando suas reflexões sobre o feminismo de um ponto de vista tanto político como teórico. Após oferecer uma breve análise de conteúdo mais geral sobre os sentidos do movimento, Castellanos estudou a contribuição concreta de feministas ou simplesmente de escritoras. Como não poderia deixar de ser, discutiu a obra das mais importantes autoras europeias e norte-americanas. No entanto, uma vez mais, destacou-se a diferença: Castellanos incorporou o trabalho da brasileira Clarice Lispector, da argentina Silvina Ocampo, da chilena María Luisa Bombal, da espanhola de origem catalã Mercedes Rodoreda, da mexicana Ulalume González de León, entre muitas outras menções que nunca se encontrariam nas obras clássicas do feminismo escritas na Europa ou nos Estados Unidos. Daí ela pôde afirmar em seu ensaio sobre María Luisa Bombal: "As romancistas latino-americanas parecem ter descoberto muito antes que Robbe-Grillet e os teóricos do *nouveau roman* que o universo é superfície".[116] Sublinhe-se o olhar crítico que emerge da ampliação radical do repertório de leituras.[117]

Carlos Mendoza-Álvarez identificou um motivo vizinho num diálogo com René Girard. O pensador francês assinalou uma inversão relevante: "No final do século XIX, o Seminário das Missões Estrangeiras da Rua de Bac, em Paris, enviava uma quantidade impressionante de missionários a países de religiosidade arcaica [...]". Durante o século XX, não apenas esse processo foi interrompido, como também, para surpresa de Girard, "agora, em contrapartida, são os sacerdotes da Índia, das Filipinas, da Polônia e da Colômbia que vêm para a Europa racionalista e secularizada como missionários [...]".[118]

---

[116] Rosario Castellanos, *Mujer que Sabe Latín*. Ciudad de México, Fondo de Cultura Económica/Secretaría de Educación Pública, 1984, p. 144.
[117] Ampliação de repertório explicitada pela autora: "Entre nossas leituras prediletas, encontram-se Thomas Mann e Musil, Pavese e talvez Robert-Grillet, Mailer, Bellow, Updike [...]". "Rosario Castellanos". In: Günter W. Lorenz, op. cit., p. 190.
[118] Carlos Mendoza-Álvarez, "Pensar a Esperança como Apocalipse. Conversa com René Girard". In: *O Deus Escondido da Pós-Modernidade*, op. cit..

A sutil resposta do teólogo mexicano trouxe à tona a força epistemológica da compressão de tempos históricos: "Embora se tenha de assinalar que esses novos missionários frequentemente conhecem mais o Ocidente ilustrado do que conheciam os missionários europeus do século XIX as culturas a que chegavam".[119] A consequência da justaposição de olhares é ainda mais importante, produzindo uma novidade epistemológica comparável à revolução cubista, com sua apreensão simultânea de aspectos múltiplos de um "mesmo" objeto: "É um tipo de pensamento que põe para dialogar diversas mentalidades e disciplinas".[120]

René Girard assinalou um procedimento estruturalmente similar na Rússia oitocentista:

> É notável que Dostoiévski tenha percorrido, da adolescência à velhice, todos os momentos de uma dialética que ocupa três séculos na Europa ocidental. [...] Em 1863, o escritor russo estava ainda com trinta, cinquenta, ou mesmo cem anos de atraso perante seus homólogos alemães ou franceses; em poucos anos, irá igualar e ultrapassar todo mundo [...].[121]

A ampliação do repertório, típica do caso dos inventores de culturas não hegemônicas, convida a um necessário esforço de síntese que potencialmente produz um olhar particularmente crítico. Além de traço individual, a perspicácia desse olhar é um dado estrutural, constituindo um dos eixos da poética da emulação.

A combinação de diversos séculos da tradição e de gêneros literários distintos e o resgate de atos de leitura e de escrita típicos da

---

[119] Ibidem, p. 327.
[120] Ibidem.
[121] René Girard, *Dostoiévski*, op. cit., p. 96.

tradição pré-romântica ajudam a redimensionar, no plano teórico, o "anacronismo deliberado" do célebre conto de Jorge Luis Borges.

(*Deliberado*: o resgate de atos clássicos de leitura não significa mimetizá-los, e sim impor-lhes a diferença que constitui a promessa da poética da emulação.)

Anacronismo deliberado

A compressão de tempos históricos favorece o esforço de reunir tempos distintos e às vezes muito distantes entre si, assim como mesclar gêneros diversos e mesmo contraditórios. Em busca da obra invisível de Pierre Menard, Borges intuiu a técnica de leitura que permite conceitualizar o fenômeno:

> [...] a técnica do anacronismo deliberado e das atribuições errôneas. Essa técnica de aplicação infinita nos insta a percorrer a *Odisseia* como se fosse posterior à *Eneida* e o livro *Le Jardin du Centaure* de madame Henri Bachelier como se fosse de madame Henri Bachelier. Essa técnica povoa de aventuras os livros mais pacatos. Atribuir a Louis-Ferdinand Céline ou a James Joyce a *Imitação de Cristo* não será uma renovação suficiente desses tênues conselhos espirituais?[122]

O anacronismo deliberado implica uma operação que consiste em imaginar novas relações possíveis a partir da simultaneidade inventada no momento da leitura. Esse método tende a confundir os atos

---

[122] Jorge Luis Borges, "Pierre Menard, Autor do Quixote". In: *Ficções*. Trad. Davi Arrigucci Jr. São Paulo, Companhia das Letras, 2007, p. 44-45.

de escrita e de leitura, sugerindo, em última instância, um gesto que possui afinidades eletivas com as inovações de Machado de Assis. Nos dois casos, emerge a figura do autor-como-adaptador, ou seja, do reciclador de tradições distintas.

(Numa palavra: *inventor*.)

Na definição forte de Alejo Carpentier:

> Para quem estuda a história musical da Europa, o processo de seu desenvolvimento parece lógico, ajustado à sua própria organicidade, apresentando-se como uma sucessão de técnicas, de tendências, de escolas ilustradas pela presença de criadores supremos, até chegar, por meio de feitos sucessivos, às buscas mais audazes do tempo presente. [...] como bem disse Stravinsky: "Uma tradição verdadeira não é o testemunho de um passado transcorrido; é uma força vivente que anima e informa o presente". [...]
> Quando nos deparamos com a música latino-americana, por outro lado, [trata-se] de uma arte regida pelo *constante jogo de confrontos entre o próprio e o alheio*, entre o autóctone e o importado.[123]

Passagem que reúne a compressão de tempos históricos e a técnica do anacronismo deliberado, pois aquela circunstância exige uma verticalidade de leitura que é em si mesma anacrônica. As culturas não hegemônicas devem ser entendidas a partir da oscilação constante entre o próprio e o alheio. Estar à deriva define o cotidiano

---

[123] Alejo Carpentier, "América Latina en la Confluencia de Coordenadas Históricas y Su Repercusión en la Música". In: Isabel Aretz (org.), *América Latina en su Música*. Ciudad de México, Siglo XXI/Unesco, p. 7-8 (grifos meus).

do inventor periférico, condenado a transitar entre sua língua e as outras (em geral, as hegemônicas) que precisa aprender; entre sua cultura e as outras (em geral, as dominantes) que deseja apreender.

Aprender e apreender: passos necessários para canibalizar, transculturar o outro – todos os outros.

Oscilação que o jovem Roberto Fernández Retamar exercitou com elegância, como se verifica em *Idea de la Estilística*.[124] O método esboçado anunciou a fecundidade de seus futuros trabalhos. Fernández Retamar revelou um conhecimento sofisticado das mais recentes contribuições da estilística europeia, especialmente da francesa e da alemã, mas não deixou de incluir os estudiosos espanhóis e, sempre que possível, incorporou exemplos do castelhano falado em Cuba. Sua estratégia consistiu em relacionar as teorias hegemônicas (a francesa e a alemã), a tradição mais específica (a espanhola) e a contribuição local (a cubana), compondo um mosaico de vozes, cuja complexidade é a marca-d'água de seu pensamento.

Compressão de tempos históricos e anacronismo deliberado caminham juntos: são dois modos de afirmar a emulação como forma não hegemônica de responder ao desafio da mímesis.

Coda

Não afirmo que a circunstância latino-americana, ou seja, a condição não hegemônica, necessariamente leve à invenção de uma poética com base no resgate deliberadamente anacrônico da *aemulatio*. Tal condição *favorece* essa potência estratégica, mas não determina sua atualização.

---

[124] Roberto Fernández Retamar, *Idea de la Estilística. (Sobre la Lingüística Española)*. Ed. Luis Íñigo-Madrigal. Madrid, Editorial Biblioteca Nueva, 2003. A primeira edição foi publicada em 1958.

Além disso, pelo menos até agora, minha hipótese privilegiou somente os aspectos "solares" da circunstância não hegemônica, uma vez que a poética da emulação converte a centralidade do outro num fator positivo, assinalando alternativas em lugar de ressaltar dilemas. Contudo, minha reflexão seria insuficiente se não destacasse os aspectos "noturnos" dessa mesma centralidade do outro. Agora, em lugar de uma poética inventiva, predomina a violência expiatória contra os menos favorecidos. Trata-se do "outro outro", categoria que proporei no último capítulo, a fim de caracterizar os impasses sociais da circunstância não hegemônica.

O tema é delicado, mas incontornável.

Capítulo 5
violência e teoria mimética

Duplo vínculo

É fundamental detalhar a compreensão girardiana da violência, destacando as formas de conter o fenômeno. A violência constitui a zona sombria da paradoxal constelação mimética.

Recordando o que vimos: mimeticamente desencadeada, a violência conhece uma resolução igualmente mimética, por meio do mecanismo do bode expiatório. A mímesis não tem nada de "original" e na reiteração reside seu vigor. Para identificar a estrutura profunda do mimetismo é necessário reconhecer o móvel dos próprios gestos. Girard o reconheceu: "Eu sou muito mimético. Porque sou polêmico, sou mimético. Reconheço que sou polêmico e, em meus escritos, tenho necessidade de uma espécie de atrativo, de sedução".[1]

No círculo mimético, os contrários vivem em tensão permanente.

A zona luminosa do fenômeno se refere à formação de grupos sociais por meio da imitação de comportamentos; ora, sem a transmissão de padrões não teríamos nem mesmo linguagem. A zona sombria se associa à violência derivada de rivalidades geradas na espiral do mimetismo. Vale dizer, o mimetismo não envolve

---

[1] René Girard, *Aquele por Quem o Escândalo Vem*, op. cit., p. 195.

necessariamente a disputa por objetos; a imitação, sim, pois *não há imitação sem a adoção de um modelo cujo ser ou cujos objetos cobiçamos*. O pensamento girardiano considera essas áreas como partes indissociáveis do mesmo processo, reforçando o caráter de duplo vínculo das intuições girardianas.

Hora de esclarecer o conceito de *double bind*. O duplo vínculo designa um tipo de relação neurótica em que duas ordens, não apenas contraditórias, mas também excludentes, são dadas ao mesmo tempo. Nas palavras de Bateson, trata-se de "uma situação na qual não importa o que uma pessoa faça, ela nunca pode ser bem-sucedida".[2] A estrutura paradoxal das ordens evoca a situação clássica da fábula, quando aquele que tudo quer, nada obtém, pois, encontrando-se a meio caminho de dois tesouros, não consegue decidir-se por um, já que teme perder o outro.

O duplo vínculo produz sérios distúrbios. É o caso de certa modalidade de esquizofrenia, sobretudo quando o caráter paradoxal das ordens não é (ou não pode ser) verbalizado. Ou seja, se a presença de instruções que se contradizem é agravada por um interdito posterior: não é permitido formular perguntas, muito menos questionar o absurdo da situação. Eis a singularidade da literatura, que, ao expor ficcionalmente situações de *double bind*, implica uma diferença fundamental na própria elaboração do dilema.

Como sempre, recorro ao teatro shakespeariano.

(Afinal, busco identificar as formas de violência definidoras das culturas shakespearianas.)

Na sexta cena do quarto ato de *O Rei Lear*, o protagonista, enlouquecido, encontra o conde de Gloucester e seu filho Edgar. O rei, que se destronara voluntariamente, antecipa o sentido batesoniano de *double bind*.

---

[2] Gregory Bateson, "Toward a Theory of Schizophrenia", op. cit., p. 201.

Eis a justificativa de sua alienação:

> LEAR: Ha! Goneril with a white beard? They flattered me like a dog and told me I had the white hairs in my beard ere the black ones were there. *To say "ay" and "no" to everything that I said "ay" and "no" to was no good divinity.* [...][3]

Por que enunciar idênticas palavras se os atos contradizem-nas? O rei perdeu a razão num labirinto de indicações contraditórias: na primeira cena da peça, as filhas Goneril e Regan juram-lhe amor eterno e fidelidade absoluta. Tão logo assumem o poder, mudam radicalmente de atitude, sem, ao menos de imediato, modificar seus discursos. O paradoxo enlouquece o aturdido Lear, cujo único recurso é precisamente falar da incoerência que o atormenta. Ao fazê-lo, ilumina a força da experiência literária, traduzindo em palavras a aflição que o perturba.

Desorientado, Egard evoca a frase de Polonius sobre Hamlet:

> EDGAR: O matter and impertinency mixed, Reason in madness.[4]

No pensamento girardiano tal dimensão sobressai. Dar voz ao problema favorece a diferença decisiva: "[...] em geral, a literatura

---

[3] William Shakespeare, *King Lear*. 4.6. Org. R. A. Foakes. London, The Arden Shakespeare, 1993, p. 334 (grifos meus). Na tradução brasileira: "Ah! Goneril de barba branca! Adularam-me como um cão e me disseram que os pelos brancos de minha barba nasceram antes dos pretos. Responder 'sim' e 'não' a tudo o que eu dizia! 'Sim' e 'não' ao mesmo tempo não era boa teologia". William Shakespeare. *O Rei Lear*. In: *Teatro Completo. Tragédias*. Rio de Janeiro, Agir, 2008, p 707.

[4] William Shakespeare, *King Lear*, op. cit., p. 340. Em português: "Que mistura de senso e de incoerência! / A razão na loucura". William Shakespeare. *O Rei Lear*. In: *Teatro Completo. Tragédias*, op. cit., p. 708. *O Rei Lear* é um texto particularmente importante para a teoria mimética, pois "em suas últimas peças, há efetivamente personagens que se localizam fora do círculo mimético: Cordélia, ao final de *O Rei Lear*, por exemplo". René Girard, "'Une Répétition à Variations': Shakespeare et le Désir Mimétique". In: Mark R. Anspach (org.), *Les Cahiers de l'Herne. René Girard*, op. cit., p. 203.

é mais forte que a teoria, pois ela nos faz ouvir coisas que não queremos dizer explicitamente".[5] Aliás, Girard não estabelece hierarquias entre formas artísticas; o que conta é a capacidade de refletir sobre o mimetismo.

Um exemplo eloquente:

> Lembro-me de um episódio da série televisiva *Seinfeld* que captava brilhantemente a "normalidade" da *bulimia nervosa* em nosso mundo. [...] Diante dessa cena, fiquei mais uma vez maravilhado com a superioridade da expressão dramática que pode sugerir num átimo o que volumes de "pesquisas" pomposas jamais poderiam apreender.[6]

Na esfera do cotidiano, a impossibilidade de executar uma tarefa *e* a necessidade imperiosa de fazê-lo cria uma instabilidade que, imposta repetidas vezes, ocasiona distúrbios psicológicos permanentes. A estrutura de duplo vínculo engendra condições que "tornam proibitivo que a vítima escape do campo" de atuação desse círculo vicioso, ficando prisioneira da repetição neurótica da impossibilidade.[7]

Na formulação de seu pensamento, Girard intuiu a estrutura do *double bind* sem conhecimento direto da obra de Gregory Bateson, ainda

---

[5] René Girard, André Gounelle, Alain Houziaux, *Deus: Uma Invenção?* Trad. Margarita Lamelo. São Paulo, É Realizações, 2011, p. 115. Ou ainda: "[...] a literatura, sempre mais vigorosa do que a filosofia no plano das relações existenciais". René Girard, *Quando Começarem a Acontecer Essas Coisas*, op. cit., p. 166.

[6] René Girard, *Anorexia e Desejo Mimético*, op. cit., p. 50-51 (grifo do autor). Outro exemplo forte do mesmo gesto intelectual: "A minha 'bíblia' do desejo mimético é *Troilo e Créssida*, mas descobri Shakespeare primeiro através de *Sonho de uma Noite de Verão*. Do ponto de vista literário, é a melhor recordação da minha vida. Primeiro vi a peça na televisão. Não a entendi inteiramente porque não a tinha lido". René Girard, *Quando Começarem a Acontecer Essas Coisas*, op. cit., p. 53. Vimos no capítulo anterior sua leitura do filme de Mel Gibson, *The Passion of Christ*.

[7] Gregory Bateson, *Steps to an Ecology of Mind*, op. cit., p. 207.

que tenha demonstrado grande interesse em sua explicação dos desdobramentos do duplo vínculo, especialmente depois de ler *Naven*.[8]

Perguntas não formuladas

Nas reflexões aqui propostas, sempre se transita da interdividualidade à interdividualidade coletiva. Vale então a pergunta: o que ocorre com uma sociedade quando relações constantes de duplo vínculo dominam o dia a dia? Tal circunstância remonta à formação das culturas latino-americanas nas quais surgem afinidades claras com a teoria mimética.

Brasil: 1808: ano em que a corte portuguesa, fugindo do exército napoleônico, aportou na acanhada cidade de São Sebastião do Rio de Janeiro, constituindo um caso único de deslocamento do comando da metrópole para a colônia. Por longos treze anos, o império ultramarino manteve a sede da administração no Brasil, tornando a triangulação shakespeariana ainda mais complexa – como se Chipre comandasse Veneza, como se todos os habitantes de Paris almejassem conhecer Yonville...

Pois bem: em 1808 duas letras passaram a assombrar os moradores da capital da colônia: PR. Por quê? Ora, como acomodar tantos corpos chegados do ultramar? Simples: a Coroa requisitou as melhores residências, inaugurando a esquizofrenia que ainda hoje vigora na política dos tristes trópicos. Pintado nas casas selecionadas, o aviso queria dizer "Propriedade Real". O povo sabiamente converteu o anúncio em grafite linguístico e PR passou a significar "Ponha-se na rua!". Eis o dilema

---

[8] "Mais tarde fiquei particularmente interessado em *Naven*, um livro sobre um único ritual. De acordo com o próprio vocabulário de Bateson, este ritual produz o que ele denominou 'cismogênese' simétrica (*schismogenesis*), divisão de formas, que, em meu vocabulário, chamo de duplos, ou, antes, a indiferenciação de duplos no paroxismo da crise mimética." René et al., *Evolução e Conversão*, op. cit., p. 74.

estrutural das sociedades não hegemônicas: o divórcio entre sentido oficial e vivência cotidiana. Privilégio, porém, reservado a poucos. Para mim e para você, vale o provérbio: escreveu não leu, o pau comeu.

Gabriel Andrade destacou outro exemplo, relativo ao tabu do incesto e ao esforço para evitar a crise de indiferenciação. Se o incesto é visto como a forma universal da impureza, o crítico propôs uma relação surpreendente:

> Destaque-se que, mesmo sem ler Girard, esta é a mesma conclusão a que chega García Márquez no final de *Cem Anos de Solidão*. Após cometer incesto, a família Buendía e o povoado de Macondo desaparecem como resultado da violência representada pela ventania. Mais ainda, o menino resultante da união incestuosa nasce com rabo de porco.[9]

Antes de discutir a questão da violência na obra girardiana, quero apontar uma lacuna na estrutura deste livro, na qual foram enfatizados os conceitos de "interdividualidade coletiva", "determinação ontológica *ab alio*" e "poética da emulação"; procedimentos que convertem a centralidade do Outro em formas artísticas e intelectuais inovadoras. Minha leitura da circunstância não hegemônica parece exclusivamente solar, como se na mímesis latino-americana a violência fosse apenas acidental.

Você tem razão: este ensaio não estaria à altura do desafio de pensar mimeticamente, pois eu teria trocado a tensão do paradoxo por uma cômoda panaceia conceitual, traduzindo dificuldades objetivas da circunstância não hegemônica em inesperadas vantagens epistemológicas.

René Girard advertiu que esse tipo de interpretação é inadequado:

---

[9] Gabriel Andrade, *René Girard: Um Retrato Intelectual*, op. cit., p. 141 (nota).

> [...] quero insistir que a análise mimética não é uma receita. Jamais deve ser reduzida a uma receita pronta, já que o mimético é a fluidez absoluta. O mimético é o antissistema por excelência na medida em que a própria realidade impõe constantemente novas formas de questionamento.[10]

Reconheço: minha perspectiva positiva das consequências culturais do fenômeno mimético deixou um conjunto de perguntas, já não digo sem respostas, mas sem sequer uma primeira formulação.

Essas perguntas são incontornáveis.

Vejamos algumas delas – você acrescentará outras tantas.

Quais são as zonas sombrias da interdividualidade coletiva? Como entender a desrazão da violência que a cada dia parece mais incontrolável? Por que conciliar formas aparentemente igualitárias de convívio com hierarquias rígidas e praticamente inamovíveis?

Não vou desenvolver de imediato cada um desses questionamentos, mas colocá-los na mesa desde já é fundamental. Não encontrar respostas exatas para perguntas complexas é próprio do pensamento. Jean-François Lyotard valorizou as perguntas filosóficas, que não buscam soluções, antes estimulam novas ideias: "Os filósofos propõem perguntas que não possuem respostas, perguntas que devem permanecer sem resposta para que possam ser chamadas filosóficas. Perguntas que podem ser respondidas são apenas questões técnicas".[11]

(No fundo, negligenciar a centralidade do ato de questionar favorece a emergência do duplo vínculo.)

---

[10] René Girard, "A Teoria Mimética não se Limita à Crítica das Linguagens". In: Hugo Assmann (org.), *René Girard com Teólogos da Libertação*: *Um Diálogo sobre Ídolos e Sacrifícios*. Petrópolis, Vozes, 1991, p. 41.
[11] Jean-François Lyotard, "Can Thought Go without a Body?". In: *The Inhuman: Reflections on Time*. Stanford, Stanford University Press, 1991, p. 8.

Adianto a hipótese que articularei no próximo capítulo: a condição histórica latino-americana pode ser mais bem compreendida por meio da estrutura paradoxal que define a teoria mimética, com ênfase nas relações determinadas por duplos vínculos de diversos graus. Tal hipótese redimensionará o problema da violência em nossas sociedades.

Encerro a digressão e retorno à questão da violência na obra de René Girard.

Mentira Romântica e Verdade Romanesca

Mentira Romântica e Verdade Romanesca oferece uma leitura muito pessoal do romance europeu, partindo de Miguel de Cervantes e chegando a Marcel Proust, incluindo estudos sobre Flaubert, Stendhal e Dostoiévski.

O período histórico naturalmente limitou o exame da violência ao plano interdividual. De fato, uma das principais funções do Estado moderno foi deter o monopólio da violência por meio da criação não apenas de exércitos próprios, como também de corpos armados cuja finalidade, no sugestivo título de Michel Foucault, era mesmo *surveiller et punir*. Na fórmula de um dos romancistas mais importantes para a teoria mimética, com seu aparato militar e jurídico, o Estado prometia que nenhum *crime* ficaria sem o *castigo* correspondente. Sem esse pressuposto, o sistema entraria em colapso; pelo contrário, o aparato de controle externo da violência mantém a vingança endogâmica fora da equação.

Eis aqui o sentido arqueológico do discurso do Príncipe, com o qual se encerra *Romeu e Julieta*:

> A glooming peace this morning with it brings
> The sun, for sorrow, will not show his head:

> Go hence, to have more talk of these sad things;
> Some shall be pardon'd, and some punished:
> For never was a story of more woe
> Than this of Juliet and her Romeo.[12]

Perdoar, ser clemente, como reiteram as alianças políticas até os dias de hoje. Mas, sobretudo, *castigar*, ser firme, monopolizando o direito de vingança numa instância central,[13] capaz de disciplinar o fluxo de violência mimeticamente desencadeada, contendo seus desdobramentos. Girard identificou na modernidade um crescimento de hostilidade nas relações interdividuais. Contudo, não se tratava da explosão de rivalidades que levava à dissolução do grupo social, pois formas institucionais de controle já se encontravam aprimoradas, em virtude da articulação do Estado moderno, afinal o Príncipe se situa necessariamente acima de rivalidades locais, assumindo o papel de árbitro poderoso, mediador absoluto.

Vejamos os dois pontos.

O romance moderno põe em cena o predomínio crescente da mediação interna – a mediação que mais produz conflitos, dada a proximidade, física inclusive, entre sujeito e modelo.[14] Quanto mais próximos, mais provável é a disputa pela posse do objeto de

---

[12] William Shakespeare. *Romeo and Juliet.* In: *The Complete* Works. Hertfordshire, Wordsworth Editions, 1994, p. 278. A tradução brasileira não repete os termos-chave *pardon'd* e *punished*: "Esta manhã nos trouxe paz sombria: / esconde o sol, de pesadume, o rosto. / Ide: falai dos fatos deste dia; serei clemente, ou rijo, a contragosto, / que há de viver de todos na memória / de Romeu e Julieta a triste história". William Shakespeare. *Romeu e Julieta.* In: *Teatro Completo. Tragédias*, op. cit., p. 74.

[13] É cristalino o sentido das palavras imediatamente anteriores do Príncipe: "[...] Capulet, Montague / See, what a scourge is laid upon your hate / That heaven finds means to kill your joys with love". William Shakespeare. *Romeo and Juliet*, op. cit., ibidem. Na tradução para o português: "Capuleto! Montecchio! Vede como / sobre vosso ódio a maldição caiu / e como o céu vos mata as alegrias / valendo-se do amor". William Shakespeare. *Romeu e Julieta*, op. cit., ibidem.

[14] Daí o interesse de Girard pelo homem do subsolo: "Dostoiévski é o romancista que mais encurta a distância entre mediadores e mediados, exaltando assim a rivalidade, o ódio e a violência". Gabriel Andrade, *René Girard: Um Retrato Intelectual*, op. cit., p. 76.

desejo. Se, em *Dom Quixote*, a mediação era externa, e, por conseguinte, idealizada, na saga de Proust, *Em Busca do Tempo Perdido*, a vizinhança dos personagens favorece a multiplicação de contendas. Recuperemos uma cena impressionante, na qual o narrador compara o massacre psicológico sofrido por um personagem com o ritual de canibalismo,[15] explicitando a dimensão expiatória de muitos de nossos ambientes mais sofisticados.

(Por exemplo, a universidade e suas infinitas disputas de poder hermenêutico.)

Proust (imagine uma sala de aula ou uma reunião de professores no horário do café):

> Quase que nenhum dos fiéis procurava conter o riso, e tinham o aspecto de um bando de antropófagos em quem o ferimento feito num branco despertou o gosto de sangue. Pois o instinto de imitação e a falta de coragem governam as sociedades, como as multidões. E todo mundo ri de uma pessoa de quem vê motejarem, pronto para venerá-la dez anos mais tarde num círculo onde ela é admirada. E da mesma maneira que o povo escorraça ou aclama os reis.[16]

---

[15] No original: "Presque aucun des fidèles ne se retenait de s'esclaffer et ils avaient l'air d'une bande d'anthropophages chez qui une blessure faite à un blanc a réveillé le goût du sang. Car l'instinct d'imitation et l'absence de courage gouvernent les sociétés comme les foules. Et tout le monde rit de quelqu'un dont on voit se moquer, quitte à le vénérer dix ans plus tard dans un cercle où il est admiré. C'est de la même façon que le peuple chasse ou acclame les rois". Marcel Proust, *Sodome et Gomorrhe. À la Recherche du Temps Perdu*. Tome III. Paris, Gallimard, 1988, p. 231 (Bibliotèque de la Pléiade).

[16] Marcel Proust, *Em Busca do Tempo Perdido*. Vol. IV. *Sodoma e Gomorra*. Trad. Mario Quintana. São Paulo, Editora Globo, 2008, p. 388. "Esse texto contém tudo e diz tudo, incluindo a divinização final da vítima e a natureza ritualística e vitimária da monarquia [...]." René Girard et al., *Evolução e Conversão*, op. cit., p. 156.

Pobre Saniette, atormentado pelo desejo de ser aceito sem reservas no salão dos Verdurin, com seus códigos caricatos e repertório cultural limitado! A descrição do narrador cai como uma luva para entender os pequenos ritos sacrificiais do dia a dia: "Para fazer parte do 'pequeno núcleo' do 'pequeno grupo', do 'pequeno clã' dos Verdurin, bastava uma condição, mas esta indispensável: aderir totalmente a um credo".[17] Qualquer dissidência significaria exclusão imediata, daí o receio do personagem na hora de responder a perguntas prosaicas: pisando em ovos, procurava não comprometer ainda mais sua precária posição.[18]

Eis aqui a chave para entender a percepção girardiana do mundo moderno: nele, em algum momento, *estaremos todos na pele de Saniette*. Num esboço de cronologia mimética, sua emergência corresponde ao instante histórico do predomínio de formas variadas de mediação interna, com seu conhecido potencial belicoso. Esse traço ficou ainda mais forte no mundo contemporâneo, cujo estímulo ao consumo se baseia na exploração sistemática da natureza mimética do desejo.

Nas palavras do pensador francês:

> Para observar as manifestações mais superficiais, basta ver televisão. O desejo mimético domina insolentemente a publicidade [...].
> A comunicação tecnológica favorece, acelera e amplifica de modo gigantesco certas manifestações do desejo mimético. Ela nos obriga a vê-lo, mas não o engendra.[19]

---

[17] Marcel Proust, *Em Busca do Tempo Perdido*. Vol. I. *No Caminho de Swann*. Trad. Mario Quintana. São Paulo, Editora Globo, 2011, p. 253.
[18] A descrição é impactante: "Tremendo como um recruta diante de um sargento torturador, Saniette respondeu, dando à sua frase as menores dimensões que pôde, a fim de que ela tivesse mais probabilidades de escapar aos golpes". Marcel Proust, *Em Busca do Tempo Perdido*. Vol. IV. *Sodoma e Gomorra*, op. cit., p. 387.
[19] René Girard, "L'Amitié qui se Transforme en Haine". In: Mark R. Anspach (org.), *Les Cahiers de l'Herne*, op. cit., p. 198.

Na modernidade a violência manteve-se razoavelmente sob controle porque o Estado encontrava-se em funcionamento. A conversão pessoal pode então ser apresentada como a forma dominante de lidar com a violência. Trata-se de resposta interdividual, assim como o tipo de conflito discutido em *Mentira Romântica e Verdade Romanesca*. A conversão é uma decisão ética, que implica abandonar rivalidades geradas pelo desejo mimético. Veja-se, por exemplo, a força antropológica da definição aparentemente religiosa: "Imitar Cristo é identificar-se com o outro, é apagar-se diante dele [...]. A identificação supõe uma capacidade singular de empatia".[20] Nos textos inicialmente estudados por Girard, a conversão é apresentada por meio de uma imaginação religiosa, que recorre a metáforas e a comparações associáveis ao cristianismo.

Em *Mentira Romântica e Verdade Romanesca*, a violência se restringe ao plano interdividual e sua superação também ocorre nesse nível.

Romeu e Julieta oferece uma reflexão sobre o surgimento da instância externa de controle de rivalidades locais. O interminável ciclo de vingança que reúne e destrói as famílias Montecchio e Capuleto é interrompido com o advento de um terceiro termo, mais poderoso do que as duas famílias, centralizador dos meios da guerra.

Nos livros seguintes, o pensador retornará às origens da cultura.

Nada menos.

A Violência e o Sagrado

A Violência e o Sagrado é o livro mais diretamente associado ao estudo religioso da violência. O título esclarece o sentido

---

[20] René Girard, *Rematar Clausewitz: Além Da Guerra*, op. cit., p. 216.

paradoxal do fenômeno. Girard não estabelece uma divisão binária, violência *ou* sagrado, como se a emergência do fenômeno religioso implicasse o fim da violência. Na verdade, explicita-se o duplo vínculo constitutivo do processo de escalada da violência mimética: a violência *e* o sagrado. Em seus primórdios, a religião representou a forma de lidar com a violência por meio da instrumentalização do sacrifício. Não se buscava eliminar a violência, mas sim discipliná-la. Daí a importância de Freud, pois o criador da psicanálise compreendeu que a religião "começa sempre com um linchamento".[21]

Se, no universo das relações sociais discutido em *Mentira Romântica e Verdade Romanesca*, a mímesis era contida no plano interdividual, e por meio de mecanismos externos de vigilância e de punição, no âmbito considerado em *A Violência e o Sagrado*, Girard retrocedeu no tempo histórico com o objetivo de responder a uma pergunta tão simples quanto fundamental: como controlar a violência na ausência de instituições, cuja função primordial é impedir o contágio mimético?

A importância da pergunta associa-se ao dinamismo da mímesis. Sua propagação atravessa grupos sociais como uma corrente elétrica que se recarrega a si mesma – como o ciúme, na definição interessada de Iago. O mimetismo exacerbado produz uma situação de entropia social, que, na prática, equivale à dissolução traumática da comunidade. Nessa circunstância nenhum tipo de conversão é possível. Posso dizê-lo mais precisamente: a conversão individual fracassa porque o conflito abarca a totalidade do grupo. A forma de lidar com a violência tende a ser igualmente coletiva e se resolve por meio do mecanismo do bode expiatório.

Como resgatar a conversão? Ao fim e ao cabo: "O que chamamos de conversão é fazer enfim a experiência do bode expiatório como

---

[21] René Girard, André Gounelle, Alain Houziaux, *Deus: Uma Invenção?*, op. cit., p. 109.

experiência subjetiva do perseguidor",[22] em lugar de seguir acusando a todos pelas pequenas, porém inúmeras, perseguições que pontuam nosso dia a dia. A dimensão ética do ato transparece nessa passagem. Vale a pena, dada a complexidade dessa opção, repisar muito brevemente o processo vitimário, ainda que eu já o tenha mencionado no primeiro capítulo.

Recordo apenas seus elementos básicos: o momento histórico no qual predominou foi o período anterior à criação de mecanismos externos de contenção da violência. No ambicioso projeto girardiano, trata-se de "uma história antropológica, uma história sacrificial da humanidade que começa antes da história dos historiadores".[23]

No longo processo que envolveu os hominídeos, só é possível, por meio do contágio mimético, continuar a produzir a escalada da violência. Basta imaginar a multiplicação de rivalidades locais, que inevitavelmente se cruzarão em muitos pontos, para vislumbrar a espiral incontrolável de conflitos. Nesse cenário de caos absoluto, a solução deve abranger a totalidade do grupo ou não será capaz de lidar com a gravidade da crise.

A resposta coletiva é o mecanismo vitimário – eis a intuição que estrutura *A Violência e o Sagrado*. Tal mecanismo permite a criação de um modelo endogâmico de controle da crise, por meio da canalização da violência contra um único membro do grupo, a quem se atribui a "culpa" pela desordem. Seu sacrifício disciplina a babel de conflitos que se encontrava disseminada.

A corrente mimética fica assim tensionada ao máximo, mas agora é como se o grupo tivesse se convertido num arco, disparando todas as suas flechas no mesmo alvo. O sacrifício promove o retorno da

---

[22] René Girard, *Aquele por Quem o Escândalo Vem*, op. cit., p. 115.
[23] René Girard, *Quando Começarem a Acontecer Essas Coisas*, op. cit., p. 156.

ordem perdida e o sacrificado passa a ser visto como um ser sagrado, pois, a seu modo, possibilitou o retorno da paz: *da mesma maneira que o povo escorraça ou aclama os reis*. O título do livro ilumina o sentido dual do processo: a violência *e* o sagrado.

Girard conceitualizou o mecanismo:

> Se a violência unânime contra a vítima expiatória realmente acaba com a crise, então é claro que ela deve se situar na origem de um novo sistema sacrificial. Se somente a vítima expiatória pode interromper o processo de desestruturação, ela se encontra na origem de qualquer estruturação.
> [...] a violência contra a vítima expiatória poderia ser radicalmente fundadora, pois, ao acabar com o círculo vicioso da violência, ela ao mesmo tempo inicia um outro círculo vicioso, o do rito sacrificial, que talvez seja o da totalidade da cultura.[24]

Guardemos os elementos mais importantes: a violência mimética ocorre no plano coletivo, exigindo uma resposta igualmente geral. Eis o mecanismo do bode expiatório, cuja realização depende da estrutura de duplo vínculo que subjaz às relações entre violência *e* sagrado. A partir do assassinato fundador, as primeiras religiões estabeleceram um conjunto de proibições, que buscava evitar a eclosão de rivalidades miméticas, e uma série de ritos, que se encarregava de manter viva a eficácia do mecanismo, por meio de sua encenação codificada.

Os dois polos se reforçam:

---

[24] René Girard, *A Violência e o Sagrado*, op. cit., p. 121-22. Na tradução brasileira, o texto diz "[...] o processo de destruição" em vez de "[...] o processo de desestruturação". O original francês fala em *déstructuracion*.

> O objeto das proibições é sempre algum objeto que tem chances de levar à disputa mimética, ou a própria disputa mimética, seja direta ou indiretamente, como no caso de imagens, de gêmeos, etc. Os rituais obviamente reencenam a escalada mimética que as proibições tentam impedir.[25]

Os ritos se desenvolvem em puro estado de paradoxo: "expõem" o processo de sacrifício e, ao mesmo tempo, "ocultam" o fato de que o sacrificado não é mais culpado do que aqueles que o assassinaram.[26] Trata-se do fenômeno da *méconnaissance*, elemento-chave do caráter sistêmico do mecanismo.

Uma das definições mais agudas da natureza linguística do *desconhecimento* foi proposta pelo romancista John Maxwell Coetzee, confirmando a confiança girardiana na superioridade epistemológica da literatura: "Como a reciprocidade violenta destrói toda diferença, *ela mesma foge à representação*, pois a linguagem é composta de diferenças. Isso explica a cegueira da filosofia, até agora, diante daquilo que Girard teve a perspicácia de compreender".[27]

O assassinato fundador que engendra a possibilidade da cultura propicia o estabelecimento definitivo da noção de diferença, uma vez que a crise mimética é uma crise de indiferenciação. A resolução sacrificial promove o retorno do princípio de diferenciação na figura do membro do grupo que é sacrificado, criando condições para o surgimento da simbolicidade. Esse ponto é fundamental no pensamento girardiano, pois a vítima propiciatória se converte no

---

[25] René Girard, "An Interview with René Girard", op. cit., p. 202.
[26] Como disse Girard em inúmeras ocasiões: "Os únicos bodes expiatórios que servem são aqueles que não conseguimos reconhecer como tais". Ibidem.
[27] J. M. Coetzee, "Érasme. Folie et Rivalité". In: Mark R. Anspach (org.), *Les Cahiers de l'Herne*, op. cit., p. 78 (grifos do autor).

elemento "fora do grupo", que, por isso mesmo, permite que ele volte a se reconhecer enquanto unidade, em lugar da multiplicação desordenada de rivalidades. Você se recorda da formulação elegante de Henri Grivois, que vimos no primeiro capítulo: "[...] *a unanimidade menos um* da crise fundadora". Eis a emergência da diferença em meio à crise de indiferenciação de papéis entre sujeitos e modelos, convertidos todos em rivais.

A *méconnaissance* pode se transformar numa autêntica segunda natureza, passando despercebida, porque num primeiro momento não se dispõe de linguagem para explicitá-la. Girard propôs que a centralidade do sacrifício favoreceu o desenvolvimento simbólico: "A exemplo de Darwin, Lorenz prefere descartar qualquer separação entre animais e seres humanos. Subestimam a atividade simbólica ou sequer a mencionam. A simbolicidade é essencial".[28]

A centralidade do fenômeno levou o pensador francês a detalhar o processo:

> Pode-se imaginar a hominização se estendendo por centenas de milhares ou por milhões de anos. O que faz a especificidade do homem é a "simbolicidade": isto é, a capacidade de dispor de um sistema de pensamento que permite transmitir uma cultura de geração para geração. E isso só pode começar com a vítima e o sacrifício.[29]

Em seu segundo livro, Girard ampliou o horizonte de sua reflexão tanto do ponto de vista espacial – agora a violência abarca o conjunto da comunidade – como do ponto de vista temporal – o pensador retrocedeu às origens da cultura.

---

[28] René Girard et al., *Evolução e Conversão*, op. cit., p. 126.
[29] René Girard, *Quando Começarem a Acontecer Essas Coisas*, op. cit., p. 66-67.

(Nada menos.)

Essa via dupla supõe o duplo vínculo do fenômeno da emergência da cultura, determinado pela centralidade da violência. Tendo chegado a esse ponto, uma nova pergunta se impôs: é possível conceber um espaço que consiga superar as origens violentas da cultura?

Em diálogo com Maria Stella Barberi, o pensador resumiu o sentido da investigação:

> O que me orientou para a violência foi a esperança de ser bem-sucedido ali onde a antropologia do século XIX fracassou, na explicação da origem do religioso, dos mitos e dos ritos. E tudo isso, naturalmente, para chegar ao cristianismo.[30]

A pergunta pode ser reformulada nos termos de Coetzee: como inventar uma linguagem que revele *coisas ocultas desde a fundação do mundo*?

Coisas Ocultas desde a Fundação do Mundo

Em *Coisas Ocultas desde a Fundação do Mundo*, René Girard enfrentou o complexo fenômeno da *méconnaissance*, como se buscasse uma resposta para a questão proposta no livro anterior.

Proponho a seguinte formulação do problema: a emergência das religiões é indissociável da escalada mimética da violência. A religião contém a violência por meio de tabus e da memória do

---

[30] René Girard, *Aquele por Quem o Escândalo Vem*, op. cit., p. 197. Um estudioso do pensador francês tem razão ao observar: "Ao menos em *Mentira Romântica e Verdade Romanesca*, Girard nunca elabora comentários apologéticos da fé cristã, o que mudaria notavelmente em seus livros posteriores. Mas desde esse primeiro livro, Girard exibe uma apologia do monoteísmo". Gabriel Andrade, *René Girard: Um Retrato Intelectual*, op. cit., p. 91.

sacrifício expiatório. Porém, a simples existência de proibições sugere que o grupo inteiro é "culpado" de idêntico "pecado original", por assim dizer.

(Você já sabe: o desejo mimético.)

Os ritos expõem *e* ocultam o fenômeno que, explicitado, provocaria o colapso do mecanismo sustentado pelo caráter sistêmico da *méconnaissance*. Isto é, a "culpa" do sacrificado é a "mesma" daqueles que o sacrificaram.

Como compreender essa miopia coletiva?

É como se o dilema da "carta roubada" de Edgar Allan Poe não se reduzisse a uma história policial, antes esclarecesse os primórdios das instituições culturais. O astuto Monsieur Dupin descobre o "esconderijo" de precioso documento porque, para melhor ocultá-lo, ele tinha sido deixado ostensivamente aos olhos de todos:

> [...] o sujo; o estado do papel, manchado e amassado, tão em desacordo com os verdadeiros hábitos metódicos de D. e tão sugestivo de uma intenção de induzir erradamente o observador a uma ideia da falta de importância do documento; todas essas coisas, juntamente com a posição demasiado ostensiva do documento, bem à vista de qualquer visitante [...].[31]

Assinale-se o método comparativo de Monsieur Dupin: ora, que a carta estivesse à vista de todos foi tão importante quanto o paralelo com a rotina ordenada do Sr. D. – a solução do enigma teve como base o contraste entre os dois fatores.

---

[31] Edgar Allan Poe, "A Carta Roubada". In: *Histórias Extraordinárias*. Trad. José Paulo Paes. São Paulo, Companhia das Letras, 2008, p. 66.

Na perspectiva girardiana, enquanto nos mantivermos míopes, a violência sacrificial continuará a impor sua lógica. E é uma lógica eficaz, pois contém a violência, ainda que só consiga fazê-lo de modo igualmente violento, derivando daí sua energia autorreprodutora. Se é verdade que em muitas sociedades o sacrifício humano foi trocado pelo de animais, pela oferta de alimentos e por outras formas de substituição, é ainda mais relevante ressaltar que a violência simbólica manteve o protagonismo. A regra continuou sendo a exclusão violenta de um membro do grupo transformado em *outro absoluto* – o "outro outro", no vocabulário que proponho.

No livro de 1978, Girard buscou respostas para a seguinte pergunta: pode-se encontrar um modo de controle externo da violência que não recorra à lógica do mecanismo do bode expiatório? Dito sem rodeios: pode-se encontrar um espaço não sacrificial de contenção da violência mimeticamente desencadeada?

A alternativa girardiana é inequívoca: o cristianismo oferece não apenas a possibilidade como também a experiência de um espaço não sacrificial, vale dizer, não violento. Para demonstrá-lo, Girard analisou o julgamento de Salomão no caso das duas mulheres que afirmavam ser a mãe do mesmo filho. Ademais, ele reconheceu a centralidade do episódio na arquitetura do livro:

> *Coisas Ocultas* construiu-se inteiro com base naquele texto, que desempenha um papel essencial em minha reflexão sobre o sacrifício. [...] A situação humana fundamental é a de um julgamento de Salomão sem Salomão algum! Em *Coisas Ocultas*, argumento que não se pode usar o mesmo termo para caracterizar a atitude de ambas as prostitutas.[32]

---

[32] René Girard et al., *Evolução e Conversão*, op. cit., p. 234.

Recapitulemos, muito rapidamente, o episódio.

Duas mulheres tinham dado à luz, mas o filho de uma delas faleceu durante a noite. Ao dar-se conta, uma delas colocou o filho morto nos braços da mulher que continuava dormindo. Na manhã seguinte, a mãe naturalmente percebeu que o menino em seu colo não era seu e recorreu ao rei Salomão. O rei lançou mão da conhecida argúcia, e, a fim de esclarecer o dilema, proferiu uma ordem em princípio absurda:

> Estavam discutindo assim, diante do rei, que sentenciou: "Uma diz: 'Meu filho é o que está vivo e o teu é o que está morto!', e a outra responde: 'Mentira! Teu filho é o que está morto e o meu é o que está vivo!' Trazei-me uma espada", ordenou o rei; e levaram-lhe a espada. E o rei disse: "Cortai o menino vivo em duas partes e dai metade a uma e metade à outra".[33]

Lentes miméticas iluminam a sutileza que subjaz à decisão: como as rivalidades produzem uma energia sempre mais violenta e autocentrada, já que os rivais esquecem o objeto que gerou a disputa para concentrar-se no ressentimento que os consome, a única forma de driblar a escalada da violência consiste em retornar ao objeto. No mecanismo do bode expiatório, tal ocorre por meio da canalização do ódio coletivo contra um único membro da comunidade, transformado em verdadeiro objeto-ímã, cuja imanência gera pelo avesso a transcendência do sagrado. A ordem de Salomão promove o retorno violento do objeto, dada a temeridade de cumprir à risca a determinação. Ou, pior ainda, a ameaça de fazê-lo produz o curto-circuito que desfaz, ainda que temporariamente, os efeitos da *méconnaissance*. O corpo do menino, dividido em dois, equivaleria a uma metonímia crua dos duplos miméticos que se destroem.

---

[33] O breve episódio pode ser lido integralmente em 1 Reis 3,16-28. As citações bíblicas deste livro vêm da *Bíblia de Jerusalém*.

Nesse momento agônico, a verdadeira mãe arrisca-se para evitar o terrível veredito:

> Então a mulher, de quem era o filho vivo, suplicou ao rei, pois suas entranhas se comoveram por causa do filho, dizendo: "Ó meu senhor! Que lhe seja dado então o menino vivo, não o matem de modo nenhum!" Mas a outra dizia: "Ele não seja nem meu nem teu, cortai-o!"[34]

Nessa cena, Girard identificou a promessa de um espaço não sacrificial. A falsa mãe não se comoveu diante da instrução de Salomão, em seu ressentimento, atualizou a Lei de Talião: olho por olho e filho por filho. A mãe do menino preferiu perdê-lo a vê-lo morto de maneira tão cruel. Ela renunciou a seu filho para salvá-lo, apesar de colocar em risco a própria vida, pois, ao implorar pela vida do menino, parecia confessar que tinha roubado a criança.

O rei Salomão, compreendendo perfeitamente a situação, ditou o célebre juízo:

> Então o rei tomou a palavra e disse: "Dai à primeira mulher a criança viva, não a matem. Pois é ela a sua mãe". Todo o Israel soube da sentença que o rei havia dado, e todos lhe demonstraram muito respeito, pois viram que possuía uma sabedoria divina para fazer justiça.[35]

A verdadeira mãe esqueceu a reparação a que tinha direito para salvar a vida do filho. Por amor à criança, decidiu não se vingar. Salomão decifrou o gesto e a ela concedeu a justiça que lhe era devida sem recorrer à violência. É notável que o texto não faça menção

---

[34] Ibidem.
[35] Ibidem.

alguma ao possível castigo à prostituta que tomou o filho da outra, como se na letra tampouco houvesse espaço para um remate violento.

(O espaço não sacrificial contaminou a própria escrita.)

Esse entendimento favorece o vínculo inesperado entre as categorias desenvolvidas no estudo do romance e a exegese das Escrituras.

Do mesmo modo como a mentira romântica oculta o caráter mimético do desejo, ignorando o papel do modelo em sua determinação, as religiões lastreadas em ritos sacrificiais ocultam que o sacrificado só se converte em sagrado porque se desconhece que ele não é culpado – sem a *méconnaissance*, o sistema não teria a mesma força.

E assim como a verdade romanesca revela o caráter mimético do desejo, destacando o papel do modelo em sua determinação, o cristianismo explicita a inocência do sacrificado: ele é a vítima, ou, simplesmente, o bode expiatório. Por fim, pode-se empregar a expressão, sintetizando a contribuição-chave do cristianismo – na ótica girardiana, bem entendido.

Contribuição que se desdobra em três níveis: antropológico, epistemológico e ético.

Repisemos os três pontos, já vistos no primeiro capítulo.

Contribuição antropológica: as Escrituras, com ênfase no Novo Testamento, reescrevem mitos arcaicos, mas com uma mudança de ponto de vista que se converte na explicitação das *coisas ocultas desde a fundação do mundo*. Por um lado, a centralidade do fenômeno religioso na constituição do humano, e, por outro, a onipresença do sacrifício expiatório nas primeiras manifestações religiosas.[36]

---

[36] Em seu último livro, Girard disse-o enfaticamente: "Cristo veio tomar o lugar da vítima. Ele se colocou no coração do sistema para revelar seus mecanismos ocultos. [...] A Paixão

(A intertextualidade bíblica tem um centro fixo: a inocência da vítima. E um ponto de vista dominante: sua defesa.)

Contribuição epistemológica: as Escrituras apresentam momentos distintos da mesma reflexão: inocência *absoluta* do sacrificado. No instante em que ocorre o sacrifício, ele não possui "culpa" alguma pela crise específica que a comunidade atravessa. A culpa é coletiva, e por isso precisa ser coletivamente expiada.

Contribuição ética: ao reconhecer o caráter mimético do desejo, a sabedoria evangélica assume ares quase conceituais: "Quem dentre vós estiver sem pecado, seja o primeiro a lhe atirar uma pedra!".[37] Ou seja, aquele que se considera imune às vicissitudes do desejo mimético, julgando-se superior aos demais, atribui-se uma posição de absoluta exterioridade no interior do sistema no qual se encontra. Ressalte-se a ironia involuntária: declarar-se superior implica a lógica do mimetismo. A impossibilidade da tarefa revela o equívoco da posição.

As três dimensões reúnem-se:

> Iniciei minha carreira como antropólogo, muito longe da teologia. Mas pouco a pouco fui me dando conta de que, se fazemos antropologia mediante certa observação atenta dos fenômenos, em lugar de nos afastarmos do religioso, esse caminho nos leva a esse centro.[38]

Por meio da justaposição dos níveis antropológico, epistemológico e ético, a *méconnaissance* é transformada em conhecimento compartilhado, anunciando a promessa de um espaço não sacrificial.

---

nos mostra que o homem vem do sacrifício, que ele nasceu com a religião". René Girard, *Rematar Clausewitz*, op. cit., p. 29.
[37] João 8,7.
[38] Carlos Mendoza-Álvarez, "Pensar a Esperança como Apocalipse". In: *O Deus Escondido da Pós-Modernidade*, op. cit., p. 330.

A radicalidade girardiana desorientou os críticos: na universidade se julga sua apologia do cristianismo um obstáculo ao trabalho acadêmico; os religiosos tradicionais consideram sua abordagem muito mais antropológica do que sagrada. Na percepção de Girard: "Em geral, para as pessoas de esquerda, eu sou conservador, ao passo que as de direita me julgam revolucionário. Digo o que eu penso sem levar essas categorias em conta".[39] Aí reside uma afinidade profunda entre Girard e Dostoiévski. O pensador francês assim definiu o romancista russo: "É um estrangeiro em todos os lugares";[40] aliás, como o Otelo shakespeariano. Daí, "a fatalidade do desenraizamento";[41] exatamente como Girard sempre se sentiu no sistema universitário.

Gianni Vattimo apreendeu bem essa singularidade:

> Girard me permitiu compreender a essência possível e histórico-progressista do cristianismo e da modernidade. Normalmente, crescidos em contexto católico, sempre imaginamos que havia uma antítese e uma oposição entre ser cristão e ser moderno [...]. A palavra-chave que comecei a empregar depois de ler Girard foi, precisamente, secularização, como realização última do cristianismo enquanto religião não sacrificial [...]. A secularização não seria o abandono do sagrado, porém a aplicação completa da tradição sagrada a determinados fenômenos humanos.[42]

Em geral, as críticas feitas à obra girardiana limitam-se às conclusões avançadas em *Coisas Ocultas*, como se representassem o ponto de chegada das formulações sobre a centralidade da violência e a possibilidade do desenvolvimento de um espaço não sacrificial.

---

[39] René Girard, *Quando Começarem a Acontecer Essas Coisas*, op. cit., p. 151.
[40] René Girard, *Dostoiévski: Do Duplo à Unidade*, op. cit., p. 116.
[41] Ibidem, p. 118.
[42] René Girard e Gianni Vattimo, *¿Verdad o Fe Débil? Diálogos sobre Cristianismo y Relativismo*, op. cit., p. 41-42.

Ora, Girard mudou consideravelmente seu pensamento, o que implicou uma forma muito distinta de compreensão do termo sacrifício e, por conseguinte, do próprio cristianismo, num sentido ainda mais radical do que o imaginado por Vattimo. Muitos críticos da teoria mimética ignoram essas modificações conceituais,[43] pois parecem não ter acompanhado as reflexões girardianas após a publicação de *Coisas Ocultas desde a Fundação do Mundo*.

(É como ler Freud sem considerar as diversas elaborações da teoria do inconsciente. Nem mesmo Macunaíma defenderia uma hermenêutica tão preguiçosa.)

Evolução e Conversão[44]

Por muito tempo, Girard não empregou a palavra sacrifício no contexto cristão, a fim de estabelecer uma diferença nítida entre, digamos, a "mentira romântica" das religiões sacrificiais e a "verdade romanesca" do cristianismo. De um lado, a manutenção da *méconnaissance*; de outro, a explicitação daquilo que o *desconhecimento* ocultava: a inocência

---

[43] Como vimos, Michael Kirwan assinalou: "qualquer pessoa que leia *Coisas Ocultas* para saber o que Girard pensa sobre o sacrifício será seriamente induzida a erro, devido à sua mudança de ênfase desde que o livro foi publicado, em 1978". Michael Kirwan, *Teoria Mimética. Conceitos Fundamentais*, op. cit., p. 37.

[44] Este livro de diálogos com René Girard foi produzido em inglês: *Evolution and Conversion. Dialogues on the Origins of Culture*. London, The Continuum, 2008. Porém, suas primeiras edições foram publicadas em outros idiomas. Em português: René Girard, *Um Longo Argumento do Princípio ao Fim. Diálogos com João Cezar de Castro Rocha e Pierpaolo Antonello*. Rio de Janeiro, Topbooks, 2000. Em italiano: René Girard, *Origine della Cultura e Fine della Storia. Dialoghi con Pierpaolo Antonello e João Cezar de Castro Rocha*. Milano, Raffaello Cortina, 2003. Em francês: René Girard, *Les Origines de la Culture. Entretiens avec Pierpaolo Antonello et João Cezar de Castro Rocha*. Paris, Éditions Desclée de Brouwer, 2004. Em espanhol: René Girard, *Los Orígenes de la Cultura. Conversaciones con Pierpaolo Antonello y João Cezar de Castro Rocha*. Madrid, Editorial Trota, 2006. Já existem edições em polonês, coreano, tcheco e japonês. Há uma nova edição em português, revista e ampliada: *Evolução e Conversão*. São Paulo, É Realizações, 2011. Logo sairá uma nova versão em espanhol, seguindo essa última edição brasileira.

da vítima expiatória. A palavra sacrifício seria reservada aos casos em que ocorre o assassinato fundador ou sua encenação por meio de ritos.

Por muito tempo, Girard evitou qualquer associação entre cristianismo e sacrifício, como se fosse necessário estabelecer um hiato entre os dois modos de religiosidade. Contudo, o esforço de separá-los criou problemas em relação à coerência interna da obra. Essa dicotomia postulava que, ao menos com o surgimento do cristianismo, o duplo vínculo entre violência e sagrado teria sido substituído pela possibilidade de uma experiência não violenta: a vivência cristã.

O caráter exclusivo dessa experiência foi contestado por pensadores que reconheceram a importância da teoria mimética. Paul Ricoeur, após afirmar que "a mímesis girardiana propõe-se como passagem obrigatória",[45] ressaltou que "o símbolo cristão não é necessariamente o único possível".[46] Sandor Goodhart foi mais enfático: "[...] a desconstrução do sacrifício não é nova. Ela já existe na Bíblia hebraica. Este é um velho tema judeu".[47] Jacques T. Godbout entendeu a atitude da "boa prostituta" como uma disposição mais geral, que não apenas ocorreria fora do horizonte da mímesis, como também antecederia o cristianismo: "[...] o amor maternal, que sempre existiu e que transcende continuamente a lógica da violência mimética. Não há necessidade de recorrer a Cristo para reconhecer sua existência em toda a história da humanidade".[48]

De fato, tema-chave nos desdobramentos da teoria mimética.

---

[45] Paul Ricoeur, "Le Religieux et la Violence Symbolique". In: Mark R. Anspach (org.), *Les Cahiers de l'Herne*, op. cit., p. 144.
[46] Ibidem, p. 148.
[47] Sandor Goodhart, "La Victime Innocente dans Isaïe 52-53: Ressemblance des Textes Juifs et Chrétiens". In: Mark R. Anspach (org.), *Les Cahiers de l'Herne*, op. cit., p. 152. Ver também no mesmo livro: René Girard, "Réponse à Sandor Goodhart sur la Victime Innocente", p. 153-55.
[48] Jacques T. Godbout, "L'Amour Maternel et le Jugement de Salomon". In: Mark R. Anspach (org.), *Les Cahiers de l'Herne*, op. cit., p. 156. Ver também no mesmo livro: René Girard, "Réponse à Jacques Godbout sur le Jugement de Salomon ", p. 158-59.

Em 1990, num importante encontro com teólogos da libertação, Franz Hinkelammert assinalou que o pensamento girardiano não era antissacrificial, porém não sacrificial. No fim das contas, e desculpe a redundância, "sacrificar" o sacrifício seria uma atitude propriamente sacrificial, ao negar a força constitutiva da convivência paradoxal da violência e do sagrado nas origens da cultura: "Será que realmente compreendemos o pensamento de Girard se o definimos como antissacrificial? Acho que não, porque seu pensamento é não sacrificial... A posição antissacrificial pode ser extremamente sacrificial".[49]

Os extremos costumam tocar-se, e, como autênticos duplos miméticos, quanto mais se negam, mais se assemelham. Negar categoricamente a violência no âmbito cristão, ou julgar o cristianismo superior às demais religiões, acarreta uma clara contradição, pois a afirmação de superioridade geraria uma ansiedade mimética em adeptos de outras confissões, cujo resultado previsível seria a impossibilidade de diálogo e o recrudescimento de fundamentalismos.

O pensamento girardiano conheceu uma transformação muito importante para as perguntas que formulei no início deste capítulo. Girard reconheceu que Hinkelammert acertou no alvo: "Lembro dessa discussão e acho que ele está certo".[50]

Não é tudo: como pensar a circunstância latino-americana a partir de uma teoria que relativizasse a centralidade da violência não apenas nas origens da cultura, mas também no dia a dia, aqui e agora? Trata-se de articular uma reflexão acerca da onipresença de matizes da violência – desde seus traços físicos mais brutais, até seus efeitos simbólicos mais sofisticados.

---

[49] Franz Hinkelammert, apud Hugo Assmann (org.), *René Girard com Teólogos da Libertação: Um Diálogo sobre Ídolos e Sacrifícios*, op. cit., p. 42.
[50] René Girard et al., *Evolução e Conversão*, op. cit., p. 235.

Escutemos o pensador francês propondo uma revisão de sua filosofia. Para tanto, ele ponderou, num ângulo novo, a atitude sacrificial e a fé cristã. Ele voltou a referir-se estrategicamente ao julgamento de Salomão, porém com o propósito de identificar duas formas de sacrifício, deixando de projetar no cristianismo um espaço não sacrificial.

Eis a diferença decisiva que nem todos os críticos do pensamento girardiano compreendem:

> Uma vez que o sentido do sacrifício como imolação, assassinato, é o antigo, decidi que o termo "sacrifício" deveria aplicar-se ao primeiro tipo, o sacrifício criminoso. *Hoje mudei de ideia.* A distância entre as duas atitudes permanece infinita, não resta dúvida; e é a diferença entre o *sacrifício arcaico*, que se volta contra um terceiro, tomando-o como vítima daqueles que estão lutando, e o *sacrifício cristão*, que é a renúncia de toda afirmação egoísta, inclusive da vida, se necessário, a fim de não matar.[51]

Um pouco adiante, Girard reiterou a noção:

> Em suma, *não dispomos de um espaço perfeitamente não sacrificial*. Ao escrever *A Violência e o Sagrado* e *Coisas Ocultas*, eu estava tentando encontrar esse espaço no qual poderíamos compreender e explicar tudo sem envolvimento pessoal. Agora sei que tal empreitada não pode ser bem-sucedida.[52]

---

[51] Ibidem, p. 234-35 (grifos meus).
[52] Ibidem, p. 237 (grifo meu).

Como disse na introdução, não sou capaz de abordar o tema teologicamente, mas ainda assim gostaria de levantar algumas questões, pensando em suas consequências para a circunstância latino-americana.[53]

Para compreender a mudança nas posições girardianas, a inocência do sacrificado deve ser considerada *relativa* e, ao mesmo tempo, *absoluta*. *Relativa* porque o desejo representa uma "culpa" de caráter coletivo, já que todos desejam mimeticamente. As rivalidades e invejas daí derivadas também constituem a estrutura psíquica do sacrificado. Todavia, trata-se de uma inocência *absoluta* porque, no instante em que a vítima expiatória é assassinada, ela não possui culpa pela desordem que atravessa a comunidade.[54]

De igual modo, a culpa dos sacrificadores é *relativa* e, ao mesmo tempo, *absoluta*. *Relativa* porque todos acusam (acusamos) o outro de "culpas" que também lhes (nos) pertencem, isto é, numa certa medida, todos são (somos) sacrificadores do alheio – como na impactante tela de Nicolás Enríquez, *La Flagelación*, na qual mesmo os que estavam fisicamente distantes de Cristo brandiam seus açoites como se pudessem atingir a vítima. Trata-se, porém, de uma culpa ao mesmo tempo *absoluta* porque, no instante em que sacrificam o bode expiatório, todos, apesar de sua inocência, inculpam-no *absolutamente*.

---

[53] Penso numa sugestiva reflexão: "Ainda que a teoria mimética não possa pretender ser um marco interpretativo da totalidade do fenômeno da migração, é preciso reconhecer que ela é muito fecunda para a compreensão daquela migração menos conhecida, mais vulnerável e estigmatizada, que é a migração irregular, o refúgio e o deslocamento forçado". Mauricio Burbano Alarcón, "La 'Teoría Mimética' de René Girard y su Aporte para la Comprensión de la Migración". *Universitas Philosophica*, ano 27, n. 55, 2010, p. 179.
[54] Eis aqui uma excelente formulação acerca da *inocência absoluta* da vítima: "Uma característica da violência é que, quando ela explode, os mesmos homens que a provocaram costumam buscar causas ou justificativas exteriores que os exonerem: atuaram em legítima defesa, suas vítimas colocaram em perigo o destino da comunidade [...]. *Exteriorizam* sua violência como se, ao atribuir-lhe uma causa independente de sua vontade, se purificassem dela". Jean Robert, "*Economía y Violencia*"*: ¿Un debate Con o Sin Economistas?*. Chiapas, Universidad de la Tierra, 2012, p. 1 (grifo do autor).

Afirmar a inocência da vítima tornou-se hoje em dia uma bandeira infelizmente contraditória, porque a defesa sempre imputa culpas a outros, nunca a nós mesmos. Paradoxalmente, essa afirmação reitera o mecanismo do bode expiatório, colocando a vítima numa posição de superioridade, a partir da qual ela julga severamente os demais. Nesse círculo vicioso, a vítima se converte num inesperado acusador, em busca de reparações infinitas, expressas numa agressividade que cresce na proporção exata em que se evocam injustiças sofridas.

Na visão de Jean-Pierre Dupuy:

> As vítimas são tão importantes para nós que é em nome das vítimas que nos perseguimos e nos atormentamos mutuamente. Uma variante cômica dessa perversa inversão é o "politicamente correto" dos norte-americanos. Quanto mais alguém acumula sinais vitimários, mais seguro está de obter privilégios.[55]

É decisivo reconhecer-se potencialmente culpado, pois não deixaremos de desejar mimeticamente. Talvez possamos aprender a não confundir desejo e inveja, mas nem sequer é possível garantir o sucesso desse simples projeto ético. Em sua análise do teatro shakespeariano, Girard advertiu: "Toda inveja é mimética, mas nem todo desejo mimético é invejoso".[56] A inveja, mais do que somente o desejo mimético, supõe o desejo metafísico: o anelo de ser outro, numa modalidade extrema de bovarismo. Observemos o sentido da inveja no pensamento girardiano:

> Assim como o desejo mimético, a inveja subordina um algo desejado a um alguém que goza

---

[55] Jean-Pierre Dupuy, *La Crisis y lo Sagrado*. Chiapas, Universidad de la Tierra, 2012, p. 10.
[56] René Girard, *Shakespeare: Teatro da Inveja*, op. cit., p. 44.

> de uma relação privilegiada com esse objeto. A inveja cobiça o ser superior que nem o alguém, nem o algo parecem possuir individualmente, mas apenas em conjunto. A inveja involuntariamente testemunha uma carência de ser que envergonha o invejoso, sobretudo depois da entronização do orgulho metafísico no Renascimento. É por isso que a inveja é o pecado mais difícil de admitir.[57]

A consequência mais importante de reconhecer-se potencialmente culpado é também a mais difícil, ainda que decisiva no cenário contemporâneo. O desafio consiste em criar condições para o diálogo entre vítimas e algozes.

A estrutura paradoxal da mímesis também contagia a possibilidade de encontrar um espaço não sacrificial; esse espaço é um princípio regulador em termos kantianos. Somente assim se preserva a possibilidade de um ideal que se sabe inexequível, a saber, a convivência mimética num espaço não sacrificial, mas que se mantém como orientação ética.

Daí a centralidade da teologia do perdão, tal como foi desenvolvida por James Alison:

> [...] quero sugerir que o perdão é uma ferramenta intelectual humana de vital importância. Conforme perdoemos e sejamos perdoados, vamos vendo as coisas como realmente são. Assim nos vacinamos contra ser configurados pela paranoia, que leva à teoria da conspiração, e quero sugerir que a teoria da conspiração é precisamente a mentalidade dos que não

---

[57] Ibidem, p. 43.

> receberam o perdão e não podem perdoar, e
> que portanto não conseguem chegar a perceber
> aquilo que existe.[58]

Alison cunhou a feliz expressão "inteligência da vítima",[59] implicando um movimento que pretende escapar do duplo vínculo do circuito mimético. Por um lado, evita as armadilhas da autovitimização, que costuma imobilizar o indivíduo no ressentimento, e, além disso, deixa de culpar o outro – inclusive o próprio carrasco –, de modo a não cair no círculo interminável da vingança.[60]

Carlos Mendoza-Álvarez levou adiante os postulados da antropologia do perdão:

> Dessa maneira, o perdão é recebido e oferecido como gratuidade absoluta num dinamismo de transmissão da vida teologal que inclui em seu seio o sujeito vulnerável, exposto diante da presença do Outro enquanto outro, mas ao mesmo tempo convoca aquele que

---

[58] James Alison, *"Para la Libertad nos Ha Libertado". Acercamientos para Desatar los Nudos de la Expiación Gay y Lesbiana.* Guadalajara, Iteso, 2008, p. 50.

[59] René Girard chamou a atenção para a força dos achados conceituais de James Alison: "A expressão original que ele forjou seguindo meu pensamento para falar da verdade de Cristo, *the intelligence of the victim*, é difícil de traduzir para outras línguas porque designa ao mesmo tempo a intelecção ou compreensão que temos da vítima no meio do processo violento, bem como a compreensão da vítima, ela mesma, quando consegue ir além de seu ressentimento. Alison tem conseguimentos verbais de uma força extraordinária". Carlos Mendoza-Álvarez, "'Pensar a Esperança como Apocalipse.' Conversa com René Girard". In: *O Deus Escondido da Pós-Modernidade*, op. cit., p. 327-28.

[60] Mario Roberto Solarte viu bem esse ponto: "Nos contextos concretos dos sistemas de violência, a saída progressiva da imitação dos modelos de rivalidade, para seguir modelos de desejo gratuito que renunciam à vingança, pode ser expressa como vontade ou desejo de amor. Trata-se de um conceito de não violência ativo e forte [...]". Mario Roberto Solarte Rodriguez, "Mimesis y Noviolencia. Reflexiones desde la Investigación y la Acción". *Universitas Philosophica*, ano 27, n. 55, 2010, p. 64.

havia naufragado nas águas caudalosas da onipotência a uma existência nova.

Trata-se, em síntese, de aprender a viver o desejo mimético certamente, mas como imitação alternativa: de um amor não recíproco e assimétrico porque é doação pura.[61]

As consequências dessa postura não são nada simples, porém são decisivas para a circunstância latino-americana. Aqui se destaca a força do conceito de "*intelligence of the victim*", a inteligência da vítima que aprende a perdoar.[62] Tema particularmente sensível para a história recente, com milhares de desaparecidos políticos, crianças sequestradas por ditaduras militares, massacres contra populações indígenas, exploração de trabalhadores informais reduzidos a anacrônicos escravos, feminicídios que continuam impunes, as sequelas do narcotráfico, a violência do aparato estatal, a corrupção do sistema político.

Como falar em perdão, doação pura e inteligência da vítima numa terra tão devastada?[63]

Hora de considerar as reflexões do último livro de René Girard, *Rematar Clausewitz* (2007), fruto de seu diálogo com Benoît Chantre.

---

[61] Carlos Mendoza-Álvarez, *O Deus Escondido da Pós-Modernidade*, op. cit., p. 248. Em outro contexto, o teólogo mexicano reiterou a proposta: "[...] a inteligência do *perdão* como ato escatológico que é fim da história violenta (*chronos*) e início dos tempos messiânicos (*kairós*)". Carlos Mendoza-Álvarez, "Subjetividad Posmoderna e Identidad Reconciliada. Una Recepción Teológica de la Teoría Mimética". *Universitas Philosophica*, ano 27, n. 55, 2010, p. 157.
[62] Vejam-se os livros de James Alison, *Knowing Jesus* (London, SPCK Publishing, 2012; primeira edição de 1994); e *O Pecado Original à Luz da Ressurreição: A Alegria de Perceber-se Equivocado* (trad. Mauricio Righi. São Paulo, É Realizações, 2011).
[63] "Se o paradoxo do perdão for evidenciado como forma de resolver o problema da invisibilização do outro, teremos conseguido encontrar uma dimensão inédita da teoria mimética a partir das identidades latino-americanas dessa nova geração". Carlos Mendoza-Álvarez, "Sobre a Invisibilização do Outro. Uma Recepção Latino-Americana de Lévinas e Girard". In: *Mímesis e Invisibilização Social*, op. cit., p. 48.

Rematar Clausewitz

Em *Achever Clausewitz*, Girard aprofundou temas centrais da arquitetura mimética. A forma mais econômica de esclarecer sua importância consiste em discutir o título do livro.

Achever significa "acabar, finalizar, *concluir*", cumprindo de maneira satisfatória uma tarefa, terminando um trabalho de maneira exemplar, com perfeito acabamento ou remate. Nessa acepção, "*achever* Clausewitz" implica ir além da obra do general prussiano, dando a suas ideias um acabamento inexistente no original, levando às últimas consequências as premissas contidas em *Da Guerra*.

Girard, o inventor:

> Precisamos então rematar Clausewitz, indo até o fim do movimento que ele mesmo interrompeu.
> [...]
> Clausewitz pensa as relações miméticas entre os homens, ainda que, caso tivesse de lançar mão de alguma filosofia, fosse escolher a razão iluminista.[64]

Por outro lado, *achever* também significa "acabar, finalizar, *matar*". A frase "*achever un homme blessé*" pode ser assim traduzida: "matar um homem ferido", dar-lhe o tiro de misericórdia. Nesse sentido, *achever* Clausewitz implica considerar seriamente as consequências da guerra, ressaltando que não se trata de fato isolado; terrível, mas ocasional. A guerra passa a ser vista como o dado estrutural das relações humanas. Daí a centralidade da noção de "duelo" no pensamento de Carl von Clausewitz.

---

[64] René Girard, *Rematar Clausewitz*, op. cit., p. 25-26.

A figura do duelo domina o livro, tornando *Da Guerra* uma bússola segura para compreender fenômenos contemporâneos, tais como o terrorismo, o fundamentalismo religioso, a globalização e os efeitos do consumismo sem limites, que se nutre do predomínio da mediação interna. Na leitura girardiana, destaca-se "essa definição impressionante do duelo como 'escalada para os extremos', que imediatamente me recordou daquilo que chamo de conflito mimético".[65]

O motor da escrita de Clausewitz é um sistema de rivalidades desenvolvido em dois planos.

No plano pessoal, envolve o próprio Clausewitz e ninguém menos do que Napoleão! O general francês tornou-se obstáculo para todo o mundo, e sua presença na literatura e nas artes é um dos fatos mais significativos no marco de uma cronologia mimética da história moderna e contemporânea.[66] Julien Sorel, o herói malogrado de *O Vermelho e o Negro*, é um personagem conceitual que sintetiza essa atmosfera particular, assim como o provinciano Lucien de Rubempré, de *As Ilusões Perdidas*, e seu desejo impossível de emular o grande general.

Outro nível remete às disputas entre Prússia e França. Na interpretação de Girard, a rivalidade do general prussiano com o imperador francês aparece como autêntica metonímia da rivalidade mimética que desde a segunda metade do século XVIII envolveu as culturas alemã e francesa numa hostilidade sem trégua. No plano político e econômico, a rivalidade determinou o rosto da política europeia até pelo menos 1945; o que equivale a dizer a história moderna e contemporânea. Ademais, "até os anos 1965-1970, a guerra tinha continuado a ter um efeito sacrificial. Na França, a mudança se

---

[65] Ibidem, p. 41.
[66] Juan Manuel Díaz propôs uma sugestiva cronologia propriamente mimética em seu ensaio "Elementos para la Reconstrucción de una Filosofía de la Historia en René Girard". *Universitas Philosophica*, ano 27, n. 55, 2010, p. 75-90; ver especialmente p. 84-87.

produziu em 1968 e, por todos os lados, por volta desse mesmo período. Desde então, não há senão fenômenos mundiais".[67] O modelo do duelo como síntese da história permaneceu válido até finais da década de 1960.

Joseph Conrad escreveu um de seus textos mais conhecidos exatamente a respeito desse sistema de reciprocidade violenta. No parágrafo de abertura da novela dedicada ao tema, percebe-se a capacidade de produzir conhecimento característica dos grandes autores, cuja potência encontra-se na base da teoria mimética.

Numa frase, Conrad tudo disse:

> Napoleão I, *cuja carreira teve o caráter de um duelo travado contra toda a Europa*, repudiava duelos entre os oficiais de seu exército. O grande imperador militar não era um fanfarrão e guardava pouco respeito às tradições. Todavia, a história de um duelo, que se tornou lendária no exército, atravessa a epopeia das guerras imperiais.[68]

Napoleão enfrentou a tradição como se a querela fosse uma questão pessoal. Sem condições de pertencer à aristocracia por suas origens modestas, o futuro general soube impor-se apesar das adversidades. O gesto de coroar-se imperador é a atitude hipermimética por excelência: autêntico homem do subsolo que chegou ao poder máximo, obrigando todos a olhá-lo com inveja.[69]

---

[67] René Girard, *Aquele por Quem o Escândalo Vem*, op. cit., p. 141.
[68] Joseph Conrad, *Os Duelistas*. Trad. André de Godoy Vieira. Porto Alegre, L&PM, 2008, p. 5 (grifo meu).
[69] É reveladora a seguinte analogia: "A arrogância de economistas e financistas é julgar que podem, como Napoleão, cingir-se eles próprios da coroa do Imperador. É dizer que imaginam poder colocar-se eles próprios em posição de exterioridade, isto é, de autoridade". Jean-Pierre Dupuy, *La Crisis y lo Sagrado*, op. cit., p. 11.

Na novela de Conrad, os personagens Feraud e D'Hubert, tenentes de um regimento de hussardos, iniciam uma disputa desdobrada em enfrentamentos sem-fim, como se tivessem internalizado a rivalidade do imperador no *duelo contra a Europa inteira*. Assim mesmo: da interdividualidade coletiva à interdividualidade *tout court*, o conflito dos oficiais apresenta uma miniatura da "lei de escalada para os extremos", formulada por Clausewitz, e que tanto fascinou a Girard.

Rematar o tratado *Da Guerra* equivale a *rematar* a própria teoria mimética. Por meio de uma leitura radical, Girard descobriu a possibilidade de esboçar uma historiografia mimética da história moderna e contemporânea, vale dizer, do século XVIII aos dias atuais, da Revolução Francesa aos fundamentalismos do século XXI. Por isso, Girard afirmou que a violência em escala planetária que caracteriza o presente teve seu batismo de fogo na rivalidade tratada em *Da Guerra*.

Recordo a citação já mencionada no segundo capítulo:

> Ousemos dizer então que nós, alemães e franceses, somos responsáveis pela devastação em curso, porque nossos extremos tornaram-se o mundo inteiro. Fomos nós que acendemos o rastilho.[70]

Sigamos a cronologia mimética: em sociedades tradicionais, e no mundo político anterior às Revoluções Americana e Francesa, predominava a mediação externa. Nesse tipo de sociabilidade, a rígida hierarquia mantinha sob controle as consequências violentas da rivalidade, pois sujeito e modelo habitavam universos distintos, cuja distância, por si só, diluía o potencial agônico. Por exemplo, um militar de talento, mas que não pertencesse à aristocracia, conheceria

---

[70] René Girard, *Rematar Clausewitz*, op. cit., p. 25.

obstáculos talvez intransponíveis a sua ascensão; mas, sobretudo, ele saberia respeitá-los.

(Otelo bem-sucedido, Napoleão significou a emergência moderna da mediação interna como regra de ouro do mundo contemporâneo.)

Em *Mentira Romântica e Verdade Romanesca* a resposta à violência mimética dependia dum gesto de caráter pessoal: a conversão.[71] No vocabulário girardiano, o conflito interdividual era resolvido no mesmo plano, através da transformação do sujeito.

Em *Rematar Clausewitz*, o cenário se tornou muito mais complexo. Já não se dispõe de soluções interdividuais, pois o problema possui dimensão planetária. O contágio disseminou-se a tal ponto que decisões de caráter pessoal não podem enfrentar os avatares do desejo mimético. Nas circunstâncias contemporâneas, a conversão ética implicaria retornar aos padrões impostos pela mediação externa, renunciando ao propósito de tomar posse do objeto do modelo. Num mundo dominado pela mediação interna, tal possibilidade se tornou pura utopia. Essa condição explicita a impossibilidade de encontrar o espaço não sacrificial buscado em *Coisas Ocultas desde a Fundação do Mundo*; tal condição também esclarece que já não se pode contar com a solução do mecanismo do bode expiatório, descoberta em *A Violência e o Sagrado*, uma vez que o mecanismo sacrificial teve suas entranhas expostas pelo advento do cristianismo. *Rematar Clausewitz* inaugura uma radicalidade nova na obra girardiana, colocando em questão as respostas oferecidas em seus três primeiros livros.

Dois caminhos foram abertos no *remate* da teoria mimética.

---

[71] Gabriel Andrade estabeleceu uma associação esclarecedora: "*Verdade e Método*, de Gadamer, foi publicado um ano antes de *Mentira Romântica e Verdade Romanesca* [...]. Muito mais que narrar histórias, o romancista oferecia ao leitor um conhecimento para que o leitor mesmo se libertasse do desejo metafísico. Tal como a tradição de Gadamer, de nada servia enfrentar um texto sem penetrar nele". Gabriel Andrade, *René Girard: Um Retrato Intelectual*, op. cit., p. 109 e 114.

Girard desenvolveu uma "imaginação apocalíptica". Esclareça-se o sentido forte da afirmação de outro modo surpreendente: "Essa escalada para o apocalipse é a realização superior da humanidade".[72]

Recordo o que foi discutido no primeiro capítulo.

Apocalipse, aqui, remete à etimologia: do latim tardio *apocalypsis*, derivado do grego ἀποκάλυψις, que significa "o ato de descobrir, descoberta; revelação". No caso do pensamento girardiano, trata-se da expansão da violência em escala planetária, cujo paroxismo favorece o entendimento da encruzilhada a que chegamos: ou a humanidade promove a própria extinção, pelo esgotamento das reservas naturais do planeta, ou aprende a lidar com a dimensão conflitiva que constitui estruturalmente a cultura. O apocalipse pode significar tanto o descontrole completo da violência, quanto a esperança numa forma nova de convívio, com base no reconhecimento do mimetismo que a todos contagia.[73]

Com a radicalidade típica do seu pensamento, Girard afirmou:

> [...] ela [minha teoria] foi aplicada para a descrição de fenômenos confirmados pelas descobertas mais recentes da neurologia: a imitação é o meio primário e fundamental de aprendizado, não é algo adquirido. Não podemos fugir ao mimetismo senão pela compreensão de suas leis.

---

[72] René Girard, *Rematar Clausewitz*, op. cit., p. 324.
[73] Por isso, como também vimos no primeiro capítulo, Girard escreveu: "O apocalipse não anuncia o fim do mundo: ele cria uma esperança". Ibidem, p. 27. Vale destacar a seguinte interpretação: "De fato cremos que o pensamento de Girard é plena e explicitamente apocalíptico, não só pelas razões religiosas vinculadas com sua fé católica, mas também pelo ferrolho racional que gera violência sobre o desejo, sem deixar nenhuma saída pacífica. Aliás, aquilo que já parecia uma atitude quase inalcançável dos seres humanos – a abnegação absoluta de Cristo – pode perverter-se sob o vetor da violência". Stéphane Vinolo, "Ipseidad y Alteridad en la Teoría del Deseo Mimético de René Girard". *Universitas Philosophica*, ano 27, n. 55, 2010, p. 36-37.

> É só o entendimento dos riscos da imitação que nos permite cogitar uma verdadeira identificação com o outro. Mas tomamos consciência desse primado da relação moral no momento mesmo em que se conclui a atomização dos indivíduos, em que a intensidade e a imprevisibilidade da violência já aumentaram.[74]

Essa passagem ilumina o método propriamente girardiano, ou seja, a forma paradoxal de pensamento, à altura do desafio da mímesis. Ao contrário do que geralmente se acredita, a teoria mimética não se fossiliza em receitas ou panaceias. No entanto, destacados girardianos buscaram alternativas para um mundo dominado pela mediação interna.

Giuseppe Fornari imaginou uma "boa mediação interna".[75]

Benoît Chantre supôs a possibilidade de pensar numa "mediação íntima".[76]

Jean-Pierre Dupuy e Paul Dumouchel destacaram a potência produtiva e não apenas belicosa da mediação interna nas economias capitalistas.[77] Dupuy sintetizou sua tese com uma expressão que evoca a célebre máxima de Clausewitz sobre a natureza da política:

---

[74] René Girard, *Rematar Clausewitz*, op. cit., p. 22-23.
[75] "De fato, a ideia de Giuseppe Fornari de uma 'boa mediação interna' é muito estimulante, mas talvez antes fosse preciso adotar uma nova terminologia que ilustrasse os dois aspectos, o positivo e o negativo, da mediação interna tal como ela se apresenta no mundo moderno. O lado positivo, com efeito, não aparece em meus primeiros livros, não está presente senão parcialmente em seguida, e aparece mais no final de meu último livro." René Girard, *Aquele por Quem o Escândalo Vem*, op. cit., p. 191.
[76] "'Mediação íntima' (no sentido do *Deus interior intimo meo* de Santo Agostinho), na medida em que ela supõe uma inflexão sobre a mediação interna, que é sempre capaz de degenerar em reciprocidade negativa. Essa 'mediação íntima' não seria outra coisa que a imitação de Cristo, que constitui uma descoberta antropológica essencial." René Girard, *Rematar Clausewitz*, op. cit., p. 216.
[77] Jean-Pierre Dupuy & Paul Dumouchel, *L'Enfer des Choses. René Girard et la Logique de l'Economie*. Paris, Seuil, 1979. Esta edição contém um posfácio de René Girard.

> [...] *a economia é a continuação do sagrado por outros meios.* Como o sagrado, a economia detém e contém a violência pela violência. Por meio da economia – assim como por meio do sagrado –, a violência dos homens se situa a uma certa distância de si mesma para autorregular-se.[78]

No *remate* de sua obra, Girard não procurou soluções; pelo contrário, lançou os dados numa aposta cujo resultado é imprevisível e pode muito bem, como no lance mallarmeano, depender do acaso. Inquirido sobre a possibilidade de um modelo de relacionamento mimético que manteria o conflito sob controle, ele ponderou:

> Esse movimento é possível, mas *não depende de nós*. Estamos imersos no mimetismo. [...] Dada a tendência planetária à indiferenciação, e a entrada numa era de mediação interna, tenho razões para duvidar da possibilidade de universalização desse paradigma. A escalada para os extremos é uma lei irreversível.[79]

Coda

O significado dessa interpretação da obra de Clausewitz para o problema da violência na teoria mimética salta aos olhos.

Escutemos, mais uma vez, o pensador francês:

---

[78] Jean-Pierre Dupuy, *La Crisis y lo Sagrado*, op. cit., p. 8 (grifo do autor). Contudo, Dupuy reconheceu na sequência imediata do raciocínio: "Hoje tudo se passa como se a economia tivesse, depois do sagrado, perdido a capacidade de *conter* a violência nos dois sentidos da palavra. Por isso, a economia se torna pura violência" (grifo do autor). René Girard destacou a fortuna do emprego do verbo *conter* em seu duplo sentido; ver *Quando Começarem a Acontecer Essas Coisas*, op. cit., p. 80.
[79] René Girard, *Rematar Clausewitz*, op. cit., p. 170-71 (grifo do autor).

> A violência está hoje presente em todo o planeta, provocando aquilo que os textos apocalípticos anunciavam: uma confusão entre os desastres causados pela natureza e os desastres causados pelos homens, uma confusão entre natural e artificial: hoje, aquecimento global e elevação dos mares não são mais metáforas.
> A violência, que produzira o sagrado, não produz mais nada além de si mesma. Não sou eu que me repito: é a realidade que começa a assemelhar-se a uma verdade que nada tem de inventada, tendo sido enunciada há dois mil anos.[80]

A alusão a *Coisas Ocultas desde a Fundação do Mundo* não deve enganar o leitor: encontramo-nos num território muito distinto, não mais se confia num espaço não sacrificial. A violência contamina todos os territórios, desde as rivalidades entre as potências até os incontáveis duelos de um cotidiano dominado por graus distintos da onipresente mediação interna.

Girard assinalou um ponto central para o mundo contemporâneo: a violência não mais aciona o sagrado, uma vez que o mecanismo do bode expiatório perdeu sua eficácia. Ela apenas se autoalimenta, num círculo vicioso que aparentemente ninguém sabe como interromper.

Mas não é verdade que a história latino-americana, isto é, a experiência das culturas não hegemônicas, já o tinha demonstrado à exaustão? Daí o eixo do próximo capítulo: a tensão entre um Outro que se venera e um "outro outro" que se despreza.

(Torça por mim.)

---

[80] Ibidem, p. 23.

Capítulo 6
"com o rosto descoberto?"

"Com o rosto descoberto"

Em *O Sonho do Celta*, romance de Mario Vargas Llosa, um personagem secundário da trama, o médico norte-americano Herbert Spencer Dickey, esclareceu sem meias-tintas a estrutura do duplo vínculo latino-americano:

> – A maldade, nós a carregamos na alma, meu amigo – dizia, meio de brincadeira, meio a sério. – Não nos livraremos dela tão facilmente. Nos países europeus e no meu ela está mais dissimulada, só se manifesta plenamente quando há uma guerra, uma revolução, um motim. Ela precisa de pretextos para tornar-se pública e coletiva. Na Amazônia, por outro lado, *ela pode mostrar-se com o rosto descoberto* e perpetrar as piores monstruosidades sem as justificações do patriotismo ou da religião. *Só a agressividade, pura e dura*. A maldade que nos envenena está em todas as partes em que há seres humanos, com as raízes bem arraigadas em nossos corações.[1]

---

[1] Mario Vargas Llosa, *El Sueño del Celta*. Ciudad de México, Alfaguara, 2010, p. 298 (grifos meus).

Em perfeita sintonia com o pensamento girardiano, o romance explicita o que muitos discursos silenciam. As formas contemporâneas de violência tornam-se mais extremas em função da ausência de aparatos de controle externo de rivalidades. Nesse território sem leis, ocorre a livre explosão da *agressividade pura e dura*. Eis o narcotráfico, o feminicídio e os abusos sofridos pelos imigrantes ilegais – isso para não retornar à Amazônia e ao ataque sistemático a reservas indígenas.

Ao mesmo tempo, e aqui se anuncia a radicalidade do duplo vínculo, em outras regiões o motor da violência é paradoxalmente a presença do Estado, com seus mecanismos repressores e suas políticas públicas autoritárias. De igual modo, se a informalidade de relações sociais e econômicas criou tipos alternativos de convívio, essa mesma informalidade favoreceu o predomínio de vínculos arcaicos de exploração do trabalho, alimentados pelo arbítrio típico dessas situações.

O paradoxo revela-se pura perversão: o Estado formalmente constituído, com sua corrupção crônica, e o crime organizado, com sua presença tentacular, e às vezes até assistencialista, convertem-se em duplos miméticos.

(Se ficar, o Estado pega; se correr, o crime organizado come.)

Na cultura mexicana passou-se do gênero dos *corridos* da Revolução aos *corridos* do narcotráfico – os *narco-corridos*; no Brasil, o "funk proibidão" seria um gênero similar. Exemplo esclarecedor da contaminação mimética de duas estruturas que em tese deveriam ser diametralmente opostas. Mencione-se o estudo original de Corona Cadena: "[...] deve-se a uma dinâmica de *equivalência* entre as partes do conflito. Isto é, o Estado é considerado pelos narcotraficantes 'mais um bando', sem nenhum privilégio, sem nenhuma legitimidade que lhe confira uma *diferença*. Ele não é o 'grande rival', mas um rival a mais".[2]

---

[2] Rubén Ignacio Corona Cadena, "Los Mecanismos Miméticos de Reproducción de la Violencia Vistos a través de los Narco-Corridos". *Universitas Philosophica*, ano 27, n. 55, 2010, p. 224 (grifo do autor).

Da sociologia à literatura: em *Manual Prático do Ódio*, Ferréz oferece uma lâmina, como define o livro. O corte é fundo e tem como base a equivalência estrutural entre crime, narcotráfico e mundo dos negócios. Para Régis, membro de um grupo que planeja assaltos, trata-se de um trabalho como outro qualquer, pois "o que aplicava em armas lhe tomava todo o capital, tinha sonhos mais complexos, uma rotina já definida".[3] Com a série de ações táticas que realiza:

> Régis sentia-se um herói, estava jogando certo no jogo do capitalismo, o jogo era arrecadar capital a qualquer custo, afinal os exemplos que via o inspiravam ainda mais, inimigos se abraçavam em nome do dinheiro na Câmara Municipal e na Assembleia Legislativa, inimigos se abraçavam no programa de domingo pela vendagem do novo CD.[4]

É a "profissão perigo", que permite descrever o crime organizado como uma espécie peculiar de carreira, com raciocínios dignos de um lúcido banqueiro; enfim, em ambos os mundos tudo se justifica desde que o resultado seja rentável: "[...] dinheiro, dinheiro era a razão de tudo, sabia que nenhuma fita que fizessem daria mais dinheiro do que o tráfico, o tráfico era um comércio contínuo, vivia fluindo, o crime era instável".[5] Lúcio Kowarick desenvolveu o conceito de "viver no risco", descrevendo as condições de vida de comunidades pobres em centros urbanos no Brasil, assim como as estratégias de proteção criadas pelos moradores dessas áreas.[6] Régis, o personagem de *Manual Prático do Ódio*, deu um passo adiante, transformando o "viver em risco" em ofício: a "profissão perigo".

---

[3] Ferréz, *Manual Prático do Ódio*. Rio de Janeiro, Objetiva, 2003, p. 13-14.
[4] Ibidem, p. 154.
[5] Ibidem, p. 207.
[6] Lúcio Kowarick, "Housing and Living Conditions in the Periphery of São Paulo: An Ethnographic and Sociological Study". University of Oxford Centre for Brazilian Studies. Working Paper Series CBS-58-04, p. 48.

(Duplo vínculo, argamassa do universo da interdividualidade coletiva.)

Sim, claro, você tem razão: a violência cotidiana na América Latina não é um fato recente, ela remonta às origens da organização social e permanece atuante como um oceano que constrange os eventuais arquipélagos de modernidade que se articulam aqui e ali.

Em princípio, e seguindo os postulados da teoria mimética, a violência é a matriz estrutural das primeiras instituições culturais. Nesse nível antropológico, não pode haver diferença qualitativa da violência estrutural em latitudes distintas, já que se trata da mesma atitude primeira: desejar mimeticamente.

De acordo! No entanto, a violência não se mostra de maneira idêntica em contextos diversos; no fim das contas, se assim fosse, o pensamento girardiano seria monolítico e estático. Pelo contrário, como Mark Anspach propôs, Girard é "*le roi du* mais".[7] "Rei do *mas*" porque a teoria mimética articula um pensamento sobre os paradoxos constitutivos da cultura através duma forma propriamente paradoxal.

A citação de Vargas Llosa sugere que, nas atribuições do dia a dia latino-americano, o caráter estruturante da violência possui uma vigência que não se oculta, como se nos tristes trópicos fosse mais difícil superar a *méconnaissance*, princípio *sine qua non* do sistema expiatório. O começo do parágrafo chama a atenção por seu nível de generalidade: "A maldade, nós a carregamos na alma, meu amigo – dizia, meio de brincadeira, meio a sério". Desejar mimeticamente é um traço geral, que, se não for mantido sob controle, produz a escalada da violência; daí o tom universal da afirmação. Nos termos do romance, essa é a própria origem da "maldade". Apesar do olhar antropológico, em certas residências na terra, "*a maldade [...] pode mostrar-se com o rosto descoberto*", introduzindo uma nota histórica no panorama imaginado pelo autor de *La Orgía Perpetua*.

---

[7] Mark Anspach, "Avant-Propos". In: Mark R. Anspach (org.), *Les Cahiers de l'Herne. René Girard*, op. cit., p. 9.

Por que *com o rosto descoberto*?

A resposta expõe o vínculo, duplo e inesperado, entre teoria mimética e circunstância latino-americana; relação que se constrói a partir da noção de duplo vínculo.

Duplo vínculo europeu

Apresento, então, a hipótese final deste livro: *a condição histórica latino-americana pode ser mais bem compreendida como um caso agudo da estrutura paradoxal que articula a teoria mimética*, com ênfase em relações determinadas por duplos vínculos de distintos graus de complexidade. Tal possibilidade permite redimensionar o problema da violência em nossas sociedades.

A radicalidade da situação se aclara com o recurso a uma célebre diatribe contra a cultura europeia.

Penso nas palavras ácidas de Aimé Césaire:

> Uma civilização que se mostra incapaz de resolver os problemas que o seu funcionamento suscita é uma civilização decadente.
> Uma civilização que escolhe fechar os olhos aos seus problemas mais cruciais é uma civilização enferma. Uma civilização que trapaceia com seus princípios é uma civilização moribunda.[8]

Inspirado, *comme il faut*, nos melhores exemplos da retórica política francesa, Césaire chegou à impecável conclusão, expressa num francês tão elegante como eloquente: *a Europa é indefensável.*[9]

---

[8] Aimé Césaire, *Discurso sobre o Colonialismo*. Lisboa, Livraria Sá da Costa Editora, 1978, p. 13.
[9] Ibidem (grifo do autor).

(*Sans doute.*)

Não deixa de ser confortável ter à disposição um culpado tão evidentemente cheio de culpas – perdoe-me a redundância. No século XVIII, os europeus apostaram todas as suas fichas na noção de *Bildung*, compreendida como um constante "construir-se" do indivíduo em seus percursos pelo mundo. O ato de *sich bilden* demonstraria o acerto dos ideais do tempo.

Tal projeto conheceu um de seus fracassos mais estrondosos no Século das Luzes. No ensaio *L'Infant de Parme*, Elisabeth Badinter resgatou o episódio que envolveu o duque Ferdinando de Parma. Educado por Auguste de Keralio e por ninguém menos que Condillac, o futuro governante confirmaria os benefícios da educação iluminista por meio de um governo justo e sábio. Infelizmente, o duque de Parma converteu-se num místico fervoroso e num déspota nada esclarecido![10] No entanto, tais malogros por muito tempo foram vistos como exceções que confirmavam a regra. Se na Europa a ilusão parecia sólida, na África o pesadelo da presença branca nunca foi totalmente superado. Se foi possível para Rudyard Kipling traduzir, em seu poema "The White Man's Burden",[11] a imagem do projeto colonizador como uma missão "civilizatória", ainda hoje reverberam as brutais consequências por ele imposta.

De igual modo, se na América Latina o século XIX começou com os movimentos de Independência, na África assistiu-se à divisão do continente sob a orientação do neocolonialismo. A Conferência de Berlim, em 1884-85, com a subsequente divisão do continente entre

---

[10] Elisabeth Badinter, *L'Infant de Parme*. Paris, Fayard, 2008.

[11] Destaco apenas a primeira estrofe do poema, que é bem conhecido: "Take up the White Man's burden / Send forth the best ye breed / Go bind your sons to exile / To serve your captives' need; / To wait in heavy harness, / On fluttered folk and wild / Your new-caught, sullen peoples, / Half-devil and half-child". Rudyard Kipling. *The White Man's Poet: Selected Works*. Ostara Publications, 2013, p. 91. Como se sabe, publicado em 1848, o poema foi interpretado como uma justificativa do projeto neocolonialista. A leitura de seus versos iniciais ajuda a entender essa interpretação!

as potências europeias, continua sendo um dos momentos mais vergonhosos da "diplomacia" internacional. A ênfase de Césaire associa-se à atmosfera (legítima) da luta pela descolonização, cada vez mais forte na segunda metade do século XX – o *Discours sur le Colonialisme* foi publicado em 1951.

Dito isso, importa assinalar o risco do gesto, como se fosse possível encontrar culpados irredimíveis ou inocentes sem mácula.

O horror! O horror!

O romance de Vargas Llosa trata de uma das piores atrocidades cometidas no território africano – não se trata, claro está, de estabelecer hierarquias absurdas relativas à "banalidade do mal", na expressão de Hannah Arendt.[12] O protagonista do romance, Roger Casement, foi testemunha dos acontecimentos no Congo Belga, cuja barbárie inspirou tanto relatos de denúncia que tiveram grande impacto na época, quanto o *Coração das Trevas*, romance de Joseph Conrad.

Em 1876, Leopoldo II, rei da Bélgica, fundou a Associação Internacional Africana e, com o pretexto de fomentar uma missão cristã, apossou-se de vasto território, com o apoio das nações europeias. No primeiro momento, sua "generosa" iniciativa angariou simpatia. Porém, assim que as viagens à sua possessão tornaram-se frequentes, as denúncias começaram a se multiplicar, antecipando o sentido da dura crítica de Aimé Césaire.

Em 1909, Arthur Conan Doyle redigiu um severo informe, no qual denunciou o crime, isto é, o verdadeiro objetivo da empreitada:

---

[12] Hannah Arendt, *Eichmann in Jerusalem: A Report on the Banality of Evil*. New York, Penguin Books, 1992. A primeira edição do livro saiu em 1963.

> Na Europa, o rei Leopoldo era um monarca constitucional; na África, um autocrata absoluto. [...] Muitas vezes, o agente branco excedia em crueldade o bárbaro que executava suas ordens. E, também, muitas vezes, o homem branco punha de lado o homem negro para atuar pessoalmente como torturador e carrasco.[13]

Com o rosto descoberto; só a agressividade pura e dura, uma vez que os acontecimentos ocorriam *fora das fronteiras europeias* – e o marco geográfico é decisivo.

Na "Carta Aberta a sua Serena Majestade Leopoldo II", o norte-americano George Washington Williams foi ainda mais eloquente: "O Governo de Vossa Majestade tomou-lhes a terra, roubou-lhes as propriedades, escravizou suas mulheres e seus filhos, e cometeu crimes numerosos demais para serem mencionados em detalhe".[14]

Assinale-se a inequívoca estrutura de duplo vínculo: na Europa, um diligente respeitador das leis; na África, um tirano sem nenhuma consideração pela dignidade do outro.

Como conciliar atitudes tão diametralmente opostas?

Lição de cinismo civilizatório: como os públicos são distintos e os lugares, díspares, quem se importa com a incoerência, sobretudo se a fortuna da Bélgica remonta às atrocidades cometidas pela sua monarquia?

O protagonista do romance de Vargas Llosa também denunciou o neocolonialismo. Em fins de 1903, Roger Casement escreveu um longo

---

[13] Arthur Conan Doyle, "El Crimen del Congo". In: *La Tragedia del Congo*. Trad. Susana Carral Martínez e Lorenzo F. Díaz. Ciudad de México, Alfaguara, 2010, p. 225 e 243.
[14] George Washington Williams, "Carta Abierta a su Serena Majestad Leopoldo II". In: *La Tragedia del Congo*, op. cit., p. 17-18.

documento, condenando as práticas que se tornaram emblemáticas da cobiça europeia na África; práticas essas plasmadas numa imagem cujo impacto é similar à tristemente célebre fotografia da menina vitimada pelo napalm na Guerra do Vietnã: "[...] trouxeram-me um menino de não mais de sete anos, cuja mão direita havia sido cortada na altura do pulso. [...] Isso aconteceu porque a contribuição de borracha não tinha sido suficiente".[15] No relatório, são frequentes as menções a casos ainda mais graves: "Um homem que vinha de um povoado a 20 milhas de distância pediu-me que o acompanhasse até sua casa onde, segundo ele, oito de seus concidadãos tinham sido assassinados pelas sentinelas devido à recolha da borracha".[16]

Casement conheceu Joseph Conrad no Congo Belga.[17] Mais decisivo do que valorizar o enredo de *Coração das Trevas* é observar a sutileza da estrutura formal da narrativa, que propicia um novo ângulo de leitura da frase do médico norte-americano de *O Sonho do Celta*: a maldade "nos países europeus e no meu está mais dissimulada", como se uma fina capa de invisibilidade protegesse os cidadãos da violência perpetrada por seus governos.

Pior ainda: como se os mensageiros da "civilização" não conhecessem a barbárie em seus múltiplos disfarces.

Esse traço ilumina um aspecto-chave na técnica literária de Conrad.

Antes de prosseguir, mais uma digressão.

(Calma: é quase a última.)

---

[15] Roger Casement, "El informe del Sr. Casement al Marqués de Lansdowne". In: *La Tragedia del Congo*, op. cit., p. 115.
[16] Ibidem, p. 123.
[17] Vargas Llosa tirou proveito dessa circunstância: ao ser condenado à morte, Casement obteve o apoio de muitos escritores célebres. O polonês naturalizado inglês não quis comprometer-se: "'– Tenho uma pergunta que ia fazer ontem a Gee, mas não ousei –' disse Roger. '– Conrad assinou a petição? Nem meu advogado nem Gee mencionaram seu nome.' Alice negou com a cabeça". Mario Vargas Llosa, *El Sueño del Celta*, op. cit., p. 70.

Girard sintetizou a importância do trabalho do crítico shakespeariano Jan Kott:

> Lembro muito bem do dia, muitos anos atrás, em que um crítico polonês, que chegava de seu país, veio ler para nós sua interpretação dos dramas históricos de Shakespeare. Ele obviamente os lia de acordo com a experiência política polonesa, e enxergava muito bem essa vingança que a crítica inglesa, muito protegida contra a violência, não enxergava mais.[18]

Violência, no entanto, difundida em escala planetária pelo imperialismo vitoriano – claro. Não deixa de ser sintomático das assimetrias do mundo simbólico que o pensador *francês* não tenha lembrado do nome do estudioso *polonês*. Autor de um clássico estudo, *Shakespeare Our Contemporary*, Jan Kott exerceu grande influência em importantes dramaturgos.[19]

Peter Brook relatou uma vivência vizinha ao encenar *Titus Andronicus* em 1955. Considera-se um desafio colocar em cena a mais violenta peça de William Shakespeare, na qual não faltam assassinatos e mutilações. O dramaturgo teve uma surpresa em sua turnê europeia:

> Na Inglaterra, na França e na Itália, a peça foi bem recebida, e apreciada como uma bela experiência teatral. Em momento nenhum os sofisticados espectadores cogitaram que ela também pudesse ser real. Em Belgrado, os horrores eram parte da vida cotidiana. Logo antes de chegarmos, a polícia tinha jogado pela

---

[18] René Girard, "La Reciprocité dans le Désir et la Violence". In: Mark R. Anspach (org.), *Les Cahiers de l'Herne*, op. cit., p. 192.
[19] Jan Kott, *Shakespeare Our Contemporary*. New York, Anchor Books, 1966. O livro conta com prefácio de Peter Brook.

janela de seu gabinete no sexto andar um homem que estava sendo interrogado. Num reflexo instantâneo, ele conseguiu segurar a borda. Um dos policiais sacou uma faca e cortou suas mãos. Aos gritos, ele caiu e morreu.[20]

De novo, no cotidiano não hegemônico a violência se impõe *com o rosto descoberto*.

Volto ao romance de Conrad, a fim de entender as estratégias de ocultação da *agressividade pura e dura* no dia a dia dos impérios neocoloniais; impérios esses que operam essa mesma violência em escala planetária.

Coração das Trevas principia com um narrador que se pretende neutro e deliberadamente se limita a apresentar o palco inicial da trama: um bergantim ancorado no Rio Tâmisa. "A *Nellie*, uma iole de cruzeiro, alinhou-se com a âncora sem que suas velas batessem ao vento, e aquietou-se."[21] Em meio ao cenário tranquilo, surge sem aviso a voz de Charles Marlow, anunciando um paralelo insuspeitado, mas decisivo, entre Londres e os longínquos portos de onde vinham os marinheiros: "'Aqui também', disse Marlow *de repente*, 'foi um dos lugares tenebrosos da terra'".[22] A reação dos marinheiros é reveladora: "Sua observação não pareceu nada surpreendente. Era bem o estilo de Marlow. E foi recebida em silêncio. Ninguém se deu o trabalho de emitir som nenhum [...]".[23]

Ao fim e ao cabo, nem sempre há o desejo de investigar as origens dos impérios e das potências. Ou das riquezas familiares.

---

[20] Peter Brook, *The Quality of Mercy. Reflections on Shakespeare*. London, Nick Hern Books, 2013, p. 41.
[21] Joseph Conrad, *Coração das Trevas*. Trad. Sergio Flaksman. São Paulo, Companhia das Letras, 2015, p. 9.
[22] Ibidem, p. 12.
[23] Ibidem, p. 12-13.

Os herdeiros preferem contentar-se com o futuro; por que levar adiante pesquisas impertinentes acerca do passado? Afinal, o resultado invariavelmente reiteraria a tirada de Karl Marx:

> Goethe, irritado com estas tolices, burla-se delas no diálogo seguinte:
> "O mestre-escola: Dize-me, pois, de onde veio a fortuna de teu pai?
> O menino: De meu avô.
> O mestre: E deste?
> O menino: De meu bisavô.
> O mestre: E a deste último?
> O menino: Ele a tomou".[24]

Ancorado em segurança o bergantim, Marlow torna-se o narrador da história, recordando sua experiência de travessia do Rio Congo, assim como a busca e por fim o encontro com o enigmático personagem Kurtz, cujas últimas palavras – "O horror! O horror!"[25] – sumariam a presença europeia na África. Quando Marlow terminou seu relato, retorna o primeiro narrador, concluindo o romance:

> Marlow se calou e foi sentar-se à parte, indistinto e silencioso, na postura de um Buda meditativo. Ninguém se mexeu por algum tempo. "Perdemos o começo da vazante", *disse o Diretor de repente*. Levantei a cabeça. A vista do mar estava bloqueada por um banco de nuvens negras, e fluvial curso de água sereno que leva aos rincões mais distantes da Terra corria escuro sob um céu encoberto – parecia conduzir ao coração de uma treva imensa.[26]

---

[24] Karl Marx, *A Origem do Capital. A Acumulação Primitiva*. Trad. Walter S. Maia. São Paulo, Global, 1977, p. 13.
[25] Joseph Conrad, *Coração das Trevas*, op. cit., p. 109.
[26] Ibidem, p. 121 (grifo meu).

A estrutura formal de *Coração das Trevas* sugere que "o horror" só pode ser experimentado por meio de uma série de filtros; por isso, a narração de Marlow é mediada pelo narrador que sintomaticamente emoldura o relato. Se Marlow começa *de repente* a narrar suas aventuras no Congo Belga, também *de repente* o diretor do bergantim rompe o incômodo provocado por suas palavras, ordenando a todos que retomem suas atividades regulares: nada de refletir sobre o senhor Kurtz!

Melhor voltar ao trabalho.

O bergantim, ancorado no Tâmisa, é uma pequena ilha de horror temporal e, sobretudo, contido.

(Recorde-se sempre o duplo sentido do verbo *conter*, assinalado por Jean-Pierre Dupuy.)

Os marinheiros não chegaram a desembarcar na capital do império britânico. A *agressividade pura e dura* manteve-se presa ao microcosmo do porto, cingida à embarcação. Esse aspecto ilumina o traço decisivo da dimensão traumática do período nazista: além da pura aversão diante dos crimes cometidos pelos alemães, o duplo vínculo europeu não se manifestou fora das fronteiras do continente, mas em seu centro. Eis aqui o desassossego da banalidade do mal: é como se os marinheiros tivessem desembarcado em Londres, disseminando na metrópole cosmopolita a presença da carta roubada da civilização ocidental.[27]

Em *Los Pasos Perdidos*, de Alejo Carpentier, os campos de concentração aparecem como metonímia do duplo vínculo que *parecia conduzir ao coração de uma treva imensa* no ideal da *Bildung*:

---

[27] Recordemos a oportuna reflexão: "[...] na figura de Adolf Eichmann não estamos lidando com um monstro de outra esfera moral [...]. Adolf Eichmann era um burocrata que seguia ordens. Arendt teve de aceitar o fato de que a maldade não tem cara de monstro, mas que pode encontrar sua expressão na banalidade da burocracia e dos burocratas". Clemens Sedmak, *Hacia una Ética para Pensar el Terrorismo*. Cátedra Eusebio Francisco Kino. Guadalajara, Iteso/Universidad Iberoamericana, 2008, p. 79.

> O novo aqui, o inédito, o moderno, era aquele antro de horror, aquela chancelaria do horror [...]. A dois passos daqui, uma humanidade sensível e culta – sem fazer caso da abjeta fumaça de certas chaminés, pelas quais haviam brotado, um pouco antes, preces uivadas em iídiche – continuava colecionando selos, estudando as glórias da raça, tocando pequenas músicas noturnas de Mozart, lendo *A Sereia* de Andersen para as crianças.[28]

Entende-se que Césaire tenha culpado exclusivamente o homem europeu pelos infortúnios do colonialismo, ainda que não seja esse o método mais propício para descobrir os próprios erros eventuais. O que é grave, pois, sem certo nível de autocrítica, a conversão mimética não se realiza. Em termos girardianos, tanto a culpa como a inocência são simultaneamente absolutas e relativas. A acusação enfática de Césaire, mesmo que seja historicamente impecável, precisa ser matizada.

O Outro e o "outro outro"

Uma oportuna reflexão de Carlos Pereda auxilia a tarefa de nuançar o olhar crítico:

> [...] para o colonizado só existe o Outro (é o nosso caso, *sobretudo se esse Outro fala inglês, francês ou alemão*). Por isso, é parte da arrogância do colonizado estar atualizado em relação às últimas notícias do Outro. Inversamente, para o colonizador não há outro: só existe Ele, e só Ele. É essa a arrogância do colonizador.[29]

---

[28] Alejo Carpentier, *Los Pasos Perdidos*, op. cit., p. 159-60.
[29] Juan Manuel Escamilla, "Filosofía en Primera, en Segunda y en Tercera Persona. Entrevista a Carlos Pereda". *Open Insight*, III, n. 4, jul. 2012, p. 150 (grifo meu).

A perspectiva de Carlos Pereda favorece a releitura de um texto clássico de Jorge Luis Borges, "Funes, el Memorioso".

Rememoro brevemente o enredo.

O conto narra os prodígios e as desventuras de Irineo Funes, um jovem de "cara de índio taciturna e singularmente *remota*".[30] Incertas suas origens:

> [...] era filho de uma passadeira do povoado, María Clemente Funes, e que alguns diziam que o pai dele era um médico da charqueada, um inglês O'Connor, outros um domador ou rastreador do distrito de Salto.[31]

Seu sobrenome era, por assim dizer, órfão de pai; no fundo, o mestiço Funes viveu sempre à margem. No início da narrativa, ele possui uma relação de absoluta sincronia com a atualidade: quando lhe perguntam, "Que horas são, Irineo?", a precisão era sua marca-d'água: "Faltam quatro minutos para as oito".[32] Naturalmente, o rigor dispensava o ocioso artifício de relógios. Funes é o próprio presente personificado. Terêncio do aqui e agora, o coetâneo nunca lhe é alheio. Contudo, após um acidente que o deixou paralisado, seu trato com Cronos conheceu uma inversão completa: Irineo abraçou com volúpia o passado, aprimorando uma memória sem falhas. Se algum incauto perguntasse como havia sido seu dia, precisaria dispor de 24 horas para escutar a laboriosa resposta.

Borges cifrou no extraordinário personagem os dois tipos (pouco) ideais do intelectual não hegemônico. De um lado, *estar atualizado em relação às últimas notícias do Outro*, no afã de brilhar com a chancela dos centros de poder. De outro, elaborar uma Biblioteca de

---

[30] Jorge Luis Borges, "Funes, o Memorioso". In: *Ficções*, op. cit., p. 98.
[31] Ibidem, p. 101.
[32] Ibidem, p. 100.

Babel mental – como a pintura para Leonardo da Vinci –, reunindo todas as páginas lidas, paisagens contempladas e palavras ouvidas. Opostos, os gestos se irmanam no mesmo impasse:

> Tinha aprendido sem esforço o inglês, o francês, o português, o latim. Suspeito, contudo, que não fosse muito capaz de pensar. Pensar é esquecer diferenças, é generalizar, abstrair. [...] Irineo Funes morreu em 1889, de uma congestão pulmonar.[33]

Melancolia não hegemônica, o excesso de presente ou o acúmulo de passado impedem que o pensamento se abra para o futuro, afirmando a própria voz no ato de emulação. Uma terceira margem deve ser encontrada nesse labirinto, tal como esboçada por Guimarães Rosa: "Nunca me contento com coisa alguma. [...] Por isso acrescentei à síntese existente a minha própria síntese, isto é, incluí em minha linguagem muitos outros elementos, para ter ainda mais possibilidade de expressão".[34]

No caso latino-americano, o período oitocentista é testemunha das lutas pela Independência. À época, um duplo vínculo marcou a articulação de diversos projetos nacionais, cuja consequência mais profunda foi a constituição de estruturas sociais esquizofrênicas, nos termos de Gregory Bateson. Indivíduos submetidos a relações de *double bind* chegam a desenvolver formas específicas de esquizofrenia, especialmente se não questionam as contradições inerentes a tais situações.

Retorno à pergunta-chave: quais as consequências do predomínio desse tipo de relação no plano da interdividualidade coletiva? É possível supor uma nação que apresente formas pontuais de

---

[33] Ibidem, p. 108.
[34] "João Guimarães Rosa". In: Günter W. Lorenz. *Diálogo com a América Latina*, op. cit., p. 338.

esquizofrenia? Qual seria o modelo de *desconhecimento* que permitiria sua fundação no século XIX?

(Como entender que permaneça ativo em pleno século XXI?)

O duplo vínculo latino-americano tem como base uma assimetria igualmente dupla, com sentidos opostos, cujos efeitos são determinantes na organização social.

Por um lado, as culturas latino-americanas plasmaram-se à sombra de um Outro – modelo (quase) absoluto. Sua hegemonia nunca foi questionada; pelo contrário, travestiu-se de segunda natureza, uma respiração artificial convertida na pele que nos habita. A secundidade da circunstância não hegemônica corresponderia "naturalmente" à primazia do Outro: europeu no século XIX; norte-americano, no seguinte. Em ambos os casos, só se deseja *estar atualizado em relação às últimas notícias do Outro* porque a ele se atribui uma superioridade incontornável.

Como se a hegemonia cultural fosse um elemento da natureza.

Evitemos mal-entendidos: penso na atmosfera intelectual oitocentista. Naquele então, o Outro falava o idioma de Voltaire, e a "arrogância do colonizado" fez com que muitos aprendessem o francês com uma perfeição que divertia os parisienses.

Por isso, e sem incômodo aparente, no fundo, com indisfarçável orgulho, Joaquim Nabuco sentia-se à vontade escrevendo em francês com palavras portuguesas: "[...] com efeito, não revelo nenhum segredo, dizendo que insensivelmente a minha frase é uma tradução livre, e que nada seria mais fácil do que vertê-la outra vez para o francês do qual ela procede".[35] Dada a ubiquidade do fenômeno,

---

[35] Joaquim Nabuco, *Minha Formação*. Rio de Janeiro, Topbooks, 1999, p. 66-67. A primeira edição é de 1900.

não surpreende encontrar formulação semelhante nas memórias de Enrique Larreta. Depois de reconhecer que a França era sua pátria intelectual, completou o raciocínio com invejável coerência:

> Nada, pois, tem de extraordinário que minha expressão literária, apesar do sabor rançoso e do purismo desejado, não seja precisamente a de um espanhol da Espanha, e deixe transparecer, em alguns momentos, em sua estrutura interna, em sua estrutura sintática, a influência dos escritores daquela outra nação. Eu, de minha parte, sempre reconheci isso [...].[36]

Aquela outra nação era o Outro absoluto. A relação assimétrica é unidirecional: a secundidade da circunstância não hegemônica determinava a sua primazia.

Duplo vínculo latino-americano

Encaremos o lado sombrio da interdividualidade coletiva.

A formação social latino-americana teve como fundamento a exploração sistemática de uma parcela expressiva do povo que denomino o "outro outro".[37] Trata-se do negro escravizado, do indígena submetido a condições desumanas, do mestiço condenado como se fosse um teimoso

---

[36] Enrique Larreta, *La Naranja*. Buenos Aires, Espasa-Calpe, 1947, p. 70. Esta é a primeira edição.
[37] Kenneth David Jackson usou o conceito em sentido positivo, sugerindo a plasticidade intelectual e artística derivada da circunstância não hegemônica: "Com a antropofagia, Oswald inventa e converte-se no 'outro outro'. [...] Nem colonial nem indígena, o intelectual se torna um 'outro outro' [...]". K. David Jackson, "Novas Receitas da Cozinha Canibal. O *Manifesto Antropófago* Hoje". In: João Cezar de Castro Rocha e Jorge Ruffinelli (orgs.), *Antropofagia Hoje? Oswald de Andrade em Cena*, op. cit., p. 435. Assinalo a anterioridade do ensaio de David Jackson, mas desejo impor-lhe uma diferença, a fim de esclarecer a zona sombria da interdividualidade coletiva.

Calibã. O primeiro que lhes foi tirado foi a dignidade, por meio da negação dos direitos mais elementares. Por último, a eles foi atribuída uma inferioridade étnica "cientificamente" demonstrada. Forjou-se a imagem de um "outro outro" que se busca tornar "invisível", pois olhá-lo de frente levaria à descoberta de um indesejável duplo mimético.

Esclareço minha hipótese recorrendo a um contraste através de uma fórmula discutida no terceiro capítulo.

(Sim, você tem razão: a *criatividade* não é mesmo o meu forte.)

O pensamento de Lévinas busca um princípio oposto àquele que fundou as culturas não hegemônicas. Para o autor de *Totalité et Infini*,[38] *o outro é potência de outro eu*, e como tal deve ser visto. A comunhão possível entre sujeitos é o pressuposto que favorece o diálogo, fomentando o respeito recíproco. A promessa de uma simetria intersubjetiva, na qual prevaleça o reconhecimento ontológico dos demais, é o projeto utópico de sua filosofia, arraigada, por assim dizer, num humanismo estrutural. Tal reconhecimento não se confunde com uma especularidade redundante, negação de diferenças individuais, porém implica a alteridade como valor essencial.[39]

O oposto ocorreu no caso da interdividualidade coletiva latino-americana. O outro foi reduzido à figura melancólica do "outro outro", imagem do passado do qual era urgente distanciar-se, ou não seria possível chegar a tempo ao encontro marcado com a modernidade; encontro esse ameaçado por um atávico eterno

---

[38] Assinalo um comentário perspicaz: "Uma abordagem comparada dos pensamentos de Girard e Lévinas nos permite vislumbrar, *entre os dois*, um desejo que não seria mais competição, e sim emulação". Benoît Chantre, "D'un 'Désir Métaphisique' à l'Autre: Levinas et Girard". In: Mark R. Anspach (org.), *Les Cahiers de l'Herne*, op. cit., p. 220.

[39] Numa aguda formulação: "Nesse horizonte, o sujeito desenvolve uma nova autoconsciência da relação constitutiva com o outro, de maneira que o *descentramento* operado pela crise mimética abre outra possibilidade de ser-no-mundo, não tanto marcada pelo desejo violento, mas pelo reconhecimento escatológico do rival e inimigo como irmão". Carlos Mendoza-Álvarez, *O Deus Escondido das Pós-Modernidade*, op. cit., p. 241 (grifos do autor).

retorno. A consequência mais grave dessa atitude foi (e continua a ser) o desprezo vitimário para com o "outro outro", perfeito bode expiatório de nossa angústia de imitar fielmente o Outro – desejo metafísico que nos assombra. Carlos Fuentes diagnosticou com bom humor essa ansiedade: "As imitações extralógicas da era independente acreditaram numa civilização Nescafé: podíamos ser instantaneamente modernos excluindo o passado, negando a tradição".[40]

Trata-se agora de recuperar perguntas latentes nos capítulos anteriores.

(Certamente você já se inquieta com sua ausência.)

Como entender o feminicídio que há mais de uma década ocorre em Ciudad Juárez? Nas palavras de Roberto Bolaño: "[...] nossa maldição e nosso espelho, um reflexo perturbador de nossas frustrações e de nossa interpretação da liberdade e de nossos desejos".[41] Por que nos habituamos ao inominável, como se fosse parte "natural" do dia a dia? Como é possível que no Brasil se receba um número cada vez maior de imigrantes ilegais hispano-americanos, muitas vezes convertidos em anacrônicos escravos em pleno século XXI? Por que tratamos os migrantes que chegam a nossos países da mesma forma como sempre fomos tratados do outro lado da fronteira?

Na expressão forte de um teólogo:

> Um dos aspectos mais terríveis de minha experiência de sete anos de ministério na Casa del Migrante em Tijuana foi, sem dúvida, o encontro com a trágica realidade dos milhares de homens, mulheres e crianças que morreram atravessando "clandestinamente" a fronteira entre México e

---

[40] Carlos Fuentes, *Machado de la Mancha*. Ciudad de México, Fondo de Cultura Económica, 2001, p. 10.
[41] Roberto Bolaño, "The Last Interview". In: *Roberto Bolaño: The Last Interview and Other Conversations*, op. cit., p. 114.

> Estados Unidos. Aquilo que por anos havia sido para mim apenas uma notícia de jornal converteu-se num fato real e perturbador [...].[42]

É um conjunto impressionante de perguntas, e nem sequer mencionei os becos sem saída provocados pelo narcotráfico, com suas ressonâncias tentaculares no tecido social. O filme mexicano *Infierno* (2010), de Luis Estrada, é exemplar. Lançado na véspera das celebrações do Centenário da Revolução Mexicana e do Bicentenário da Independência, ele apresenta uma crítica corrosiva da sociedade mexicana, dominada em todas as esferas pelo narcotráfico.

Os filmes de José Padilha, dedicados à reflexão sobre o crime organizado, apresentam conclusão similar. *Tropa de Elite – Missão Dada é Missão Cumprida* (2007) discute o tráfico de drogas e suas ramificações no Rio de Janeiro. Em *Tropa de Elite II – O Inimigo Agora É Outro* (2010), o ponto de vista se desloca, ampliando-se. O tráfico segue como fio condutor, mas, agora, surgem as milícias, isto é, o crime organizado que nasceu dentro do aparato estatal. Na última cena, num impressionante *travelling* aéreo, o espectador é conduzido ao centro do poder: o Congresso Nacional de Brasília. Enquanto dura o *travelling*, o protagonista dos dois filmes, Capitão Nascimento, explicita a corrupção endêmica que domina o país: "O sistema é muito maior do que eu pensava". No momento em que a câmera parece atravessar o Congresso Nacional, a ponderação do personagem-narrador soa como uma advertência: "O sistema é foda; ainda vai morrer muito inocente".

A teoria mimética possui uma abordagem rigorosa da violência. Uma reflexão mimeticamente inspirada sobre a circunstância latino-americana deveria iluminar ângulos do dilema que permaneceriam ocultos em outros tipos de abordagem. Foi isso precisamente o que propôs Mario Roberto Solarte, a fim de superar as consequências da vitimação do "outro outro":

---

[42] Gioacchino Campese, *Hacia una Teología desde la Realidad de las Migraciones. Métodos y Desafíos*, op. cit., p. 105.

O núcleo do processo de mudança para a não violência é a irrupção do rosto do outro, rosto que pode mudar nossa violência. É a renúncia gratuita, totalmente imaginativa, arriscada e criativa, a continuar com os comportamentos violentos, o que cria uma nova possibilidade de mímesis não violenta.[43]

Eis a resposta-chave, que permite rematar minha reflexão: desde os tempos coloniais, o "outro outro" sofre um processo de invisibilização social; logo, *a irrupção do rosto do outro* é o primeiro passo para reconhecê-lo um *outro eu*. Nesse horizonte, destaca-se a reação dos parentes dos 43 estudantes de Ayotzinapa, desaparecidos em 26 de setembro de 2014; tragédia que discutirei adiante. De imediato, sublinho o gesto de tornar público o rosto dos estudantes em cartazes cujos dizeres pretendem resgatar sua visibilidade, isto é, sua dignidade: "Hasta encontrarlos"; "Vivos se los llevaron, vivos los queremos".

Segundo o prognóstico apocalíptico de René Girard em *Rematar Clausewitz*, no plano político e social contemporâneo, e não só na América Latina, a onipresença da mediação interna gera uma violência arcaica

---

[43] Mario Roberto Solarte Rodríguez, "Mimesis y Noviolencia. Reflexiones desde la Investigación y la Acción". *Universitas Philosophica*, ano 27, n. 55, 2010, p. 64.

que já não produz o sagrado, mas somente multiplica o conflito. Não é revelador que a linguagem do mundo digital recorra com frequência a expressões tais como "linchamento", "assassinato", "viral"? Tudo se passa como se a tecnologia mais moderna convivesse com o que há de mais arcaico em termos de relacionamento social, numa relação complexa entre meios de comunicação e desejo mimético.

Como transformar tal circunstância numa reflexão que favoreça a superação da *méconnaissance* fundadora das culturas latino-americanas? Penso numa perversa "técnica de invisibilização social", aperfeiçoada por nossas elites desde a colônia. E vigente em pleno século XXI.

Como caracterizar essa técnica? Como identificar o *desconhecimento* que autoriza o desprezo vitimário em relação ao "outro outro"? Conceitualizar a indiferença para com o "outro outro" é uma forma de superar a eficácia que define o fenômeno do duplo vínculo, transformando o *desconhecimento* estrutural em *consciência* crítica do próprio envolvimento em processos de exclusão.

Estilos de invisibilidade

A *méconnaissance* da formação histórica latino-americana emerge na *pintura de castas*, "que não tem equivalente fora da América Latina".[44] O gênero, propriamente novo-hispano, tornou-se popular no século XVIII, evidenciando o desejo de disciplinar a "mistura de raças" – como se dizia naquele então. O esforço de estabelecer códigos visuais muito bem delimitados almejava dar conta da diversidade surgida das inúmeras permutações entre etnias distintas: a indígena, a europeia e a africana. Trata-se de projeto complexo, cujo público principal era constituído por europeus, ávidos por informações exóticas sobre o Novo

---

[44] Edward J. Sullivan, "Um Fenómeno Visual de América". In: *Pintura de Castas, Artes de México*, 2. ed., n. 8, 1998, p. 68.

Mundo. Contudo, não se deve negligenciar a importância da pintura de castas na gênese da afirmação *criolla*. Sua complexidade tanto envolve procedimentos característicos da poética da emulação,[45] quanto retoma o eixo definidor das culturas shakespearianas, qual seja, a centralidade do Outro na determinação da interdividualidade coletiva.[46]

Neste capítulo, contudo, valorizo um aspecto diverso.

A ele – portanto.

Dizia que o interesse europeu pelo consumo de imagens "exóticas" sem dúvida ajudou a plasmar essa peculiar representação visual.

Daí a estrutura "didática" das telas.

Por um lado, o artista acrescentava dados relativos ao vestuário característico atribuído às *castas*. Ele também dava notícia dos afazeres cotidianos da colônia, incluindo informações sobre o tipo de comida disponível ou acerca das tarefas associadas com os tipos expostos. Por outro, o pintor agrupava casais de etnias diversas, *tornando visível* o fruto da mestiçagem, que era explicado por meio de fórmulas com improvável sabor matemático: A + B = C.

Álgebra de entomologistas, desejosos de fixar o que não parava de transformar-se.

Heraclitianas, as *castas* expunham o fracasso do propósito no momento mesmo de seu apogeu.

---

[45] "Os quase sempre anônimos mestres da Escola de Cuzco, por exemplo, foram capazes de produzir uma síntese extraordinária de fontes europeias e elementos extraídos da iconografia local, assim como motivos derivados da fauna e da flora da região andina." Ibidem, p. 62-63.
[46] Há uma hipótese fascinante sobre a origem da pintura de castas, que situa o Outro em seu centro: "É provável que a chave visual para o desenvolvimento do gênero encontre-se num livro de viagens ilustrado. O livro *China Monumentis* (1667), do famoso jesuíta e cientista alemão Athanasius Kircher (1602-1680), inclui gravuras da vestimenta dos habitantes da China muito parecidas com as da pintura de castas". Ilona Katzew, *La Pintura de Castas. Representaciones Raciales en el México del Siglo XVIII*. Madrid, Turner, 2004, p. 91.

Vejamos as sete primeiras permutações das dezesseis que constituem o modelo de um dos mais célebres pintores do gênero, Miguel Cabrera, "possivelmente o artista mais influente do século XVIII mexicano"[47]:

> 1. Espanhol com Índia = Mestiça
> 2. Espanhol com Mestiça = Castiça
> 3. *Espanhol com Castiça = Espanhola*
> 4. Espanhol com Negra = Mulata
> 5. Espanhol com Mulata = Mourisca
> 6. Espanhol com Mourisca = Albina
> 7. *Espanhol com Albina = Torna atrás*
> [...]

Miguel Cabrera, *De Español & India: Mestiza.*

[47] Ibidem, p. 95.

Miguel Cabrera, *De Español y Albina: Torna atrás.*

Paro nesta última combinação, pois não pretendo dissecar o gênero, porém assinalar seu caráter de duplo vínculo.

A pintura de castas *mostra* a diversidade irredutível das etnias no Novo Mundo, mas, ao mesmo tempo, *oculta*, ou ao menos *naturaliza*, a intenção subjacente ao gesto pictórico. A pluralidade ameaçava tornar incontrolável a mestiçagem dominante na colônia; daí o afã classificatório, com tintas científicas, por assim dizer. Contudo, sua perspectiva não vinha de "olhos livres".[48] O norte da pintura de castas

---

[48] "Nenhuma fórmula para a contemporânea expressão do mundo. *Ver com olhos livres.*" Oswald de Andrade, "Manifesto da Poesia Pau-Brasil". In: *A Utopia Antropofágica*, op. cit., p. 44 (grifos do autor).

era muito claro e tinha direção precisa: quanto mais próxima do espanhol, isto é, da etnia europeia, melhor se avaliava a permutação definidora do gênero: "na pintura de castas, a tradicional condenação do *outro* assume o tom de uma classificação cientificista [...]. De um lado, o homem civilizado classifica, dá ordem às raças; de outro, os homens de raças *outras* se mesclam, produzindo novas castas".[49]

O terceiro passo promete uma espécie de "depuração" que permite "retornar" à imagem possível de pureza numa sociedade estruturalmente híbrida: o resultado da mistura promete o retorno ao "espanhol". Vejamos o que acontece nas permutações 4, 5 e 6: pelo contrário, ocorre uma espécie de "contaminação", pois, passo a passo, as *castas* se distanciam da origem europeia. Por fim, chega-se a uma definição que, em si mesma, vale por um ensaio crítico: *torna atrás*.

Reitero um ponto decisivo: a pintura de castas simultaneamente *mostra e oculta*; *assinala* e *naturaliza* o assinalado. O caráter paradoxal do gesto sublinha o duplo vínculo latino-americano e sua *méconnaissance*: tornar o "outro outro", por assim dizer, invisível por meio de um modo peculiar de visibilidade – trata-se de uma *visibilidade débil*, como esclareço adiante. Num livro de referência, Ilona Katzew atribuiu-se uma tarefa hercúlea: "explicar a aparente contradição de um gênero pictórico que celebra a mestiçagem e, ao mesmo tempo, sublinha a legitimidade da hierarquia racial".[50] Mais do que um problema lógico, esse paradoxo sustenta o *desconhecimento* fundador das culturas latino-americanas.

---

[49] Margarita de Orellana, "La Fiebre de la Imagen en la Pintura de Castas". In: *Pintura de Castas*, Artes de México, op. cit., p. 52 (grifos do autor).
[50] Ilona Katzew, *La Pintura de Castas*, op. cit., p. 4. Para a autora, a pintura de castas conheceu dois momentos bem definidos na arte novo-hispana. Na primeira metade do século XVIII predominou o esforço de autorrepresentação *criolla*, porém, a partir de 1760, com a ascensão ao trono dos Bourbons, destacou-se o projeto de hierarquização racial. Desse modo, "a pintura de castas participou da construção da identidade da Nueva España e simultaneamente transmitiu os discursos do poder no seio de todo o Império espanhol". Ibidem, p. 205.

Na história da arte, a técnica de invisibilização eclipsou as próprias obras:

> É quase inexplicável que a pintura de castas tenha sido ignorada na literatura dedicada à arte mexicana do período colonial, a tal ponto que as pesquisas mais importantes nesse campo, por exemplo, *Arte Colonial no México*, de Manuel Toussaint, não mencionem o gênero. Mesmo um livro tão relevante como *Lo Mexicano en las Artes Plásticas*, de José Moreno Villa, que busca definir a essência da contribuição nacional à arte, omite a pintura de castas.[51]

Omissão compreensível no marco da reflexão aqui proposta, pois o gênero deu origem a uma "visibilidade débil", a começar por ele mesmo!

Um contraexemplo esclarece a hipótese.

Na pintura brasileira não se desenvolveu esforço comparável, ainda que a experiência da mestiçagem seja central na formação do país. Não obstante, em 1895, Modesto Brocos, pintor espanhol radicado no Brasil, produziu uma tela na qual refletiu sobre o tema. O quadro se chama *A Redenção de Cã*, título que se refere ao episódio bíblico da maldição do filho de Noé. No século XIX, o episódio era comumente associado à etnia africana, como se fosse uma justificativa plausível para a escravidão.

---

[51] Edward J. Sullivan, "Un Fenómeno Visual de América", op. cit., p. 65. No final dos anos 1980 o panorama começou a mudar. María Concepción García Sáiz publicou uma obra de referência: *Las Castas Mexicanas: Un Género Pictórico Americano*, Milan. Olivetti, 1989. No final desse ano, uma importante exposição sobre o gênero favoreceu a retomada de estudos dedicados à pintura de castas.

Modesto Brocos, *A Redenção de Cã*.

Eis a representação proposta por Brocos: diante de uma casa pobre, localizada no mundo rural, símbolo do atavismo que impede a modernização, duas gerações celebram o nascimento de uma criança. A avó, negra, ergue as mãos ao céu, comovida por uma graça muito desejada e finalmente recebida. O conjunto da cena ilumina o gesto: sua filha é mulata; seu genro, um camponês humilde – *pobre, mas branco*, e esse é o ponto-chave. Por fim, o neto, no centro da tela, é ainda mais branco do que o pai. Ele olha a avó, para quem a mãe significativamente aponta, como se atestasse o "benefício" oriundo da união, isto é, o "embranquecimento" da prole – naquela época, a ideologia dominante, oficialmente adotada.

Se esse quadro, no que tem de explícito, é uma exceção nas artes plásticas brasileiras oitocentistas, é possível encontrar um traço cultural muito semelhante ao gênero novo-hispano da *pintura de castas*.

Refiro-me ao vocabulário associado à cor da pele, vasto campo semântico por meio do qual os brasileiros definem seu pertencimento a uma etnia determinada. Trata-se de autêntico arco-íris, com uma gama de possibilidades que costuma desorientar o observador.

Gilles Lapouge não se deixou enganar por essa diversidade *pura e dura*. Ainda que tenha adequadamente observado o desconcertante número de cores mencionadas por brasileiros em censos – nada menos do que 136 matizes entre os polos extremos: branco e negro[52] –, Lapouge ressaltou o ponto decisivo que estrutura o duplo vínculo no contexto das formas mexicana e brasileira de lidar com a pluralidade de sua configuração étnica:

> O Brasil tem muitas peles. Essas peles são de todas as cores. Entre umas e outras as diferenças são tão sutis que os demógrafos tentaram, em 1950, denominar com o adjetivo *pardo* todas as peles que não são nem completamente brancas, nem claramente negras. Essa gambiarra semântica pretendia desarmar os furores do *racismo disseminado, indizível e hipócrita que os brasileiros praticam*. Serviu de muito pouco. Não diminuiu os preconceitos de raça.[53]

Observação arguta: o número praticamente infinito de cores *destaca* a inegável diversidade que se encontra nas origens da sociedade brasileira. Ao mesmo tempo, o fato mesmo de *mostrar* tantos

---

[52] Gilles Lapouge, "Peaux". In: *Dictionaire Amoureux du Brésil*. Paris, Plon, 2011, p. 509-10.
[53] Ibidem, p. 493 (grifo meu).

matizes termina por *ocultar* o "racismo disseminado, indizível e hipócrita", já que a oposição entre extremos é diluída no arco-íris de cores que *naturaliza* a mestiçagem, mas não aponta suas consequências sociais e políticas. Os 136 matizes *não têm o mesmo valor na hierarquia que fundou e ainda governa o país*. Exatamente como na pintura de castas, quanto mais próximo do branco, do idealizado tipo do europeu, a cor da pele é considerada "superior": numa expressão acre: a cor mais desejável. Daí, a exatidão do adjetivo *indizível*, como se descortinasse a *méconnaissance* brasileira no tocante à mestiçagem.

Tal precisão corrosiva também se encontra no título do romance de Ana Maria Gonçalves, *Um Defeito de Cor*. Na saga de Kehinde, capturada no Daomé, feita escrava e transportada para o Brasil, a *cor* é, sem dúvida, *um defeito*, marca visível da "inferioridade" que afetaria seus descendentes, como se dizia com dicção inegavelmente cientificista.[54] Dado social traduzido visualmente por Modesto Brocos.

O duplo vínculo latino-americano parte de um tipo muito especial de "visibilidade", a fim de produzir uma forma surpreendente de "invisibilidade".

Qual "visibilidade" desse "outro outro"? Ele é definido por uma *visibilidade débil*,[55] que apenas agrava sua vulnerabilidade frente aos arbítrios da desigualdade social.

---

[54] No romance, a protagonista pode ter sido mãe do poeta Luís Gama: "[...] o caso deste filho do qual estou falando, que nasceu livre, foi vendido ilegalmente como escravo, e mais tarde se tornou um dos principais poetas românticos brasileiros, um dos primeiros maçons e um dos mais notáveis defensores dos escravos e da abolição". Ana Maria Gonçalves, *Um Defeito de Cor*. Rio de Janeiro, Record, 2006, p. 16-17. O romance obteve o "Premio Casa de las Américas", na categoria Literatura Brasileira.

[55] Inspiro-me nos conceitos de "pensiero debole" e "soggetto debole" propostos por Gianni Vattimo. O filósofo italiano manteve um diálogo fecundo com a teoria mimética; veja-se, a esse respeito, René Girard y Gianni Vattimo, ¿Verdad o Fe Débil? *Diálogos sobre Cristianismo y Relativismo*. Barcelona, Paidós, 2011. Destaco a "Introdução" de Pierpaolo Antonello, para a contextualização desse encontro.

O antropólogo Roberto DaMatta traduziu esse arco-íris conceitual num modo particular de sociabilidade. Trata-se da teoria do caráter "relacional" de convívio, dominante no Brasil.[56]

Em "Digressão: A Fábula das Três Raças, ou O Problema do Racismo à Brasileira",[57] DaMatta desenvolveu sua abordagem em contraste com o dilema racial presente nos Estados Unidos: "[...] o credo racista norte-americano situa as 'raças' como sendo realidades individuais, isoladas e que correm de modo paralelo, jamais devendo se encontrar, no Brasil elas estão frente a frente, de modo complementar, como os pontos de um triângulo".[58]

Ressurge a figura geométrica girardiana – certamente você pensou na recorrência do motivo.

(E com razão.)

Jean-Pierre Dupuy ressaltou a proximidade do princípio relacional de Roberto DaMatta com o pensamento de René Girard. No que se refere ao paradoxo de *mostrar para ocultar*, o efeito do princípio relacional é análogo ao produzido pela pintura de castas: privilegia-se a mediação, a fim de evitar o confronto entre os polos do campo semântico das "cores da pele". O antropólogo concluiu seu raciocínio: "O nosso racismo, então, especulou sobre o 'mestiço', impedindo o confronto do negro (ou do índio) com o branco colonizador ou explorador de modo direto".[59]

---

[56] Roberto DaMatta, *Carnavais, Malandros e Heróis: Para uma Sociologia do Dilema Brasileiro* (1979). 6. ed. Rio de Janeiro, Rocco, 1997. Veja-se especialmente o capítulo IV: "Sabe com Quem Está Falando? Um Ensaio sobre a Diferença entre Indivíduo e Pessoa no Brasil", p. 187-248. Como exemplo, leia-se o seguinte trecho: "O 'sabe com quem está falando?', então, por chamar a atenção para o domínio básico da pessoa (e das relações pessoais), em contraste com o domínio das relações impessoais dadas pelas leis e regulamentos gerais, acaba por ser uma fórmula de uso pessoal". Ibidem, p. 195.
[57] Roberto DaMatta, "Digressão: A Fábula das Três Raças, ou o Problema do Racismo à Brasileira". In: *Relativizando: Uma Introdução à Antropologia Social*. Petrópolis, Vozes, 1984, p. 58-85.
[58] Ibidem, p. 80.
[59] Ibidem, p. 83.

Nos dois casos (a pintura de castas no universo novo-hispano e o campo semântico das "raças" no Brasil), o "outro outro" é definido por meio de uma "visibilidade débil". Essa técnica paradoxal de invisibilização não consiste no mero apagamento. O "outro outro" goza de certo nível de representação, encontra-se fisicamente próximo, mas é mantido a uma distância ainda mais segura, já que, em virtude dessa mesma proximidade disciplinada, ficam dificultadas as condições de resistência e de revolta.

A visibilidade débil é a forma precisa de não ver o que se encontra diante dos olhos: é o *desconhecimento* que nutre o desprezo vitimário em relação ao "outro outro". Eis a violência estruturalmente latino-americana; a "carta roubada" que se encontra nas suas origens.

Eis a indiferença que nos cega para a violência dos acontecimentos cotidianos. Num nível propriamente sistêmico, Jean-Pierre Dupuy identificou esse fenômeno na estrutura da economia contemporânea:

> A ordem econômica é a construção social da indiferença às expensas dos infortúnios dos outros. Nessa ordem, não são as relações entre rivais que são vetores das maiores violências, mas as relações entre cada indivíduo e os outros, isto é, as relações entre terceiros. [...] Os "excluídos" da sociedade econômica não são de jeito nenhum vítimas sacrificiais, porque, longe de ser foco do fascínio geral, *elas morrem da indiferença de todos.*[60]

A observação toca num ponto sensível: a indiferença tornou-se a *méconnaissance* do mundo contemporâneo, efeito paradoxal devido ao predomínio de uma miríade de tecnologias de comunicação.

---

[60] Jean-Pierre Dupuy, *La Crisis y lo Sagrado*, op. cit., p. 9 (grifos meus).

Como ocorre com o narrador de *Coração das Trevas*, a "visibilidade débil" e a indiferença apaziguam consciências, sem alterar a estrutura política e social que autoriza a reprodução de hierarquias.

(A *méconnaissance* converte-se em respiração artificial.)

Teoria mimética e canibalismo[61]

Venho às relações entre teoria mimética e canibalismo, refletindo sobre a estrutura de duplo vínculo subjacente à técnica de tornar o "outro outro" invisível por meio da "visibilidade débil".

Por um lado, a teoria mimética supõe um sujeito cujo "mal ontológico" obriga à adoção de modelos, sem os quais não é possível determinar os objetos de desejo. Reitero a centralidade do outro na determinação do eu; a "carência de ser" que define o sujeito mimético o assemelha ao antropófago. Por outro, a carência estrutural do sujeito oswaldiano exige a contínua absorção do outro, inventando, por meio dessa assimilação, uma alternativa à exclusão violenta da alteridade. Eduardo Viveiros de Castro cunhou o conceito de "metafísica da predação" para dar conta desse procedimento:

> Defini-o então como um processo de transmutação de perspectivas, em que o "eu" é determinado enquanto "outro" pelo ato de incorporação desse outro, que por sua vez torna-se um "eu", mas sempre *no outro*, literalmente "*através* do outro". Essa definição propunha-se a resolver uma questão simples, mas

---

[61] Aproveito para mencionar um trabalho de referência: Carlos Jáuregui, *Canibalia. Canibalismo, Calibanismo, Antropofagia Cultural y Consumo en América Latina*. La Habana, Casa de las Américas, 2005. O autor ganhou o Premio de Ensayo Artístico-Literario de 2005, concedido pela Casa de las Américas.

> insistente: o que, nesse inimigo, era verdadeiramente devorado? [...] Aquilo que era assimilado da vítima eram os sinais de sua alteridade, e aquilo que era visado era essa alteridade como ponto de vista sobre o Self.⁶²

Radicaliza-se o princípio de Lévinas: o outro não é exatamente um outro eu; ele se torna parte inseparável do *eu como um tu* em constante devir. Em ensaio fundamental na formulação de sua teoria, Viveiros de Castro refletiu sobre a experiência de pensamento subjacente ao canibalismo ritual:

> O que estou dizendo é que a filosofia tupinambá afirmava uma incompletude ontológica essencial: incompletude da socialidade, e, em geral, da humanidade. Tratava-se, em suma, de uma ordem onde o interior e a identidade estavam hierarquicamente subordinados à exterioridade e à diferença, onde o devir e a relação prevalecem sobre o ser e a substância.⁶³

Eis o elo (hipotético) que anunciei entre o sujeito mimético, o antropófago e a perspectiva do antropólogo: nos três casos, o móvel da ação e do pensamento é uma *radical precariedade ontológica* a exigir a presença constitutiva do outro.

Ou: o ser *ab alio*, teorizado por Edmundo O'Gorman.

Ainda: o *bovarismo nacional*, identificado por Antonio Caso.

---

[62] Eduardo Viveiros de Castro, "Métaphysique de la Prédation". In: *Métaphysiques Cannibales. Lignes d'Anthropologie Post-structurale*. Paris, PUF, 2009, p. 112-13 (grifos do autor).
[63] Eduardo Viveiros de Castro, "O Mármore e a Murta: Sobre a Inconstância da Alma Selvagem". In: *A Inconstância da Alma Selvagem – e Outros Ensaios de Antropologia*. São Paulo, Cosac Naify, 2002, p. 220-21.

Mais uma vez (esqueça-se toda e qualquer aspiração à criatividade!), recordo a frase de Rimbaud. Nesse contexto, ela adquire plena força: *Eu é um outro*, e a agramaticalidade da construção expressa a afinidade eletiva entre teoria mimética e canibalismo. O eu não deixa de ser o que é para transformar-se em outro. Rimbaud não disse "*Je suis un autre*", o que seria pouco mais do que uma *boutade* previsível. Não se diz *eu sou um outro* porque em lugar de intercambiar identidades estáveis, emerge a instabilidade radical do processo.[64]

(A agramaticalidade rimbaudiana é a sintaxe do duplo vínculo, a semântica das culturas shakespearianas.)

Em termos girardianos, o sujeito é sempre interdividual. O "eu" somente se define *através* do outro; por sua vez, o outro, enquanto "outro eu", também se encontra envolvido nessa dinâmica e busca apropriar-se do outro – o primeiro "eu" da frase. A circularidade não é tautológica, pois cada apropriação é singular e implica consequências particulares – e muitas vezes violentas. O sujeito oswaldiano partilha traço idêntico, expresso na frase-valise: "Só me interessa o que não é meu. Lei do homem. Lei do antropófago".[65]

Vejamos então a vizinhança das duas visões de mundo:

> Assim, devemos concordar com os que dizem ser a Eucaristia oriunda do canibalismo arcaico: em vez de dizer "não", temos de dizer "sim"! A verdadeira história do homem é sua história religiosa, que remonta até o primitivo canibalismo, este também um fenômeno religioso. E a Eucaristia o incorpora, pois recapitula

---

[64] Dois romances radicalizam ao máximo esse princípio: *Ubirajara* (1874), de José de Alencar, e *Macunaíma* (1928), de Mário de Andrade.
[65] Oswald de Andrade, "Manifesto Antropófago". In: *A Utopia Antropofágica*, op. cit., p. 47.

aquela história de alfa a ômega. Tudo isso é essencial. Ao compreendê-lo, dá-se um reconhecimento de que a história do homem inclui um início homicida: Caim e Abel.[66]

A perspectiva de *longue durée* reúne alfa e ômega, violência arcaica e eucaristia cristã.[67] A antropofagia se reveste de importância decisiva tanto para o entendimento da violência, quanto para sua contenção. Contudo, a questão não é tão simples. Historicamente a doutrina cristã apoiou o esforço da colonização, condenando o canibalismo ritual, usado como pretexto para o projeto imperial português e espanhol.

Richard King mostrou que a antropofagia foi empregada como palavra "mágica", uma autêntica panaceia para resolver o difícil problema dos intercâmbios culturais e das relações de poder.[68] Não existe uma fórmula certeira para lidar com o problema da assimilação produtiva da alteridade – a teoria mimética e a antropofagia não almejam possuir respostas definitivas. Mas, compreendida em sua complexidade, a hipótese antropofágica estimula uma crítica cultural sofisticada, muito próxima do pensamento girardiano. Dito às avessas: entendida como uma reflexão acerca da precariedade ontológica, o sujeito mimético dialoga com a antropofagia oswaldiana, pois o canibalismo cultural já propunha a centralidade do outro na determinação do desejo.

---

[66] René Girard et al., *Evolução e Conversão*, op. cit., p. 236-37.
[67] Ao mencionar o canibalismo, Girard reiterou o princípio de sua investigação: "Essa tendência à espiral é constante em meu trabalho. [...] começar pelo ômega e não pelo alfa, porque o ômega é o senhor de tudo". René Girard, *Aquele por Quem o Escândalo Vem*. São Paulo, É Realizações, 2011, p. 110. Essa citação explicita o elo entre a pesquisa girardiana e a perspectiva aberta pela interpretação figural. Em ambos os casos, é o segundo acontecimento – enquanto *consumatio* – que ilumina plenamente o sentido do primeiro fato histórico – portanto, *figura*. Nos estudos literários, como vimos, Erich Auerbach realizou estudos definitivos sobre o tema.
[68] Richard C. King, "The (Mis)Uses of Cannibalism in Contemporary Cultural Critique". *Diacritics* 30.1, 2000, p. 106-23.

Calma! Não se trata de proposta apressada. Girard dedicou um estudo ao canibalismo dos tupinambás. Ao tratar da "unidade de todos os ritos",[69] ele enfrentou o desafio de ponderar um modelo que contrariava os fundamentos de sua teoria.

Entendamos a dificuldade da questão.

O mecanismo do bode expiatório supõe a canalização da violência contra um membro do grupo, permitindo disciplinar o caos da proliferação de duplos miméticos por meio de seu sacrifício. O modelo da crise mimética é sempre endogâmico; sobretudo, sua resolução. Já no caso dos tupinambás, o sacrificado vem de fora do grupo: ele é um inimigo.

Girard reconheceu o problema:

> Uma das razões que nos impedem de ver a estreita relação entre a monarquia africana e o canibalismo tupinambá refere-se ao recrutamento da vítima, que é tirada de "dentro" no primeiro caso e de "fora" no segundo. Para chegar ao mesmo resultado em ambos os casos, a preparação sacrificial deve ser feita em sentido contrário.[70]

O canibalismo ritual implicava um complexo sistema que obrigava o inimigo a um longo convívio com a comunidade que depois o sacrificaria. O forasteiro recebia uma companheira, sendo propriamente integrado ao grupo. Era nessa condição que seria sacrificado, restituindo ao fenômeno o caráter endogâmico previsto na hipótese mimética.[71]

---

[69] René Girard, "A Unidade de Todos os Ritos". In: *A Violência e o Sagrado*, op. cit., especialmente p. 345-51.
[70] Ibidem, p. 349.
[71] É esse o sentido forte da afirmação: "Somente um mecanismo *real* pode tornar o projeto do canibalismo ritual verdadeiramente inteligível". Ibidem, p. 345 (grifo do autor). Vale dizer: a memória cultural do assassinato fundador.

Recordemos a interpretação do pensador:

> O elemento antropofágico não exige nenhuma explicação particular. Sob mais de um aspecto, é ele que esclarece ritos dos mais obscuros. Toda ingestão de carne sacrificial, humana e animal, deve ser interpretada à luz do desejo mimético, verdadeiro canibalismo do espírito humano, que sempre acaba tendo como objeto a violência outra, a violência do outro. O desejo mimético exacerbado deseja ao mesmo tempo destruir e absorver a violência encarnada do modelo-obstáculo, sempre assimilada ao ser e à divindade.[72]

Cabe reiterar o vínculo forte entre antropofagia e eucaristia. José de Alencar já tinha intuído a associação:

> O sacrifício humano significava uma glória insigne reservada aos guerreiros ilustres ou varões egrégios quando caíam prisioneiros. [...] Os restos do inimigo tornavam-se pois *como uma hóstia sagrada* que fortalecia os guerreiros, pois às mulheres e aos mancebos cabia apenas uma tênue porção. Não era a vingança; mas *uma espécie de comunhão da carne*, pela qual se operava a transfusão do heroísmo.[73]

Não aprofundarei a discussão *antropológica* do canibalismo ritual, o que exigiria um livro inteiro.[74] Limito-me a evidenciar vínculos

---

[72] Ibidem, p. 347.
[73] José de Alencar, *Ubirajara*. Rio de Janeiro, José Olympio, 1965, p. 355 (grifos meus). O romance foi publicado em 1874.
[74] Este, portanto, não é o espaço para tratar amplamente do tema. Começo a planejar um livro dedicado exclusivamente à questão da antropofagia. Porém, de imediato,

entre aspectos da teoria mimética e as ideias de Oswald de Andrade, com ênfase na centralidade do outro para a determinação do eu. O *verdadeiro canibalismo do espírito humano* e *uma espécie de comunhão da carne* são dois modos de elaborar as consequências da precariedade ontológica.

(Sei que me repito; releve a redundância. A associação que proponho tende a ser descartada mesmo, e sobretudo, por pessoas que nem sequer abrirão este livro. *Só me interessa o que é meu*, você sabe muito bem, é a regra de ouro de certa intelectualidade tupiniquim, cuja doçura cordial é amarga como limão, e sempre se encontra entretida com intrigas de bastidores e manipulações de concursos e prêmios. Aprender idiomas e escrever livros não seria uma forma mais útil de matar o tempo?)

Girard somente se interessou pelo canibalismo como um desafio à formulação de sua teoria.[75] Não busco uma equivalência automática entre ideias desenvolvidas em contextos muito particulares, porém, através desse paralelo, pretendo ampliar o horizonte tanto do pensamento girardiano quanto da antropofagia oswaldiana. A afinidade tem como base a incompletude ontológica dos sujeitos antropofágico e mimético.

---

assinalo que Eduardo Viveiros de Castro, autor da mais importante reflexão contemporânea sobre o canibalismo ritual, lançou um olhar crítico à hipótese girardiana. Ver *Araweté: Os Deuses Canibais*. Rio de Janeiro, Jorge Zahar/Anpocs, 1986, especialmente as páginas 653, 671 e 680. Na tradução para o inglês de uma versão modificada do livro, o autor expressou de maneira muito mais eloquente seu desacordo com o pensador francês – *From the Enemy's Point of View. Humanity and Divinity in an Amazonian Society*. Chicago/London, The University of Chicago Press, 1992, p. 372, nota 2. O antropólogo julgou "não ser necessário discutir [...] as elucubrações etnocêntricas de Girard". Como disse, sem ignorar as diferenças radicais de abordagem, busco aproximar teoria mimética e canibalismo ritual com base na radical incompletude ontológica que estrutura as duas experiências de pensamento.

[75] "A complexidade ritualística e simbólica que precisa ser desenvolvida para lidar com a prática do canibalismo era tanta que inevitavelmente rendeu frutos cognitivos, técnicos e artísticos. Obviamente, não é o canibalismo em si mesmo que favorece o conhecimento: não é o tipo de vítima selecionada para o sacrifício, *é o mecanismo sacrificial que produz conhecimento.*" René Girard et al., *Evolução e Conversão*, op. cit., p. 147-48 (grifo meu).

Oswald desenvolveu inicialmente seu pensamento em dois manifestos: o "Manifesto da Poesia Pau-Brasil", publicado no *Correio da Manhã*, em 18 de março de 1924, e o "Manifesto Antropófago", lançado no primeiro volume da *Revista de Antropofagia* em 1928. A antropofagia oswaldiana é um modo inventivo de incorporação da alteridade. Oswald exercitou essa premissa por meio de um diálogo peculiar com as ideias de Sigmund Freud, especialmente o autor de *Totem e Tabu*, estudo sobre os começos da civilização; aliás, enfrentamento que também foi decisivo para Girard. Se, no princípio do "Manifesto Antropófago", as teses de Freud são cerimoniosamente glosadas,[76] no final, a irreverência anuncia a distância crítica inaugurada pelo festim antropofágico.[77] "Do Tabu ao totem" é o lema que atravessa o texto,[78] e Oswald cumpre-o literalmente devorando seu modelo. É como se Oswald desse a mão a Nietzsche, sonhando com uma civilização do *id*, na qual o superego já não pudesse impor regras.[79]

Oswald intuiu com agudeza a dimensão antropológica da antropofagia, tal como sintetizada por Peggy Sanday: "Canibalismo quase nunca corresponde ao ato de comer, mas, em primeiro lugar, a um veículo de mensagens não digeríveis – mensagens que têm a ver com a preservação, a regeneração e a fundação da ordem cultural".[80]

No parágrafo de abertura de *A Crise da Filosofia Messiânica*, ensaio de 1950, fundamental para a releitura da antropofagia, Oswald ponderou:

---

[76] "Estamos fatigados de todos os maridos católicos suspeitosos postos em drama. Freud acabou com o enigma mulher e com outros sustos da psicologia impressa." Oswald de Andrade, "Manifesto Antropófago". In: *A Utopia Antropofágica*, op. cit., p. 47.

[77] "Contra a realidade social, vestida e opressora, cadastrada por Freud – a realidade sem complexos, sem loucura, sem prostituições e sem penitenciárias do matriarcado de Pindorama." Ibidem, p. 52.

[78] "A transformação permanente do Tabu em totem" (ibidem, p. 48); "A transfiguração do Tabu em totem" (ibidem, p. 50); "[...] pela contradição permanente do homem e o seu Tabu" (ibidem, p. 51).

[79] Para uma análise textual minuciosa do "Manifesto Antropófago", recomendo, de Beatriz Azevedo, *Antropofagia: Palimpsesto Selvagem*. São Paulo, Cosac Naify, 2016.

[80] Peggy Sanday, *Divine Hunger. Cannibalism as a Cultural System*. Cambridge, Cambridge University Press, 1986, p. 3.

A antropofagia ritual é assinalada por Homero entre os gregos [...]. Na expressão de Colombo, "*comían los hombres*". Não o faziam, porém, por gula ou fome, tratava-se de um rito que, encontrado também em outras partes do globo, dá a ideia de exprimir um modo de pensar, uma visão de mundo que caracterizou certa fase primitiva de toda a humanidade.[81]

Oswald vislumbrou na antropofagia uma autêntica *Weltanschauung*, sistema cultural por excelência anticartesiano.[82] No mesmo ano de 1950, Gabriel García Márquez arranhou a intuição oswaldiana: "A antropofagia daria origem a um novo conceito de vida. Seria o princípio de uma nova filosofia, de um novo e fecundo rumo das artes".[83] Em vez de separar corpo e alma, o modo mais íntimo de chegar às qualidades da alma seria o contato direto com o corpo. "O espírito recusa-se a conceber o espírito sem o corpo. O antropomorfismo. Necessidade da vacina antropofágica."[84] Eduardo Viveiros de Castro, além de reiterar o vínculo de Oswald com a antropologia,[85] resgatou a irreverência do poeta: "Ou, na verve do humor feroz de Oswald de Andrade [...]: a odontologia como ontologia [...]".[86] Em lugar de solipsismo metafísico, a contínua mastigação do outro – de todos e de tudo.

(O horizonte das culturas shakespearianas e da poética da emulação.)

---

[81] Oswald de Andrade, "A Crise da Filosofia Messiânica". In: *A Utopia Antropofágica*, op. cit., p. 101.
[82] Gabriel García Márquez defendeu princípio irmão, em artigo de fevereiro de 1951: "Felizmente o canibalismo foi desterrado pelos povos civilizados. Assim, um passo decisivo e salvador foi dado em direção à antropofagia pura, exercida com um nobilíssimo sentido da perfeição". Gabriel García Márquez "Caníbales y Antropófagos". In: *Obra Periodística 1. Textos Costeños (1948-1952)*. Ciudad de México, Diana, 2010, p. 462.
[83] Gabriel García Márquez, "Possibilidades da Antropofagia". In: João Cezar de Castro Rocha e Jorge Ruffinelli (orgs.), *Antropofagia Hoje?*, op. cit., p. 48.
[84] Oswald de Andrade, "Manifesto Antropófago". In: *A Utopia Antropofágica*, op. cit., p. 48.
[85] "A antropofagia enquanto antropologia". Eduardo Viveiros de Castro, "Métaphysique de la Prédation". In: *Métaphysiques Cannibales*, op. cit., p. 113.
[86] Ibidem.

Oswald derivou o sistema antropofágico da experiência tupinambá. Posteriormente, ampliou ao máximo suas referências históricas e bibliográficas. Ainda que não soubesse alemão, mencionou o estudo *Kannibalismus*, de Ewald Volhard, publicado em 1939, e que permanece referência obrigatória para quem trabalha com o tema – os dentes afiados do antropófago brasileiro digeriam o conteúdo de livros cujo idioma desconhecia.[87] Carlos Fausto analisou o entendimento oswaldiano do canibalismo cultural: "A antropofagia como metáfora [...] parece-me expressar uma compreensão profunda do canibalismo como operação prático-conceitual".[88] Na década de 1950, em seu retorno à antropofagia,[89] depois de um período de militância comunista, Oswald ampliou a noção de antropofagia com um propósito nada modesto: compor uma história alternativa da humanidade, cujo eixo seria dado pela assimilação da alteridade. Esse projeto levou o brasileiro a buscar uma base antropológica para sua teoria crítica.

Trata-se do horizonte teórico de Girard: a antropofagia como alfa e ômega do processo civilizatório. O pensador estabeleceu ainda um paralelo entre antropofagia e mundo contemporâneo:

> A ideologia do canibalismo ritual assemelha-se aos mitos nacionalistas e guerreiros do mundo moderno. [...]
> Em seu romance de antecipação intitulado *1984*, George Orwell mostra os dirigentes de duas supertiranias cinicamente decididos a perpetuar seu conflito a fim de melhor garantir o domínio sobre populações mistificadas. O culto

---

[87] A primeira tradução para um idioma conhecido por Oswald data de 1949: Ewald Volhard, *Il Canibalismo*. Trad. Giulio Cogni. Torino, Bolatti Boringhieri, 1991. Esta é uma reedição, naturalmente.
[88] Carlos Fausto, "Cinco Séculos de Carne de Vaca: Antropofagia Literal e Antropofagia Literária". In: João Cezar de Castro Rocha e Jorge Ruffinelli (orgs.), *Antropofagia Hoje?*, op. cit., p. 163.
[89] Benedito Nunes estudou esse retorno com agudeza: "O Retorno à Antropofagia". In: *Oswald Canibal*. São Paulo, Perspectiva, 1979, p. 51-57.

> canibal, baseado na guerra permanente e destinado a perpetuar a tranquilidade interna, revela que o mundo moderno não possui o monopólio de tais sistemas [...].⁹⁰

O alfa e o ômega são intercambiáveis porque os extremos costumam tocar-se.

Bento Santiago buscou, sem sucesso, "atar as duas pontas da vida, e restaurar na velhice a adolescência".⁹¹

Oswald de Andrade e René Girard souberam fazê-lo: a antropofagia foi seu caminho.

Um francês conhece Oswald

Em 1946, Albert Camus visitou a América do Sul. Durante a viagem, fez anotações que foram publicadas postumamente. São comentários irregulares (e às vezes brutais) sobre as cidades e as pessoas que conheceu. Em São Paulo, jantou com o autor de *Serafim Ponte Grande*, ocasião em que foi apresentado à tese oswaldiana: a antropofagia não seria sintoma de barbárie, mas força motriz da civilização.

Tal hipótese já tinha sido sugerida por Carl Vogt. Em palestra proferida em 1871, "Anthropophagie et Sacrifices Humaines", ele propôs uma noção para muitos perturbadora:

> [...] podemos até ir além e demonstrar por meio de fatos que *as tribos que praticaram o canibalismo e o sacrifício humano são em geral muito*

---

[90] René Girard, "A Unidade de Todos os Ritos". In: *A Violência e o Sagrado*, op. cit., p. 351.
[91] Machado de Assis, *Dom Casmurro*. In: Obra Completa. Vol I., op. cit., p. 810.

> *mais avançadas na agricultura, na indústria, nas artes, nas leis, etc.* do que as tribos vizinhas, que rechaçaram esses horrores.
> Essa consequência deve parecer chocante; mas, para consolidá-la, basta provar que o costume foi universal [...].[92]

Vogt não ocultou seu "horror", porém manteve os olhos bem abertos, a fim de entender as evidências que encontrou. O resultado da pesquisa não deixou margem a dúvida: além da dimensão ritual, a antropofagia favoreceu uma visão do mundo capaz de integrar a alteridade em lugar de eliminá-la, inventando uma forma avançada de cultura.[93]

Em seu diálogo com Camus, o brasileiro jogava com o lugar-comum, subvertendo o sentido atribuído ao ritual que fez dos tupis-guaranis um nome conhecido na Europa. De fato, *Die Wahrhaftige Geschichte und Beschreibung einer Landschaft der Wilden, nackten, grimmingen Menschenfresser, in der Neuen Welt Amerika gelegen* [...][94], rapidamente virou um *bestseller*. Para tanto, foram fundamentais as fortes (e criativas) ilustrações de Théodore de Bry sobre rituais antropofágicos. Criou-se desse modo um vínculo automático entre Novo Mundo e canibalismo. Elo traduzido na cartografia, com suas reproduções de laboriosos canibais, numa incansável degustação de corpos europeus.

---

[92] Carl Vogt, "Anthropophagie et Sacrifices Humaines". In: *Congrès International d'Anthropologie et d'Archéologie Préhistoriques. Compte Rendu de la Cinquième Session à Bologne*, 1871, p. 6 (grifos do autor). A palestra foi publicada em 1873 nos anais do encontro.

[93] O autor de *Cien Años de Soledad* reforçou a hipótese: "Confesso que cada vez que leio uma notícia relativa a casos de antropofagia, sinto-me um pouco mais otimista acerca do futuro da humanidade. Sempre considerei a antropofagia um sintoma de refinamento, ao qual somente se pode chegar depois de um depurado e meticuloso processo de formação espiritual". Gabriel García Márquez, "Caníbales y Antropófagos". In: *Obra Periodística I*, op. cit., p. 461.

[94] O título completo é outra forma de viagem, pois chega a esclarecer as circunstâncias da publicação. Traduzo livremente: *A Verdadeira História dos Selvagens e Ferozes Devoradores de Homens, Encontrados no Novo Mundo, a América, e Desconhecidos Antes e Depois do Nascimento de Cristo na Terra de Hessen, até os Dois Últimos Anos Passados, quando o Próprio Hans Staden de Homberg em Hessen Conheceu-os, e Agora os Traz ao Conhecimento do Público por Meio da Impressão deste Livro.*

Um dos primeiros textos escritos sobre o Brasil reforçou a associação dos ingredientes dessa receita de exotismo: *Histoire d'un Voyage Fait en la Terre du Brésil*, do calvinista Jean de Léry, sua narrativa da viagem, publicada em 1578.[95] Igualmente decisiva para a imaginação do tempo foi o relato do cotidiano e dos ritos dos tupinambás preparado pelo frade franciscano André Thévet, na *Cosmographie Universelle*, publicada em 1575.[96]

Nesse campo minado, qual a conexão possível entre o francês e o brasileiro?

Vejamos o que Camus escreveu em seu diário em 3 de agosto de 1949: "Jantar com Oswald de Andrade, personagem notável (a desenvolver). Seu ponto de vista é que o Brasil é povoado por primitivos e que é melhor que seja assim".[97]

Nada poderia ter sido mais adequado: durante um banquete, Camus foi seduzido pelo inventor da antropofagia, apresentada como poderosa *Weltanschauung*. O autor de *O Estrangeiro* lançou mão do conceito, intuindo perfeitamente seu alcance.

Eis o que anotou no dia seguinte.

> Andrade me expõe sua teoria: a antropofagia como visão de mundo. Dado o fracasso de Descartes e da ciência, um retorno à fecundação

---

[95] Em boa medida, uma obra de reação, pois em *Les Singularités de la France Antarctique* (1557), Thévet considerava os huguenotes os grandes responsáveis pelo fracasso da tentativa francesa de colonização do litoral brasileiro.

[96] "O capítulo 'A Antropofagia Ritual dos Tupinambás', do manuscrito de André Thévet [...] constitui a primeira grande contribuição ao conhecimento deste assunto. Na extensa obra do cosmógrafo encontram-se dados que se combinam para dar à descrição do rito seu sentido interpretativo cabal." Jorge Gastón Blanco Villalta, *Ritos Caníbales en América*. Buenos Aires, Casa Pardo, 1970, p. 75.

[97] Albert Camus, *Diário de Viagem*. Trad. Valerie Rumjanek. 4. ed. Rio de Janeiro, Record, 1997, p. 97.

primitiva: matriarcado e antropofagia. Tendo o primeiro bispo a desembarcar na Bahia sido comido ali, Andrade datava sua revista como ano 374 da deglutição do Bispo Sardinha (pois o bispo se chamava *Sardinha*).[98]

Camus deleitou-se com o jogo de palavras: um bispo de nome "Sardinha" representava um irresistível *ready-made* linguístico *avant la lettre*, especialmente porque o malogrado religioso naufragou em território de antropófagos.

(Como não devorá-lo?)

A datação oswaldiana, repetida por Camus, apresenta um equívoco quase nunca assinalado. Ora, em 25 de janeiro de 1554 fundou-se a Vila de Piratininga; em 16 de julho de 1556 o Bispo Pero Afonso Sardinha encontrou seu destino nas mãos (e também nos dentes) dos caetés. Jeffrey Schnapp fez as contas e matou a charada: "Ano 1554 mais 374, ou seja, 1928. Porém, 1556 mais 374 isto é, 1930".[99] Oswald confundiu a fundação da Vila com a devoração do Bispo!

(Intuição perfeitamente girardiana: nas origens da cultura os dois atos se equivalem.)

O francês não teve tempo para desenvolver suas notas sobre a teoria do brasileiro. Contudo, compreendeu sua força. O enunciado *antropofagia como visão de mundo* implica o entendimento do canibalismo cultural como definição metafórica de apropriação da alteridade. Além disso, ele pensou em difundir a antropofagia por meio da tradução. Pelo menos na lembrança de Rudá, filho de Oswald: "como foi para ele estimulante a compreensão de Camus e o interesse que demonstrou em divulgar pela Gallimard as suas ideias sobre 'a

---

[98] Ibidem, p. 117 (grifo meu).
[99] Jeffrey Schnapp, "Morder a Mão que Alimenta (Sobre o 'Manifesto Antropófago')". In: João Cezar de Castro Rocha e Jorge Ruffinelli (orgs.), *Antropofagia Hoje?*, op. cit., p. 401.

crise da filosofia messiânica'".[100] Se o plano tivesse conhecido êxito, Oswald de Andrade e Jorge Luis Borges teriam sido traduzidos mais ou menos na mesma época. Após ler um conto do argentino, Michel Foucault concebeu o projeto de *Les Mots et les Choses*.

Quais poderiam ter sido as consequências da leitura do "Manifesto Antropófago" na França pré-1968?

Qual seria a reação, por exemplo, de Gilles Deleuze à provocação oswaldiana? Imagine uma abordagem rizomática da antropofagia.

Ainda: como Jacques Derrida teria entendido a antropofagia, esse *phármakon* do pensamento?

("Perguntas sem Resposta" é o título de um poema de Machado de Assis.)

Conhecemos a reação de Jean Baudrillard, em sua leitura combinada de carnaval e canibalismo:

> O protótipo dessa canibalização silenciosa, de certa maneira sua cena primitiva, seria aquela missa solene realizada no século XVI em Recife, no Brasil, em que os bispos vindos de Portugal com o propósito mesmo de celebrar a conversão passiva dos índios são devorados por estes – por excesso de amor evangélico (o canibalismo sendo uma forma extrema da hospitalidade). Primeiras vítimas dessa mascarada evangélica, os índios avançam espontaneamente até o limite e além: eles absorvem fisicamente aqueles que os absorveram espiritualmente.[101]

---

[100] "Carta de Rudá de Andrade". In: Antonio Candido, *Vários Escritos*. São Paulo/Rio de Janeiro, Duas Cidades/Ouro sobre Azul, 2004, p. 65.
[101] Jean Baudrillard, *Carnaval et Cannibale*. Paris, Éditions de l'Herne, 2008, p. 8-9.

Forma extrema de hospitalidade, o canibalismo é uma política de integração do outro. Camus transformou em matéria ficcional uma excursão feita com Oswald ao interior de São Paulo. A recordação de Rudá é precisa: "Fui com os dois a Iguape, em época de romaria. Era Oswald querendo mostrar o Brasil de sua visão. Mostrava com o mesmo entusiasmo um *romeiro carregando enorme pedra* ou um colono japonês de Registro".[102] O conto "A Pedra que Cresce", último texto de *O Exílio e o Reino*, foi escrito a partir dessa experiência.[103]

Modelo quase ideal de diálogo, superando as rígidas assimetrias do sistema-mundo.

Contudo, foi outro o francês que se beneficiou da intuição antropológica oswaldiana.

Desencontros e esquecimentos

Em *Tristes Trópicos*, Claude Lévi-Strauss retomou o ensaio de Montaigne, "Des Cannibales",[104] por meio de uma distinção entre os conceitos de "antropofagia" e "antropoemia". De um lado, o ato de devorar o outro, o que implica assimilá-lo; de outro, a eliminação da alteridade, o que significa a incapacidade de enriquecer-se com ela. A antropofagia, aqui, é uma forma especial de emulação.

Nas palavras de Lévi-Strauss:

---

[102] "Carta de Rudá de Andrade". In: Antonio Candido, *Vários Escritos*, op. cit., p. 65 (grifos meus).
[103] Manuel da Costa Pinto reconstruiu o episódio em "A Pedra Antropofágica: Albert Camus e Oswald de Andrade". In: João Cezar de Castro Rocha e Jorge Ruffinelli (orgs.), *Antropofagia Hoje?*, op. cit., p. 633-46.
[104] Como sempre, Girard surpreende o leitor com sua abordagem de textos clássicos: "Será que o próprio Montaigne leva o assunto a sério? A única alusão ao canibalismo em seu ensaio se encontra no título: 'Dos Canibais'. Montaigne quer mostrar, creio, que desconfia do que se conta sobre os tupinambás". René Girard, "Contra o Relativismo". In: *Aquele por Quem o Escândalo Vem*, op. cit., p. 65.

> [...] ficaríamos tentados a contrapor dois tipos de sociedades: as que praticam a antropofagia, isto é, que enxergam na absorção de certos indivíduos detentores de forças tremendas o único meio de neutralizá-las, e até de se beneficiarem delas; e as que, como a nossa, adotam o que se poderia chamar de *antropoemia* (do grego *emein*, "vomitar").[105]

Enquanto as sociedades ocidentais modernas desenvolveram um padrão de comportamento que elimina a alteridade, as sociedades que praticaram o canibalismo ritual conseguiram assimilar o outro por meio de sua ingestão física e sobretudo simbólica. As sociedades que converteram o canibalismo em ritual considerariam irremediavelmente bárbaras as sociedades "antropoêmicas", pois a completa exclusão do outro pareceria um despropósito – no fundo, um desperdício.

Provavelmente Lévi-Strauss conheceu o "Manifesto Antropófago". Na década de 1930, quando o futuro antropólogo chegou ao Brasil, como professor da Universidade de São Paulo, as ideias de Oswald eram muito divulgadas. Foi nesse momento que Lévi-Strauss empreendeu a mudança decisiva em sua carreira, passando a dedicar-se inteiramente à antropologia. Mário de Andrade estabeleceu um contato estreito com Dina Dreyfus, à época esposa de Lévi-Strauss.[106] Os dois promoveram a criação da "Sociedade de Etnografia e Folclore de São Paulo", seguindo o modelo da "Societé de l'Etnographie et Folclore". Seria natural que Lévi-Strauss tivesse alguma notícia tanto do "Manifesto Antropófago" como da rapsódia *Macunaíma* – o romance mais radicalmente antropofágico das van-

---

[105] Claude Lévi-Strauss, *Tristes Trópicos*. Trad. Rosa Freire d'Aguiar. São Paulo, Companhia das Letras, 1996, p. 366.
[106] A presença forte de Dina Dreyfus no Brasil, e o posterior esquecimento de suas atividades, foi estudada por Ellen Spielmann em *Das Verschwinden Dina Lévi-Strauss' und der Transvestismus Mário de Andrade: Genealogische* Rätsel in der Geschichte der Sozial und Humanwissenschaften im modernen *Brasilien* / *La Desaparición de Dina Lévi-Strauss y el Transvestismo de Mário de Andrade: Enigmas Genealógicos en la Historia de las Ciencias Sociales y Humanas del Brasil Moderno*. Berlin, Wissenschaftlicher Verlag, 2003. Trata-se de edição bilingue.

imagens

Dossel, anônimo; e *Carlos II*, de Luca Giordano. Foto do autor.

San Agustín, Antonio Rodríguez. Foto do autor.

Detalhe da imagem de *San Agustín*, Antonio Rodríguez. Foto do autor.

Santo Tomás de Aquino, Antonio Rodríguez. Foto do autor.

Detalhe da imagem de *Santo Tomás de Aquino*, Antonio Rodríguez. Foto do autor.

La Flagelación, de Nicolás Enríquez. Foto do autor.

Detalhe da imagem de *La Flagelación*, de Nicolás Enríquez. Foto do autor.

Mística Ciudad de Dios, Cristóbal de Villalpando. Foto do autor.

Moisés y la serpiente de bronce y la Transfiguración de Jesús, de Cristóbal de Villalpando. Foto do autor.

Detalhe da imagem de *Moisés y la serpiente de bronce y la Transfiguración de Jesús*, de Cristóbal de Villalpando. Foto do autor.

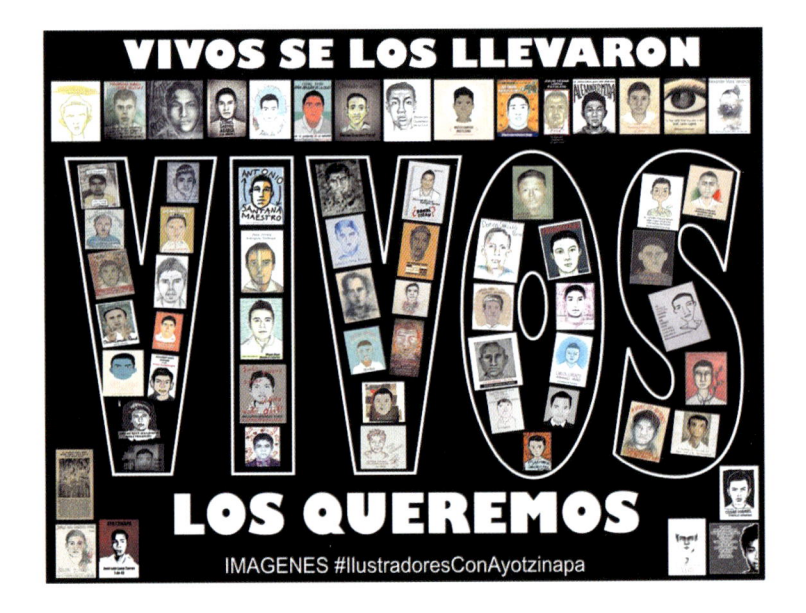

#HastaEncontrarlos GUERRERO GOBIERNO DEL ESTADO

VIVOS SE LOS LLEVARON
VIVOS LOS QUEREMOS
IMAGENES #IlustradoresConAyotzinapa

Miguel Cabrera, *De Español & India: Mestiza*.

Miguel Cabrera, *De Español y Albina: Torna atrás*.

Modesto Brocos, *A Redenção de Cã*.

guardas brasileiras. O antropólogo afirmou: "Conheci bem Mário de Andrade: ele dirigia o departamento cultural da cidade de São Paulo. Éramos muito próximos. Seu romance *Macunaíma* é um grande livro".[107] Porém, e muito ao contrário de Camus, o antropólogo decidiu ser "antropoêmico" no que diz respeito ao diálogo possível com a intuição de Oswald. Ironicamente, preferiu "vomitar" em vez de "assimilar" a voz do outro em seu próprio texto.

(Ao menos, a voz de Oswald de Andrade.)

Tal reconstrução hipotética de leituras e amnésias é importante para restabelecer a genealogia do conceito. Numa crítica à globalização, Zygmunt Bauman retomou a distinção conceitual de Lévi-Strauss. O sociólogo polonês recorreu à estratégia proposta pelo poeta brasileiro, ignorando a origem não hegemônica da noção: "Uma era *antropofágica*: aniquilar os estranhos *devorando-os* e depois, metabolicamente, transformando-os num tecido indistinguível do que já havia".[108] A mediação, *invisível*, entre Bauman e Oswald acontece por meio do antropólogo francês, como se o século XIX projetasse sua sombra até hoje. A triangulação que deu origem às culturas latino-americanas volta a destacar-se, ampliando seu alcance para o conjunto da circunstância não hegemônica. A ironia chega a ser perversa: culturas shakespearianas somente reconhecem suas afinidades no espelho do Outro. No século XIX e na primeira metade do seguinte, o meridiano passou por Paris.[109] Proponho que para

---

[107] Claude Lévi-Strauss, *Loin du Brésil. Entretien avec Véronique Mortaigne*. Paris, Chandeigne, 2005, p. 18. Por sua vez, o autor da rapsódia não deixou de homenagear o antropólogo: "O professor Lévi-Strauss prontificou-se / A realizar uma excursão ao Mato Grosso / Localizar, si possível, / algumas tribos desaparecidas / A tirar o filme etnográfico da viagem". Mário de Andrade, "Poema Despacho (Glosa de Carlos Augusto Calil)". In: Mário de Andrade, *Me Esqueci Completamente de Mim, Sou um Departamento de Cultura*. Carlos Augusto Calil e Flávio Roberto Penedo (orgs.). São Paulo, Imprensa Oficial, 2015, p. 10.
[108] Zygmunt Bauman, *O Mal-Estar da Pós-Modernidade*. Trad. Mauro Gama e Cláudia Martinelli Gama. Rio de Janeiro, Jorge Zahar, 1998, p. 18 (grifos do autor).
[109] Pierre Rivas propôs uma hipótese instigante: "O descentramento parisiense é contraditoriamente um lugar de síntese e de unidade para as periferias balcanizadas, mas também o território das marcas e das margens, onde melhor se desenham a imagem do país e a

repensar a teoria de Oswald, libertando-a do lugar-comum de uma receita requentada de "cor local", precisamos de um novo horizonte teórico: é o que busco, associando-a ao pensamento girardiano.

A antropofagia deve ser entendida como estratégia empregada em contextos políticos, econômicos e culturais assimétricos. Trata-se de procedimento típico daqueles que se encontram no polo menos favorecido. O gesto antropofágico é uma forma alternativa de assimilação de conteúdos que foram impostos por condições objetivas de poder político e cultural. A antropofagia tensiona essa relação por meio da assimilação inventiva de conteúdos selecionados: contra a imposição de dados, a volição no ato de devorá-los.

Um exemplo forte demonstra que as hegemonias culturais são heraclitianas: nada impede que a condição não hegemônica se converta em posição de centralidade, vale dizer, que o "outro outro" se transforme em Outro. Penso, por exemplo, em Joachim du Bellay, destacado membro da *Pléiade*. Em 1549, publicou uma espécie de manifesto do grupo, *Défense et Illustration de la Langue Française*. Ele enfrentou a difícil tarefa de afirmar o valor do idioma francês em comparação com as línguas clássicas. Fino estrategista, Du Bellay recorreu à história de Roma, a fim de provar que o idioma francês poderia comunicar ideias tão bem quanto o latim ou o grego. Como golpe de misericórdia, recordou que os romanos aperfeiçoaram seu idioma "imitando o melhor dos gregos, transformando-se neles, devorando-os e, depois de tê-los bem digerido, convertendo-os em sangue e alimento".[110]

Pura antropofagia: um filólogo tupinambá não faria melhor!

No meu vocabulário: modelo perfeito de emulação.

---

redescoberta de sua identidade, vista de fora, como totalidade (da América Latina vivida interiormente como dispersão) e como limites". Pierre Rivas, "Paris como a Capital Literária da América Latina". In: *Diálogos Interculturais*. Etienne Samian e Sandra Nitrini (orgs.). São Paulo, Hucitec, 2005, p. 124.

[110] Joachim du Bellay, *Déffense et Illustration de la Langue Française*. Paris, Librairie Garnier, 1919, p. 42 (grifos meus).

Compreenda-se: no século XVI, o idioma francês estava numa posição assimétrica (e inferior) em relação ao grego e ao latim, vistos como os meios naturais para a expressão literária e filosófica. Já nos séculos XVIII e XIX, o francês tornou-se a autêntica *koiné* da República das Letras.

Esse episódio confirma (mais uma vez! Será que nunca me canso?) que minha preocupação nada tem a ver com essências, mas com estratégias. As circunstâncias hegemônica e não hegemônica não são posições fixas, porém eixos dinâmicos, historicamente determinados, logo, cambiáveis.

Uma antropofagia mimética ou uma mímesis antropofágica propiciam a transformação do "outro outro" em sujeito, convertendo sua "visibilidade débil" em presença constitutiva na pólis contemporânea, nuançando as assimetrias do mercado simbólico globalizado. Ao fim e ao cabo, para adquirir voz própria não deveria ser necessário expressar-se neste ou naquele idioma. Basta ter uma ou duas ideias próprias e trabalhar muito – o tempo todo.

Uma alternativa: compartilhar e não devorar

Regurgitofagia, espetáculo estreado por Michel Melamed em 2004, com base em poema-manifesto homônimo, apresentou uma crítica contemporânea ao princípio antropofágico da deglutição sem limites – alvejando o Oswald-Trotski da utopia da assimilação permanente. Melamed imaginou uma opção a contrapelo da leitura usual:

> antes de mais nada, tudo.
> Porque – diferentemente dos antropófagos – já deglutimos coisas demais.[111]

---

[111] Michel Melamed, "Regurgitofagia". In: João Cezar de Castro Rocha e Jorge Ruffinelli (orgs.), *Antropofagia Hoje?*, op. cit., p. 65.

O excesso, portanto, é a questão.

Não mais a carência modernista.

No fundo, os modernistas (periféricos) foram movidos pelo fantasma da desatualização. Por isso, celebraram, felizes com o achado, a simultaneidade inédita que imaginaram desfrutar com os centros da produção cultural.[112]

O regurgitófago, pelo contrário, reinventa o gesto de John Cage, encontrando no silêncio uma forma ativa de escuta.

(A obra invisível de Pierre Menard?)

O escritor e ensaísta Evando Nascimento, um dos mais importantes intérpretes da obra de Jacques Derrida, propôs uma reflexão original sobre o gesto antropofágico, cujas consequências são particularmente relevantes para o esforço que desenvolvo.

Em suas palavras:

> Nunca se come, ou nunca se deveria comer só. Comer é partilhar a comida, no respeito ao outro enquanto outro, sabendo que no instante mesmo em que se tenta (simbolicamente) devorá-lo a introjeção substancial jamais se completa de todo. O outro resiste à mordida e à ferocidade, e assim o melhor é poder comer com ele. *Comer junto*, eis a senha para evitar o pior.[113]

---

[112] "E a coincidência da primeira construção brasileira no movimento de reconstrução geral. Poesia Pau-Brasil." Oswald de Andrade, "Manifesto da Poesia Pau-Brasil", op. cit., p. 43. Na página seguinte, a metáfora do atraso e da simultaneidade ocupa o centro da cena: "O trabalho da geração futurista foi ciclópico. Acertar o relógio império da literatura nacional". Ibidem, p. 44.
[113] Evando Nascimento, "A Desconstrução no 'Brasil': Uma Questão Antropofágica?". In: Maria das Graças Villa da Silva; Alcides dos Santos e Fabio Durão (orgs.), *Desconstruções e Contextos Nacionais*. Rio de Janeiro, 7 Letras, p. 175 (grifo do autor).

Vamos lá: a assimilação sistemática do outro – primeiro elo do desejo mimético compreendido como canibalismo do espírito – reconhece seu valor. No entanto, ainda se trata de uma forma agressiva de relacionamento. Evando substituiu a *ferocidade* implícita no ato de devorar pelo convite a *comer junto*, num banquete onde o eu e o outro se nutrem fraternalmente. Sem dúvida, a centralidade do outro deve ser celebrada, pois evita os riscos do solipsismo, origem mais comum da violência, em geral baseada no desprezo vitimário em relação à alteridade. A proposta de *comer junto* permite resgatar o "outro outro", sempre deixado à margem na formação das culturas latino-americanas, por meio de um gesto que destaca o caráter de mão dupla do processo. O outro emerge como ponte incontornável de acesso ao próprio eu, e, em lugar de desaparecer (devorado), ilumina (comensal na mesa comum) o dinamismo inerente às trocas culturais.

Evando radicalizou o princípio através do exercício de uma "estética da emulação". Assim definiu seu horizonte:

> classicismo: na verdade, picasso estava restaurando o gesto clássico de imitação dos antigos, traindo seu legado com fidelidade. em novo contexto a emulação era a mesma e outra, ferida digerida, golpe de gênio. [...] o resultado foram pinturas com dupla assinatura, uma visível, a outra semiapagada. fez isso descaradamente com inúmeros outros: poussin, velázquez, van gogh, goya, ingres. incumbe a nós reler essa *escrita* em palimpsesto.[114]

Eis, por fim, o traço que reúne antropofagia, poética da emulação, culturas shakespearianas e teoria mimética: um sujeito que sabe ser – e sobretudo deseja ser – uma usina de assimilação da alteridade.

---

[114] Evando Nascimento, *Retrato Desnatural*. Rio de Janeiro, Record, 2008, p.146 (grifo do autor).

Como superar a visibilidade débil? A forma mais efetiva de fazê-lo é *mostrar* o processo de *ocultação* do "outro outro" que, desde os tempos coloniais, constitui a técnica de invisibilização definidora da experiência latino-americana.

Comer junto:

Ayotzinapa é aqui (e agora)

Em Ayotzinapa, povoado de Iguala, município do estado de Guerrero, no sul do México, no dia 26 de setembro de 2014, 43 estudantes da "Escuela Normal" foram sequestrados e seu paradeiro continua ignorado. Não há dúvida sobre seu destino: foram todos executados pelos políticos locais, em conluio com o crime organizado.

O desenrolar das investigações revelou um cenário muito próximo ao discutido no filme *El Infierno*. Como vimos, Luis Estrada explorou a presença tentacular do narcotráfico na sociedade mexicana. Descobriu-se que o prefeito transformara a administração pública num braço do narcotráfico na região. Os estudantes eram ativistas políticos e foram apreendidos pela polícia municipal. Posteriormente, foram entregues ao grupo "Guerreros Unidos", isto é, ao crime organizado. Sua execução deveria desestimular futuros protestos e denúncias de corrupção.

Na busca pelos estudantes desaparecidos, encontraram-se inúmeras fossas clandestinas e o número de mortos não parou de crescer. O caso dos 43 normalistas não constitui uma exceção, porém a regra do jogo político do Estado-instrumento do crime organizado. A equivalência entre mundo empresarial e crime, intuída por Ferréz em *O Manual Prático do Ódio*, ainda não era suficientemente radical... Numa expressão que se torna dominante, é a emergência do narcoestado. Isso mesmo: NarcoEstado.

Não é tudo.

O episódio em Iguala constituiu a crônica de um sequestro anunciado, pois acontecimentos anteriores já evidenciavam a tensão crescente da política local. Nada foi feito para dirimir os problemas, e, mesmo após o sequestro, a reação oficial foi praticamente nula.

Mais (e eis o insuportável): apenas quando os protestos tornaram-se nacionais e, especialmente, internacionais, as autoridades federais assumiram o controle da investigação sobre o paradeiro dos estudantes; afinal, os Estados Unidos, a ONU e a Comunidade Europeia passaram a pressionar o governo.

Pois bem: eu me encontrava no México nesse preciso momento. Todas as manhãs, lia os jornais a fim de compreender a barbárie. Vale esclarecer que não o fazia como um turista acidental, "surpreso" com a brutalidade dos fatos – sou brasileiro. Isto é, entre nós, nada mais comum do que listar jovens da periferia que sofrem as consequências de uma polícia cuja violência é inversamente proporcional ao poder aquisitivo do cidadão. Acrescente-se um dado: todos os dias, vítimas da violência, 24 adolescentes morrem no Brasil.

Lia e relia inúmeros artigos e colunistas, porém não me convencia. Recorrer à "banalidade do mal", de Hannah Arendt, não dá conta da necessidade urgente de repensar o contemporâneo. Tampouco lança luz sobre o problema descrever (de novo!) o colapso das instituições estatais ou seu paralelismo mimético com o crime organizado.

Eis o dilema constitutivo das culturas latino-americanas; portanto, pouco importa se falamos do Brasil ou do México.

Esclareço a noção recordando o voo que fiz numa companhia aérea mexicana para participar do colóquio para discutir o quadro teórico que tenho desenvolvido – a ironia da situação é constrangedora.

Um breve vídeo instruía os passageiros sobre as regras básicas de segurança. Para além de instruções ociosas, sobressaía o que *não se via*: somente pessoas brancas apareciam na tela; ninguém que se assemelhasse a um indígena, nem mesmo uma pessoa que se parecesse aos tantos mestiços que são maioria em nossos países, com suas culturas de síntese, na acepção de Elsa Cecilia Frost.

(Brancos, todos brancos. Bem entendido: brancos na acepção diagnosticada por Oracy Nogueira: *uma questão de aparência*.)

As dimensões se cruzam: o sequestro dos normalistas de Ayotzinapa e a invisibilização social do outro outro.

Aqui se encontram as raízes mais profundas da violência que produz acontecimentos como os de Iguala.

Remato a hipótese que formulei.

As sociedades latino-americanas foram constituídas a partir de um movimento duplo e contraditório. Octavio Paz compreendeu o fenômeno ao sublinhar a "escisión psíquica" que atravessou a história mexicana, formadora do "labirinto de la soledad", construído a partir do divórcio estrutural entre ideias alheias e circunstâncias locais.[115] Como se o bovarismo nacional se convertesse em patologia pátria.

(Paz bem poderia ter dito: *história latino-americana*. Acrescento: dilema da circunstância não hegemônica.)

Tal esquizofrenia coletiva foi plasmada paradoxalmente.

---

[115] "En México, con los mismos esquemas verbales e intelectuales, en realidad fue la máscara de un orden fundado en el latifundismo. El positivismo mexicano introdujo cierto tipo de mala fe en las relaciones con las ideas. [...] Se produjo una *escisión psíquica*: aquellos señores que juraban por Comte y por Spencer no eran unos burgueses ilustrados sino los ideólogos de una oligarquía de terratenientes". Octavio Paz, *El Laberinto de la Soledad*, op. cit., p. 324 (grifo meu).

Adotamos como modelo um *Outro* absoluto, a cujos valores e ideais buscamos corresponder. Esse *Outro* sempre foi forâneo e sua autoridade derivou-se tautologicamente da condição de estrangeiro.

A reiteração é a regra de ouro do procedimento.

Ao mesmo tempo, essa adoção do Outro teve como contrapartida a negação violenta, ainda que inconsciente, de numerosos grupos que constituíram e ainda hoje se encontram no lado menos favorecido das máquinas de exclusão armadas por nossas estruturas sociais. A *visibilidade débil* define o perfil dessa assimetria brutal. Tais grupos compõem o *outro outro* dos nossos países. Não desejamos reconhecer sua presença, não desejamos vê-lo no espelho de nós mesmos.

Exatamente como no vídeo da companhia aérea mexicana.

(Exatamente como na televisão brasileira.)

Esse é o duplo movimento que segue condicionando a dinâmica do dia a dia latino-americano: aceitação do Outro forâneo; recusa do "outro outro" no interior de nossas fronteiras. Tal recusa traduz-se em desprezo vitimário; como se não tivesse o mesmo valor o "ser" de tantos "outros outros" – os indígenas, os mestiços, os pobres, em geral, e todas as minorias.

Haverá forma mais eloquente de demonstrá-lo que recordar os feminicídios de Ciudad Juárez que ocorrem há pelo menos duas décadas?

Em vocabulário emprestado à teoria mimética, esse "outro outro" é o bode expiatório de nossos países.

Daí a dinâmica perversa, fotografada por Cristovam Buarque:

> Um dia desses, no estacionamento de um McDonald's, em Brasília, dois jovens dentro de um carro se divertiam despejando batatas

> fritas no chão para que pivetes pobres fossem atrás catando. [...] O que faz com que um grupo se divirta daquela forma e outro rasteje daquele jeito?
> O que permitiu a cena repugnante foi que os donos do carro se sentiam diferentes dos pobres pivetes. [...] Apesar da língua comum, da mesma bandeira, de poderem votar no mesmo presidente, os dois grupos se sentiam apartados um do outro, como seres diferentes.[116]

Por que se multiplicam os bodes expiatórios nos países latino-americanos?

Arrisco uma resposta: não queremos reconhecer que, para o Outro, objeto nada obscuro do nosso desejo, sempre fomos, no cenário internacional, o "outro outro"– simples assim. Não sejamos ingênuos, ocorre o mesmo no plano simbólico; por exemplo, no universo acadêmico. O desprezo vitimário que permite barbáries como a de Ayotzinapa é a resposta que inventamos para enfrentar o medo multissecular de reconhecer a precariedade ontológica de nossa circunstância.

Não há solução possível para o dilema sem um enfrentamento radical dessa experiência histórica. É sintomático que os governos latino-americanos costumem se preocupar muito mais com a repercussão internacional de acontecimentos como os de Iguala do que com a sua prevenção ou sua efetiva resolução.

(Inclusive diante da barbárie produzida pelo desprezo vitimário em relação ao "outro outro", o Outro segue determinando nosso pensamento e nossas reações.)

---

[116] Cristovam Buarque, *Apartação. O Apartheid Social no Brasil*. São Paulo, Brasiliense, 2003, p. 9-10.

Eis o traço próprio da violência estrutural das sociedades latino-americanas. Por isso, ainda que possa soar paradoxal, a superação desse duplo vínculo exige a produção e circulação de imagens da violência que fomentamos, enquanto algozes ou cúmplices silenciosos. Precisamos inventar uma linguagem que desmascare a violência cotidiana. Tarefa urgente é narrar os atos e propor conceitos que traduzam o duplo vínculo na constituição das culturas shakespearianas: determinação ontológica *ab alio*; desprezo vitimário em relação ao outro outro; poética da emulação; visibilidade débil.

Além desse marco teórico e conceitual, é indispensável que a violência se torne visível. Não como um espetáculo midiático, que oculta suas origens por meio de uma explicitação que só pode disfarçar nosso envolvimento voyeurístico no processo. A técnica de invisibilização do "outro outro" deve converter-se em tema de reflexão, esclarecendo aquilo que não se quer ver: somos todos, em alguma medida, responsáveis pela violência que nos alcança. Uma alternativa se delineia no propósito de *comer junto* como forma de reciprocidade enriquecedora.

Manifestações artísticas podem desempenhar um papel decisivo, promovendo intervenções que permitam ampliar o horizonte do questionamento, envolvendo-nos mais diretamente em suas consequências.[117] Se o dilema de origem das culturas latino-americanas foi o desenvolvimento de uma técnica de invisibilização do "outro outro", a forma de romper com esse tipo particular de *méconnaissance* é o pensamento crítico acerca do problema.

Em suma: *ver com olhos livres.*

E, sobretudo, bem abertos.

---

[117] "As marcas da violência mimética estão presentes na literatura e nos ritos de todas as culturas. Por isso, Girard se propôs a levar a efeito uma análise interdisciplinar, a fim de unir a estética à antropologia [...]." Carlos Mendoza-Álvarez, *O Deus Escondido da Pós-Modernidade*, op. cit., p. 198.

Daí a importância icônica da imagem dos rostos dos estudantes assassinados em Ayotzinapa: sua difusão transformou-se num vigoroso manifesto tanto contra a violência do narcoestado, quanto contra a invisibilização social do outro outro.

Hora de encerrar – você me sussurra.

De acordo; antes, volto ao romance de Joseph Conrad.

Melhor ainda: refaço meus comentários iniciais.

(Proceder em espirais – método girardiano.)

Assinalei o efeito atenuador da estrutura narrativa, cujos marcos precisos amortecem os horrores relatados por Charles Marlow. Efeito que não deixa de recordar a técnica de invisibilização que perpetua a "visibilidade débil" no contexto latino-americano.

No entanto, há outra compreensão daquele efeito. A forma da escrita de Conrad *também* ameaça a *méconnaissance* que manteve a consciência europeia imune a ataques como o de Aimé Césaire: *a Europa é indefensável.*

Por um lado, a voz de Marlow é uma acusação *pura e dura* das atrocidades cometidas em nome da civilização. Por outro, ela expõe sutilmente a incapacidade europeia de olhar-se no espelho de sua própria barbárie. A perspectiva girardiana acerta no alvo: "Um livro não deve ser um simples espelho da realidade, ele deve revelar-nos os aspectos que tendemos a minimizar ou a nunca enxergar".[118]
A escrita não pretende simplesmente *denunciar* um conteúdo determinado, mas fazê-lo de um modo que *torne visível* a técnica de ocultação da responsabilidade europeia em casos traumáticos, tais como os crimes cometidos no Congo Belga.

A maestria literária de Conrad incidiu em todos os ângulos do problema. Marlow surge como vértice de um inesperado triângulo, composto pelo Congo Belga, pela Europa e pela mediação dos narradores de *Coração das Trevas*. Triângulo que se associa intrinsecamente à criação do sistema-mundo na modernidade, iniciada com a colonização do Novo Mundo.

É como se revisitássemos um dos mais poderosos triângulos da tradição literária.

Outra vez, e numa ilha, como os marinheiros de Conrad, insulares na prisão-Tâmisa, voltamos a encontrar Próspero, Ariel e Calibã.

---

[118] René Girard, "Réponse à Jacques Godbout sur le Jugement de Salomon". In: Mark R. Anspach (org.), *Les Cahiers de l'Herne*, op. cit., p. 158.

Conclusão
"O outro lhe deu a mão"

"No alto"

Remato este ensaio com um soneto de Machado de Assis que coloca em cena a relação agônica entre os polos representados por Ariel e Calibã.[1]

Leiamos o soneto "No Alto", reunido em *Ocidentais*.[2]

> O poeta chegara ao alto da montanha,
> E quando ia a descer a vertente do oeste,
> Viu uma cousa estranha,
> Uma figura má.
>
> Então, volvendo o olhar ao subtil, ao celeste,
> Ao gracioso Ariel, que de baixo o acompanha,
> Num tom medroso e agreste
> Pergunta o que será.

---

[1] Naturalmente, não é este o espaço para desenvolver o assunto, mas aproveito para mencionar o tema de um futuro livro: o estudo das incontáveis apropriações de *A Tempestade* por inventores latino-americanos a partir do século XIX.

[2] Machado de Assis, "No Alto". In: *Ocidentais. Toda Poesia de Machado de Assis*. Ed. Claudio Murilo Leal. Rio de Janeiro, Record, 2008, p. 347. *Ocidentais* foi publicado em 1901.

> Como se perde no ar um som festivo e doce,
> Ou bem como se fosse
> Um pensamento vão,
>
> Ariel se desfez sem lhe dar mais resposta.
> Para descer a encosta
> O outro lhe deu a mão.

O poeta, abandonado pelas Musas, é Próspero. Não o senhor da ilha, dono dos destinos de Calibã e Ariel, e sim um sujeito mimético, cuja "carência de ser" o obriga a depender tanto do corpo quanto do espírito de outros. Eis o Próspero identificado por Boaventura de Sousa Santos: Próspero calibanizado, necessitando de apoio para *descer a vertente do oeste*.

Próspero tropical, pois. Não sejamos, contudo, vencidos pelo autoexotismo. Exatamente como o bardo inglês, o autor brasileiro descobriu-se dividido entre Ariel e Calibã – *imagem-ímã do duplo vínculo latino-americano*. O caminho usual opõe os dois personagens, como se fossem meras traduções dramáticas de princípios irreconciliáveis. Por que não endossar a alternativa proposta por René Girard, perfeitamente anunciada no poema de Machado de Assis? Trata-se de tornar sempre mais complexa a relação hostil, mas indissociável, entre Calibã e Ariel: os dois se encontram à sombra de Próspero: são ambos escravos.

Contaminação de papéis que se encontra na letra shakespeariana. Basta atentar ao tratamento concedido a Ariel.

Assim o espírito é inicialmente chamado:

> Come away, servant, come; I'm ready now.
> Approach, my Ariel. Come![3]

---

[3] William Shakespeare, *The Tempest*, op. cit., p. 108. Na tradução brasileira: "Servidor, estou pronto novamente! / Vem, meu Ariel! Aqui!" William Shakespeare, *A Tempestade*. In: *Teatro Completo. Comédias*, op. cit., p. 29.

Ainda que seja denominado *servo*, o vocativo é afetuoso: *my Ariel*. O espírito correspondia às expectativas de seu senhor. Ariel recebe a recompensa que espera nas palavras de Próspero: "*My brave spirit!*".[4] Aparentemente a oposição com Calibã-puro-corpo não poderia ser mais enfática.

Porém, Ariel recordou que sua hora de liberdade havia chegado. Ora, ele não tinha mais a obrigação de obedecer – o cenário mudou dramaticamente.

O diálogo tenso entre servo e mestre é revelador:

> ARIEL: Is there more toil? Since thou dost give me pains,
> Let me remember thee what thou hast promised,
> Which is not yet performed me.
> PROSPERO: How now? Moody?
> What is't thou canst demand?
> ARIEL: My liberty.[5]

Irritado com a reação de Ariel, Próspero aplicou o castigo imediato na forma dum adjetivo: "*malignant thing*".[6] Finalmente o que ficou oculto se revela *com a cara descoberta*: "*Thou, my slave*".[7]

Palavra que estigmatizou Calibã desde sua primeira referência na peça:

---

[4] William Shakespeare, *The Tempest*, op. cit., p. 109. Na tradução brasileira: "Meu bravo espírito!". William Shakespeare, *A Tempestade*, op. cit., p. 29.
[5] William Shakespeare, *The Tempest*, op. cit., p. 112. Na tradução brasileira: "Ariel: Mais fadigas? / Já que novos trabalhos me destinas, / permite que te lembre uma promessa / que ainda não cumpriste. Próspero: Quê! Zangado? / Que podes desejar? / Ariel: A liberdade". William Shakespeare, *A Tempestade*, op. cit., p. 30.
[6] William Shakespeare, *The Tempest*, op. cit., p. 112. Na tradução brasileira: "coisa maligna". William Shakespeare, *A Tempestade*, op. cit., p. 30.
[7] William Shakespeare, *The Tempest*, op. cit., p. 114. Na tradução brasileira: "Tu, meu escravo". William Shakespeare, *A Tempestade*, op. cit., p. 30.

> Shake it off. Come on;
> We'll visit Caliban *my slave*, who never
> Yields us kind answer.[8]

Espírito e corpo, corpo e espírito, ao que parece, opostos em tudo; porém, um vínculo os reúne: são escravos de Próspero.

Girard observou:

> Não se pode dizer exatamente onde se deve traçar a linha que separa Calibã e Ariel, e não deveríamos tentar, porque, ainda que os dois espíritos sejam em princípio incompatíveis, sua coexistência de fato fica sugerida.[9]

Volto ao soneto de Machado de Assis.

Se, no alto da montanha, Próspero contava com o espírito – *o gracioso Ariel* –, na descida da encosta só encontrou o apoio do híbrido – *uma figura estranha*. Machado cifrou uma reflexão vigorosa sobre o caráter esquizofrênico das pulsões contraditórias do duplo vínculo.

Próspero-Shakespeare precisou equilibrar uma revelação categórica do caráter conflitivo da mímesis – seu momento Calibã – com a apresentação matizada dos efeitos do mecanismo do bode expiatório – seu instante Ariel. Desse modo, por meio de uma bem pensada ambiguidade estrutural seduziu diversos públicos simultaneamente: o segredo de seu êxito no mundo elisabetano.

Girard ressaltou a habilidade do dramaturgo:

---

[8] William Shakespeare, *The Tempest*, op. cit., p. 116 (grifo meu). Na tradução brasileira: "Sacode-o. Vamos ver o meu escravo / Calibã, que só tem palavras duras / para minhas perguntas". William Shakespeare, *A Tempestade*, op. cit., p. 31.
[9] René Girard, *Shakespeare: Teatro da Inveja*, op. cit., p. 631.

> Shakespeare era um mestre absoluto da arte de escrever peças que funcionavam em dois níveis. De um lado, havia uma trama palatável e até mesmo popular, que iria ao encontro das expectativas da plateia e portanto a agradaria; de outro, havia uma revelação sutil e algumas vezes perturbadora do funcionamento do mecanismo mimético, provavelmente dirigida apenas para alguns espectadores iniciados.[10]

A escrita shakespeariana adotou como método a oscilação constante entre o riso irreverente proporcionado pelos truques de Calibã e a autoconsciência sugerida pelos avatares de Ariel. Como poucos, o autor de *Troilo e Créssida*[11] traduziu o duplo vínculo em linguagem própria:

> Quanto a Shakespeare, ele logo percebeu que balançar o desejo mimético como uma bandeira vermelha na frente do público não era o caminho certo para o sucesso (lição que aparentemente eu mesmo nunca aprendi). Rapidamente Shakespeare tornou-se sofisticado, insidioso e complexo em seu manejo do desejo [...].[12]

A estrutura paradoxal do texto shakespeariano oferece um modelo para pensar tanto a escrita girardiana quanto a forma de pensamento subjacente à literatura mimética.

Girard identificou pulsão similar em outro autor de sua predileção:

---

[10] René Girard et al., *Evolução e Conversão*, op. cit., p. 197-98.
[11] Eis o que disse René Girard sobre essa peça: "A minha 'bíblia' do desejo mimético é *Troilo e Créssida* [...]". René Girard, *Quando Começarem a Acontecer Essas Coisas*, op. cit., p. 53.
[12] René Girard, *Shakespeare: Teatro da Inveja*, op. cit., p. 43.

> Essa dupla criação reflete bem a espécie de homem que era Dostoiévski. [...]
> Míshkin e Stavróguin são, essencialmente, duas imagens opostas do romancista. *O Idiota* e *Os Possessos* são romances circulares; desenvolvem-se a partir de um foco central em torno do qual gravita o universo romanesco.[13]

Próspero-Machado também precisou encontrar um vaivém impreciso entre o dia a dia do Brasil oitocentista e as lições da tradição literária.

(Próspero-Machado é um inventor: mestre nos procedimentos da poética da emulação.)

De um lado, Ariel, espírito tutelar, universal em sua ausência de corpo; de outro, Calibã, e os muitos escravos e inumeráveis agregados que nem sequer chegariam a abrir seus livros. Aqui, Próspero-Shakespeare contava com um benefício nada desprezível. Os Calibãs da Inglaterra elisabetana, que também não eram poucos, estavam dispensados de ler; bastava ir ao teatro e prestar alguma atenção à intriga que se desenrolava no palco. No teatro da época, com frequência, o espetáculo mais emocionante acontecia no chão de terra em que se acotovelava o público mais popular. Nos termos da reflexão girardiana, a diferença machadiana permitiu ao poeta ultrapassar com elegância a mentira romântica: algumas vezes flerta com Ariel, outras paquera Calibã, mas não se compromete com ninguém – ao menos não exclusivamente.

Em outras palavras, é como se Calibã escrevesse no idioma de Ariel, lançando mão de seus temas e adotando suas formas convencionais. E isso sem jamais abandonar a malícia própria de seu olhar; malícia de quem sabe não pertencer totalmente a lugar algum.

(A literatura calibanesca é a escrita de um Otelo literário: *a wheeling stranger of here and everywhere.*)

---

[13] René Girard, *Dostoiévski: Do Duplo à Unidade*, op. cit., p. 79-80.

A violência *e* o sagrado, Calibã *e* Ariel: os processos da mímesis são fábricas de paradoxos.

Último retorno a René Girard:

> O julgamento de Salomão já tinha dito tudo: existe o sacrifício do outro, e existe o sacrifício de si; o sacrifício arcaico, e o sacrifício cristão. Mas é sempre sacrifício. Estamos imersos no mimetismo e é preciso que renunciemos às armadilhas do nosso desejo, que é sempre um desejo daquilo que o outro possui. Repito: o saber absoluto é impossível, somos obrigados a permanecer no coração da história, a agir no coração da violência, porque compreendemos cada vez melhor seus mecanismos. Será que por isso saberemos evitá-los? Tenho minhas dúvidas.[14]

Termino com a dúvida. Circunstância que convida a abrir fissuras no pensamento da identidade, em favor da interdividualidade coletiva. No fim das contas, é a forma mesma da totalidade que impede o reconhecimento do outro. Tarefa girardiana por definição: "O problema de fundo que considero em minha obra é precisamente como interpretar a saída da totalidade".[15]

Eis o desafio maior da mímesis: reconhecer-se nesse outro (outro) que, desde a circunstância não hegemônica, sabemos ser apenas um eu possível – entre tantos outros.

(Ontologicamente poliglotas – e precários, sempre.)

---

[14] René Girard, *Rematar Clausewitz: Além Da Guerra*, op. cit., p. 82.
[15] Carlos Mendoza-Álvarez, "Pensar a Esperança como Apocalipse. Conversa com René Girard". In: *O Deus Escondido da Pós-Modernidade*, op. cit., p. 329.

referências bibliográficas

Adès, Thomas. *The Tempest. An Opera in Three Acts. Libretto by Meredith Oakes after William Shakepeare*. London: Faber Music, 2004.
Ágreda, María de Jesús de. *Mística Ciudad de Dios*. In: *Aliento de Justos, Espejo de Perfectos, Consuelo de Pecadores y Fortaleza de Flacos*. Madrid: Oficina de D. Manuel Martin, 1770.
Alencar, José de. *Ubirajara*. Rio de Janeiro: José Olympio, 1965.
Alencastro, Luiz Felipe de. *O Trato dos Viventes. Formação do Brasil no Atlântico Sul. Séculos XVI e XVII*. São Paulo: Companhia das Letras, 2000.
Alison, James. *"Para la Libertad nos Ha Libertado". Acercamientos para Desatar los Nudos de la Expiación Gay y Lesbiana*. Guadalajara: Iteso, 2008.
_____. *O Pecado Original à Luz da Ressurreição: A Alegria de Perceber-se Equivocado*. Trad. Mauricio Righi. São Paulo: É Realizações, 2011.
_____. *Knowing Jesus*. London: SPCK Publishing, 2012.
Anaya, Mario Magallón. *Historia de las Ideas Filosóficas. (Ensayo de Filosofía y de Cultura en la Mexicanidad)*. Ciudad de México: Editorial Torres Asociado, 2010.
Andrade, Carlos Drummond de. "Hino Nacional". In: *Brejo das Almas. Poesia e Prosa (Organizada pelo Autor)*. Rio de Janeiro: Nova Aguilar, 1988.
_____. "Nosso Tempo". In: *A Rosa do Povo*. São Paulo: Companhia das Letras, 2012.

Andrade, Gabriel. *René Girard: Um Retrato Intelectual*. Trad. Carlos Nougué. São Paulo: É Realizações, 2011.

Andrade, Mário de. *Me Esqueci Completamente de Mim, Sou um Departamento de Cultura*. Carlos Augusto Calil e Flávio Roberto Penedo (orgs.). São Paulo: Imprensa Oficial, 2015.

Andrade, Oswald de. *A Utopia Antropofágica*. São Paulo: Globo, 1990.

Anspach, Mark. "Avant-Propos". In: Mark R. Anspach (org.), *Les Cahiers de l'Herne. René Girard*. Paris: Éditions de l'Herne, 2008.

Antonello, Pierpaolo. "Introducción". In: René Girard e Gianni Vatimo, *¿Verdad o Fé Débil? Diálogo sobre Cristianismo y Relativismo*. Barcelona: Paidós, 2011.

Arendt, Hannah. *Eichmann in Jerusalem: A Report on the Banality of Evil*. New York: Penguin Books, 1992.

Aristóteles. *Poética*. Edição Bilíngue Grego-Português. 2. ed. Trad. Eudoro de Souza. São Paulo: Ars Poetica, 1993.

_____. *Política*. Trad. e notas Manuela García Valdés. Madrid: Editorial Gredos, 1994.

Assmann, Hugo (org.). *René Girard com Teólogos da Libertação: Um Diálogo sobre Ídolos e Sacrifícios*. Petrópolis: Vozes, 1991.

Auerbach, Erich. *Dante. Poeta do Mundo Secular*. Trad. Raul de Sá Barbosa. Rio de Janeiro: Topbooks, 1997.

_____. *Figura*. Trad. Duda Machado. São Paulo: Ática, 1997.

Austen, Jane. *Northanger Abbey. The Complete Novels of Jane Austen*. New York: The Modern Library, 1960.

Azevedo, Beatriz. *Antropofagia*: Palimpsesto Selvagem. São Paulo: Cosac Naify, 2016.

Badinter, Elisabeth. *L'Infant de Parme*. Paris: Fayard, 2008.

Bhabha, Homi. "Da Mímica e do Homem. A Ambivalência do Discurso Colonial". In: *O Local da Cultura*. Trad. Myriam Ávila, Eliana Lourenço de Lima Reis e Gláucia Renate Gonçalves. Belo Horizonte: Editora da UFMG, 1998.

Baldassari, Anne; Bernadac, Marie-Laure. *Picasso et les Maîtres*. Paris: Editions de la Réunion des Musées Nationaux, 2008.

Baldensperger, Fernand. *Goethe en France: Étude de Littérature Comparée* (1904). Paris: Hachette, 1920.
Bandera, Cesáreo. *The Sacred Game. The Role of the Sacred in the Genesis of Modern Literary Fiction*. Pennsylvania: The Pennsylvania State University Press, 1994.
_____. *"Despojada e Despida": A Humilde História de Dom Quixote. Reflexões sobre a Origem do Romance Moderno*. Trad. Carlos Nougué. São Paulo: É Realizações, 2011.
Barahona Plaza, Ángel J. "El Origen Mimético de la Violencia". Jornadas Universitarias (Jaes, 2006), Uned-Madrid. *Acoso Escolar: Propuestas Educativas para Su Solución*. Disponível em: www.uned.es/jutedu/JAES/Ponencias_MesasRedondas_Comunicaciones/Jaes2006_Barahona_Plaza_Angel.pdf. Acesso em: 7 maio 2015.
_____. "Presentación". In: René Girard, *Aquel por El que Llega el Escándalo*. Trad. Ángel J. Barahona Plaza. Madrid: Caparrós Editores, 2006.
Bargellini, Clara. "Alegorías". In: Juana Gutiérrez Haces et al. (orgs.), *Cristóbal de Villalpando. Catálogo Razonado*. Ciudad de México: Fomento Cultural Banamex, 1997.
_____. "Difusión de Modelos: Grabados y Pinturas Flamencos e Italianos en Territorios Americanos". In: Juana Gutiérrez Haces (org.), *Identidades Compartidas. Pintura de los Reinos. Territorios del Mundo Hispánico, Siglos XVI-XVII*. Tomo III. Ciudad de México: Fomento Cultural Banamex, 2009.
Bate, W. Jackson. *The Burden of the Past and the English Poet*. New York: The Norton Library, 1972.
Bateson, Gregory. *Steps to an Ecology of Mind*. Chicago/London: The University of Chicago Press, 2000.
Baudrillard, Jean. *Carnaval et Cannibale*. Paris: Éditions de l'Herne, 2008.
Bauman, Zygmunt. *O Mal-Estar da Pós-Modernidade*. Trad. Mauro Gama e Cláudia Martinelli Gama. Rio de Janeiro: Jorge Zahar, 1998.
Bellay, Joachim du. *Déffense et Illustration de la Langue Française*. Paris: Librairie Garnier, 1919.
Benedetti, Mario. "La Rentabilidad del Talento". In: *Subdesarrollo y Letras de Osadía*. Madrid: Alianza Editorial, 1987.
Benjamin, Walter. "A Obra de Arte na Era de sua Reprodubitilidade Técnica. Primeira Versão". In:

Walter Benjamin, *Obras Escolhidas. Magia e Técnica, Arte e Política.* Trad. Sergio Paulo Roaunet. 3. ed. São Paulo: Editora Brasiliense, 1987.

Berlin, Isaiah. *The Hedgehog and the Fox: An Essay on Tolstoy's View of History.* London: Weidenfeld & Nicholson, 1953.

_____. *Pensadores Russos.* Trad. Carlos Eugênio Marcondes de Moura São Paulo: Companhia das Letras, 1988.

Beuchot, Mauricio. *Tratado de Hermenéutica Analógica. Hacia un Nuevo Modelo de Interpretación.* 4. ed. Ciudad de México: Editorial Ítaca/Facultad de Filosofía y Letras-Unam, 2009.

Bíblia de Jerusalém. São Paulo: Paulus, 2004.

Blanchard, Pascal, Gilles Boëtsch e Nanette Jacomijn Snoep (orgs.). *L'Invention du Sauvage. Exhibitions.* Paris: Actes du Sud/Musée du Quai Brandly, 2011.

Blanco Villalta, Jorge Gastón. *Ritos Caníbales en América.* Buenos Aires: Casa Pardo, 1970.

Bloom, Harold. *The Anxiety of Influence. A Theory of Poetry.* Oxford: Oxford University Press, 1973.

Bolaño, Roberto. *Roberto Bolaño: The Last Interview and Other Conversations.* New York: Melville Publishing House, 2009.

Borges, Jorge Luis. "Funes, o Memorioso". In: *Ficções (1944).* Trad. Davi Arrigucci Jr. São Paulo: Companhia das Letras, 2007.

_____. "Pierre Menard, Autor do *Quixote*". In: *Ficções (1944).* Trad. Davi Arrigucci Jr. São Paulo: Companhia das Letras, 2007.

_____. "Everything and Nothing" (1960). Trad. Josely Vianna Baptista. In: *Obras Completas.* (Vários tradutores.) São Paulo: Globo, 1999.

_____. "El Escritor Argentino y la Tradición". In: *Discusión. Obras Completas. 1923-1949.* vol. I. Buenos Aires: Emecé, 1989.

_____. "Prólogo". In: Domingo Faustino Sarmiento, *Facundo – Civilización y Barbarie.* Buenos Aires: Librería El Ateneo, 1974.

_____. "La Rosa Profunda" (1975). In: *Obras Completas. 1975-1985.* vol. III. Buenos Aires: Emecé, 1989.

_____. *Um Ensaio Autobiográfico. 1899-1970.* Trad. Maria Carolina de Araújo e Jorge Schwartz. São Paulo: Editora Globo, 2000.

Brook, Peter. *The Quality of Mercy. Reflections on Shakespeare.* London: Nick Hern Books, 2013.

Buarque, Cristovam. *Apartação. O* Apartheid *Social no Brasil.* São Paulo: Brasiliense, 2003.

Burbano Alarcón, Mauricio. "La 'Teoría Mimética' de René Girard y su Aporte para la Comprensión de la Migración". *Universitas Philosophica,* ano 27, n. 55, 2010.

Burke, Kenneth. *Language as Symbolic Action.* Berkeley/Los Angeles: University of California Press, 1966.

Burke, Peter. "Centre and Periphery". In: *History & Social Theory.* Cambridge: Polity Press, 1998.

Caicedo, José María Torres. "Las Dos Américas". In: *Correo de Ultramar.* Paris, 1857.

Calasso, Roberto. *La Rovina di Kash.* Milano: Adelphi, 1983.

Campese, Gioacchino. *Hacia una Teología desde la Realidad de las Migraciones. Métodos y Desafíos.* Ciudad de México: Cátedra Eusebio Francisco Kino, 2008.

Campos, Augusto de. *Paul Valéry: A Serpente e o Pensar.* São Paulo: Editora Brasiliense, 1984.

Campos, Haroldo de. *A Educação dos Cinco Sentidos.* São Paulo: Brasiliense, 1985.

Camus, Albert. *Diário de Viagem.* Trad. Valerie Rumjanek. 4. ed. Rio de Janeiro: Record, 1997.

Candido, Antonio. "Literatura e Subdesenvolvimento". In: *A Educação pela Noite e Outros Ensaios.* São Paulo: Ática, 1989.

_____. *Vários Escritos.* São Paulo/Rio de Janeiro: Duas Cidades/Ouro sobre Azul, 2004.

_____. "Literatura e Cultura de 1900 a 1945 (Panorama para Estrangeiro)". In: *Literatura e Sociedade.* Rio de Janeiro: Ouro sobre Azul, 2006.

Cardoso, Ciro Flamarion. *Escravo ou Camponês? O Protocampesinato Negro nas Américas,* São Paulo: Editora Brasiliense, 1987.

Carpentier, Alejo. *Los Pasos Perdidos.* Ed. Roberto González Echevarría. Madrid: Ediciones Cátedra, 1985.

_____. "América ante la Joven Literatura Europea". In: *Los Pasos Recobrados. Ensayos de Teoría y Crítica Literaria.* La Habana: Ediciones Unión, 2003.

_____. "América Latina en la Confluencia de Coordenadas Históricas y Su Repercusión en la Música". In: Isabel Aretz (org.), *América Latina en su Música.* Ciudad de México: Siglo XXI/Unesco, 2007.

Casanova, Pascale. *La République Mondiale des Lettres*. Paris: Points Seuil, 2008.
Casel, Régis Augusto Bars. *Diálogos Miméticos entre Sêneca e Shakespeare. As* Troianas *e* Ricardo III. Dissertação de Mestrado. Pós-Graduação em Teoria e História Literária – Universidade Estadual de Campinas, 2011.
Casement, Roger. "El informe del Sr. Casement al Marqués de Lansdowne". In: Arthur Conan Doyle, *La Tragedia del Congo*. Trad. Susana Carral Martínez e Lorenzo F. Díaz. Ciudad de México: Alfaguara, 2010.
Caso, Antonio. *Sociología*. 14. ed. Ciudad de México: Editorial Limusa Willey, 1967.
_____. *Obras Completas I – Polémicas*. In: Rosa Krauze de Kolteniuk (org.). Ciudad de México: Universidad Nacional Autónoma de México, 1971.
_____. "El Bovarismo Nacional". In: *Antología Filosófica*. Ciudad de México: Universidad Nacional Autónoma de México, 1993.
_____. "La Imitación Extralógica". In: *Antología Filosófica*. Ciudad de México: Universidad Nacional Autónoma de México, 1993.
Castellanos, Rosario. *Mujer que Sabe Latín*. Ciudad de México: Fondo de Cultura Económica/Secretaría de Educación Pública, 1984.
Castelnuovo, Enrico; Ginzburg, Carlo. "Centro e Periferia". In: *Storia Dell'Arte Italiana*. Parte Prima. Materiali e Problemi. Torino: Giulio Einaudi, 1979.
Castro, Eduardo Viveiros de. *Araweté: Os Deuses Canibais*. Rio de Janeiro: Jorge Zahar/Anpocs, 1986.
_____. *From the Enemy's Point of View. Humanity and Divinity in an Amazonian Society*. Chicago/London: The University of Chicago Press, 1992.
_____. "O Mármore e a Murta: Sobre a Inconstância da Alma Selvagem". In: *A Inconstância da Alma Selvagem – e Outros Ensaios de Antropologia*. São Paulo: Cosac Naify, 2002.
_____. "Métaphysique de la Prédation". In: *Métaphysiques Cannibales. Lignes d'Anthropologie Post-structurale*. Paris: PUF, 2009.
Castro Rocha, João Cezar de. *Literatura e Cordialidade. O Público e o Privado na Cultura Brasileira*. Rio de Janeiro: Eduerj, 1998.
_____. "Historia Cultural Latinoamericana y Teoría Mimética: ¿Por una Poética de la Emulación?". *Universitas Philosophica*, ano 27, n. 55, 2010.

_____. "A Dupla Face da Unidade". In: René Girard, *Dostoiévski: Do Duplo à Unidade*. Trad. Roberto Mallet. São Paulo: É Realizações, 2011.

_____. (org.). *Roger Chartier. A Força das Representações: História e Ficção*. Chapecó: Argos, 2011.

_____. "Sem Nenhum Caráter? La Rapsodia de Mário de Andrade". In: Mário de Andrade, *Macunaíma. El Héroe Sin Ningún Carácter*. La Habana: Casa de las Américas, 2011.

_____. *Machado de Assis: Por uma Poética da Emulação*. Rio de Janeiro: Civilização Brasileira, 2013.

_____. *¿Culturas Shakespearianas? Teoría Mimética y América Latina*. Guadalajara: Universidad Iberoamericana/ITESO, 2014.

_____. "Mimetic Theory and Latin America: Reception and Anticipations". In: *Contagion. Journal of Violence, Mimesis, and Culture*, vol. 21, 2014, p. 75-120.

_____. *Cultures Latino-Américaines et Poétique de l'Émulation. Littératures des Faubourgs du Monde?*. Paris: Éditions Pétra, 2015.

_____. *Machado de Assis. Toward a Poetics of Emulation*. Michigan: Michigan State University Press, 2015.

_____.; Girard, René; Antonello, Pierpaolo. *Evolução e Conversão*. Trad. Bluma Waddington Vilar e Pedro Sette-Câmara. São Paulo: É Realizações, 2011.

_____. e Ruffinelli, Jorge (orgs.). *Antropofagia Hoje? Oswald de Andrade em Cena*. São Paulo: É Realizações, 2011.

Ceballos, Alfonso Rodríguez G. de. "Crónica". *Archivo Español de Arte*, LXXXIV, 333, enero-marzo 2011. Disponível em: http://archivoespañoldearte.revistas.csic.es/index.php/aea/article/viewFile/460/456. Acesso em: 25 maio 2015.

Cervantes, Miguel de. *Don Quijote de la Mancha*. Edición del IV Centenario. Madrid: Real Academia Española, 2004.

_____. *O Engenhoso Fidalgo Dom Quixote de la Mancha*. São Paulo: Editora 34, 2012.

Césaire, Aimé. *Une Tempête – d'Après 'la Tempête' de Shakespeare – Adaptation pour un Théâtre Nègre*. Paris: Éditions du Seuil, 1969.

_____. *Discurso sobre o Colonialismo*. Lisboa: Livraria Sá da Costa Editora, 1978.

Chantre, Benoît. "D'un 'Désir Métaphisique' à l'Autre: Levinas et Girard". In: Mark R. Anspach (org.), *Les Cahiers de l'Herne. René Girard*. Paris: Éditions de l'Herne, 2008.

_____.; Girard, René. *Rematar Clausewitz: Além Da Guerra*. Trad. Pedro Sette-Câmara. São Paulo: É Realizações, 2011.

Chartier, Roger. "Materialidade e Mobilidade dos Textos. Dom Quixote entre Livros, Festas e Cenários". In: João Cezar de Castro Rocha (org.), *Roger Chartier. A Força das Representações: História e Ficção*. Chapecó: Argos, 2011.

_____. *Cardenio entre Cervantes e Shakespeare. História de uma Peça Perdida*. Trad. Ednir Missio. Rio de Janeiro: Civilização Brasileira, 2012.

Cildo Meireles. Ed. Guy Bret. London: Tate Publishing, 2008.

_____. Catálogo. IVAM Centre del Carme (2 febrero/23 abril 1995). Ciudad de México: Alias, 2009.

Coetzee, J. M. "V. S. Naipaul: *Half a Life*". In: *Inner Workings. Literary Essays – 2000-2005*. New York: Penguin Books, 2007.

_____. "Érasme. Folie et Rivalité". In: Mark R. Anspach (org.), *Les Cahiers de l'Herne. René Girard*. Paris: Éditions de l'Herne, 2008.

_____. "V. S. Naipaul: *Meia Vida*". In: *Mecanismos Internos*. Trad. Sergio Flajsman. São Paulo: Companhia das Letras, 2011.

Conrad, Joseph. *Os Duelistas*. Trad. André de Godoy Vieira. Porto Alegre: L&PM, 2008.

_____. *Coração das Trevas*. Trad. Sergio Flaksman. São Paulo: Companhia das Letras, 2015.

Corona Cadena, Rubén Ignacio. "Los Mecanismos Miméticos de Reproducción de la Violencia Vistos a través de los Narco-Corridos". *Universitas Philosophica*, ano 27, n. 55, 2010.

Cuesta, Luis Javier. "América y la *Maniera* Miguelangelesca". In: Oswaldo Barrera Franco & Luis Javier Cuesta (orgs.), *Miguel Ángel Buonarroti. Un Artista entre Dos Mundos*. México D.F.: Instituto Nacional de Bellas Artes y Literatura, 2015.

DaMatta, Roberto. "Digressão: A Fábula das Três Raças, ou o Problema do Racismo à Brasileira". In: *Relativizando: Uma Introdução à Antropologia Social*. Petrópolis: Vozes, 1984.

_____. *Carnavais, Malandros e Heróis: Para uma Sociologia do Dilema Brasileiro* (1979). 6. ed. Rio de Janeiro: Rocco, 1997.

Díaz, Juan Manuel. "Elementos para la Reconstrucción de una Filosofía de la Historia en René Girard". *Universitas Philosophica*, ano 27, n. 55, 2010.

Díaz-Quiñones, Arcadio. *A Memória Rota. Ensaios de Cultura e Política*. Trad. Pedro Meira Monteiro. São Paulo: Companhia das Letras, 2016.

Domínguez Michael, Christopher. *Jorge Luis Borges*. Ciudad de México: Nostra, 2010.

_____. "Eçalatría". In: *El XIX en el XXI*. Ciudad de México: Sexto Piso/Claustro de Sor Juana, 2010.

Doran, Robert. "Editor's Introduction: Literature as Theory". In: René Girard, *Mimesis & Theory. Essays on Literature and Criticism – 1953-2005*. Stanford: Stanford University Press, 2008.

Dostoiévski, Fiódor. "Pushkin". In: *Rusia y Occidente*. Trad. e Org. Olga Novikova. Madrid: Editorial Tecnos, 1997.

Doyle, Arthur Conan. "El Crimen del Congo". In: *La Tragedia del Congo*. Trad. Susana Carral Martínez e Lorenzo F. Díaz. Ciudad de México: Alfaguara, 2010.

Dumouchel, Paul. "Introduction". In: Paul Dumouchel (org.), *Violence and Truth: On the Work of René Girard*. Stanford: Stanford University Press, 1988.

Dupuy, Jean-Pierre; Dumouchel, Paul. *L'Enfer des Choses. René Girard et la Logique de l'Economie*. Paris: Seuil, 1979.

_____. "Mimésis et Morphogénèse". In: Michel Deguy & Jean-Pierre Dupuy (orgs.), *René Girard et le Problème du Mal*. Paris: Grasset, 1982.

_____. *La Crisis y lo Sagrado*. Chiapas: Universidad de la Tierra, 2012.

Escamilla, Juan Manuel. "Filosofía en Primera, en Segunda y en Tercera Persona. Entrevista a Carlos Pereda". *Open Insight*, III, n. 4, jul. 2012.

Eulálio, Alexandre. "Ampulheta de Borges". In: *Os Brilhos Todos. Ensaio, Crônica, Crítica, Poesia etc*. São Paulo: Companhia das Letras, 2017.

Fausto, Carlos. "Cinco Séculos de Carne de Vaca: Antropofagia Literal e Antropofagia Literária". In: João Cezar de Castro Rocha e Jorge Ruffinelli (orgs.), *Antropofagia Hoje? Oswald de Andrade em Cena*. São Paulo: É Realizações, 2011.

Fernández, Martha. "La Impronta de Miguel Ángel en la Arquitectura de la Nueva España". In:

Oswaldo Barrera Franco & Luis Javier Cuesta (orgs.), *Miguel Ángel Buonarroti. Un Artista entre Dos Mundos*. México D.F.: Instituto Nacional de Bellas Artes y Literatura, 2015.

Fernández Retamar, Roberto. "Calibã Diante da Antropofagia". In: João Cezar de Castro Rocha & Jorge Ruffinelli (orgs.), *Antropofagia Hoje? Oswald de Andrade em Cena*. São Paulo: É Realizações, 2011.

_____. "Prólogo". In: José Martí, *Política de Nuestra América*. Ciudad de México: Siglo XXI, 1977.

_____. "Intercomunicación y Nueva Literatura en Nuestra América". In: *Para una Teoría de la Literatura Hispanoamericana*. Primera Edición Completa. Santafé de Bogotá: Publicaciones del Instituto Caro y Cuervo, 1995.

_____. "¿Y Fernández?". In: *Versos*. La Habana: Letras Cubanas, 1999.

_____. *Idea de la Estilística. (Sobre la Lingüística Española)*. Ed. Luis Íñigo-Madrigal. Madrid: Editorial Biblioteca Nueva, 2003.

_____. "Caliban". In: *Todo Caliban*. Bogotá: Ediciones Antropos, 2005.

Ferréz. *Manual Prático do Ódio*. Rio de Janeiro: Objetiva, 2003.

Fisher, Andrés. "La Entelequia Activa de Haroldo de Campos". In: Haroldo de Campos, *Hambre de Forma. Antología Poética*. Org. Andrés Fisher. Madrid: Veintisiete Letras, 2009.

Flaubert, Gustave. *Madame Bovary: Moeurs de Province*. Paris: Garnier-Flammarion, 1966.

_____. *Madame Bovary*. Trad. Mário Laranjeiras. São Paulo: Companhia das Letras, 2011.

Fornari, Giuseppe. "La Verità dela Violenza. Il Pensiero di René Girard e il Suo Rapporto con la Filosofia". In: *Ars Interpretandi*, Annuario di Ermeneutica Giuridica, vol. 4, 1999.

Fornet, Jorge. *Los Nuevos Paradigmas. Prólogo Narrativo al Siglo XXI*. La Habana: Letras Cubanas, 2006.

Forster, E. M. *Aspects of the Novel*. New York: Harcourt Brace, 1973.

Foucault, Michel. *As Palavras e as Coisas*. Trad. Salma Tannus Muchail. São Paulo: Martins Fontes, 2000.

Freitas, Sônia Maria de. *Reminiscências*. São Paulo: Maltese, 1993.

Freud, Sigmund. "O Mal-Estar na Civilização". In: *Obras Completas,* vol. 18 (O Mal-Estar na Civilização, Novas Conferências Introdutórias e Outros Textos (1930-1936)). Trad. Paulo César de Souza. São Paulo: Companhia das Letras, 2010.
Freyre, Gilberto. *Problemas Brasileiros de Antropologia.* 3. ed. Rio de Janeiro: Livraria José Olympoio Editora, 1962.
_____. *Casa-Grande & Senzala.* Edição Crítica. In: Guillermo Giucci, Enrique Rodríguez Larreta, Edson Nery da Fonseca (orgs.). Paris: Coleção Archivos, 2002.
Frost, Elsa Cecilia. *Las Categorías de la Cultura Mexicana.* Ciudad de México: Fondo de Cultura Económica, 2009.
Fuchs, Barbara. *Poetics of Piracy. Emulating Spain in English Literature.* Philadelphia: University of Pennsylvania Press, 2013.
Fuentes, Carlos. *Carlos Fuentes Papers.* Firestone Library, Princeton University, Box 306, Folder 2.
_____. *Machado de la Mancha.* Ciudad de México: Fondo de Cultura Económica, 2001.
Gallese, Vittorio. "The Two Sides of Mimesis: Mimetic Theory, Embodied Stimulation, and Social Identification". In: Scott R. Garrels (org.), *Mimesis and Science: Empirical Research on Imitation and the Mimetic Theory of Culture and Religion.* Michigan: Michigan State University Press, 2011.
Gans, Eric. *The End of Culture: Toward a Generative Anthropology.* California: University of California Press, 1985.
Gaos, José. *Confesiones Profesionales. Aforística.* In: *Obras Completas.* XVII. Ciudad de México: UNAM, 1982.
_____. *Historia de Nuestra Idea del Mundo.* In: *Obras Completas.* XIV. Andrés Lira (org.). Ciudad de México: Universidad Nacional Autónoma de México, 1994.
García Márquez, Gabriel. "Caníbales y Antropófagos". In: *Obra Periodística 1. Textos Costeños (1948-1952).* Ciudad de México: Diana, 2010.
_____. "¿Problemas de la Novela?". In: *Obra Periodística 1. Textos Costeños (1948-1952).* Ciudad de México: Diana, 2010.
_____. "Possibilidades da Antropofagia". In: João Cezar de Castro Rocha e Jorge Ruffinelli (orgs.),

Antropofagia Hoje? Oswald de Andrade em Cena. São Paulo: É Realizações, 2011.

García Sáiz, María Concepción. *Las Castas Mexicanas: Un Género Pictórico Americano.* Milan: Olivetti, 1989.

Garrels, Scott R. (org.). *Mimesis and Science: Empirical Research on Imitation and the Mimetic Theory of Culture and Religion.* Michigan: Michigan State University Press, 2011.

_____. "An Interview with René Girard". In: Scott R. Garrels (org.), *Mimesis and Science: Empirical Research on Imitation and the Mimetic Theory of Culture and Religion.* Michigan: Michigan State University Press, 2011.

Gaultier, Jules de. *Le Bovarysme.* Paris: Presses de l'Université Paris-Sorbonne, 2006.

Gerbi, Antonello. *O Novo Mundo. História de uma Polêmica. 1750-1900.* Trad. Bernardo Ioffily. São Paulo: Companhia das Letras, 1996.

Girard, René. *Mensonge Romantique et Vérité Romanesque.* Paris: Grasset, 1961.

_____. *La Violence et le Sacré.* Paris: Grasset, 1972.

_____. *Des Chose Cachées Depuis la Fondation du Monde.* Paris: Grasset, 1978.

_____. *To Double Business Bound. Essays on Literature, Mimesis, and Anthropology.* Baltimore: The Johns Hopkins University Press, 1978.

_____. "An Interview with René Girard". In: *To Double Business Bound. Essays on Literature, Mimesis, and Anthropology.* Baltimore: The Johns Hopkins University Press, 1978 (Paperback Edition, 1988).

_____. "Nietzsche, Wagner and Dostoievski". In: *To Double Business Bound. Essays on Literature, Mimesis, and Anthropology.* Baltimore: The Johns Hopkins University Press, 1978.

_____. *Le Bouc Emissaire.* Paris: Grasset, 1982.

_____. *A Violência e o Sagrado.* Trad. Martha Gambini. Rio de Janeiro: Paz e Terra, 1990.

_____. "A Teoria Mimética não se Limita à Crítica das Linguagens". In: Hugo Assmann (org.), *René Girard com Teólogos da Libertação: Um Diálogo sobre Ídolos e Sacrifícios.* Petrópolis: Vozes, 1991.

_____. *Quand ces Choses Commenceront. Entretiens avec Michel Treguer.* Paris: Arléa, 1994.

_____. *Um Longo Argumento do Princípio ao Fim. Diálogos com João Cezar de Castro Rocha e Pierpaolo Antonello.* Rio de Janeiro: Topbooks, 2000.

_____. *Origine della Cultura e Fine della Storia. Dialoghi con Pierpaolo Antonello e João Cezar de Castro Rocha*. Milano: Raffaello Cortina, 2003.

_____. *Les Origines de la Culture. Entretiens avec Pierpaolo Antonello et João Cezar de Castro Rocha*. Paris: Éditions Desclée de Brouwer, 2004.

_____. *O Bode Expiatório*. Trad. Ivo Storniolo. São Paulo: Paulus, 2004.

_____. *Los Orígenes de la Cultura. Conversaciones con Pierpaolo Antonello y João Cezar de Castro Rocha*. Madrid: Editorial Trota, 2006.

_____. "Entrevista con René Girard". In: *Literatura, Mímesis y Antropología*. Trad. Alberto L. Bixio. Barcelona: Editorial Gedisa, 2006.

_____. "L'Amitié qui se Transforme en Haine". In: Mark R. Anspach (org.), *Les Cahiers de l'Herne. René Girard*. Paris: Éditions de l'Herne, 2008.

_____. "Lettre à Pierre Pachet sur *La Violence et le Sacré*". In: Mark R. Anspach (org.), *Les Cahiers de l'Herne. René Girard*. Paris: Éditions de l'Herne, 2008.

_____. "La Reciprocité dans le Désir et la Violence". In: Mark R. Anspach (org.), *Les Cahiers de l'Herne. René Girard*. Paris: Éditions de l'Herne, 2008.

_____. "'Une Répétition à Variations': Shakespeare et le Désir Mimétique". In: Mark R. Anspach (org.), *Les Cahiers de l'Herne. René Girard*. Paris: Éditions de l'Herne, 2008.

_____. "Réponse à Jacques Godbout sur le Jugement de Salomon". In: Mark R. Anspach (org.), *Les Cahiers de l'Herne. René Girard*. Paris: Éditions de l'Herne, 2008.

_____. "Réponse à Sandor Goodhart sur la Victime Innocente". In: Mark R. Anspach (org.), *Les Cahiers de l'Herne. René Girard*. Paris: Éditions de l'Herne, 2008.

_____. "Satan et le Scandale". In: Mark R. Anspach (org.), *Les Cahiers de l'Herne. René Girard*. Paris: Éditions de l'Herne, 2008.

_____. *Mentira Romântica e Verdade Romanesca*. Trad. Lilia Ledon da Silva. São Paulo: É Realizações, 2009.

_____. *Coisas Ocultas desde a Fundação do Mundo*. Trad. Martha Gambini. Rio de Janeiro: Paz e Terra, 2009.

_____. *Shakespeare: Teatro da Inveja*. Trad. Pedro Sette-Câmara. São Paulo: É Realizações, 2010.

_____. *Anorexia e Desejo Mimético*. Trad. Carlos Nougué. São Paulo: É Realizações, 2011.

_____. *Aquele por Quem o Escândalo Vem*. Trad. Carlos Nougué. São Paulo: É Realizações, 2011.

_____. *Dostoiévski: Do Duplo à Unidade*. Trad. Roberto Mallet. São Paulo: É Realizações, 2011.

_____. *Quando Começarem a Acontecer Essas Coisas*. Trad. Lilia Ledon da Silva. São Paulo: É Realizações, 2011.

_____.; & Benoît Chantre. *Rematar Clausewitz. Além Da Guerra*. Trad. Pedro Sette-Câmara. São Paulo: É Realizações, 2011.

_____. *Account of Mimetic Theory*. Disponível em: www.imitatio.org/uploads/tx_rtgfiles/Account_of_Mimetic_Theory.pdf. Acesso em: 29 abr. 2015.

_____. "On Mel Gibson's *The Passion of the Christ*". *Anthropoetics* 10, n. 1 (Spring/Summer 2004). Disponível em: www.anthropoetics.ucla.edu/ap1001/RGGibson.htm. Acesso em: 8 out. 2016.

_____. "*La Passione di Cristo* di Mel Gibson". In: Eleonora Bujatti; Pierpaolo Antonello (orgs.), *La Violenza allo Specchio. Passione e Sacrificio nel Cinema Contemporaneo*. Massa: Transeuropa, 2009.

_____. ; Gounelle, André; Houziaux, Alain. *Deus: Uma Invenção?* Trad. Margarita Lamelo. São Paulo: É Realizações, 2011.

_____.; Rocha, João Cezar de Castro; Antonello, Pierpaolo. *Evolução e Conversão*. Trad. Bluma Waddington Vilar e Pedro Sette-Câmara. São Paulo: É Realizações, 2011.

_____.; Serres, Michel. *O Trágico e a Piedade*. Trad. Margarita Lamelo. São Paulo, É Realizações, 2011.

_____.; Rocha, João Cezar de Castro; Antonello, Pierpaolo. *Evolution and Conversion. Dialogues on the Origins of Culture*. London: The Continuum, 2008.

_____.; Vattimo, Gianni. *¿Verdad o Fe Débil? Diálogos sobre Cristianismo y Relativismo*. Barcelona: Paidós, 2011.

Godbout, Jacques T. "L'Amour Maternel et le Jugement de Salomon". In: Mark R. Anspach (org.), *Les Cahiers de l'Herne. René Girard*. Paris: Éditions de l'Herne, 2008.

Golding, John. "Introduction". In: *Matisse Picasso*. London: Tate Publishing, 2002.

Gomes Júnior, Guilherme Simões. "Le Musée Français: Guerras Napoleônicas, Coleções Artísticas e o Longínquo Destino de um Livro". *Anais do Museu Paulista*. São Paulo, vol. 15, 2007.

Gonçalves, Ana Maria. *Um Defeito de Cor*. Rio de Janeiro: Record, 2006.

González Echevarría, Roberto. "Introducción". In: Alejo Carpentier, *Los Pasos Perdidos*. Ed. Roberto González Echevarría. Madrid: Ediciones Cátedra, 1985.

Goodhart, Sandor. "La Victime Innocente dans Isaïe 52-53: Ressemblance des Textes Juifs et Chrétiens". In: Mark R. Anspach (org.), *Les Cahiers de l'Herne. René Girard*. Paris: Éditions de l'Herne, 2008.

Grivois, Henri. "Crise Sacrificielle et Psychose Naissante". In: Mark R. Anspach (org.), *Les Cahiers de l'Herne. René Girard*. Paris: Éditions de l'Herne, 2008.

Hatoum, Milton. "Encontros na Península". In: *A Cidade Ilhada*. Contos. São Paulo: Companhia das Letras, 2009.

Henríquez Ureña, Pedro. "Herencia e Imitación". In: *La Utopía de América*. Caracas: Biblioteca Ayacucho, 1989.

_____. *Historia de la Cultura en la América Hispánica*. Ciudad de México: Fondo de Cultura Económica, 2001.

Ilchman, Frederick. *Titian, Tintoretto, Veronese: Rivals in Renaissance Venice*. Boston: Museum of Fine Arts, 2009.

Jackson, Kenneth David. "Novas Receitas da Cozinha Canibal. O *Manifesto Antropófago* Hoje". In: João Cezar de Castro Rocha e Jorge Ruffinelli (orgs.), *Antropofagia Hoje? Oswald de Andrade em Cena*. São Paulo: É Realizações, 2011.

Jáuregui, Carlos. *Canibalia. Canibalismo, Calibanismo, Antropofagia Cultural y Consumo en América Latina*. La Habana: Casa de las Américas, 2005.

Jobim, José Luís. "A Emulação Produtiva: Machado de Assis e a Cultura Latino-americana, segundo João Cezar de Castro Rocha". In: Mendoza-Álvarez, Carlos; Jobim, José Luís; Méndez-Gallardo, Mariana (orgs.), *Mímesis e Invisibilização Social. A Interdividualidade Coletiva Latino-americana*. São Paulo: É Realizações, 2016.

Johnsen, William A. *Violência e Modernismo: Ibsen, Joyce e Woolf.* Trad. Pedro Sette-Câmara. São Paulo: É Realizações, 2011.

Kant, Immanuel. *Crítica da Razão Pura.* Trad. Valério Rohden e Udo Moosburger. São Paulo: Abril Cultural, 1983.

Katzew, Ilona. *La Pintura de Castas. Representaciones Raciales en el México del Siglo XVIII.* Madrid: Turner, 2004.

King, Richard C. "The (Mis)Uses of Cannibalism in Contemporary Cultural Critique". *Diacritics* 30.1, 2000.

Kipling, Rudyard. *The White Man's Poet: Selected Works.* Ostara Publications, 2013.

Kirwan, Michael. *Teoria Mimética. Conceitos Fundamentais.* São Paulo: É Realizações, 2015.

Kott, Ian. *Shakespeare Our Contemporany.* New York: Anchor Books, 1966.

Kowarick, Lúcio. "Housing and Living Conditions in the Periphery of São Paulo: an Etnographich and Sociological Study". University of Oxford Centre for Brazilian Studies. Working Paper Series CBS-58-04.

Kundera, Milan. *L'Art du Roman.* Paris: Gallimard, 1986.

_____. *Um Encontro. Ensaios.* São Paulo, Companhia das Letras, 2013.

Lampedusa, Giuseppe Tomasi di. *Shakespeare.* Barcelona: NorteSur, 2009.

Lapouge, Gilles. "Peaux". In: *Dictionaire Amoureux du Brésil.* Paris: Plon, 2011.

Larreta, Enrique. *La Naranja.* Buenos Aires: Espasa-Calpe, 1947.

Lestringant, Frank. *Le Brésil de Montaigne. Le Nouveau Monde des "Essais"* (1580-1592). Paris: Editions Chandeigne/Librairie Portugaise, 2005.

Lévi-Strauss, Claude. *Tristes Trópicos.* Trad. Rosa Freire d'Aguiar. São Paulo: Companhia das Letras, 1996.

_____. *Loin du Brésil. Entretien avec Véronique Mortaigne.* Paris: Chandeigne, 2005.

Lima, Luiz Costa. *Mímesis: Desafio ao Pensamento.* Florianópolis: Editora da UFSC, 2015.

Livingston, Paisley. "René Girard and Literary Knowledge". In: *To Honor René Girard. Presented on the Occasion of his Sixtieth Birthday by Colleagues, Students, Friends.* Stanford French and Italian Studies 34. Saratoga: Anma Libri, 1986.

Lorenz, Günter W. *Diálogo com a América Latina. Panorama de uma Literatura do Futuro*. Trad. Fredy de Souza Rodrigues e Rosemary Costhek Abilio. São Paulo: Editora Pedagógica e Universitária, 1973.

Ludmer, Josefina. *Aquí América latina. Una Especulación*. Buenos Aires: Eterna Cadencia, 2010.

Lund, Joshua. "Barbarian Theorizing and the Limits of Latin American Exceptionalism". In: *Cultutal Critique*, n. 47, Winter 2001, p. 54-90.

Lyotard, Jean-François. *Le Différend*. Paris: Éditions de Minuit, 1983.

_____. "Can Thought Go without a Body?". In: *The Inhuman: Reflections on Time*. Stanford: Stanford University Press, 1991.

MacFarlane, Robert. *Original Copy: Plagiarism and Originality in Nineteenth-Century Literature*. Oxford: Oxford University Press, 2007.

Machado de Assis, Joaquim Maria. "A Parasita Azul". In: *Obra Completa*. vol. II. Rio de Janeiro: Nova Aguilar, 1986.

_____. *Memórias Póstumas de Brás Cubas*. In: Afrânio Coutinho (org.), *Obra Completa*. vol. I. Rio de Janeiro: Nova Aguilar, 1986.

_____. *Dom Casmurro*. In: Afrânio Coutinho (org.), *Obra Completa*. vol. I. Rio de Janeiro: Nova Aguilar, 1986.

_____. "No Alto". In: *Ocidentais. Toda Poesia de Machado de Assis*. Ed. Claudio Murilo Leal. Rio de Janeiro: Record, 2008.

Madeline, Laurence. *Picasso/Manet. Le Déjeuner sur l'Herbe*. Paris: Musée d'Orsay, 2008.

Magazine, Roger. "A Interdependência das Culturas Indígenas Mesoamericanas como Verdade Romanesca". In: Mendoza-Álvarez, Carlos; Jobim, José Luís; Méndez-Gallardo, Mariana (orgs.), *Mímesis e Invisibilização Social. A Interdividualidade Coletiva Latino-americana*. São Paulo: É Realizações, 2016.

Malinovski, Bronislaw. "Introducción". In: Fernando Ortiz, *Contrapunteo Cubano del Tabaco y el Azúcar*. Org. Enrico Mario Santí. Madrid: Cátedra, 2002.

Malraux, André. *Discours au Brésil / Palavras no Brasil*. Rio de Janeiro: Funarte, 1988.

Márquez, Emiliano Zolla. "Do Corpo Ayuujk ao Corpo Indígena. Mímesis, Alteridade e Sacrifício na Sierra Mixe". In: Mendoza-Álvarez, Carlos; Jobim, José Luís; Méndez-Gallardo, Mariana (orgs.), *Mímesis e Invisibilização Social. A Interdividualidade Coletiva Latino-americana*. São Paulo: É Realizações, 2016.

Martí, José. "Nuestra América". In: *Política de Nuestra América*. Ciudad de México: Siglo XXI, 1977.

_____. *Nuestra América*. Edición Crítica. Org. Cintio Vitier. Havana: Centro de Estudios Martianos, 2011 (Colección Alba Centenario).

Marx, Karl. *A Origem do Capital. A Acumulação Primitiva*. Trad. Walter S. Maia. São Paulo: Global, 1977.

McGinnis, Reginald. "Violence et Lumières". In: Mark R. Anspach (org.), *Les Cahiers de l'Herne. René Girard*. Paris: Éditions de l'Herne, 2008.

Melamed, Michel. "Regurgitofagia". In: João Cezar de Castro Rocha e Jorge Ruffinelli (orgs.), *Antropofagia Hoje? Oswald de Andrade em Cena*. São Paulo: É Realizações, 2011.

Méndez-Gallardo, Mariana. "Teoria Mimética na América Latina? Uma Reflexão sobre a Leitura Shakespeariana das Culturas". In: Mendoza-Álvarez, Carlos; Jobim, José Luís; Méndez-Gallardo, Mariana (orgs.), *Mímesis e Invisibilização Social. A Interdividualidade Coletiva Latino-americana*. São Paulo: É Realizações, 2016.

Mendoza-Álvarez, Carlos. "Subjetividad Posmoderna e Identidad Reconciliada. Una Recepción Teológica de la Teoría Mimética". *Universitas Philosophica*, ano 27, n. 55, 2010.

_____. *O Deus Escondido da Pós-Modernidade. Desejo, Memória e Imaginação Escatológica. Ensaio de Teologia Fundamental Pós-Moderna*. Trad. Carlos Nougué. São Paulo: É Realizações, 2011.

_____. "Sobre a Invisibilização do Outro. Uma Recepção Latino-Americana de Lévinas e Girard". In: Mendoza-Álvarez, Carlos; Jobim, José Luís; Méndez-Gallardo, Mariana (orgs.), *Mímesis e Invisibilização Social. A Interdividualidade Coletiva Latino-americana*. São Paulo: É Realizações, 2016.

_____.; Jobim, José Luís; Méndez-Gallardo, Mariana (orgs.). *Mímesis e Invisibilização Social. A Interdividualidade Coletiva Latino-americana*. São Paulo: É Realizações, 2016.

Mercanton, Jacques. "James Joyce". In: James Joyce, *Ulises*. Trad. J. Salas Subirat. 3. ed. Buenos Aires: Santiago Rueda Editor, 1959.

Merrill, Trevor Cribben. *O Livro da Imitação e do Desejo. Lendo Milan Kundera com René Girard*. Trad. Pedro Sette-Câmara. São Paulo: É Realizações, 2016.

Mignolo, Walter D. *La Idea de América Latina. La Herida Colonial y la Opción Decolonial*. Barcelona: Editorial Gedisa, 2005.

Monsiváis, Carlos. *Aires de Familia. Cultura y Sociedad en América Latina*. 3. ed. Barcelona: Editorial Anagrama, 2006.

Monteiro, Pedro Meira. "Imaginação Graduada em Consciência: As Circunstâncias da Cultura e a Efêmera Potência das Margens". In: Mendoza-Álvarez, Carlos; Jobim, José Luís; Méndez-Gallardo, Mariana (orgs.), *Mímesis e Invisibilização Social. A Interdividualidade Coletiva Latino-americana*. São Paulo: É Realizações, 2016.

Moraes, Marcos Antonio de (org.). *Correspondência de Mário de Andrade & Manuel Bandeira*. São Paulo: Edusp/IEB, 2000.

Mussa, Alberto. *O Movimento Pendular*. Rio de Janeiro: Record, 2006.

Nabuco, Joaquim. *Minha Formação*. Rio de Janeiro: Topbooks, 1999.

Naipaul, V. S. *The Mimic Men*. New York: Vintage International, 2001.

_____. *Os Mímicos*. Trad. Paulo Henriques Britto. São Paulo: Companhia das Letras, 1987.

_____. *Half a Life*. A Novel. New York: Vintage International, 2002.

_____. *Meia Vida*. Trad. Isa Mara Lando. São Paulo: Companhia das Letras, 2002.

_____. *Meia Vida*. Trad. Isa Mara Lando. São Paulo: Companhia das Letras, 2002

Nascimento, Evando. "A Desconstrução no 'Brasil': Uma Questão Antropofágica?". In: Maria das Graças Villa da Silva; Alcides dos Santos e Fabio Durão (orgs.), *Desconstruções e Contextos Nacionais*. Rio de Janeiro: 7 Letras, 2006.

_____. *Retrato Desnatural*. Rio de Janeiro: Record, 2008.

Nebrija, Antonio de. *Gramática de la Lengua Castellana*. Asociación Cultural Antonio de Nebrija.

Disponível em: http://antoniodenebrija.org/prologo.html. Acesso em: 8 mar. 2016.

Nunes, Benedito. "O Retorno à Antropofagia". In: *Oswald Canibal*. São Paulo: Perspectiva, 1979.

O'Gorman, Edmundo. *La Invención de América*. Ciudad de México: Fondo de Cultura Económica, 2004.

Onetti, Juan Carlos. *El Pozo*. Barcelona: Seix Barral, 1982.

Orellana, Margarita de. "La Fiebre de la Imagen en la Pintura de Castas". In: *Pintura de Castas, Artes de México*. 2. ed., n. 8, 1998.

Orléan, André. "Pour une Approche Girardienne de l'*Homo Œconomicus*". In: Mark R. Anspach (org.), *Les Cahiers de l'Herne. René Girard*. Paris: Éditions de l'Herne, 2008.

Ortiz, Fernando. *Contrapunteo Cubano del Tabaco y el Azúcar*. Org. Enrico Mario Santí. Madrid: Cátedra, 2002.

Paz, Octavio. *Los Hijos del Limo. Del Romanticismo a la Vanguardia*. Barcelona: Editorial Seix Barral, 1981.

_____.; Campos, Haroldo de. *Transblanco*. Rio de Janeiro: Guanabara, 1986.

_____. "Whitman, Poeta de América". In: *El Arco y la Lira*. Ciudad de México: Fondo de Cultura Económica, 1990.

_____. *El Laberinto de la Soledad*. México: Fondo de Cultura Económica, 1994.

_____. "El Grabado Latinoamericano". In: *Sombras de Obras. Arte y Literatura*. Barcelona: Editorial Seix Barral, 1996.

Piglia, Ricardo. "La Novela Polaca". In: *Formas Breves*. Barcelona: Anagrama, 2000.

_____. *Respiración Artificial*. Barcelona: Anagrama, 2001.

Pinto, Manuel da Costa. "A Pedra Antropofágica: Albert Camus e Oswald de Andrade". In: João Cezar de Castro Rocha e Jorge Ruffinelli (orgs.), *Antropofagia Hoje? Oswald de Andrade em Cena*. São Paulo: É Realizações, 2011.

Pitol, Sergio. *Una Autobiografía Soletrada. (Ampliaciones, Rectificaciones y Desacralizaciones)*. Oaxaca: Almadía, 2010.

Pizarro, Ana. "Introducción". In: *La Literatura Latinoamericana como Proceso*. Bibliotecas Universitarias. Buenos Aires: Centro Editor de América Latina, 1985.

Poe, Edgar Allan. "A Carta Roubada". In: *Histórias Extraordinárias*. Trad. José Paulo Paes. São Paulo: Companhia das Letras, 2008.

Polar, Arturo Cornejo. *Escribir en el Aire. Ensayo sobre la Heterogeneidad Socio-Cultural en las Literaturas Andinas*. Lima: Editorial Horizonte, 1994.

Portella, Eduardo. "Carlos Fuentes: Verso e Reverso". In: *México: Guerra e Paz. Ensaios*. Rio de Janeiro: Edições Tempo Brasileiro, 2001.

Proust, Marcel. *Sodome et Gomorrhe. À la Recherche du Temps Perdu*. Paris: Gallimard, 1988 (Bibliotèque de la Pléiade).

_____. *Em Busca do Tempo Perdido*. Vol. IV. *Sodoma e Gomorra*. Trad. Mario Quintana. São Paulo: Editora Globo, 2008.

_____. *Em Busca do Tempo Perdido*. vol. I. *No Caminho de Swann*. Trad. Mario Quintana. São Paulo: Editora Globo, 2011.

Queirós, Eça de. *O Primo Basílio. Episódio Doméstico*. São Paulo: Ateliê Editorial, 2004.

Rama, Ángel. *Transculturación Narrativa en América Latina*. Montevideo: Fundación Ángel Rama, 1989.

Ramos, Samuel. *El Perfil del Hombre y la Cultura en México*. Ciudad de México: Editorial Planeta Mexicana, 1993.

_____. "La Filosofía de Antonio Caso". In: Antonio Caso, *Antología Filosófica*. Org. Rosa Krautze de Kolteniuk. Ciudad de México: Unam, 1993.

Riaudel, Michel. *Caramuru, Un Héros Brésilien entre Mythe et Histoire*. Paris: Petra, 2015.

Ricoeur, Paul. "Le Religieux et la Violence Symbolique". In: Mark R. Anspach (org.), *Les Cahiers de l'Herne. René Girard*. Paris: Éditions de l'Herne, 2008.

Rimbaud, Arthur. *Oeuvres Complètes*. Org. Antoine Adam. Paris: Gallimard, 1972.

Rincón, Carlos. *La No Simultaneidad de lo Simultáneo. Postmodernidad, Globalización y Culturas en América Latina*. Bogotá: Ed. Universidad Nacional, 1995.

Rivas, Pierre. "Paris como a Capital Literária da América Latina". In: *Diálogos Interculturais*. Orgs. Etienne Samain e Sandra Nitrini. São Paulo: Hucitec, 2005.

Robert, Jean. "*Economía y Violencia*": ¿*Un Debate con o sin Economistas?*. Chiapas: Universidad de la Tierra, 2012.

_____. "Reciprocidad Negativa, Ausencia del Bien e Institucionalización del Pecado". In: Sonia Halévy, Pierre Bourbaki e Jean Robert, *Jean-Pierre Dupuy: La Crisis Económica, Su Arqueología, Constelaciones y Pronóstico*. Chiapas: Universidad de la Tierra, 2012.

Rodó, José Enrique. *Ariel*. Madrid: Espasa-Calpe, 1948.

Rouanet, Maria Helena. *Eternamente em Berço Esplêndido: a Fundação de uma Literatura Nacional*. São Paulo: Siciliano, 1991.

Rouanet, Sergio Paulo. *Riso e Melancolia*. São Paulo: Companhia das Letras, 2007.

Sábato, Ernesto. "Sobre Nuestra Literatura". In: *La Cultura en la Encrucijada Nacional*. Buenos Aires: Crisis, 1972.

_____. "Pedro Henríquez Ureña". In: *Apologías y Rechazos*. Bogotá: Editorial Planeta, 2001.

Saer, Juan José. "El Destino en Español del *Ulises*". *El País*, "Babelia", 4 jun. 2004. Disponível em: www.enriquevilamatas.com/escritores/escrsaerjj1.html. Acesso em: 2 maio 2015.

Salcedo, Doris. *Shibboleth*. London: Tate Publishing, 2007.

_____. "Entrevista". Disponível em: www.tate.org.uk/modern/exhibitions/dorissalcedo/default.shtm. Acesso em: 2 maio 2015.

Sanday, Peggy. *Divine Hunger. Cannibalism as a Cultural System*. Cambridge: Cambridge University Press, 1986.

Santí, Enrico Mario. "Fernando Ortiz: Contrapunteo y Transculturación". In: Fernando Ortiz, *Contrapunteo Cubano del Tabaco y el Azúcar*. Org. Enrico Mario Santí. Madrid: Cátedra, 2002.

Santiago, Silviano. "O Entre-Lugar do Discurso Latino-Americano". In: *Uma Literatura nos Trópicos. Ensaios sobre Dependência Cultural*. São Paulo: Perspectiva, 1978.

Santos, Boaventura de Sousa. "Between Prospero and Caliban: Colonialism, Postcolonialism, and Inter-identity". *Luso-Brazilian Review*, vol. 39, n. 02, 2002.

Sarmiento, Domingo Faustino. "Nuestro Folletín". In: *Obras Completas*. Tomo II. Santiago de Chile: Imprenta Gutenberg, 1885.

Schnapp, Jeffrey. "Morder a Mão que Alimenta (Sobre o 'Manifesto Antropófago')". In: João

Cezar de Castro Rocha e Jorge Ruffinelli (orgs.), *Antropofagia Hoje? Oswald de Andrade em Cena*. São Paulo: É Realizações, 2011.

Schwarz, Roberto. *Ao Vencedor as Batatas: Forma Literária e Processo Social nos Inícios do Romance Brasileiro*. 4. ed. São Paulo: Duas Cidades, 1992.

Sedmak, Clemens. *Hacia una Ética para Pensar el Terrorismo*. Cátedra Eusebio Francisco Kino. Guadalajara: Iteso/Universidad Iberoamericana, 2008.

Serres, Michel. "Discurso de Recepção de Michel Serres". In: René Girard e Michel Serres, *O Trágico e a Piedade*. Trad. Margarita Lamelo. São Paulo: É Realizações, 2011.

Shakespeare, William. *As You Like It*. Org. Michael Hattaway. Cambridge: Cambridge University Press, 2008.

_____. *Como Gostais*. In: *Teatro Completo. Comédias*. Trad. Carlos Alberto Nunes. Rio de Janeiro: Agir, 2008.

_____. *Hamlet*. Org. Philip Edwards. Cambridge: Cambridge University Press, 2004.

_____. *Hamlet*. In: *Teatro Completo. Tragédias*. Trad. Carlos Alberto Nunes. Rio de Janeiro: Agir, 2008.

_____. *Julius Caesar*. Org. Marvin Spevack. Cambridge: Cambridge University Press, 2012.

_____. *Júlio César*. In: *Teatro Completo. Tragédias*. Trad. Carlos Alberto Nunes. Rio de Janeiro: Agir, 2008.

_____. *Othello*. Org. Norman Sanders. Cambridge: Cambridge University Press, 2003.

_____. *Otelo*. In: *Teatro Completo. Tragédias*. Trad. Carlos Alberto Nunes. Rio de Janeiro: Agir, 2008.

_____. *King Lear*. Org. R. A. Foakes. London: The Arden Shakespeare, 1993.

_____. *O Rei Lear*. In: *Teatro Completo. Tragédias*. Trad. Carlos Alberto Nunes. Rio de Janeiro: Agir, 2008.

_____. *Romeo and Juliet*. In: *The Complete Works*. Hertfordshire: Wordsworth Editions, 1994.

_____. *Romeu e Julieta*. In: *Teatro Completo. Tragédias*. Trad. Carlos Alberto Nunes. Rio de Janeiro: Agir, 2008.

_____. *The Tempest*. Ed. David Lindley. Cambridge: Cambridge University Press, 2004.

_____. *A Tempestade*. In: *Teatro Completo. Comédias*. Trad. Carlos Alberto Nunes. Rio de Janeiro: Agir, 2008.

Siskind, Mariano. "Paul Groussac: El Escritor Frances y la Tradicion (Argentina). In: Alejandra Lara (org.). *Historia Crítica de la Literatura Argentina. Volume III. El Brote de los Géneros.* Buenos Aires: Emecé Editores, 2010.

_____. *Cosmopolitan Desires. Global Modernity and World Literature in Latin America.* Illinois: Northwestern University Press, 2014.

Solarte Rodríguez, Mario Roberto. "Mímesis y No-violencia. Reflexiones desde la Investigación y la Acción". *Universitas Philosophica*, ano 27, n. 55, 2010.

_____. (org.). "René Girard: Mímesis e Identidades". *Universitas Philosophica*, ano 27, n. 55, 2010.

Solkin, David. *Turner and the Masters.* London: Tate Publishing, 2009.

Spielmann, Ellen. *Das Verschwinden Dina Lévi--Strauss' und der Transvestismus Mário de Andrade: Genealogische Rätsel in der Geschichte der Sozial und Humanwissenschaften im modernen Brasilien / La Desaparición de Dina Lévi-Strauss y el Transvestismo de Mário de Andrade: Enigmas Genealógicos en la Historia de las Ciencias Sociales y Humanas del Brasil Moderno.* Berlin: Wissenschaftlicher Verlag, 2003. Edição bilíngue.

Spivak, Gayatri Chakravorty. "Can the Subaltern Speak?". In: Cary Nelson & Lawrence Grossberg (eds.), *Marxism and the Interpretation of Culture.* Urbana/Chicago: University of Illinois Press, 1987.

_____. "In a Word: *Interview*". In: *Outside in the Teaching Machine.* New York: Routledge, 1993.

Staden, Hans. *Duas Viagens ao Brasil.* São Paulo: Martins Fontes, 2010.

Steiner, George. *Grammars of Creation.* New Haven: Yale University Press, 2001.

Sullivan, Edward J. "Um Fenómeno Visual de América". In: *Pintura de Castas, Artes de México*, 2. ed., n. 8, 1998.

Süssekind, Flora. "Relógios e Ritmos. Em Torno de um Comentário de Antonio Candido". In: *A Voz e a Série.* Rio de Janeiro/Belo Horizonte: Sette Letras/Editora UFMG, 1998.

Tarde, Gabriel. *Les Lois de L'Imitation* (1890). Paris: Éditions Kimé, 1993.

_____. *L'Opinion et la Foule* (1901). Paris: Félix Alcan, 1910.

Tovar y de Teresa, Rafael. "Presentación". In: *La Monarquía Hispánica en el Arte*. México D.F.: Instituto Nacional de Bellas Artes y Literatura, 2015.

Turner Inspired: In the Light of Claude. London: National Gallery, 2012.

Vargas Llosa, Mario. *Cartas a un Joven Novelista*. Ciudad de México: Alfaguara, 1997.

_____. *El Sueño del Celta*. Ciudad de México: Alfaguara, 2010.

Vaughan, Virginia M.; Vaughan, Alden T. "Appendix 2. Appropriations". In: William Shakespeare, *The Tempest*. Orgs. Virginia M. Vaughan & Alden T. Vaughan. London: The Arden Shakespeare, 1999.

Vinolo, Stéphane. "Ipseidad y Alteridad en la Teoría del Deseo Mimético de René Girard". *Universitas Philosophica*, ano 27, n. 55, 2010.

Vogt, Carl. "Anthropophagie et Sacrifices Humaines". In: *Congrès International d'Anthropologie et d'Archéologie Préhistoriques*. Compte Rendu de la Cinquième Session à Bologne, 1871.

Voegelin, Eric. *Reflexões Autobiográficas*. Trad. Maria Inês de Carvalho. São Paulo: É Realizações, 2007.

Volhard, Ewald. *Il Canibalismo*. Trad. Giulio Cogni. Torino: Bolatti Boringhieri, 1991.

Wallerstein, Immanuel. *World-Systems Analysis: An Introduction*. Durham, North Carolina: Duke University Press, 2004.

White, Hayden. "Ethnological 'Lie' and Mythical 'Truth'". *Diacritics*, vol. 8, n. 1, Special Issue on the Work of René Girard (Spring 1978).

Williams, George Washington. "Carta Abierta a su Serena Majestad Leopoldo II". In: Arthur Conan Doyle, *La Tragedia del Congo*. Trad. Susana Carral Martínez e Lorenzo F. Díaz. Ciudad de México: Alfaguara, 2010.

Yépez, Heriberto. *La Increíble Hazaña de Ser Mexicano*. Ciudad de México: Planeta, 2010.

Zea, Leopoldo. "El Descubrimiento de América y la Universalización de la Historia". In: Leopoldo Zea (org.), *El Descubrimiento de América y su Impacto en la Historia*. Ciudad de México: Fondo de Cultura Económica, 1991.

_____. "En Torno a una Filosofía Americana". In: *Un Proceso Intelectual*. Ciudad de México: El Colegio de México, 2012.

Zéraffa, Michel. *La Révolution Romanesque*. Paris: Éditions Klincksieck, 1972.

índice analítico

Aculturação, 152
Adaptação, 140
Adultério, 199
   fantasias de, 199
Aemulatio, 22, 102, 117, 130, 161, 185, 189, 214, 225, 231
   apropriação anacrônica da, 214
   apropriação deliberadamente anacrônica da, 222
   da obra de Michelangelo na América Hispânica, 231
   princípio da, 247
   resgate anacrônico, 189
   resgate deliberadamente anacrônico da técnica da, 257
África
   de crimes europeus na, 311
   neocolonialismo, 308
Alteridade, 195
   antropofagia oswaldiana como apropriação da, 343
   assimilação contínua da, 153
   assimilação produtiva da, 339
   como valor absoluto, 321
   desprezo vitimário em relação à, 357
   eliminação da, 351
   enfrentamento da, 153
   exclusão violenta da, 336
Alterocentrismo, 52
América
   como "quarta parte" da Terra, 176
   latina, 178
   processo de invenção da, 177
   saxã, 178
Anacronismo, 141
   deliberado, 161, 185, 189, 255, 257
   marca das culturas não hegemônicas, 141
Analogia, 181
   complexidade da, 181
Angústia
   da influência e teoria mimética, 225
   da legibilidade, 183, 219
Antimimetismo, 54, 160
   forma radical de mimetismo, 160
Antropoceno, 90
Antropoemia, 351-53
Antropofagia, 43, 339
   como alfa e ômega do processo civilizatório, 345
   como metáfora, 345
   como Weltanschauung, 344, 348-49
   de Oswald de Andrade, 126
   dimensão antropológica da, 343
   e eucaristia, 43, 341
   e mundo contemporâneo, 345
   e teoria mimética, 57
   força motriz da civilização, 346
   forma especial de emulação, 351
   genealogia do conceito, 353
   mimética, 355
   phármakon do pensamento, 350
   ritual, 344
   sistema anticartesiano, 344
Antropologia
   Cultural, 82

de Eduardo Viveiros de
  Castro, 126
 do perdão, 291
 do século XIX, 276
 e estudos bíblicos, 51
 mimética, 29
Anxiety of influence, 42
Apetites
 contaminação recíproca
  dos, 46
Apocalipse
 e guerra nuclear, 87
 escalada para o, 298
 etimologia de, 89, 298
Apologia
 do cristianismo, 283
 do monoteísmo, 276
Apropriação, 140
 latino-americana de
  A Tempestade, 140
Aquecimento
 global, 301
Áreas
 não hegemônicas
  multiplicação de, 186
Ariel e Calibã
 imagem do duplo
  vínculo latino-
  americano, 368
Arrogância
 do colonizado, 316
 do colonizador, 316
Ars combinatoria, 222
 e invenção, 229
 e poética da emulação,
  222
Arte
 auratizada, 235
 desauratizada, 21, 177,
  209, 220, 234-35, 245
 latino-americana, 251
  produtividade
   potencial da, 150
  tarefas da, 136
 mimética, 42
Artes
 plásticas

escola novohispana
  de, 230
 novohispanas, 230
Assassinato
 fundador, 74-75, 82,
  273-74, 285
 Caim e Abel, 339
 como fenômeno
  aleatório e
  anônimo, 83
 encenação do, 76, 87
 premissa do, 82
Assimetria
 cultural, 185, 354
 do mundo simbólico, 312
 econômica, 185
 política, 185, 210
Auctoritas, 102, 189
 gravuras e disseminação
  da, 233
Aura
 perda da, 235
Autodestruição, 92
Autoexotismo, 368
Autor
 como adaptador, 229,
  256
 como criador, 229
Autovitimização
 armadilhas da, 291
Baader-Meinhof, 83
Banalidade
 do mal, 309, 315, 359
 horror da, 315
Barbárie, 38, 359
 e desprezo vitimário,
  362
 europeia, 365
Behaviorismo, 48
Bildung, 308, 315
 e duplo vínculo, 315
Bode expiatório, 58-59,
  62
 a violência do
  mecanismo do, 86
 características do
  mecanismo do, 58

caráter endogâmico do
  mecanismo do, 340
 caráter sistêmico do
  mecanismo, 274
 centralidade do
  mecanismo do, 340
 como inocente, 87, 89
 dinâmica do mecanismo
  do, 88
 eficácia do mecanismo
  do, 68, 74, 273
 encenação do
  mecanismo do, 67
 e Paixão de Cristo, 67
 e paradoxo, 74
 lógica do mecanismo
  do, 278
 mecanismo do, 45, 48,
  56, 69, 75, 80, 113,
  118, 259, 271
 perda de eficácia do
  mecanismo do, 301
 sentido pós-cristão do
  conceito de, 76
 universalidade do, 118
Bovarismo, 145, 159, 161,
  163, 289
 forma radical de, 289
 ilusão coletiva do, 163
 nacional, 145, 156, 337,
  360
 sentido antropológico
  do, 157
Brecha
 camponesa, 18
Bricoleur, 229
Brigate Rosse, 83
Campo de concentração,
  315
Canal do Panamá
 abertura do, 172
Canibalismo
 caráter universal do, 347
 como fenômeno
  religioso, 338
 como operação prático-
  conceitual, 345

cultural, 82, 215, 345
e apropriação da alteridade, 349
e centralidade do outro, 339
e interdividualidade, 339
e carnaval, 350
e hóstia sagrada, 341
e o sacrifício como fatores de cultura, 346
forma avançada de cultura, 347
forma extrema de hospitalidade, 351
ritual, 337, 352
  comunhão da carne, 341
  dos tupinambás, 43, 340
  ideologia do, 345
  pretexto para o projeto colonial, 339
  tupinambá e monarquia africana, 340
  vínculo entre Novo Mundo e, 347
Caráter
  nacional, 145
  reflexão sobre o, 145
Carência
  de ser, 368
  modernista, 356
Centro, 192, 211-12
  conceito de, 186, 213
Circulação
  de bens simbólicos, 182
Círculo
  mimético, 261
Circunstância
  hegemônica, 355
  hegemônica (central), 213
  latino-americana, 286
  não hegemônica, 214, 216, 251, 264, 353, 355
  dilema da, 360

e plasticidade intelectual e artística, 320
potência da, 222
secundidade da, 319
não hegemônica (periférica), 213
Cismogênese, 263
Citação, 239, 242
  centralidade da, 240
  e invento, 242
Civilização, 156
  emergência da, 82
  e neurose, 81
  Nescafé, 322
Classicismo, 121
Colônia
  dinamismo interno da, 17
Colonialismo
  ibérico, 194
  duplo rosto do, 194
  infortúnios do, 316
Colonização
  déficit de, 194-95
  dupla, 194
  excesso de, 194-95
Complexidade
  estrutural, 257
Compressão
  de tempos históricos, 246, 248, 255, 257
  epistemologia da, 254
Condição
  não hegemônica, 18, 221, 257
  dilemas da, 218
  invenção da, 204
  laboratório da, 159
Condición de nadie, 125
Conflito
  mimético, 294
Congresso
  de Viena, 147
Consumatio, 173, 339
Consumismo, 294
  sem limites, 294

Contágio
  mimético, 106, 271, 297
Conter
  duplo sentido de, 339
  duplo sentido do verbo, 315
Conversão, 55, 116, 118
  como epistemologia, 271
  como movimento intelectual, 120
  conceito de, 119
  dimensão ética da, 119
  e imaginação religiosa, 270
  e reconhecimento epistemológico, 119
  ética, 120, 270, 297
  forma moderna de lidar com a violência, 270
  mimética, 54, 120, 316
  sentido ético da, 54
  potência ética da, 271
  religiosa, 120
  romanesca, 297
  sentido mimético da, 118
Cópia, 242
  centralidade da, 234, 240
  e invento, 242
Cor
  da pele
    136 matizes, 332
    vocabulário associado, 332
Corrente
  mimética, 272
Corrupção
  do sistema político, 292
  endêmica, 323
Creare, 227
Creatio ex nihilo, 227
Credo
  racista norte-americano, 334
Criação, 162
Criador, 41

Crime
  organizado, 359
Crise
  de indiferenciação, 60,
    264, 279
  dos mísseis de 1962, 84
  mimética, 58, 62, 65,
    92, 340
    crise de
      indiferenciação, 274
    de gêmeos, 274
    e modelo endógeno,
      340
    indiferenciação no
      paroxismo da, 263
    modelo endogâmico
      de controle da, 272
    resolução sacrificial
      da, 65
Cristianismo, 270, 276
  advento do, 297
  como conhecimento
    ético, 282
  como religião não
    sacrificial, 283
  como sagrado não
    violento, 285
  contribuição
    antropológica do, 281
  contribuição-chave do,
    281
  contribuição do, 76
  contribuição
    epistemológica do, 281
  contribuição ética do,
    281
  e atitude sacrificial, 287
  e conversão mimética,
    120
  e espaço não sacrificial,
    278
  especificidade
    epistemológica, 74
  leitura girardiana do, 69
Criticidade, 124
Cronologia
  mimética, 269

Cubismo, 254
Culpa
  relativa e absoluta, 288
Cultura
  centralidade da
    violência na
    emergência da, 86
  como interlocução com
    a violência, 86
  de síntese, 132, 139,
    220, 250, 252, 360
  em Guimarães Rosa,
    318
  emergência da, 48, 60,
    64, 67, 69, 275, 286
  fundação violenta da,
    76
  fusionada, 133
  hegemônica, 189, 225
  humana
    surgimento da, 58
  matriz da, 62
  não hegemônica, 16, 94,
    129, 139, 180, 182,
    185, 226, 301, 321
  autores de, 251
  e centralidade da
    tradução, 228
  impasses da formação
    da, 131
  inventores de, 254
  origens, 166
  possibilidade da, 274
  reordenação da, 152
  secundária, 216
  Shakespeariana, 23, 32,
    36, 42, 72, 138, 142,
    168, 186
  como culturas de
    síntese, 220
  e alterocentrismo, 52
  e complexidade
    estrutural, 246
  e estratégia
    calibanesca, 37
  e inventio, 227
  eixo definidor da, 326

e rapsódia, 180
  espelho do Outro, 353
  formas da violência
    definidoras da, 260
  núcleo da, 167
  semântica da, 338
  tipologia de, 138
Cultura latino-americana,
  72, 153, 263
  dilema constitutivo da,
    359
  dilema da, 363
  e formas de
    triangulação, 143
  entre o próprio e o
    alheio, 128
  e o Outro, 319
  e perspectiva
    comparada, 122
  e secundidade, 215
  e teoria mimética, 263
  formação da, 357
  Shakespeare e a
    autodefinição da, 140
  triangulação que deu
    origem à, 353
  violência estrutural da,
    363
Desaparecidos
  políticos, 292
Descolonização
  luta pela, 309
Desejo
  autonomia romântica
    do, 78
  caráter mimético do, 56
  caráter social do, 51
  centralidade do, 97
  ciumento, 33
  compreensão freudiana
    do, 82
  definição girardiana
    de, 46
  definição moderna, 52
  emulador, 33
  e violência, 81
  invejoso, 33

metafísico, 55, 289, 297, 322
repressão do, 81
sugerido, 33
triangularidade do, 80, 98-99, 158
Desejo mimético, 30, 40, 46, 51-53, 69, 185, 357
amplificado pela tecnologia, 269
avatares do, 297
caráter coletivo do, 56
caráter interdividual do, 56
causa primordial da violência, 55
como canibalismo do espírito, 357
consequências do, 113, 282
culpa de caráter coletivo, 288
definição do, 73
Dom Quixote como metonímia do, 149
e paradoxo, 73
e religião arcaica, 58
forma típica do, 194
geometria do, 158
hipótese do, 185
na publicidade, 269
plasticidade do, 50
pluralista, 188
Desenraizamento
fatalidade do, 283
Desprezo
vitimário, 361
Determinação
ontológica
ab alio, 41, 177-78
Dialética
sem síntese, 133
Diálogo
entre vítimas e algozes, 290
Diferença, 181

Dilema
latino-americano, 159
norte-americano, 334
Double bind, 31, 71
Duelo, 293
central no pensamento de von Clausewitz, 293
como síntese da história, 295
figura do cotidiano, 294
ideia de, 293
Duplo, 60, 83
Duplo mimético, 87, 286, 304, 340
autodestruição, 279
indesejável, 321
perfeito
Napoleão, 147
proliferação do, 340
Duplo vínculo, 71, 143, 154, 190, 213, 260, 306, 315, 318
círculo vicioso do, 262
conceito de, 260
da violência e do sagrado, 271
e centralidade da violência, 276
e cultura europeia, 177
e culturas latino-americanas, 72
e esquizofrenia, 260
e fenômeno da emergência da cultura, 276
emergência do, 265
entre a violência e o sagrado, 285
e religião, 271
estrutura de, 262, 273
estrutura paradoxal do, 260
europeu, 307, 310, 315
latino-americano, 303-04, 319-20, 329, 333
linguagem própria do, 371

na constituição das culturas shakespearianas, 363
no Brasil, 332
noção de, 307
no México, 332
pulsões contraditórias do, 370
sentido batesoniano do, 260
sintaxe do, 338
superação do, 291, 325
Écfrase, 243
Economia
como pura violência, 300
contemporânea
estrutura da, 335
continuação do sagrado, 300
Educação
iluminista, 308
Egocentrismo, 52
Embranquecimento
como ideologia oficial, 331
Emulação, 101, 129, 180, 189, 215, 232
atos de, 189
entre Girard e Lévinas, 321
estética da, 357
modelo perfeito de, 354
sistemática, 215
Emular, 151
Ensaísmo, 36, 308
cubista, 16
e poética da emulação, 248
e teoria mimética, 77
latino-americano, 161, 172, 179, 206
Entrada
de vice-reis, 209
real, 209
Equivocismo, 30, 181
impasses do, 180

Escalada
 para os extremos, 294
 como lei irreversível,
  300
 lei de, 296
Escrituras
 como reescrita de mitos
  arcaicos, 281
 leitura antropológica
  das, 65, 89
 leitura girardiana das, 281
Esnobismo, 159-60
 comum, 160
Espaço
 não sacrificial, 91, 278,
  281, 301
 e a própria escrita, 281
 emergência do, 280
 impossibilidade do,
  287, 290, 297
 possibilidade do, 283
 promessa do, 282
Esquizofrenia
 cultural, 155
 produtiva, 162
Essencialismo
 emprego estratégico
  do, 224
Estado
 moderno, 267
 e monopólio da
  violência, 266
 nação, 40
Estilo
 linear, 23
 pictórico, 23
Estratégia
 de intensificação, 223
Estruturalismo, 79
Estruturas
 sociais
  esquizofrênicas, 318
Estudos
 culturais
  e mentira romântica,
   224
 pós-coloniais, 223

Eterno
 retorno, 322
Eucaristia, 43, 338
 oriunda do canibalismo
  arcaico, 338
Europeísta, 220
 e ampliação do
  repertório, 220
Evangelização, 230
Evidência, 199
Exclusão
 processos de, 325
Feedback, 57
 negativo, 60-61
 positivo, 57, 60
Feminicídio, 292, 304,
  322, 361
Feminismo, 253
 obras clássicas do, 253
 reflexões sobre o, 253
Figura, 173, 339
Forma
 não hegemônica, 151
 shakespeariana, 139
Fundamentalismo
 do século XXI, 296
 religioso, 89, 294
Gesto
 antropofágico, 354, 356
Globalização, 39, 213, 217
 efeitos da, 294
 neoliberal, 353
Grandes Navegações, 186
Gravura, 232
Guerra
 do Vietnã, 83, 311
 cobertura midiática
  da, 83
 e efeito sacrificial, 294
 Fria, 84, 88
 atmosfera da, 84
 duração da, 85
 nuclear, 84, 87
 e destruição do
  mundo, 84
Guerrilha
 urbana, 83

Hegemonia
 caráter cambiável da,
  187
 caráter instável da, 354
Hermenêutica
 analógica, 30, 180
Heterogeneidade
 cultural, 150
Hibridismo
 estrutural, 329
Hipótese
 antropofágica, 339
 mimética, 46, 340
História
 alternativa da
  humanidade, 345
 antropológica, 272
 contemporânea
  cronologia mimética
   da, 294
 historiografia
  mimética da, 296
 cultural, 146
  como projeção
   romântica, 133
  como sublimação da
   violência, 133
 da "quarta parte" do
  mundo, 178
 escrita da, 169
 e teoria mimética,
  96
 latino-americana,
  136, 166, 177, 222
 e simultaneidade de
  tempos históricos,
  132
 e teoria mimética,
  93, 121
 modelo dominante
  da, 133
 por uma nova, 138
 mimeticamente
  concebida, 136
 renovada, 97
 dos historiadores, 272
 intelectual, 121

latino-americana
e corrente mimética,
145
literária
como sublimação da
violência, 133
desenvolvimento da,
123
modelo oitocentista da,
143
moderna
cronologia mimética
da, 294
historiografia
mimética da, 296
sacrificial da
humanidade, 272
Homem
como animal assassino,
73, 75
produto do sacrifício, 63
Hominídeos
primeiros grupos de, 58
Hominização
processo de, 45, 275
Horror
conradiano, 177
cotidiano, 312
Humanismo
estrutural, 321
Idealismo
romântico, 157
Ideias
fora do lugar, 154
Identidade, 181
caráter relacional da,
110
instabilidade da, 180
ontologicamente
poliglota, 180
políticas de, 224
Iliuminismo, 308
Imaginação
apocalíptica, 89, 298
e antropoceno, 90
Imitação, 94, 114, 117,
151, 161-62

ameaça à harmonia
social, 54
behaviorismo como
recusa total da, 48
caráter antropológico
da, 169
caráter neutro, 117
como causa da
violência, 53
como origem da
estética, 52
como origem da
política, 52
como sistema vicioso,
165
contaminação recíproca
da, 46
convertida em desejo,
48
dado estrutural, 158
de Cristo, 270, 299
como descoberta
antropológica
essencial, 299
de padrões e de
comportamentos, 259
desaparecimento do
conceito de, 164
desqualificação da, 166
difusa, 129, 151, 168,
224
e apropriação, 53
e cultura latina, 354
e desejo, 48
e herança, 128
e inteligência humana,
51
entendimento limitado
da, 166
entendimento passivo
da, 215
e originalidade, 227
e paródia, 221
extralógica, 146, 148,
153, 322
extralógica crítica à, 156
hipertrofia da, 115

importância primordial
da, 53
lei do menor esforço,
148
mal da, 129
meio primário e
fundamental de
aprendizado, 298
necessária, 169
programática, 215
recusa da, 169
riscos da, 299
russa dos modelos
europeus, 221
sentido antropológico
da, 162
sentido clássico da, 102
sintoma de imaturidade
intelectual, 165
sistemática, 129, 151,
168, 224
social, 162
Imitatio, 22, 102, 117,
130, 189, 225
Imperativo
da tradução, 183, 219
Império
semiperiférico, 143, 213
Impossibilidade
civilizacional, 42
Indiferença, 325, 335
construção social da,
335
cotidiana, 335
e visibilidade débil,
336
méconnaissance
do mundo
contemporâneo, 335
vitimária, 325
Indiferenciação
tendência planetária
à, 300
Inferioridade
cultural
complexo de, 147
ontológica, 41

Influência, 129, 131, 189
  angústia da, 225
  caráter desejável da, 94
  esfera de, 210
  noção de, 95
  positivista, 132
  produtividade da, 42, 226
Inocência
  relativa e absoluta, 288
Inominável, 322
Intelectual
  "periférico", 32
Intensidade
  estrutural, 222
Interdisciplinaridade, 77
Interdividualidade, 40, 56, 57, 61, 64, 126, 164, 224, 263
  coletiva, 20, 40-41, 46, 56, 122, 128, 137, 140, 164, 224, 263-64, 296
  e duplo vínculo, 318
  e hermenêutica analógica, 182
  e origens das culturas latino-americanas, 46
  lado noturno da, 320
  latino-americana, 321
  universo da, 306
  zonas sombrias da, 265
  conceito de, 110
Interidentidade, 195
Interpretação
  figural, 172
  colapso da, 172
Intertextualidade, 29
  bíblica, 282
Intolerância, 43
Inveja, 288, 289
  e mímesis, 289
Invenção, 151, 162, 177, 189
  conceito de, 227
  da América, 171-72, 175

entre mundos, 231
  não hegemônica, 164
  sentido forte de, 174
Invenire, 227
Inventio, 23, 174, 227
  circuito da, 229
  conceito de, 177
  resgate deliberadamente anacrônico da, 245
Inventor, 41, 130
Invisibilização
  e experiência latino-americana, 358
  estilos de, 325
  social, 325
  técnica de, 325, 330, 358
  técnica paradoxal de, 335
Islamismo, 88
Islamologia, 89
Labirinto
  da imitação, 116
  da solidão, 360
  imagem do, 114
Leitura
  anterioridade em relação à escrita, 228
  atos clássicos de, 255
  atos de, 256
  colagem, 200
  como matriz da invenção, 226
  critérios de, 222
  passiva, 151
Liberalismo, 154
  escravocrata, 154
  numa sociedade escravista, 154
Liberdade
  conceito de, 146
  em Immanuel Kant, 27
Libido
  de empréstimo, 159
Linchamento, 271
Lírica
  do exílio, 137

Literariedade, 110
Literatura
  calibanesca, 373
  como filosofia que não para de pensar, 112
  como teoria, 112
  comparada, 53
  e rivalidade mimética, 123
  do subúrbio do mundo, 219
  e desejo mimético, 111
  e duplo vínculo, 260
  e mímesis, 112
  especificidade da, 112
  e teoria mimética, 110
  latino-americana, 96
  e perspectiva comparada, 256
  e Shakespeare, 140
  nacional
  e Estado-nação, 123
  o papel da, 110
  potência epistemológica da, 28, 111, 113, 261
  princípio vitimário na, 63
  superioridade epistemológica da, 274
Litografia
  e difusão da obra de arte, 234
Maio de 1968, 83
Mal
  ontologique, 126, 290, 336
  e precariedade ontológica, 179
Matriarcado
  e antropofagia, 349
Mecanismo
  do bode expiatório, 74
  mimético
  funcionamento do, 371
Méconnaissance, 48, 66-67, 71, 76, 110, 118, 166, 274, 281-82, 306, 325

caráter sistêmico da, 277
como estímulo para a
   reflexão, 129
como respiração
   artificial, 336
como segunda natureza,
   275
complexo fenômeno
   da, 276
da formação histórica
   latino-americana, 325
e bode expiatório, 110
e culturas latino-
   americanas, 319
e desejo, 110
efeito da, 279
e pintura de castas, 329
explicitação da, 284
fundadora das culturas
   latino-americanas,
   325, 329
latino-americana, 363
manutenção da, 284
superação da, 325
Mediação
   centralidade da, 110
   consequências da, 116
   e violência, 117
   externa, 117-18, 296
      limites impostos pela,
      297
   formas de, 116
   interna, 40, 118, 299
      e modernidade, 119
   era da, 300, 324
   formas variadas de,
      269
   Napoleão e a
      emergência da, 297
   nas economias
      capitalistas
      contemporâneas, 299
   onipresença da, 301
   predomínio da, 294
   íntima (Chantre), 299
   invisível, 353
   papel decisivo da, 100

Mediador, 78, 99, 109
   absoluto, 267
   centralidade do, 102,
      120, 137
   como auctoritas, 102
   necessária presença do,
      101
   presença do, 109
   transformação do, 130
   universal, 105, 108
Meios de comunicação, 83
Mentira romântica, 65,
   78, 97, 106, 109, 132,
   155, 166, 372
   das religiões sacrificiais,
      284
   do espírito nacional, 124
   e indigenismo, 136
   eterno retorno da, 210
   ocultação do mediador,
      101
   oculta o caráter
      mimético do desejo,
      281
   sintaxe viciada da, 138
Mestiçagem, 326
   e cultura brasileira, 330
   estrutural da sociedade
      brasileira, 332
   méconnaissance
      brasileira, 333
Metafísica
   da predação, 336
Método
   de leitura girardiano,
      111
   girardiano de leitura,
      198
   mimético de leitura, 113
Mímesis, 69, 77, 85, 271
   antropofágica, 355
   caráter paradoxal da,
      62, 77
   como antissistema, 265
   como forma literária, 101
   conflitiva, 62, 87
   de apropriação, 55

desafio da, 16, 21, 36,
   77, 183, 215, 248, 257
desafio maior da, 373
dinamismo da, 271
disciplina da, 60
e conflito, 118
e desejo mimético, 48
e entropia social, 271
e imitação, 48
e matriz combinatória,
   70
entendimento
   girardiano da, 53
e paradoxo, 373
estrutura paradoxal da,
   290
e violência das relações
   humanas, 55
fluxo constante da, 112
girardiana, 285
latino-americana, 264
não conflitiva, 62
não violenta, 324
o desafio da, 162
papel na literatura, 127
paradoxo constitutivo
   da, 75
paradoxos da, 299
pluralista, 188
potência antropológica
   da, 166
processos paradoxais
   da, 373
Mimetismo, 48, 51, 62, 83,
   91, 118, 120, 165, 298
círculo do, 109
diferença para imitação,
   66
e disputa por objetos, 260
espiral do, 259
estrutura profunda do,
   259
imersão no, 300, 373
leis do, 298
lógica do, 282
mexicano
   teoria do, 165

não é consciente, 48
no âmbito dos
   comportamentos, 262
superação do, 166
Mimicry, 94
Missão francesa
   em 1934, 141
Mito, 65
   arcaico, 281
   da mestiçagem, 141
   estudo das origens do,
   276
   mimético, 127
   nacionalista, 345
Modelo, 37, 82, 101, 107,
   117
   como futuro rival, 55
   devoração do, 343
   europeu, 232
   idealização do, 159-60
   objeto do, 297
Modernidade
   ambivalência da, 113
   e relações triangulares,
   190
   ocidental, 109
Modernismo
   tardio, 181
Mosaico
   de culturas, 134
Não violência, 324
Napalm, 83, 311
Napoleão
   hipermimético, 295
Narco-corridos, 304
Narcoestado, 358
   emergência do, 358
   violência, 364
Narcotráfico, 292, 304,
   323, 358
   guerra ao, 43
   presença tentacular do,
   358
Neocolonialismo, 308
Neurologia
   descobertas mais
   recentes da, 298

Neurônios-espelho, 49
Nouveau roman, 253
   teóricos do, 253
Novo Mundo
   colonização do, 365
Objeto
   de desejo, 268
   desaparecimento do,
   59, 279
   natureza do, 55
   retorno do, 60, 279
   retorno violento do, 279
Objeto-imã
   vítima expiatória como,
   279
Ofensiva Tet, 83
Olhar
   estrangeiro, 141
Operação
   antropofágica, 179
Orgulho
   metafísico, 290
Origem
   impossibilidade da, 234
   radical ausência de, 209
Originalidade, 189
   busca romântica da, 95
   como creatio, 229
   como inventio, 229
   de Jorge Luis Borges, 226
   mentira romântica da,
   102
Otelo
   como sujeito não
   hegemônico, 195
Outro
   absoluto, 278, 320
   aspectos "noturnos" da
   centralidade do, 258
   assimilação sistemática
   do, 357
   centralidade do, 32, 51,
   81, 96, 123, 129, 138,
   145, 155, 167, 326,
   336, 342
   como obstáculo
   mimético, 160

contínua absorção do,
   336
estrangeiro, 166
hegemônico, 149, 180
irrupção do rosto do,
   324
olhar do, 78
presença constitutiva
   do, 337
primazia do, 320
reconhecimento do, 78
Outro outro, 155-56, 258,
   278, 301, 316, 320-21,
   325, 354, 361
   comer junto e resgate
   do, 357
   como bode expiatório,
   361
   desprezo vitimário em
   relação ao, 322-23,
   325, 335, 363
   e visibilidade débil, 333,
   335
   invisibilidade do, 321
   invisibilização social do,
   324, 329, 360, 364
   no cenário
   internacional, 362
   no universo acadêmico,
   362
   processo de ocultação
   do, 358
   técnica de
   invisibilização, 363
   transformação em
   sujeito, 355
Pacto
   colonial, 17
Paixão de Cristo
   como encenação, 87
Paleografia, 84
Paradoxo, 31, 42, 47, 59,
   69, 75, 104, 110, 154, 179
   como perversão, 304
   e loucura, 261
   e texto shakespeariano,
   371

mostrar para ocultar, 334
pensar através do, 77
pouco produtivo, 286
puro estado de, 274
tensão do, 264
Paródia
    e erudição, 222
Paz, 85
Pensamento
    autóctone
        negação do, 130
    experiência de, 47
    girardiano
        forma paradoxal do, 306
        transformações do, 284, 286
    latino-americano
        produtividade potencial do, 150
        tarefas do, 136
    não hegemônico, 182
Pensar
    mimeticamente, 31
Perdão
    como ferramenta intelectual, 290
    como gratuidade, 291
Perguntas
    filosóficas, 265
    técnicas, 265
Periferia, 192, 211-12, 221
    centro da, 207, 212
    conceito de, 186, 213
    invenção do conceito de, 195
Periferialização
    processo de, 186, 190
Phármakon, 199
Pintura
    de castas, 230, 325, 335
    e duplo vínculo, 328
    gênero novo-hispano, 332
Piscologia
    do subsolo, 160
Plagiário

como inventor, 226
Poder
    triangulação de, 206
Poesia
    concreta, 217
    importância da, 228
    de exportação, 183
Poética
    clássica, 189
    da emulação, 24, 37, 95, 101, 128, 161, 180, 188, 210, 264, 363
    alcance de política cultural da, 214
    como experiência de pensamento, 223
    como forma não hegemônica, 224
    como política cultural, 234
    conceito de, 185
    e assimetria, 216
    e cultura de síntese, 220
    e estratégia de intensificação, 223
    e hermenêutica analógica, 182
    e invenção, 227
    e inventor, 372
    e síntese crítica, 254
    estratégia intelectual da, 233
    hipótese da, 225
    motor da, 228
    nas artes plásticas, 230
    novidade da, 255
    potência estratégica da, 222, 252, 257
    potencial analítico da, 189
    procedimentos da, 326
    da presença incontornável do mediador, 129
Policentro, 188

Política cultural, 218
Politicamente
    correto, 289
Pós-modernismo, 127, 181
    polêmica sobre o, 181
Precariedade
    como estímulo, 124
    ontológica, 51, 126, 132, 137, 336
    consequências da, 342
    e sujeito mimético, 126
    radical, 337
Predação
    ontológica, 179
Primeira Guerra Mundial, 81
Primitivismo, 348
Processo
    vitimário, 272
Próprio
    valorização do, 134
Próspero
    calibanizado, 206
    Machado, 372
    português, 195
    Shakespeare, 370
    tropical, 368
Proximidade
    disciplinada, 335
Psicologia
    coletiva, 82
    do subsolo, 117
    Interdividual, 57
    nacional, 162
    social, 82, 137
Racismo, 332
    à brasileira, 334
    hipócrita no Brasil, 332
Radicalidade
    girardiana, 283
Rapsódia, 220
Razão
    iluminista, 293
Realismo
    naturalista, 157

Reciclagem, 227
  estética, 245, 256
Reciprocidade
  violenta, 274, 295
Redes sociais, 116
Relação
  Sul-Norte
    caráter secundário
      da, 218
Relativismo, 30
Religião
  arcaica, 65, 253
  centralidade da, 88
  e antropologia, 64
  e relações
    internacionais, 88
  e violência, 68
  forma de lidar com a
    violência, 271
  história do homem, 338
  retorno da, 89
Religioso
  centralidade do, 63, 281
  indissociável da
    violência mimética,
    276
René Girard
  contexto biográfico, 85
  estilo polêmico de, 90
Repertório
  ampliação radical do,
    253
Representação, 127
Reprodubitilidade
  técnica, 234
Ressentimento, 61, 160,
  291
Retórica
  girardiana, 49
Revolução
  Americana, 296
  dos gerentes, 179
  Francesa, 146, 296
    ideias políticas e
      filosóficas da, 146
    período napoleônico,
      146

Mexicana, 304
  corridos da, 304
Rito, 56, 65, 125, 273,
  277, 344
  cristão, 87
  estudo das origens do,
    276
  pagão, 87
  sacrificial, 273, 285
Rival, 82, 107
Rivalidade, 30, 57, 59, 71,
  74, 117, 119, 288, 294
  autocentrada, 60
  consequências violentas
    da, 296
  controle externo da,
    270
  de Napoleão contra a
    Europa, 296
  estética, 103
  franco-prussiana, 146
  mimética, 40, 60, 84, 91
    e interdividualidade
      coletiva, 133
    entre França e
      Alemanha, 122,
      294
  explosão da, 268
  multiplicação
    desordenada de, 275
  sistema de, 295
Romance
  europeu, 250
  história do, 250, 252
  modernidade do, 149
  moderno, 119
    e predomínio da
      mediação interna,
      267
  poética moderna do, 248
  potencial teórico do, 113
  problemas do, 93
  vocação antropológica
    do, 109
Romancista
  como psicanalista, 111
  como sociólogo, 111

  paradoxo do, 111
Romantismo, 99, 225
  advento do, 189
Sacrifício, 63, 174, 272
  arcaico, 287, 373
  centralidade do, 275
  cristão, 287, 373
  de animais, 278
  desconstrução hebraica
    do, 285
  de si, 373
  do outro, 373
  duas formas de, 287
  expiatório, 277
  humano, 278
  instrumentalização do,
    271
  oferta simbólica, 278
  onipresença do, 281
  reflexão girardiana
    sobre o, 278
  sentido do, 287
Sagrado, 89
  abandono do, 283
Secularização, 283
  como realização última
    do cristianismo, 283
Secundidade, 168, 180,
  189, 214-16, 319-20
  e complexidade
    estrutural, 246
  fantasma da, 216
  paradoxo da, 215
Segunda Guerra Mundial
  atmosfera da, 84
  consequências da, 84
Self-plagiarism, 214
Semiperiferia, 195, 211,
  213
Ser
  ab alio, 145, 177, 179,
    180, 251, 264, 337,
    363
  e América, 177
  carência de, 128, 137,
    336
  periférico

desatualizada
ontologia do, 217
Shakespeare
procedimento
composicional, 139
Simbolicidade
caráter essencial da,
275
emergência da, 274
especificidade do
humano, 275
Simetria
intersubjetiva, 321
Simultaneidade, 246
da apreensão de
códigos distintos, 246
de tempos distintos, 132
forma estética da, 248
inventada no ato de
leitura, 255
Síntese
crítica, 248, 250
Sistema
expiatório, 306
girardiano, 46, 58
sacrificial, 273
Sistema-mundo, 24, 142
assimetrias do, 39, 182,
224, 351
na modernidade, 365
Sociedade
do espetáculo, 209
plurimimética, 188
relacional, 334
Solipsismo
e violência, 357
Subalternidade, 183
Subjectum, 143
Sujeito
colonial, 143
desejante, 82
interdividual, 149, 338
mimético, 70, 117, 160,
337, 339, 368
ator como metonímia,
125
e antropófago, 336

tipos clássicos de,
161
moderno, 34
oswaldiano, 338
periférico, 195
Shakespeare e a
invenção do, 195
Surrealismo, 94
Tabu, 65, 82, 276, 343
do incesto, 264
Teatro
elisabetano, 372
e apropriação de
Sêneca, 103
senequiano, 104
shakespeariano, 33,
139, 202, 260
e ambiguidade
estrutural, 370
Tempos
históricos
não simultâneos, 151
simultaneidade de,
150, 157
Teocracia, 89
e emergência da
cultura, 64
Teologia, 282, 288
da libertação, 286
do perdão, 290
Teoria
da conspiração, 290
pós-colonial, 223
tarefa da, 44
Teoria mimética, 25, 40,
43, 260
ampliando o horizonte
da, 109
antropofagia
oswaldiana, 82
apropriação fecunda
da, 128
arquitetura da, 293
caráter ensaístico da, 77
caráter paradoxal da, 47
coerência interna da,
50, 91

como explicação do
comportamento
humano, 48
conceitos básicos, 45
contexto da, 68
contribuição não
hegemônica à, 32, 138
contribuição teórica
latino-americana
à, 97
críticos da, 284
definição girardiana
da, 47
dificuldades na
exposição, 61
dinamismo da, 91, 162
e abordagem rigorosa
da violência, 323
e América Latina, 301
e Antonio Caso, 148
e canibalismo, 336, 338
e centralidade da
violência, 283
e culturas latino-
americanas, 29, 39,
307
e história literária, 102
e interdisciplinaridade,
77
e paradoxo, 306
e redundância, 61
e repetição, 119
e romance, 266
e semiperiferia ibérica,
143
especificidade da, 78
formulação da, 77, 97,
111, 190
geometria da, 98
mal-entendido, 50
posição da literatura
na, 28
postulados da, 306
problemas com a
coerência interna da,
285
questão-chave da, 62

rematar a, 296
sentido ético da, 54
tema-chave da, 285
três intuições que
  sustentam a, 47
uma sucessão de
  paradoxos, 47
Terrorismo, 294
Texto
  literário, 111
  dinamismo do, 112
  valor cognitivo do,
    113
  shakespeariano, 209
Totalidade, 373
  saída da, 373
Totem, 82, 343
Tradição, 95, 217, 227
  da ruptura, 215
  e tradução, 228
  hispano-americana, 230
  irreverência no trato
    com a, 235
  leitor original da, 229
  literária, 372
  realista, 243
  sagrada, 283
  trato irreverente da,
    246, 247
Tradução
  centralidade da, 228
  centro da tradição, 169
  dimensão artística da,
    228
Transcriação, 228
Transculturação
  narrativa, 121
Transculturación, 18, 94,
  122, 128, 131, 133,
  152-53, 215, 257
Transdisciplinaridade, 29
Triangulação
  colonial, 206
  shakespeariana, 263
Triângulo
  amoroso, 101, 117
  e tradição literária, 105

mimético, 117
Univocismo, 30, 180
  impasses do, 181
Utopia
  da assimilação
    permanente, 355
Vacuidade, 128
  e mal ontologique, 126
Vaivém
  como método, 39, 115,
    179, 256, 371
Verdade
  novelesca
    da identidade
      "nacional", 122
  Verdade romanesca, 65,
    78, 97, 110, 117, 138,
    155, 170
  do cristianismo, 284
  e história cultural, 137
  explicitação da, 101
  procedimento da, 157
  revela o caráter
    mimético do desejo,
    281
Vingança, 61, 158, 160,
  312, 341
  círculo interminável
    da, 291
  endogâmica, 266
  interminável ciclo de,
    270
  monopólio do direito
    de, 267
  recusa da, 280
Violência
  arcaica, 324
  e eucaristia cristã,
    339
  canalização da, 58, 272,
    279
  caráter estruturante da,
    306
  centralidade da, 82, 84,
    86, 90, 286
  como matriz estrutural,
    306

contenção, 339
controle externo da,
  266, 272, 278
cotidiana na América
  Latina, 306
dinâmica da, 80
do aparato estatal, 292
e América Latina, 120,
  266
e civilização, 81
eclosão da, 91
em escala planetária,
  83, 90, 296, 298
energia
  autorreprodutora da,
    278
e sagrado, 75
escalada da, 44, 58, 69,
  272, 306
espiral de, 62
estruturalmente latino-
  americana, 335
e teoria mimética, 259
expiatória, 258
formas contemporâneas
  da, 304
imprevisibilidade da,
  299
leitura mimética da, 43
limitada ao plano
  interdividual, 266
mecanismo interno de
  controle da, 59
mimética, 124
  no plano coletivo,
    273
  superação da lógica
    da, 285
na obra de René Girard,
  259, 264, 266
na obra girardiana, 42
na teoria mimética, 300
onipresença nas origens
  da cultura, 286
origem mimética da, 46
sacrificial, 278
sem sagrado, 89

sentido paradoxal da, 271
unânime, 61, 273
Visibilidade
débil, 329-30, 333, 335-36, 355, 361, 363
e paradoxal invisibilização, 336
e vulnerabilidade, 333
no contexto latino-americano, 364
superação da, 358
Vítima
como bode expiatório, 281
como centro das Escrituras, 282
expiatória, 273, 285
inocência da, 76, 282, 289
inteligência da, 291
propiciatória, 275
sacrificial, 60
corpo da, 60
Viver
no risco, 305
Volubilidade
deliberada, 154
estrutural, 155

índice onomástico

Adès, Thomas, 139
Adorno, Theodor, 133
Agostinho, Santo, 235-37, 299
Ágreda, María de Jesús de, 241-43
Alarcón, Mauricio Burbano, 156, 288
Alcides, Sérgio, 25
Alencar, José de, 338, 341
Alencastro, Luiz Felipe de, 194
Alison, James, 127, 290-92
Anaya, Mario Magallón, 151
Andermann, Jens, 215
Andrade, Carlos Drummond de, 85, 105, 179
Andrade, Gabriel, 80, 84, 86, 109, 264, 267, 276, 297
Andrade, Mário de, 41, 179, 338, 352-53
Andrade, Oswald de, 42-43, 57, 82, 126, 134, 179, 183, 206, 215, 320, 328, 338, 342-44, 346, 348, 350-51, 353, 356
Andrade, Rudá, 349-51

Anspach, Mark R., 30, 46, 54, 57, 59, 65, 67, 71, 73, 90, 118, 128, 261, 269, 274, 285, 306, 312, 321, 365
Antonello, Pierpaolo, 11, 13, 28, 68, 284, 333
Apeles, 231
Aquino, Santo Tomás de, 237, 238, 239
Arendt, Hannah, 309, 315, 359
Aretz, Isabel, 256
Aristóteles, 52, 53
Arquíloco de Paros, 46
Assmann, Hugo, 265, 286
Aubin, Ludovic, 13
Auerbach, Erich, 172-73, 339
Austen, Jane, 192, 193
Ávila, Myriam, 95
Azevedo, Beatriz, 343
Badinter, Elisabeth, 308
Baldensperger, Fernand, 123
Balzac, Honoré de, 147
Bandera, Cesáreo, 28, 113
Barberi, Maria Stella, 276
Bargellini, Clara, 95, 242
Barraza, Raymundo Sánchez, 13

Bateson, Gregory, 31, 57, 60, 71-72, 260, 262-63, 318
Baudelaire, Charles, 216, 228
Baudrillard, Jean, 350
Bauman, Zygmunt, 353
Baxandall, Michael, 95
Bellay, Joachim du, 354
Bellow, Saul, 253
Benedetti, Mario, 251
Benjamin, Walter, 21, 228, 234
Berlin, Isaiah, 45-46, 352
Berrien, William, 153
Berruguete, 231
Beuchot, Mauricio, 30, 180-81
Bhabha, Homi, 94, 223
Blanchard, Pascal, 208
Bloom, Harold, 42, 225
Boëtsch, Gilles, 208
Bolaño, Roberto, 228, 322
Bombal, María Luisa, 253
Borges, Jorge Luis, 124-25, 127, 130, 149-50, 168, 170, 173, 182-84, 186, 216, 222, 225-27, 229, 246-47, 255, 317, 350
Bourbaki, Pierre, 59

índice onomástico 417

Bret, Guy, 177
Brocos, Modesto, 330-31, 333
Brook, Peter, 312-13
Browne, sir Thomas, 229
Buarque, Cristovam, 41, 361-62
Buda, 229, 314
Burke, Kenneth, 63, 186
Burke, Peter, 186, 190
Burnham, James, 179
Byron, George Gordon, 164, 221
Cabrera, Miguel, 230, 327-28
Cadena, Rubén Ignacio Corona, 304
Cage, John, 20, 356
Caicedo, José María Torres, 136-37
Calasso, Roberto, 45
Calderón, Felipe, 43
Calil, Carlos Augusto, 353
Campese, Gioacchino, 156, 323
Campos, Augusto de, 102-03, 170, 228, 353
Campos, Haroldo de, 34, 41, 170, 228
Camus, Albert, 346-49, 351, 353
Candido, Antonio, 41, 94, 121, 142, 150, 350-51
Cardoso, Ciro Flamarion, 18
Carpentier, Alejo, 95, 129-30, 224-25, 248, 256, 315-16
Casanova, Pascale, 37
Casel, Régis Augusto Bars, 102-03
Casement, Roger, 309-11
Caso, Antonio, 41, 58, 145-48, 151-53, 156-59, 161-63, 169-70, 179, 181, 219, 338
Castellanos, Rosario, 41, 130, 252-53

Castelnuovo, Enrico, 188, 210
Castillo, Bernal Díaz del, 231
Castro, Eduardo Viveiros de, 57, 126, 179, 336-37, 342, 344
Castro Rocha, João Cezar de, 15, 21, 28, 54, 57, 189, 206, 233, 284, 320, 344-45, 349, 351, 355
Ceballos, Alfonso Rodríguez G. de, 22
Céline, Louis-Ferdinand, 255
Cervantes, Miguel de, 78, 97, 143, 148-50, 158, 187-88, 233, 248-49, 266
Césaire, Aimé, 138, 210, 307, 309, 316, 364
Chantre, Benoît, 292, 299, 321
Chartier, Roger, 187, 233
Chénier, André, 164
Chollet, Roland, 147
Clausewitz, Carl von, 40, 42, 63, 66, 68, 78-79, 88-89, 91, 115, 122-23, 133, 147, 270, 282, 292-94, 296-300, 324, 373
Coetzee, John Maxwell, 35-36, 274, 276
Colombo, Cristóvão, 171, 172, 174-76, 206, 344
Condillac, Étienne Bonnot de, 308
Conrad, Joseph, 295-96, 309, 311, 31-14, 364-65
Correa, Juan, 230
Correia, Diogo Álvares, 43, 208
Coutinho, Afrânio, 99
Cuesta, Luis Javier, 231-33
DaMatta, Roberto, 334

Darío, Rubén, 183, 228
Darwin, Charles, 275
Debord, Guy, 83
Deguy, Michel, 46
Deleuze, Gilles, 350
Denis, Ferdinand, 141
Derrida, Jacques, 350, 356
Díaz, Juan Manuel, 24, 231, 294, 310
Díaz-Quiñones, Arcadio, 24
Diderot, Denis, 167
Doran, Robert, 112
Dostoiévski, Fiódor, 28, 78, 88, 112, 117, 147, 160, 164-65, 221, 254, 266, 283, 372
Doyle, Arthur Conan, 309-10
Dreyfus, Dina, 66, 352
Dumouchel, Paul, 111, 299
Dupuy, Jean-Pierre, 12, 46, 53, 59, 289, 295, 299-300, 315, 334-35
Durão, Fabio, 356
Edwards, Philip, 72, 151
Emerson, Ralph Waldo, 182
Enríquez, Nicolás, 240, 241-43, 288
Escamilla, Juan Manuel, 316
Estrada, Luis, 323, 358
Eulálio, Alexandre, 222
Fajardo, Saavedra, 229
Faulkner, William, 93, 96, 129
Fausto, Carlos, 345
Feola, Vicente, 142
Fernández, Macedonio, 40-41, 140, 183-84, 206, 224, 229, 247, 257
Fernández, Martha, 232
Fernández Retamar, Roberto, 40-41, 140, 183-84, 206, 224, 257
Ferréz, 305, 358

Flaubert, Gustave, 78, 101, 157-59, 190-92, 266
Fletcher, John, 187
Foakes, R. A., 34, 261
Fonseca, Edson Nery da, 221
Fornari, Giuseppe, 46, 299
Fornet, Jorge, 223
Forster, Edward Morgan, 249-52
Fortoul, José Gil, 167
Foucault, Michel, 127, 183, 266, 350
Franco, Oswaldo Barrera, 231
Freitas, Sônia Maria de, 142
Freud, Sigmund, 80-82, 86, 137, 271, 284, 343
Freyre, Gilberto, 153, 221
Frost, Elsa Cecilia, 41, 131-34, 139, 151, 220, 252, 360
Fuchs, Barbara, 187
Fuentes, Carlos, 217, 218, 223, 228, 249-50, 322
Gadamer, Hans-Georg, 297
Gama, Luís, 333, 353
Gans, Eric, 63
Gante, Frei Pedro de, 230-31, 233
Gaos, José, 27
Garrels, Scott R., 49
Gaulle, Charles de, 217
Gaultier, Jules de, 157-59, 190
Gerbi, Antonello, 172
Gibson, Mel, 243, 262
Ginzburg, Carlo, 188, 210
Girard, René, 11, 13, 25, 28-30, 32-33, 35, 40, 42-43, 45-73, 75-92, 97-99, 108-14, 116-20, 123-24, 126-27, 137, 142-43, 145-47, 156, 159, 160-62, 164, 166, 185, 198, 221, 225, 243, 253-54, 259, 261-78, 280-89, 291-301, 306, 312, 321, 325, 333-34, 339-40, 342-43, 345-46, 351, 363, 365, 368, 370-73
Giucci, Guillermo, 221
Gobineau, Conde de, 248
Godbout, Jacques T., 285, 365
Goethe, Johann Wolfgang von, 123, 314
Gombrowicz, Witold, 216
Gonçalves, Ana Maria, 333
González, J. Natalício, 153, 248, 253
Goodhart, Sandor, 285
Gounelle, André, 262, 271
Goytisolo, Juan, 249
Greenblatt, Stephen, 187
Grivois, Henri, 59, 275
Grossberg, Lawrence, 183
Groussac, Paul, 167
Guttmann, Béla, 142
Habermas, Jürgen, 181
Haces, Juana Gutiérrez, 21-22, 96, 242
Halévy, Sonia, 59
Hathaway, Anne, 125-26
Hatoum, Milton, 218-19
Hattaway, Michael, 35, 106
Hegel, Georg Wilhelm Friedrich, 50, 78, 82, 217
Henrique II, rei, 208-09
Hernández, Juan José, 183
Herskovits, Melville J., 152
Hipona, Bispo de, 235
Hobbes, Thomas, 86
Holanda, Sérgio Buarque de, 41
Homero, 38, 227, 344
Houziaux, Alain, 262, 271
Ibía, Baltasar de Echave, 230
Iser, Wolfgang, 23
Jackson, Kenneth David, 320
Jakobson, Roman, 79
James, Concha Romero, 127, 153, 168, 247, 255, 290-92
James, Henry, 183
Jáuregui, Carlos, 336
Jerônimo, São, 236
Jesus Cristo, 173-74, 239
Jobim, José Luís, 13, 20, 55, 189
Johnsen, William A., 12, 28, 113
Joyce, James, 28, 93, 113, 127, 129, 168, 255
Juana, Sor, 12, 21, 96, 102, 183-84, 242
Juárez, Luis, 230, 322, 361
Júnior, Guilherme Simões Gomes, 135
Kant, Immanuel, 27, 31, 290
Katzew, Ilona, 326, 329
King, Richard C., 339
Kipling, Rudyard, 308
Kircher, Athanasius, 326
Kirwan, Michael, 43, 47, 284
Koch, Robert, 123
Kojève, Alexandre, 78
Kolteniuk, Rosa Krauze de, 163
Kott, Jan, 312
Kowarick, Lúcio, 305
Kundera, Milan, 28, 113, 114-15, 249-51
Lacan, Jacques, 78
Laera, Alejandra, 167
Lampedusa, Giuseppe Tomasi di, 196, 199, 210

índice onomástico 419

Lapouge, Gilles, 332
Larreta, Enrique Rodríguez, 221, 320
Leão I, Papa (dito o Magno), 239
Leonardo da Vinci, 318
Leopoldo II, rei, 309-10
Léry, Jean de, 348
Lévinas, Emmanuel, 156, 292, 321, 337
Lévi-Strauss, Claude, 29, 79, 229, 351-53
Lévy-Bruhl, Lucien, 123
Lima, Luiz Costa, 25
Lindley, David, 125, 175, 207
Lispector, Clarice, 41, 130, 253
Livingston, Paisley, 112
Llosa, Mario Vargas, 247, 248, 251-52, 303, 306, 309-11
Lorenz, Günter W., 86, 246, 248, 253, 275, 318
Ludmer, Josefina, 39
Lund, Joshua, 159
Lyotard, Jean-François, 181, 265
MacFarlane, Robert, 229
Machado, Antonio, 61
Maganize, Roger, 57
Malinovski, Bronislaw, 152
Malraux, André, 89, 217
Marlow, Charles, 313-15, 364-65
Márquez, Emiliano Zolla, 188
Márquez, Gabriel García, 94, 96, 129-30, 225-26, 249, 344, 347
Martí, José, 40-41, 183
Martius, Karl Friedrich Philipp von, 141
Marx, Karl, 314
Maugham, W. Somerset, 35

McGinnis, Reginald, 118
Médici, rainha Catarina de, 208
Mee, Charles, 187
Meireles, Cildo, 177, 184
Melamed, Michel, 355
Menard, Pierre, 114, 226, 237, 255, 356
Mendes, Manuel Odorico, 173
Méndez-Gallardo, Mariana, 20, 55
Mendoza-Álvarez, Carlos, 12-13, 20, 55, 89, 156, 253, 282, 291-92, 321, 363, 373
Mercanton, Jacques, 168
Merrill, Trevor Cribben, 12, 28, 113-15, 116
Michael, Christopher Domínguez, 43, 47, 95, 102, 200, 225, 284
Michelangelo, 231-34
Mignolo, Walter D., 39
Monsiváis, Carlos, 122, 142
Montaigne, Michel de, 351
Monteiro, Pedro Meira, 13, 24, 222
Moosburger, Udo, 31
Moraes, Marcos Antonio de, 180
Musil, Robert, 253
Mussa, Alberto, 98
Nabuco, Joaquim, 319
Naipaul, V. S., 32, 35-36
Napoleão Bonaparte, 146-47, 294-95, 297
Nascimento, Evando, 323, 347, 356-57
Nebrija, Antonio de, 38
Nelson, Cary, 183
Nietzsche, Friedrich, 87-88, 160, 248, 343
Nitrini, Sandra, 354
Nogueira, Oracy, 360

Novikova, Olga, 165
Nunes, Benedito, 345
Nunes, Carlos Alberto, 107
Oakes, Meredith, 139
Obrador, Andrés Manuel López, 43
Ocampo, Silvina, 253
O'Gorman, Edmundo, 41, 170-72, 174, 176-80, 337
Onetti, Juan Carlos, 137-38
Orellana, Margarita de, 329
Orio, Baltasar de Echave, 230
Orléan, André, 128
Ortiz, Fernando, 18, 41, 122, 132, 152-53, 162, 215
Orwell, George, 345
Padilha, José, 323
Pagliai, Paolo, 12
Parma, duque Ferdinando de, 308
Parny, Évariste de, 164
Pasteur, Louis, 123
Pavese, Cesare, 253
Paz, Octavio, 13, 43, 57, 58, 85, 170-71, 175, 215, 217-19, 223, 228, 251, 360
Pedro II, Imperador, 141
Penedo, Flávio Roberto, 353
Pereda, Carlos, 316-17
Pereyra, Carlos, 166
Perrone-Moisés, Leyla, 21
Piglia, Ricardo, 168, 196, 216-17, 219, 246
Pinto, Manuel da Costa, 351
Pitol, Sergio, 226-27
Pizarro, Ana, 150
Platão, 52-53, 163
Plauto, Tito Mácio, 140

Poe, Edgar Allan, 182, 277
Polar, Arturo Cornejo, 150
Poniatowska, Elena, 130
Portella, Eduardo, 223
Post, Frans, 135, 337
Proust, Marcel, 78, 97, 159-60, 266, 268-69
Pushkin, Alexandre, 164-65
Queirós, Eça de, 100-01, 219
Quevedo, Francisco de, 229
Quintana, Mario, 268-69
Rafaello Sanzio, 22, 23
Rama, Ángel, 94, 121, 122
Ramos, Samuel, 12, 41, 163, 165-66, 168-70, 179
Riaudel, Michel, 208
Ricoeur, Paul, 285
Rimbaud, Arthur, 42, 138, 338
Rincón, Carlos, 150
Rivas, Pierre, 21, 353-54
Rivera, Diego, 95, 225
Roaunet, Sergio Paulo, 234
Robbe-Grillet, 253
Robert, Jean, 59, 112, 253, 288
Rodó, De José Enrique, 140, 206
Rodoreda, Mercedes, 253
Rodríguez, Antonio, 235-39, 242
Rodríguez, Mario Roberto Solarte, 13, 32, 77, 291, 323-24
Rohden, Valério, 31
Rosa, João Guimarães, 252, 318
Rouanet, Maria Helena, 141
Rousseau, Jean-Jacques, 123

Rubens, Peter Paul, 235
Ruffinelli, Jorge, 206, 320, 344-45, 349, 351, 355
Sábato, Ernesto, 132, 134, 138, 220-22, 224, 245, 246
Saer, Juan José, 168-69
Sáiz, María Concepción García, 330
Salcedo, Doris, 134-35, 177, 184
Salles, Walter, 220
Salomão, rei, 278-80, 287
Samian, Etienne, 354
Sanday, Peggy, 343
Sanders, Norman, 108
Santiago, Silviano, 221
Santí, Enrico Mario, 152
Santos, Alcides dos, 356
Santos, Boaventura de Sousa, 143, 194-95, 206, 213, 368
Saramago, Victoria, 13
Sardinha, Bispo Pero Afonso, 349
Sarmiento, Domingo Faustino, 167-68, 170, 183, 196, 214-16, 219
Saussure, Ferdinand de, 79
Schnapp, Jeffrey, 349
Schwager, Raymund, 55
Schwarz, Roberto, 153, 154
Sedmak, Clemens, 315
Sêneca, 102-04, 140
Serres, Michel, 84, 85
Shakespeare, William, 30, 32-33, 34-35, 49, 72, 102-04, 106, 108, 124-25, 127, 138-40, 143, 151, 175, 187, 193, 195-212, 226, 233, 248, 261-62, 267, 289, 312-13, 368-72
Shelton, Thomas, 187-88

Silva, Maria das Graças Villa da, 356
Siskind, Mariano, 96, 167, 228
Snoep, Nanette Jacomijn, 208
Spevack, Marvin, 33
Spielmann, Ellen, 352
Spivak, Gayatri Chakravorty, 183, 223-24
Steiner, George, 227
Stendhal (Henri-Marie Beyle), 78, 266
Stow, Percy, 210
Stravinsky, Ígor, 256
Subirat, J. Salas, 168-69
Sullivan, Edward J., 325, 330
Süssekind, Flora, 150
Tarde, Gabriel, 146, 148
Tchekhov, Anton, 226
Terêncio, 140, 250, 317
Teresa, Rafael Tovar y de, 17-18
Thévet, André, 348
Tiziano Vecellio, 22-23
Toussaint, Manuel, 330
Treguer, Michel, 32, 119
Tunga, 135-36, 177, 184
Updike, 253
Ureña, Pedro Henríquez, 41, 128, 130-32, 151, 168, 224
Valdés, Manuela García, 52
Valéry, Paul, 170, 179
Vasconcelos, José, 38
Vattimo, Gianni, 68, 283-84, 333
Vaughan, Alden T., 140
Vaughan, Virginia M., 140
Vega, Garcilaso de la, 183
Villa, José Moreno, 330
Villalpando, Cristóbal de, 230, 235, 241-45

Villalta, Jorge Gastón Blanco, 348
Vinolo, Stéphane, 124, 298
Vitier, Cintio, 40
Voegelin, Eric, 50
Vogt, Carl, 346-47
Volhard, Ewald, 345
Volney, Conde, 167
Voltaire (François Marie Arouet), 170, 319
Waldseemüller, Martin, 172
Wallerstein, Immanuel, 24, 211
Watzlawick, Paul, 72
Welles, Orson, 205
White, Hayden, 86, 308
Whitman, Walt, 171, 182
Wilde, Oscar, 214
Williams, George Washington, 310
Wittgenstein, Ludwig, 20
Wölfflin, Heinrich, 23
Woolf, Virginia, 28, 93, 113, 129, 252
Yépez, Heriberto, 161
Zea, Leopoldo, 171, 176, 178, 182
Zéraffa, Michel, 250

biblioteca René Girard*
coordenação João Cezar de Castro Rocha

Dostoiévski: do duplo à unidade
René Girard

Anorexia e desejo mimético
René Girard

A conversão da arte
René Girard

René Girard: um retrato intelectual
Gabriel Andrade

Rematar Clausewitz: além *Da Guerra*
René Girard e Benoît Chantre

Evolução e conversão
René Girard, Pierpaolo Antonello e João Cezar de Castro Rocha

Violência sagrada
Robert Hamerton-Kelly

O tempo das catástrofes
Jean-Pierre Dupuy

Édipo mimético
Mark R. Anspach

"Despojada e despida": a humilde história de Dom Quixote
Cesáreo Bandera

René Girard: do mimetismo à hominização
Stéphane Vinolo

Quando começarem a acontecer essas coisas
René Girard e Michel Treguer

Aquele por quem o escândalo vem
René Girard

O pecado original à luz da ressurreição
James Alison

O Deus escondido da pós-modernidade
Carlos Mendoza-Álvarez

O sacrifício
René Girard

O trágico e a piedade
René Girard e Michel Serres

Deus: uma invenção?
René Girard, André Gounelle e Alain Houziaux

Violência e modernismo
William A. Johnsen

Espertos como serpentes
Jim Grote e John McGeeney

Anatomia da vingança
Mark R. Anspach

Mito e teoria mimética
Richard J. Golsan

Além do desejo
Daniel Lance

Teoria mimética: conceitos fundamentais
Michael Kirwan

O Rosto de Deus
Roger Scruton

Mímesis e invisibilização social
Carlos Mendoza-Álvarez e José Luís Jobim

* A Biblioteca reunirá cerca de 60 livros e os títulos acima foram os primeiros publicados.

Da mesma coleção, leia também:

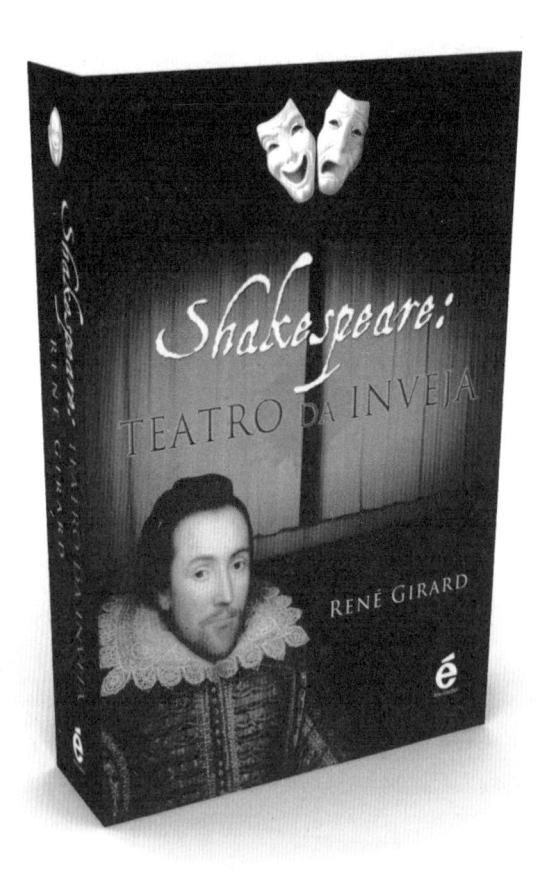

Este livro discute a principal figura da literatura inglesa – William Shakespeare – e propõe uma leitura inovadora de sua obra. A chave para *Teatro da Inveja* é a interpretação original de René Girard do conceito de mímesis. O desejo não é determinado pelo sujeito, porém por modelos que apontam os objetos propriamente desejáveis. O teatro shakespeariano colocou em cena o caráter mimético do desejo em toda a sua dimensão conflitiva, constituindo um repertório essencial para o entendimento dos relacionamentos humanos.

facebook.com/erealizacoeseditora
twitter.com/erealizacoes
instagram.com/erealizacoes
youtube.com/editorae
issuu.com/editora_e
erealizacoes.com.br
atendimento@erealizacoes.com.br